珠峰鼓手

Everest Drummer

红尘 / 著

Pearl Hong Chen

中国旅游出版社

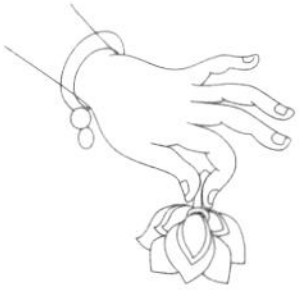

献给我的母亲银珠——

“母亲，如果有来生，我们仍然做母女，但那时我们得调换一下角色，由我来做母亲，你来做女儿，让我生育你、照顾你、呵护你、疼爱你、帮助你、支持你、拥抱你，为你遮风挡雨、疗痛止伤……”

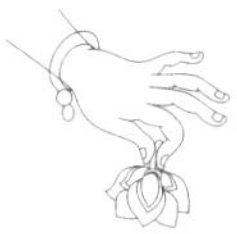

有的人注定是属于荒野和山峰的……

Everest Drummer

目录

Contents

轻轻一扫
看旅行手册

轻轻一扫
看故事剧透

作者的话 The Author's Foreword

一步路的勇气

Courage in Taking a Single Step

行走是一种状态，一种姿势，一种修行，一种深呼吸，一种生活方式，是每个人都可以凭借着率真的天性去实现的一种身体上与精神上的自由自在。

以前，我是个非常娇气的宅女，一个腐败的城市生活的享乐者，我喜欢所有极速抵达的交通工具，喜欢舒适享受。喜马拉雅的 1000 公里，150 万步，几乎相当于 113 座珠穆朗玛峰的高度，我压根儿就没想到我也能一路走到世界巅峰去。有人问我是如何鼓足勇气完成伟大的喜马拉雅之旅的，我想了想后说，我所做的，只是走了一步，然后再走一步，再一步，我就到了那里。

翻山越岭去看世界是一种岁月的浪漫，我们去极地、去珠峰，已不仅是为了去寻找某一座具体的山峰，而是去寻找无数可能存在的生活方式。这个世界无限大，总会有无数个远方你一生都无法到达。但如果你想去看另一种风景、过另一种生活、追寻心灵上的轻盈，现在就可以收拾好行装，背上包出发。

事实上，走一步路是不需要鼓起勇气的。改变世界需要一万年，而改变自己明天就可以。

轻轻一扫
听著名播音员格子朗读

引子
Prelude

每座山峰都像一本书

Every Peak is Like a Book

我们每个人的一生，都需要一次巅峰状态，去脱胎换骨一次，去抵达生命的极致之美，给灵魂一次惊心动魄的壮游。

在去喜马拉雅之前，我不知道世界最深的峡谷在哪里，世界最美的雪山在哪里，世界最好的徒步地在哪里。我只知道世界最高的山脉在那里，有一小撮疯狂的爬山者征服了那里，却从未想过有一天，我也会用我的双手和双脚酣畅淋漓地亲吻了那里。

在全世界 14 座 8000 米以上的高峰中，有 10 座在喜马拉雅。6500 万年前，印度大陆与欧亚大陆被一个漂亮的蓝色大洋——新特提斯洋（Neotethys）所分隔，南侧的印度大陆与北侧的欧亚大陆不间断地发生着海浪般激烈的碰撞、亲吻，天崩地裂、海水退去，隆起了世界上最高大、最年轻的山系——喜马拉雅山脉。

很难想象这座山到底有多大，但若你像打开一张魔毯那样展开它的全部，就可以横跨整个欧洲，相当于从伦敦到莫斯科的距离。

东西长 2400 多公里、南北宽 200 ~ 300 公里的喜马拉雅山脉，聚集了地球上大部分的高峰，海拔 7000 米以上的高峰就有 40 座，这些山的伟岸巅峰都高于陆地上的其他山脉，耸立在永久雪线之上。成群的高峰挡住了从印度洋上吹来的湿润气流，形成了山脉南坡的印度、尼泊尔和不丹雨量充沛的温润气候和山脉北坡的中国西藏降水稀少的干燥寒冷气候。

数千年来，喜马拉雅山脉对于居住在山地两侧的民族产生了深远的影响，它是人类生活在地球上的最高部分与极限地带。古印度的朝圣者称喜马（hima）是雪、拉雅（alaya）是家乡，为这一雄伟的山系创造了喜马拉雅——“雪的家乡”这一梵语名字；在藏语中，“珠穆”为女神，“朗玛”为第三，藏族人亲切地称呼珠穆朗玛峰（Chomolungma）为“第三女神”；在尼泊尔语中，它被称为“萨迦玛塔（Sagarmatha）”，意思是“天空女神”，这些称谓都反映了当地人对这座山的崇敬，它是自然界至高无上的荣耀。

如今喜马拉雅已成为对全世界的登山者、徒步者最具吸引力的地方，自 1953 年英国的登山家埃德蒙·希拉里（Edmund Hillary）与尼泊尔的夏尔巴向导丹增·诺盖（Tenzing Norgay）首次登上世界之巅珠穆朗玛峰之后，全球已有 24 人登上了全部 14 座 8000 米的高峰，有约 7000 人登上了 8000 米以上的高峰。

位于喜马拉雅山中段南麓的尼泊尔，被称为“伟大的小山国（A Great Little Country）”，其国土呈长方形，东西长度为 885 公里，而南北宽度平均仅 177 公里，从地图上看它就像一枚扁长的大豌豆荚，紧紧地挨着弓形走向的喜马拉雅山。尼泊尔是名副其实的“高山之国”，许多地方的风景堪称世界之最，地球上最高的山峰几乎都在这里——海拔 6000 米以上的山峰有 240 多座，世界上 10 座最高的山峰中有 8 座全部或部分在尼泊尔，其中世界最高的珠峰就位于尼泊尔与中国的边境上。

正因为尼泊尔崇山翠谷的特殊地形，登山和徒步成了游览尼泊尔最好不过的方式。试想一下，当你在一个阳光明媚的清晨一觉醒来时，面前耸立着的是无数座海拔 8000 米的雪峰，你可以坐在山间木屋的露台上边呷着咖啡边享用着阳光下美丽的雪景，那将是一种怎样的震撼与感动呢？世间还有什么能够与此媲美呢？对于那些寻找惊险、壮丽的山脉风景的人来说，没有什么能够与在喜马拉雅山区激动人心的远足相比了。

19 世纪下半叶，登山运动在欧洲风靡一时，欧洲人征服了阿尔卑斯山的最高峰勃朗峰（Mont Blanc，4810 米）之后，便将目光投向了最年轻、壮丽的喜马拉雅，将海拔更高的喜马拉雅山视为了新的挑战。1883 年英国人 W.W. 格雷厄姆（W.W.Graham）踏上了尼泊尔的登山之旅，并登上了海拔 6000 米的山峰。“二战”之后，尼泊尔在 1951 年终于向外国人敞开了大门，也迎来了喜马拉雅登山运动的黄金时代，那些来自荒野的呼唤从一开始就激起了人类的冒险精神，鼓舞着现代的马可·波罗们去探索地球上的每一个角落，去发现地球上的每一寸土地。

在 20 世纪 50 年代，喜马拉雅山的探险旅行，往往需要雇用大批的苦力和夏尔巴人运送生活物资与登山装备，脚夫组成的队伍浩浩荡荡，足足绵延有好几公里，有时候队列尾部到达目的地的时间，要比队列前头的人整整晚一天。1953 年英国探险队进行攀登珠峰的探险旅行时，曾雇用了上百个脚夫，光是负责运送钱币的就多达 10 人以上。在少数成功登顶者的下面，需要的是有如金字塔底座一样庞大的队伍的支撑。

其实喜马拉雅又何尝只是登山家的梦想乐园，它也是徒步爱好者的至爱天堂。尼泊尔的中心地带不通公路，前往那里唯一的方法就是徒步穿越数不尽的山脉，许多小路、山径已经使用了好几个世纪、好几千年。欧美人发明的徒步旅行（Trekking）这个词语最早是用来指 19 世纪 60

年代在尼泊尔的远足旅行，从那以后徒步旅行就开始流行了起来。

在尼泊尔，徒步游就是加入当地人的行列，沿着山间小径行走，经过一个又一个偏远的村庄，翻越一道又一道寂静的山岭，一直到冰山雪岭的圣地，一直到雪山脚下的登山大本营，沐浴在世界上最辉煌无比的雪山日出和日落中，享受那寂静到骨髓的喜马拉雅的宁静，那将是一次非同寻常的挑战自我、挑战人生的经历，那是一场来自天堂的华美的盛宴。

喜马拉雅无疑是世界上最美丽的地方之一，在喜马拉雅山中徒步，与纯粹的攀登高山、登顶世界高峰的极限运动非常不同，登山探险队在向山里行进的过程中也会走那些广受欢迎的徒步游小路，而徒步旅行之所以深受人们喜爱，最吸引人的地方在于沿途的自然景致、宗教习俗和人文特色。

1983 年，来自英国的克莱恩兄弟（Klein Brothers），用了 100 天时间走了 3200 公里的路程，经历了 8400 米的高程差、65 座山口，穿越了从大吉岭到拉瓦尔品第的喜马拉雅山脉。

1996 年，两名法国登山爱好者，亚历山大·普森（Alexandre Poussin）和西尔万·泰松（Sylvain Tesson），在他们骑自行车环游世界后，又历时 174 天徒步 5000 公里，从东至西穿越了整个喜马拉雅山脉。

“喜马拉雅山脉的徒步线路是世界上最棒的长距离徒步线路。”当年已 51 岁、已 21 次成功登顶珠峰的“超级夏尔巴”阿帕（Appa）从 2012 年的 1 月启程，完成了 120 天徒步穿越 1700 公里的喜马拉雅山之旅。

很显然，与极限登山、登顶，或在一座人迹罕至的原始丛林国家公园中徒步旅行非常不同，旅行者在尼泊尔喜马拉雅山麓的徒步过程中还会发现许多与众不同的诱人之处：宁静美丽的小山村、别具风格的石头房舍、干净清新的山野、引人入胜的庙宇、充满幻想性的“雪人”……经常会有当地人赶着驮马、驴队，或背负着重物从你身边经过，每隔两三个小时的行走距离就有可供食宿的村庄与木屋，或可供休息的茶室和石台，你雇用的夏尔巴向导或古荣族背夫将忠诚地守护着你、背负着你的行囊，直到每一座雪山下的圣殿。

哪怕是步行数周、数月你也不需自带帐篷、睡袋和干粮，世界上恐怕再也没有哪个地方能有像尼泊尔这样如此完善的徒步设施了——如今已不是只有像最早征服珠峰的希拉里爵士和超人丹增那样的职业登山家才能进入珠峰大本营了。

而在那些村庄中，你能遇见属于不同民族的山民和家庭，他们的质朴、友好、亲切、幽默以及各种民俗和宗教节日，将使你的徒步游变得丰富多彩和轻松有趣。在山径上行走，还会遇到来自世界各国的徒步者（Trekker），你不会感到孤独无助，你会发现，素不相识的陌生人也有如自家的兄弟姊妹，走在路上的人们的兴趣、爱好和目标都是相似的，相互间表现出难以置信的友善和乐于助人的友爱。

当你越走越高时，高山草甸、绵延数里的森林、水流湍急的溪流和深不可测的峡谷代替了春种秋收、花开花谢的田园风光，迷人的山景随着季节、海拔高度在不断变化着，你的勇气、体魄、耐力、意志和智慧在不断经受着考验的同时，你的心灵也在不停地净化、提升、超越和飞翔。

喜马拉雅赐给了我们如此宽阔、美丽的视野，从地平线上可以看出我们的过去、现在和未来，每一座山峰都好像一本书，随着优美的折页在不停地变化。而我呢，只需要像朝圣者和行脚僧那样，用脚步去阅读那既瑰丽又诗意的篇章。

嗨，喜马拉雅山的神灵在向我微笑了，每分每秒的徒步穿越在触动着我内心的喜悦和能量，世间的美景、美色无数，而只有透过高山看见的天空，才显得更为湛蓝、更为漂亮。

轻轻一扫

听著名播音员刘雨朗读

01

戴着花抵达博卡拉

Wearing Flowers to Pokhara

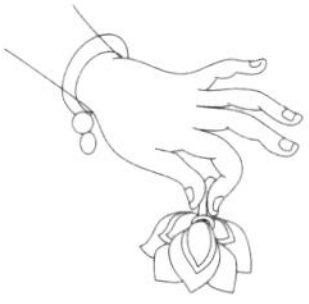

“你总是流浪，但你获得追寻自由、幻想的心灵生活。”不管我们在水蓝蓝的拉萨河边的星空和黑夜里拥有着什么，失去着什么，幻想着什么，吟唱着什么，我心中的喜马拉雅呀，都不在拉萨，不在八廓街，不在布达拉宫，不在阿里。

它在路上！

尼泊尔曾是嬉皮们的乐园，这里是天堂吗？无人知无人晓，爱意的滋生大半源于声音、各种响铃、嘴里含着花的一抹笑。那样的微笑能影响人的心情，能影响人的状态，能影响世界，而我的确就生活于此。

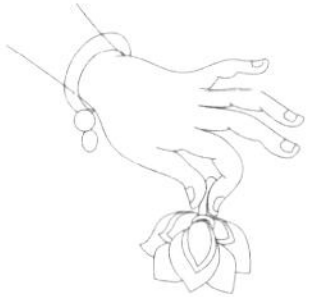

流浪者

A Wanderer

如果世界上有一个地方值得你千百次地重返，那一定是尼泊尔，喜马拉雅。

“It’s Pearl. I will be back to Pokhara！”

“我是珍珠，我要回到博卡拉啦!”当我在拉萨拿到签证时，正是下午 2 点阳光猛烈得把眼睛都要晃花的时候。我用手机拨了一个国际长途给博卡拉的朋友巴桑达（Basanta），他的徒步公司叫安纳普尔纳（Annapurna），坐落在喜马拉雅山的南坡。

我的故乡在中国的南方，那里有一条贯穿了整个三角洲的河流叫珠江——Pearl River。我是河流的女儿，河流中缓慢、寂静生长着的贝壳，贝壳里那枚暗藏着狂野之心的小沙粒。当它抖落一身的雨水裸露在干净的阳光下时，它就变成了一颗闪亮的珍珠。

这就是我为什么叫 Pearl——珍珠的原因，佛陀曾经把我们生长与生活的宇宙比喻成一张宽大的网、一条宽阔的河，它是由无数各式各样、光洁的明珠组成的，当然在每颗微小的明珠上都有无数我们看不见的面向，而每颗摩尼宝珠都能反射出网上、河中的其他明珠，都蕴含着其他明珠的隐秘影像。

此时我觉得我的身体犹如一滴小水珠在溯流而上，如千百条溯流而上、回到故乡产卵的高原冷水鱼、裂腹鱼。流水的尽头是所有河流的发源地，是洁净、神圣的雪山。

印度教的古诗人认为冰山、雪岭都是创造与毁灭之神湿婆（Shiva）的大笑累积而成的，它的笑容是晶莹的白色，河流犹如发光的丝衣从湿婆神的头上潇洒流下。而当我把目光向上仰望的时候，我就看见了加德满都，看见了博卡拉，看见了尼泊尔，看见了喜马拉雅。

一个暂住此身的旅客

A traveller with temporary residence in the body

无数次地在拉萨停留，因为签证，因为转机。拉萨是无数旅行者的目的地，磕等身长头的朝圣者们的灵魂归属地，但它已非同一般地拥挤、喧闹、繁华。

在藏语里会很形象地称身体为“I”，意思是“留下来的东西”，像行李一样；在英语里说“我”、说“自己”时，也叫“I”。每次当我在拉萨说“I”时，就好像在提醒自己、告诉自己，我只是暂时留在此地的过客，或暂时住在此身的旅客，我仅仅是一个脚步的流浪者，一个编着织梦网的捕梦人，一个驭着羊皮鼓飞行的骑士，拉萨如同我灵魂的中转站，转世轮回的中阴地。

我身体所能安享到的短暂宁静恰如我的前生，而我心灵的旅程却很漫长、很遥远，我要不停息地走过的是今生，还有来世。

从东经 91° 的拉萨向东经 85° 的加德满都飞行的航班，会在阳光明媚的上午 10 点飞越群山起伏的喜马拉雅上空，一字排开的 10 座 8000 米以上的世界级雪峰，那将是我此行要去寻找的精神的修道之地。绵延巨大的干城章嘉峰（Kanchenjunga），高出了海平面 8586 米，是世界的第三高峰，十几分钟后，是世界的第四高峰洛子峰（Lhotse，8516 米）、第五高峰马卡鲁峰（Makalu，8463 米）、第六高峰卓奥友峰（Cho Oyu，8201 米），它们如傲世的王子簇拥着昂首破入云天的第三女神珠穆朗玛峰（Everest，8848 米）。

想到那些曾经攀登上珠峰的登山者们，与穿越苍穹的空客飞机的飞行高度几乎是一样时，我不由惊叹于人类的步履是多么的胆大妄为、异想天开。

我一眼不眨，在飞机的舷窗里痴痴看着那一道道 7000 米以上的高峰筑成的世界屋脊的壁垒，那时我才知道一个一个的徒步者、登山家，要从这些巨人的脚掌下通过，而不被碾压得粉身碎骨、体无完肤，需要的是何等的勇气与胸怀。

无论诺亚用歌斐木抹上松香造的方舟是停泊在《圣经》里说的土耳其的亚拉腊山（Mount Ararat），还是神秘的喜马拉雅大神居住的雪峰，我想，山峰，都将是最引人入胜的地方。

把心带回家

Bringing the heart home

2000 多年前产生在喜马拉雅山上的哲学，是把心带回家，然后放松、放下，瞬间回归宁静。我能想象佛陀（Buddha）安详而庄严地禅坐在雪山下的菩提树旁，周围洋溢着清澈蔚蓝的氛围，天空就在他头顶的四周上方，一切都圆融、通透、无碍。

当我也像山一般地坐下来时，我的心顿时像天空一般在升腾、在飞跃、在翱翔、在开放。明珠与河流、流水与山脉、天空与大地、人间与天堂，如同我这只飞行鸟的双翼，赐予我的是如天空般辽阔的不死心与浩渺无限的凡尘心。

渴望从西藏荒芜的喜马拉雅北坡，穿越樟木（Zhangmu）口岸的边境，去到森林密布的喜马拉雅南坡的徒步者、背包客、浪荡子、漫游者，全都聚集在拉萨河的仙足岛（Xianzu Island）上，很多“藏熬”“拉漂”混迹在这个传说曾是仙人驻足的地方，驴友们甚至戏称这里是“艳遇之后的蜜月小窝”。真正的拉萨人，则不像旅行者那样无聊地玩艳遇，只会在河水舒缓流过的拉萨河岸边，腐败地晒太阳、听佛乐、喝青稞酒、吃烧烤。

放眼望去，光影斑驳的山峦上慢悠悠移动着的羊群和牛群，像暮色降临时来自天庭的梵音。而远行的人则在此泊车、停留、晃荡、遭遇爱，再拉帮结派，如同嬉皮般去到更远的尼泊尔的“山中天堂”。

在拉姆拉错的小酒吧里，在德吉祥林的禅床上，一大群小资、愤青，正围着流浪的歌手南六在唱：“我们生来就是孤独，我们生来就是孤单。”我一直听着南六的吉他弹唱，直到天亮。

那时薄雾黎明中的拉萨河只剩下了金色的沙砾，沙砾小坑里的树皮鱼，还有离别时那甜蜜的忧伤。

它让我想起西藏的大苦行僧米拉日巴（Milarepa）的一句诗：“你总是流浪，但你获得追寻自由、幻想的心灵生活。”不管我们在水蓝蓝的拉萨河边的星空和黑夜里拥有着什么，失去着什么，幻想着什么，唱吟着什么，我心中的喜马拉雅呀，都不在拉萨，不在八廓街，不在布达拉宫，不在阿里。

它在路上！

野百合也有春天呀，而我最好的时光，它始终是在——路上。

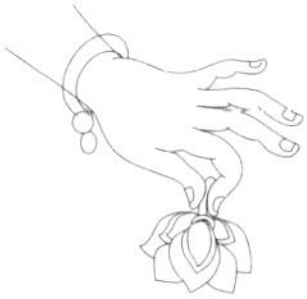

嬉皮士

Hippies

当有一天我老无所依时，我愿意留在飞逝的时光里；而当有一天我悄然离去时，我愿意融化在喜马拉雅的雪山里。

一落地加德满都的国际机场特里布万（Tribhuvan international Airport），我就对自己说，在尼泊尔，要么选择阳光，糜烂；要么选择徒步，探险。

只有约 100 万人口的加德满都，却有着 2700 多座寺庙，平均每 370 人就会拥有一座寺庙，这里的寺庙多如住宅，神像多如居民，所以尼泊尔的大诗人德库塔（Devkota）会情不自禁地吟诵道：“你是我崇拜的一座寺庙。”

印度教、佛教、基督教、伊斯兰教、萨满教，各种宗教在此汇集，它是梵语的“光明之城”“寺庙之城”，也是喜马拉雅的“山中天堂”。印度洋的暖流正穿越辽阔的恒河平原、特赖平原，一路旖旎着往上吹拂，直到高大雄伟的喜马拉雅山脉把醉人的暖风阻隔，直到在加德满都谷地有了阳光灿烂、鲜花盛开的美景。

我嬉皮我花童

Hippies and flower children

20 世纪 60 年代的嬉皮“花童们（Flower Children）”，在大西洋边明媚的旧金山举行完盛大的“爱之夏（Summer of Love）”露天派对之后，面露微笑，态度平和，嚷嚷着“要做爱不要作战”，要穿愿意穿的衣服，做想要做的事情，脖子上挂着廉价的珠子项链，穿着道袍似的褂子、刺绣图案的长衫，用剪刀破坏已不能再破的牛仔裤，飘扬着长裙，赤裸着双脚，许多人手里还拿着点燃的熏香。

他们一路上，哼唱着那首西洋老歌：“到旧金山，别忘了头上戴几朵花（If you're going to San Francisco，be sure to wear some flowers in your hair）。”不是在头上戴紫丁香花环，就是在脸上描一朵鸡蛋花作为接头暗号，他们在公路边竖着大拇指搭着便车，飞越湛蓝的大西洋，穿过欧罗巴的这扇窗和那扇窗，再一路高唱着“加、加、加，加德满都（K-K-K，Kathmandu）”的摇滚，经过欧亚的大陆桥伊斯坦布尔，阿富汗的喀布尔，巴基斯坦的马甸，还有海路的印度果阿、孟买，如一阵飘拂的暖流驭着和风，希望找到那传说中的无所不在的宁静之爱与诺亚方舟，到达了东方朝圣的终点加德满都，到达了喜马拉雅雪山下的博卡拉。

连绵起伏的高峰诞生了人间的净土，也阻隔了世间的层层纷扰。肤色不同的民谣歌手、流浪艺人、遁世者、苦行僧、灵修者，在这里虔诚地修炼着，享受着简单的快乐，追寻着生命的圆满。英国的民谣歌手凯特·斯蒂文斯（Cat Stevens）就在泰美尔阿桑街（Asan Tole）待了3个月，在一间烟雾缭绕的茶室里，写下了嬉皮时代的传世歌曲《加德满都》——“加德满都我将很快见到你，你那奇怪的令人迷乱的时光，将让我屏住呼吸（Kathmandu I'll soon be seeing you，and your strange bewildering time will hold me down）”。

尽管他妻子跟人跑了，他自己也得了肺结核，陷入了酒精、毒品的旋涡中，但他最后却在尼泊尔的宗教与雪峰中得到了心灵生活的平静与释放。

另外身处命运多舛的中东小国以色列的丹尼尔·本（Danny Ben），在和所有背负着保家卫国使命的犹太青年一样，参完军、打完仗后，弹着吉他小曲踏上了去往他心目中的另一个圣地——加德满都的旅程。

“我们听到了许多的谣传，在加德满都随处的街道和药店里，你都可以买到大麻。于是我们就坐在特拉维夫（Tel Aviv），梦想着有朝一日能飞到加德满都。”丹尼尔用耽于心灵狂想与散漫地下风骨的“K-K-K，Kathmandu”的唱词，引导着嬉皮们穿越万水千山，来到灯塔般的光明之城。

鲜花·牦牛·佛塔·雪人

Flowers, yaks, pagodas and yetis

纵使过了半个多世纪，加德满都依然是西方旅行者迷恋沉醉的“后花园”，不满现实的欧美嬉皮士、亚洲年轻人的“人间仙景”——那个四处有鲜花、牦牛、佛塔、雪人和夏尔巴人的国度。

而一旦到了加德满都，就如同到了各种时间、文化、人种、信仰相互重叠、碰撞的尘世天堂。这里的空气里弥漫着上千年的印度教活女神（Kumari）的呼吸，性爱之神湿婆（Shiva）的活力与能量，20 世纪 60 年代欧美嬉皮士的遗迹，印度咖喱与尼泊尔檀香的香气，克什米尔人（Kashmirian）绚丽的羊绒披肩和他们橄榄色般忧郁的眼睛……

实际上，加德满都是千年与现世、古老与现代混合交织的大杂烩，这里每天上演的是梦幻派与漂流派的双城记。在渴望有爱、渴望有自由、渴望有享乐的世界各地的旅行者的心目中，加德满都无疑有两个：一个是充斥着圣牛、猴子、苦行僧、简陋的贫民区和汽车废气的混乱大都市，步入一条条精妙绝伦的小巷子里，仰仗的是你多变的方向感和灵敏的审美感，行进在曲折、狭窄且时常毫无指示的街道中，依赖的是你惊人的创造力与执着的耐烦心。

另一个，则是遍布着各种香料、梵香、钟声、摇铃声、唱诵声、万寿菊金色花环的宗教圣地。红砖白墙的庙宇、高耸云端的寺庙尖顶与无所不在的水蓝天空、奇丽雪山，每时每刻都在洁净着人们的欲望、享乐和心灵创伤。

在加德满都，你可以是赤裸着身体的苦行僧，你可以是满足于自我狂欢的嬉皮士，幻想着永恒青春的甲壳虫，好斗的流氓煽动家滚石，高唱《黄色》（*Yellow*）的万人迷酷玩，也可以是热衷异族通婚、东方宗教、环保运动、音乐节的和平反战分子，不停攀爬的登山家、冒险者，不停行走的背包族、徒步党，你甚至可以是一缕干净的阳光、一枚发光的银币、一个情人眼里的异国西施、一场不期艳遇后的惊叹。

走在加德满都巴桑坦普尔广场（Basantapur）的奇异街上，你依然可以回想起 20 世纪曾经风靡尼泊尔的这条嬉皮街道，迎风飘扬着的是美国“银子弹（Silver Bullet Band）”乐队演唱《加德满都》的节奏和旋律。

原名叫乔琴街（Jhochhen Tole），紧靠哈努曼王宫广场（Hunuman Dhoka）和湿婆－帕尔巴蒂神庙（Shiva-Parvati Temple）的这条普通街道，主要集中的都是一些陆路交通时代反叛社会的西方嬉皮风格的旅行者，它因风靡全球的嬉皮们的闯入而更名为“奇异街（Freak Street）”。

奇异、怪诞、反常规的“Freak”，曾作为没有跳出社会习俗的保守派、体制派的“Square”的反义词而宣言式地存在着，“花的孩子们（Flower Children）”在这里找到了他们的人间天堂。他们披散着长发说着不同的语言，用右手抓着吃辣椒米饭，动作麻利而优雅，身穿印度教的白色圣袍，或者佛教徒的明黄色袈裟，无比虔诚地崇尚着东方神秘的宗教与自由开放的艺术，种种放浪不羁的行径、离经叛道的行为，曾让尼泊尔政府一度严格限制嬉皮们的入境签证。

如今歌手、画家、舞者、作家、旅行者、神秘学者及浪迹天涯的人群，让加德满都北部的泰美尔区（Thamel）成了新一代游客集中的大本营，但奇异街上的旧货店里保留下来的嬉皮们的复印画，以及《爱经》（*Kama Sutra*）类的色情书籍、画册，不停穿梭的人力三轮车的嘀嘀声与鲜榨果汁的叫卖声，充满迷离与颓废气息的便宜旅店、酒吧、茶室，仍然吸引了各国年轻自助旅行者的停留与到访。

当年嬉皮们选择了自由，选择了不要社会的自由，而今新一代嬉皮们摒弃的依然是那个可恶的唯物的成人世界，只有蜗居，只有房奴，只有小三儿、性丑闻，只有高富帅与剩女的世俗世界，在新一代嬉皮的眼里是多么的不堪一击呀。我们向往的是单纯的伊甸园与乌托邦式的轻松梦想，相信的是个人愿望的无穷威力与动人信仰的无邪魔力，尽管马丁·路德·金（Martin Luther King）时代的光辉理想和人类大同如兄弟的具体目标已经很过时，但作为一种世界流行的文化，嬉皮们已成为经典、成为革命、成为偶像，而作为一种生活方式，嬉皮士至今还鲜活地存在着。

尼泊尔曾是嬉皮们的乐园，这里是天堂吗？无人知无人晓。
爱意的滋生大半源于声音、各种响铃、嘴里含着花的一抹笑。
而那样的微笑能影响人的心情，能影响人的状态，能影响世界。
而我，的确就生活于此。

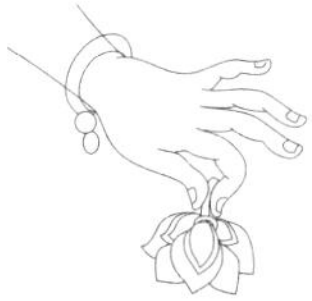

天堂

The Paradise

九月的暖风吹拂着花童们飘散的长发，激越迷离的音乐伴随着河流和升腾的香烟萦绕在湛蓝天际，和那些成百上千在帕坦（Patan）老城神庙的底座上、在朝圣者的休憩处“帕堤（Pathi）”上席地而坐，享受着嬉皮岁月最后盛宴的花童们不同，我在第二天的清晨，离开了加德满都喧闹的泰美尔，坐上花花绿绿的旅行者巴士，一路颠簸、一路摇滚着去到雪山下的博卡拉（Pokhara）。

摇滚的国王之路

The bumpy King's Highway

加德满都的四周被山谷环绕着，只有两条主要的公路通往都城之外：一条是朝东北方向通往中国西藏的阿尼哥公路（Arniko Hwy），另一条是沿着翻腾咆哮的翠苏里河（Trisuli River）河谷，一路向西，直至博卡拉的普里特维公路（Prithvi Hwy）。一东一西进出山谷的两条惊险之路，让我想到武侠大师金庸的绝情谷底，古墓派的掌门人小龙女是用刺字蜜蜂翅羽的方式，去寻找飞出山谷之路的。

事实上以前的人们从加德满都出发，需要骑马走上 10 天才能到达博卡拉，途中要蹚过无数条冰凉的河流，稍不留神就会命丧当场。人们以大象和驮马作为劳力和交通工具，以致特里布万国王（King Tribhuvan）买的进口轿车竟需要成群的人翻山越岭抬进王之都城，这条持续了千年的驮马之路，直到 1970 年修通了布满石子的普里特维公路才宣告结束。

坐车在这条以沙阿（Shah）国王命名的公路上，我所经历的无疑也是一段 206 公里长的疯狂的“嬉皮之路”。

这是尼泊尔最繁忙的一条公路，无疑是国道，但却与我们想象的国道非常不同，类似于一条弹坑、凹孔无数的乡村小道。蜿蜒几十公里的山道上，挤满了大大小小的印度 TaTa 货车，破旧的小 Bus，印度产的 Bolero 吉普，无数中国产的摩托、拖拉机，无数圣牛、圣羊、圣狗，徘徊的孩童以及鸡群，所有这一切，分别以不同速度、向不同的方向移动。每开几码，车子就会抽筋似的弹跳起来，车上的人也会被颠得蹦跳起来，只听车内惊呼声一片。

沿途公路的岩石上写着标语，画着红色的惊叹号：慢是幸福，快是地狱！晚到总比死去好！和平・友爱・慎重！斑驳的字迹已被风吹日晒得模糊不清，而每个司机都熟视无睹，像吃错了药一样，疯狂地在车缝、人缝、地缝间穿来穿去，让人一身的骨架都快被抖散了，那时终于明白在这个小山国里，为什么走路是最流行的，因为那才是让人感到最放松、最舒服的方式。

尽管身体好似在地狱，但眼睛却飞在了天堂。沿途的景色极美，公路沿着翡翠色的河流沉入一个又一个深深的山谷中，经过古老的石屋、村庄，穿过金灿灿的水稻梯田，当地人在岩石、峡谷和湍流上方，那摇摇欲坠的狭窄索桥上，赶着牛羊，背着有新鲜牧草的竹篓，如履平地般轻松自如地行走着。

在两旁绵延起伏的山峦中，隐藏着的则是尼泊尔最重要的几个宗教圣地，在玛格林（Mugling）山路上的玛纳卡马纳庙（Manakamana

Mandir），不仅是尼泊尔中部最古老的寺庙之一，也是一处重要的印度教朝圣目的地。当然，这里的气氛让每一个过路人感到很刺激，在节日里它几乎被众多的朝拜者、鸽子和山羊所淹没。

印度教徒信奉的帕尔巴蒂女神（Parvati）是性爱之神湿婆的妻子，她拥有一种让愿望成真的魔力，因此年轻的夫妇们坐着大大小小的车蜂拥而至，祈祷自己能生个男孩儿，和中国乡村的情景有点相似。上山的车厢里还有一处是专门用来放置鸽子和山羊的，当然它们今生的路途都是有去无回的，朝拜者会在寺庙旁一个血淋淋的祭台上宰杀鸽子和山羊作为牺牲品，第一次见到活生生血祭的外国人会吓得张口结舌，掩面而逃。

弹跳着的车子继续向西，经过的则是廓尔喀（Gorkha），沙阿王朝的古都——本迪布尔（Bandipur）。最初的廓尔喀只是一个弹丸之国，臣服于更强大的加德满都城邦，但诞生于此的普里特维·纳拉扬·沙阿（Prithvi Narayan Shah）成了加德满都山谷新的征服者和现代尼泊尔的奠基者，他在1769年打造了一个与印度和中国接壤的王国。那些手持尼泊尔国刀库卡里（Khukuri）的廓尔喀勇士，曾在两次世界大战中，成为最勇猛、最剽悍的英国雇佣军，他们使用的阔头弯刀一下子就能砍下一颗项上人头。因此车子停在尘土漫天的本迪布尔享用“toilet time（上厕所时间）”和“tea time（喝茶时间）”时，千万记得微笑着与一个卖茶给你喝的廓尔喀男人交交朋友，而不是抱怨那杯尼泊尔奶茶浑浊得看不出颜色而与这些皮肤棕黑、鹰钩鼻的山地男人成为敌人。

处处小心为妙、为好！走在路上的人，随时都要处处与人为善，中国这句老话走遍天下都管用。我喝着有羊膻味儿的奶茶时，暗笑！

这次在车上，坐在我身旁的是一对刚去都城看完爸爸正回博卡拉的母女，尼泊尔少女的身材如公主般苗条，但结婚生子后的身材就会变得形如水桶般粗壮。妈妈为省钱，没为女儿买座票，整个7小时的炎热旅程，我们 3 人都像锅贴饺子样紧紧地挤在两个窄小的座位上，而前边一位中国游客的座椅靠背松动了，老是往后压到我们的身上，我只好不停地请她把椅子往前挪动一点，告诉她我们的位子上有位小孩儿。

我对 9 岁的沙罗娜说，我们把这段国王之路改名为“jumpping road（惊跳之路）”“monkey road（山猴之路）”，好不好？她温柔地点点头，然后就是没命地呕吐、晕车，看到她虚弱地靠在她妈妈的臂弯上沉沉地睡去，长长的睫毛与小巧的鼻环在微微颤动着时，我的心里涌动出一种无言的母爱。

在我小时候，我母亲也是这样携带着我，坐遍了中国的各种破烂汽车，母亲是我们地区的乒乓球冠军，同时还是单位的骨干美工师，她经常要去参加全国煤炭系统的乒乓球比赛与巡回画展，她打球时就把我放在旅馆里，让我一个人看书；她布置展厅时，就把我托给身旁的服务员，让她们带我去吃饭，我那行走四方、四海为家的天性无疑就是母亲传给我的。

这段很不舒服的、压得我腿发麻的旅程，却让我重温了一遍童年读《丁丁历险记》时的感受，我在童年曾梦想像那个头上有一撮上翘黄头发的年轻记者丁丁那样，带着一只机灵、可爱的白色刚毛猎狐环游世界，足迹遍布刚果、埃及、中国、红海、月球……冒险、远行、小路、篝火、野营、夜莺、独角兽和奇遇全涌入了我的脑海，这个尼泊尔小女孩让我重读了自己，重读了那些想在远方的世界里当骑士的温暖梦想。

还有 30 公里到博卡拉时，“猴跳之路”进入了广阔的色悌河（Seti River）冲积平原，雄伟的鱼尾峰（Fish Tail）如一座灯塔似的在远方晴朗的天空下清晰闪现，我遇到的尼泊尔当地人好像都特别愿意坐在巴士的车顶上，除了顶上的车费只需半价外，我想这些山民们更喜欢的是将整个身体暴露在太阳下，尽情沐浴着风、仰望着正在召唤着的山峰的那种强烈感觉。

这样的情景让我想起我们开车带着狗狗小斑（Little Spot）去藏区米亚罗（Miyaluo）旅行时，它总是好奇地把头一直伸出车窗外，它的皮毛、耳朵吹着风在翻飞，酷极了。

如果你有机会看到我眼前的这一幕，你一定会喜欢那种无论是人还是动物身上，所展现出来的那些令人兴奋和欢畅的神情。

徒步大本营博卡拉

Pokhara trekking base camp

在 1952 年瑞士的探险家托尼·哈根（Toni Hagen）最先来到博卡拉时，这里还只是一个尼瓦尔人（Newars）与古荣人（Gurungs）居住的乡村小镇，只有慢腾腾的水牛车和布满尼瓦尔式红砖房的街道，没有公路。

继那位孤独、勇敢的探险者之后，最先沿着新开通的国王公路来到博卡拉的，是一大群西方的嬉皮士，景色秀丽、生活节奏缓慢和拥有丰富大麻资源的博卡拉，无疑为花童们的南亚陆路旅行画上了一个圆满的句号，那时博卡拉的费瓦湖畔（Phewa Tal），到处都是嬉皮们搭建的公社式的帐篷和简陋的旅店。他们终日吸食着令人轻飘飘的大麻，聆听着迷幻的音乐，同时与雪山、碧湖、大神为伴，欣赏着美景、放逐着灵魂，自动走出社会的主流生活和庸俗的中产阶级的价值观，在博卡拉原始本真的山地文明与原著部落的图腾信仰中，完成了对工业社会和现代文明的逃离。

作为嬉皮士心中的“麦加”，博卡拉曾见证了一段特殊的、辉煌的“嬉皮史”。而现在更多来到博卡拉的旅行者却是为了徒步、漂流、登山、飞行、骑车、探险。他们用背包、十字镐、短靴、钉鞋、划桨、充气船、降落伞和山地车胎，一样听着披头士的《想象》——“想象所有的人们，都为今世而活；想象所有的人们，都生活在安宁静寂之中（Imagine all the people，living for today；Imagine all the people，living life in peace）”，但他们，却重新书写了迷幻的摇滚音乐与行走喜马拉雅的地图，一路追寻的是力量、自信、勇气、无畏的生命本质，以及一种自由、奔放、激越与空灵的爱的境界。

想象一下，喜马拉雅 10 座 8000 米以上的世界级雪山，有 3 座在博卡拉，安纳普尔纳峰（Annapurna）是世界上第一座被登顶的 8091 米的山峰，8167 米的道拉吉里峰（Dhaulagiri）是世界高峰中最后被登临的一座，故它被称为“魔鬼峰”“杀人峰”，还有被誉为“神山”的 8163 米的马纳斯鲁峰（Manaslu），它壮丽而孤独地矗立在天际线。

想象一下，倒映着雪山身影的宁静大湖，费瓦湖（Phewa Tal）和比格纳斯湖（Begnas Tal），它们一左一右如蓝色的眼睛映射着青翠的博卡拉。

大多数的旅行者都是冲着喜马拉雅山而来的，而博卡拉是能够清晰地欣赏到 6 座山巅的最佳地点。赫育楚里峰（Hiunchuli，6441 米）、安纳普尔纳 1 号峰（AnnapurnaI，8091 米）、鱼尾峰（Fish Tail，6997 米）、安纳普尔纳 3 号峰（AnnapurnaIII，7555 米）、安纳普尔纳 4 号峰（AnnapurnaIV，7525 米）和安纳普尔纳 2 号峰（AnnapurnaII，7937 米），巍峨的安纳普尔纳群峰从西向东雄踞在城市和湖泊的上方，只要你轻微地抬一下头，城里几乎每一个地方、每一处角落，都能看到蔚蓝的天空下一两座白雪皑皑的山峰，而每座山峰都有两个清晰、迷人的影像：一个在天上、一个在水里。

想象一下，佛祖释迦牟尼诞生的地方，世界最高的山峰，世界最深的峡谷，世界最好的激流漂流地，最好的徒步、飞翔地。现代人最热衷的是户外探险与极限运动，而尼泊尔或许就是世界上最好的户外运动目的地之一。

举世闻名的喜马拉雅山脉产生了伟大的登山运动和徒步山径，以及挑战自我的山地车骑行线路；而沿高山、峡谷奔流的无数条河流，同样也成为水流湍急、波浪起伏的理想漂流之地。博卡拉有着世界上最佳漂流和皮划艇运动胜地之一的美誉，如果不去喜马拉雅山的数十条河流中玩激流漂流与皮划艇，是不知道人生的惊险与刺激在哪里的；想想从 160 米高的顶端玩蹦极，舍生但要命地跳入喜马拉雅的山谷，就会让人神经错乱了，更不用说乘滑翔伞飞越蓝天、飞越积雪覆盖的安纳普尔纳群山，博卡拉已成为全世界玩滑翔伞运动的最棒之地，而玩所有极限运动的费用，无论是登顶、徒步、漂流还是山地车、飞行、蹦极，仅仅是美国、新西兰、肯尼亚和阿根廷等国家同类项目费用的一半左右。

再想象一下，沿黛绿色的费瓦湖而建的宁静的湖滨区（Lakeside），博卡拉是因山因水而闻名的城市，被称为“东方的瑞士”“水边的泰美尔区”，与另一个印控克什米尔地区的斯利那加（Srinagar）相比，尽管它们都以“喜马拉雅山中的威尼斯”而闻名于世，但斯利那加始终弥漫在战火不断的纷争中，是世界上最危险的天堂之一，仅仅是少数王公富贾、超星名模的度假之地；而博卡拉的空气中飘浮着的，是浓郁的尼泊尔梵香的香气、莲花上淡淡绽放的禅香气，在恬静、清新的山野之气中混杂着的，是嬉皮式、平民式自助旅行者的骚动气息。

数以百计的咖啡吧、酒吧、CD 店、网吧、手鼓店、经幡店、地毯店、香料店、户外用品店里，回旋着印度教曼陀罗的吟唱，回荡着佛教“唵嘛呢叭咪吽”的梵音。成百上千临水而建的家庭旅馆、小客栈与星级酒店，来往着不同肤色、不同语言的背包客和徒步者，他们裹着一身的露珠与喜悦，满怀期待地朝着高山、湖泊走去。

没人能用一种固有的语言来表达究竟什么才是博卡拉！

博卡拉是安纳普尔纳峰徒步大环线的终点，也是数十条安纳普尔纳山区徒步行的起点，包括安纳普尔纳峰大本营徒步游（ABC）、佐姆森（Jomsom）朝圣徒步游、布恩山（Poon Hill）全景徒步游、上木斯塘

（Upper Mustang）禁区徒步游。在安纳普尔纳山区徒步已成为世界上最热门的山区健行活动，在海拔 2000 ~ 5000 米区域的一系列不同难度的山区徒步线路，不仅让徒步者可在不同的位置欣赏到喜马拉雅宏伟的景色，而且由于博卡拉周围的雪山攀登难度不算太大，再加上沿途客栈、宿营地服务设施优越，它长期以来一直也是世界各国登山运动员攀登喜马拉雅几座海拔 8000 米以上雪峰的重要准备基地与训练场所，每年有超过 10 万的攀山爱好者前往博卡拉，它成了世界各国旅行者公认的“徒步天堂”。

在博卡拉旅行，人们谈论最多的话题是“trekking peaks（远足山峰）”，被问及最多的问题也是：“Do you like trekking（你喜欢徒步吗）？”

我们每个人，都可以靠一个念头或一个爱的作为，彻底改变人生。

对大多数的旅行者来说，博卡拉还是出发踏上寂寞的探险之路前，最后一个能够享受到印度咖喱羊肉、中国川菜、烤湖鱼与冰啤酒的舒适地方，是在山里吃了几个星期的达尔巴（Dul-bhat）、扁豆汤和素食之后重返人间，总算能尝到美式黑椒牛排与重庆麻辣火锅的享乐之地。

大山大湖的大美之境、大自然撼人心魄的雄伟力量，总是那么让人由衷地心生敬畏，它让我虔诚、孤独地上路，虚心、静心地历练，它让我体会到一种生命完美的秘密——

我们虽无翅膀，却一直在飞翔。

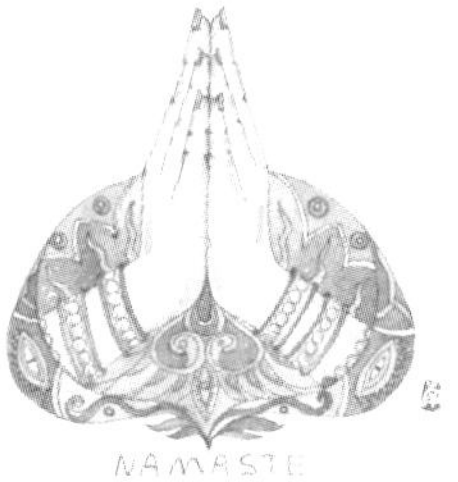

轻轻一扫
听著名播音员格子朗读

02

安纳普尔纳女神

Annapurna
Goddess

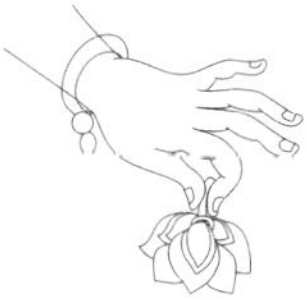

“因为山在那里（Because it is there）。”

我喜欢把这句话背在背上、放在脚下，追随着马洛里的目光流浪。人的容颜、皮肤、身形、体力、体态都会随着时间和环境的改变而改变，但只有人的眼睛的颜色永远不会改变。我觉得徒步充分体现了我个性中某些奇怪的、不可转变的特质，它们就像眼睛的颜色一样没法改变。

从冰雪融化的春季到大雪封山的冬季，牧羊人都携家带口生活在高山之上。当我翻出仅存的两颗阿尔卑斯奶糖时，那个有着棕色圆脸庞的小小牧羊女问我：“夫人，您住在哪个山谷？”

这如同在问《神雕侠侣》中的小龙女：“你为什么能在绝情谷底住了 16 年？”她的天真发问令我重新思考山谷的神秘与美丽、世界的诗意及本质。

死亡的影子

The Shadow of Death

大巴车到达博卡拉时是下午 3 点，从车厢底拖出自己的大背包时，发现背包的下面全被水浸湿了，我不知道水是从哪儿来的，背包和我一样在路上颠簸了 7 小时，难免风里来雨里去的，我也顾不了那么多，花了 150 卢比，直接打了一辆小巧的铃木出租车去到预订的喜马拉雅酒店。把一身的臭汗和打湿的衣服洗完后，我在旅馆旁边的一家单车店里，租了一辆带车篮的女士单车，一路飞骑着去见安纳普尔纳徒步飞行公司的“头人”巴桑达（Basanta）。

这是我 3 年后的重返，路边的景致、街道、店铺、人群、流浪巴巴、圣牛、秋千、阳光和飞扬的尘土、气味，好像都是昨日的重现。我在心里问自己，我已经离开了这么久了吗？我真的又回来了吗？ 180 斤的巴桑达穿着 T 恤和牛仔裤，给了我一个激情的拥抱，他一把将我举了起来：“Didi，你的身材没变！”

是的，岁月催人老，岁月是一把杀猪刀，唯一不变的是人的心态。要知道，为了这趟喜马拉雅的徒步，我在重庆盛夏的 8 月天里，每天傍晚坚持去爬 1 小时的山。尼泊尔人称家中的姐妹为“Didi（滴滴）”，兄弟为“Bai（拜）”，我把带去的一小盒中国绿茶递给巴桑达，快意地说道：“拜，快点把地图拿出来，我的向导呢？我明天就要出发。”

跟着进来的向导叫舍巴，28 岁，古荣族人，皮肤黝黑，个子只比我高一点，不够帅，第一眼让我有点失望，但他结实敏捷，英语很好，有 10 年的向导资历。我们画好大约走 10 天的线路，说好每天 18 美元的向导费后，舍巴就骑着摩托随我回到旅馆，检查了我的背包和装备，约定明早 6 点半来接我一起出发。

遗憾的是，直到第二天的 8 点，舍巴都没出现，打舍巴的手机也关机，我当时急疯了，不知道舍巴为什么没有来。打电话去问巴桑达，他也联系不上舍巴。巴桑达问要不要重新派一个向导过来，我想我已经熟识了舍巴，还是再等他一下，给他一个挣钱的机会吧。

那天早晨我到旅馆的餐吧去吃早餐，看到尼泊尔的英文报《喜马拉雅徒步》（*Himalayan Trekking*）时，才知道一个来自法国和俄罗斯的登山队，在昨天攀登世界的第八高峰马纳斯鲁峰（Manaslu）时遭遇了雪崩，有 9 人遇难、6 人失踪，包括尼泊尔向导和背夫，而安纳普尔纳区的徒步大环线就要经过神山马纳斯鲁峰，它的名字在梵语里是“灵魂”的意思。或许登山的魅力就在于它的遥不可及性与不可预测性，而这种不确定性也会随时给你带来不可想象的危险。

等到下午 4 点，巴桑达派了另外一个叫比格姆（Bikram）的向导来旅馆见我。他们得到的消息是舍巴的家人正好在失踪的人群里，舍巴已回他的古荣族村庄。这一突发的雪崩灾难让我的心“咯噔”了一下，我没想到它竟然离我身边的人是如此之近。看来每一个人的出发时刻都是最艰难和最纠结的，而谁也无法预料路途上的不确定因素，以及会发生什么。

我把背包再次打开让比格姆检查了我的衣物和装备，考虑到要在山中走十几天，背包过重会影响到向导背负的体力，我几乎精减了所有多余的东西，衣服是可以像“洋葱穿法”一样层层叠叠裹穿在一起保暖的，而遇到天热时则可以一件件地脱到最里面的 T 恤、背心。我甚至精减了常用的药品，只带了感冒药和防高原反应的药，这一失策让我在随后的徒步中几乎丧命。

背包只有 12 公斤重，比格姆把他的随身小背包也放在了我的大背包里，远方的雪山和荒野在神秘地召唤，我想起行动主义者马丁·路德·金的一句话:“你并不需要看到整个台阶，你只要迈出第一步就好。”金牧师是当代美国自由主义的象征，而我就怀揣着一个如他般的梦想，在次日的清晨踩着露珠上路了。

为什么要去徒步

Why go trekking

费迪（Phedi），是期盼已久的 ABC 的起点，而它其实就是公路边一个挂满祈祷经幡的山径入口，只有几间用茅草搭设的简陋小摊铺，有几辆送徒步者来的小巴士，连村子都算不上。我让比格姆把背包放在菩提树下用石头砌的底座“帕堤（Pathi）”上，兴奋地合了一个影。

走上山径的第一刻，每个人都会兴奋，身体在兴奋，心情在兴奋。那是我们逃离以往生活的第一步，也是我们迈向从未经历过的生活的第一步。如果问为什么要徒步，一千个徒步者（Trekker）——我戏称他们为路上的“催客”——将会有一千种答复。为了看美景，为了塑身，为了减肥，为了爱情，为了挑战，为了冒险，为了戒毒，或者为了逃离工业文明的污染，为了吸氧，为了减压，为了绿色的生活，为了自由，为了朝圣，为了净化心灵，为了超越生死的束缚……而我，是为了以上一切的一切。

在我徒步之前，我母亲突然查出肺癌晚期，作为一个基督徒、志愿者，我每年的平安夜都是在医院陪伴身患重症的朋友们度过的，白琪、聪聪、晓旬、Nina、Boyer……但我万万没有想到，今年的平安夜，我在医院陪伴的竟是我的母亲。自从我 14 岁离家读书以后，我就再也没有和我的母亲生活在一起过，我甚至不知道她已经画了那么多的巨作，而很多几十米的长卷都是她趴在地上画完的。

第一次我在医院的病床前守候她，第一次我把喜爱的剑兰和梅花带到她的病室，第一次我为她洗澡、擦身体、洗头发，第一次我用手帮她搓内衣裤、拧毛巾，第一次我陪她下楼去散步，第一次我煮饭、烧菜给她吃，第一次我把她化疗后脱落的头发剪短，让她看起来像个很精神的男孩子，第一次我为她围上围巾、戴上帽子，第一次我帮她整理绘画作品的目录，第一次我为她举办了“银珠·菩提心”个人书画展。母亲有个很好听的名字，叫“银珠”，Silver Pearl，如同她银光闪烁的纯真之心。

第一次，我们毫不忌讳地谈到了生与死，第一次我们共同生活在了一起……对一个少小离家、浪迹天涯的游子来说，我一直觉得我与母亲的感情很淡，但当她痛的时候我就会痛，那时我才知道我们母女连着心，我是多么地爱她。

我母亲在 42 岁时，做了开胸大手术，几乎残废；在 51 岁时遇到离婚，经商的父亲与画画的母亲在情趣与爱好上差异极大，两个人一辈子都未能在心灵上走在一起；在 56 岁时，遭遇我唯一一个兄弟的遇害，我兄弟在与两个抢车的歹徒搏斗时被杀身亡；在 69 岁时突然罹患癌症。很多时候我忍不住质问上帝，为什么要让我母亲遭受如此多的痛苦和磨难?！但当我打开她那暗香四溢、心静如水的佛经画卷时，我突然明白，我们生来就是要承受悲伤，生来就是要遭受折磨才能走向纯洁的。

我毫不犹豫地中断了我写了大半的书稿《越野越新疆》(*Across Paradise Sinkiang*)，我现在是母亲唯一的孩子、唯一的依靠，我握着她的手在医院整整搏斗了 8 个月，每日都徘徊在冷漠的医院与冷酷的死亡边缘，无奈、无助地看着她经历了 6 次痛不欲生的化疗。我母亲以非凡的意志和坚强挺过了一次次的化疗，没有消逝在痛苦的化疗台上。她的骨髓片显示癌细胞已经被控制住，没有再度扩散。

我们在万物生长、万物复苏的盛夏时节回到了自己的家里，母亲又可以继续画她的工笔花鸟、佛陀观音了，她每天能够画一两个小时，我们熬中药给她吃，中药多得要用箩筐去装。我们陪她走到大学后山的那口水井边，灌一壶清凉的井水，再带着她和已经走路迟缓的小斑狗狗一起回家。哥哥开始动手修建我们的“红尘国际青年写作营（Hong Chen International Writing Camp）”，我开始把中断了四次的《越野越新疆》书稿捡拾起来，在盛夏的 7 月和 8 月，与重庆的酷热天气血战了 60 天，直到屁股都坐出了坐斑疮，直到右手的胳膊肘磨出老茧，直到把 30 万字的书稿写完。

那时我所有的力量与信念都来自我的母亲，我要把这部历经波折、苦难的书稿献给她，感谢她的坚强，感谢她的勇气，感谢她生养了我。

9 月，当我把所有的图文、设计样稿交给出版社后，母亲的身体状况看起来很稳定，她的 CT 片、骨髓片显示癌细胞已经被控制住，没有再扩散。那时我有了个大胆的决定，我想重返那个遥远的佛国尼泊尔，徒步走完 1000 公里的喜马拉雅山脉，之前的 2007 年、2008 年，我曾两次去到那个小山国，以记者、背包客和志愿者的身份，走遍了尼泊尔的城镇、田园、寺庙、世界文化遗迹和部分喜马拉雅的小道、雪山，融入当地人的生活当中，写出了我第一本关于尼泊尔的旅行故事书《尼泊尔的香气》（*Fragrance of Nepal*），我想再写一本关于喜马拉雅的新书，向我母亲天天画的释迦牟尼佛祖，以及达摩祖师、莲花生大士致敬，为我的母亲和所有像她一样正在遭受癌症折磨的妈妈们祈愿，也向我自己的生命与人生中那些未知的领域挑战。

我很愧疚地问母亲，如果我离开她 3 个月，她会不会很难过、很孤单？！

母亲帮我把抓绒裤的裤脚缝上了松紧带，以免雨雪打湿鞋袜，又把我背包的大小带子重新用针锁了一遍，免得在半途裂开、散架。我母亲、我先生（我一直亲热地叫他哥哥）、我的狗狗小斑，还有请来照顾我母亲的小妹小琴，给了我无言的支持和力量，我背上那个 25 公斤的背包，义无反顾地出发了。

我后来才知道，我母亲非常艰难地等了我 3 个月，她把她的爱隐藏在了我裤腿的针脚里，托付在了我沉甸甸的背包上，而把她的痛留给了她自己，消融在了她所写的 5119 个字的《金刚经》中，她非常非常地虚弱，不能吃任何东西，不断地咳嗽，不停地呕吐，分分秒秒的疼痛无止无尽……但她却给了我 90 天、2160 小时、129600 分钟的时间去自由远行，其实她给予我的是用一生的力量去飞翔。

垂直上升的当普寺

A vertical climb to Dhampus

很显然，我们每个人的生命里都有太多的"第一次"是必须去面对和经历的，当我的"盖"比格姆，告诉我接下来将会是数千级陡直上升的石头梯级时，我根本没有意识到那会是怎样的一种身心折磨。

在尼泊尔语里，海拔 1130 米的费迪（Phedi）指的就是山脚、低地，而海拔 2100 米的道拉里（Deurali）显然就是山顶、高处，其间沿着山脊一路上升了近千米的高度差。经常爬山的人都知道，连续走台阶是最累的。在我们的城市生活里，你可以试着体会一下一口气爬几十层楼的那种感觉。我觉得那是安纳普尔纳山脉给所有初来乍到的“催客”们的第一道考验，或者叫第一个下马威。

我爬了十几级台阶就喘不过来气了，只好喊“Bassnu（不行喽，歇气之意）”，停下来小憩一会儿，而膝盖骨和后脚跟的经脉绷扯得好像就快要断裂。徒步者喜欢叫他们的向导（Guide）为“盖”，那是英语的发音和简称，于是我给我的“盖”的指示是，你尽管背着包往前走，不要管我，我一步一步地慢慢爬上来。但他的职业操守却是要不时停下来，要照看好我走的每一步，而不是抛下我，让我一个人哎哟连天地孤独前行。

几乎是蜗牛般的缓慢爬行到 1650 米的当普寺（Dhampus）后，已经是正午，我已经在山路上搏斗了 4 个多小时，而一个当地人或向导通常只需要 1.5 小时的时间，我的走路速度几乎是慢了一倍多。头发上、脸上、身体上的汗水被阳光不停地晒干，又不断像密集的气泡一样被烘烤出来。我强烈要求在当普寺休息吃午餐，然后一歪身就倒在了竹椅上。

短途的徒步者通常来到当普寺后，在花草遍地的木屋里住上一晚，第二天清晨看完鱼尾峰（Machhapuchhare or Fish Tail）的日出后，再沿路返回博卡拉。当普寺是一个世居着布罗门人（Brahmin）、沙提族（Chhetri）和古荣族（Gurung）的大村庄，约有 6000 名村民散居在山前山后，层层叠叠泛着金色稻谷香的梯田和慢悠慢悠散步在田坎上的水牛构成了一幅田园诗般的牧歌景象，潺潺流动的溪流声和稻田里悠悠鸣叫的蛐蛐声，让山野显得更加寂静。

在博卡拉只能看见鱼尾峰的一张脸，它是金字塔形的，不由得会很奇怪，为什么当地人会取名为“鱼尾峰”呢？如果像鱼尾巴的话，应该是像剪刀形的有两个尾翼呀？而当普寺就是能看到鱼尾峰那完美两张脸的最佳地方。登山界将尚未被人类登顶的山峰称为处女峰（Virgin Peak），征服处女峰是许多登山家一生的梦想。但如美人鱼般在日出时光芒四射的鱼尾峰在当地人心目中是一座神山，尼泊尔政府禁止攀登此雪山，故鱼尾峰至今还是高贵圣洁的处女峰。

当普寺有一个乡村车站，有一条缠绕在山脊上的狭窄的碎石、泥土公路通往博卡拉，早上从博卡拉出发的乡村巴士到达这里后，会在下午 5 点再返回博卡拉。2007 年我和哥哥第一次开着吉普车穿越喜马拉雅山的北坡，越过西藏的边境樟木口岸后，到达了喜马拉雅南坡的加德满都和博卡拉，最后抵达了当普寺。这里也是乡村公路的终点，再往上走就不通公路了，有的只是仅够驮马、徒步者通行的小路。所以这次当我用自己的双腿爬行着走上当普寺的时候，那种腿脚痛得快崩溃的经历太让人记忆深刻了。

“盖”指了一下天边正发散着金色光芒的雪峰，那是我们 5 天以后要到达的鱼尾峰大本营，我伸出我的双臂在空中做了个大大拥抱的姿势，我的目光可以穿越时空、穿越风声和光线远远地触及那里，但要靠自己的两条腿一步一步地走到那里，我觉得我一定会走得昏死过去的。

问候每一块石头

Greeting every stone

在当普寺的小路边，有一块醒目的招牌和一间巴掌大的小木屋，那就是 TIMS 和 ACAP 的进山检查站（Checkpost），皮肤黝黑的检查员会在你的两张通行证上盖上印章并签上日期，那一蓝一绿的两张纸就是你随后十几天里走在山间小路上的护照和护身符呀。两个年轻的中国女孩正在和拉着长脸的检查员说《聊斋》。为了省钱，两个女孩就在博卡拉的餐馆里请了一个背夫，每天 8 美元，她们也没有去办证就“色胆包天”地进山了。山路只有一条，逃票绝对没门，除非能像飞鸟一样有翅膀，或者像猴子一样有缩身术。罚款金为60美元，相当于原费用的一倍。我也“两肋插刀”地帮她们说好话，说几千公里远地从中国跑来走路，热爱神山的心是一样的呀。尼泊尔人心软，结果两个女孩按原价补了票，皆大欢喜地进山。

但就此我也发现，西方的徒步者喜欢按牌理出牌，安安静静地走路，独享着山中的美景与身心的静宁，绝不会影响他人；而中国的一些行者，不怎么有行为底线的概念，不喜欢规则的约束，也无视他人的感受，只要有三四个人结伴，到时宿营地里一定会呜嘘呐喊地吵闹无比。

我的“盖”始终走在身旁，也不多言多语，是那种内心很宁静的男人。我第一眼见他的时候，他穿着红黑两色的T恤，皮肤棕色，1.75米的身材瘦削得如同一根竹竿，而鼻子却高得有如鹰钩，我心下暗想，怎么派了一个冷峻的巴基斯坦的“基地战士”给我？但当他看着我露出一口白净净的牙齿温和地微笑时，我一下就喜欢上了他那犹如阳光般亲切的性情。要知道“盖”要陪着你走十几天，朝夕相处，如果他没有一颗能善待、忍耐的关爱之心的话，你的整个行程将如同阴郁的地狱般不快乐。

我问比格姆，我是不是他十几年的向导生涯里走得最慢的一个，他温和地点头说“是”，然后又不无惬意地补充道：“我把它当成休假。”他跟过的一个德国团队，强势到6天就走完了220公里的ABC全程，把背负行李的向导和背夫全都拉垮了。而我这种每天10多公里的速度，对他来说简直就是花钱请他来度假玩的。

一个“盖”在6个月的徒步旺季里，通常会走二十几趟ABC，我问比格姆会不会走腻了、麻木了，没想到他的回答却很有诗意：“每块石头都在对我说hello，每片树叶都在和我打招呼呀。”

背包走路是大多数山地尼泊尔男子谋生的唯一手段，靠山吃山、靠水吃水，这种相互依赖的关系，产生了一种非常温暖的感情，那就是他们对爬过的山、走过的路始终显得那样爱戴和崇敬，在我们生活的这个世界上从来都不缺少美丽的景致，但缺少的却是对美丽的信任与感恩，这个普通的山民比格姆给我带来了许多关于山居生活的美好想象，让我觉得这一路上的人、植物、动物、河流、田地和天空，都是那样紧密地依托在山脉的怀抱里，那是一种来自天地间的生死相依的和谐之美。

走到 1890 米的帕塔娜（Pothana）时又有一个检查站，在这里可以俯瞰玛尔迪河（Mardi Khola）在青翠的山谷间蛇形般蜿蜒，“盖”说有一条小路去到他的村庄，只需半小时，我可以去拜访他的布罗门人村庄，他父母有 9 个孩子，他曾经每天往返 3 小时去当普寺学校上学，直到高中毕业。18 岁时他去博卡拉当了一名背夫，后来考了向导证，在博卡拉安家结婚并有了一个 4 岁的女儿。

怎么看 31 岁的比格姆都像一个“未成年”的男孩儿，或许是尼泊尔人普遍黑瘦没有脂肪的缘故吧。这次我聪明地拒绝了去看他的村庄，要知道“盖”的半小时，对我来说起码要走 1.5 小时，我实在是走不动了。

下午 5 点 15 分我们停留在了 2100 米的道拉里（Deurali），陡悬的峭壁上有 3 户人家，也是 3 家客栈。沿徒步小路而居的村民会把他们的家变成可以接待“催客”的家庭旅馆，我们住的是美景小屋（Nice View Lodge），胖胖的女主人已在这生活了 26 年，她 16 岁的女儿叫 Ful Maga，尼泊尔语是“爱之花”之意。小姑娘面如桃花地在火光映射的厨房里做了一盘咖喱鸡饭给我吃，那真是少有的美味，我几乎是狼吞虎咽地就全干掉了，这让我想起流亡的国王曾经吃过的那碗如同人间仙品的菠菜豆腐汤。

我住的房间低矮，要低着头进门，也没室内卫生间，但异常干净。主人在门外用塑料桶做了分类垃圾桶，一个是放塑料垃圾的，一个是放罐装垃圾的，户外有一个巨大的黑色蓄水桶，她们叫它“Tank”。“Tank”下有个小开关，我们就站在那里面对着雪山漱口、洗脸，节约着每一滴水。

那天晚上我开始剧烈地咳嗽，出不了气，我想一定是白天不断出汗打湿了衣裳着凉了，半夜爬起来吃了三次药，板蓝根冲剂、维C银翘和阿莫西林抗生素，那是我平时治感冒的药，我想把病赶紧压下去，免得随后越来越严重，但我就没带治咳嗽的药。整个山区连用水、用电都很困难，更不能奢望有任何医疗所或者药品可买了，结果我就暴咳着听着呼啸而过的风声度过了山崖上痛苦的第一夜。

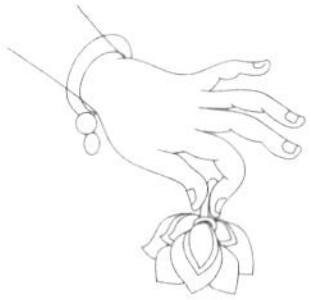

中毒

Food Poisoning

虽然折腾了一夜，全身酸疼得连翻身都困难，但当清晨6点辉煌的日出时刻来临时，我还是抱着相机站在了木屋外的冷风里。

在道拉里的峭壁上目光向北就可以眺望到安纳普尔纳南峰（Annapurna South，7219米）和赫育楚里峰（Hiunchuli，6441米）。我的身旁，站着的是两男一女德国汉堡青年，我们在昨日的路上相遇，同宿在道拉里的几间木屋里。汉堡是世界性的大港，世界各地的远洋轮来德国时，都会在汉堡港停泊，而汉堡人会认为那里是德国通往世界的大门，他们从北部的美丽港口汉堡出发时，就打定了主意要自己背包走完ABC全程，而不是像我这样雇用向导当“拐杖”行走。

在第一天背负 10 公斤行囊的行走中，他们气喘吁吁、步履艰难得和我一样，很多次我们在同一个“曲榻拉（chautara，石头平台）”歇气，看起来几乎虚脱，但是经过一夜的休整，他们就显示出了“德国战车”的精神，越战越勇。他们抱着一杯暖手的尼泊尔奶茶，尽管冻得瑟瑟发抖，但目光却和我的方向一样。在他们的国家有位著名的哲人海德格尔（Martin Heidegger），他说：“人类，充满劳绩，但要诗意地栖居在大地上。”此时我得承认，我那缠绵不断的日出情结，都是源自于一种内心特别向往的诗话般的审美情趣。

酷爱看日出，就像我们每个人渴望生命里随时能充满辉煌与绚丽的感觉一样，我的每一次旅行过程，好像都有太多关于日出的记忆；而每一个徒步的催客，每天最热衷的就是在不同的地方看着太阳升起与落下，即使一天一天地披星戴月，一步一步地跋山涉水，经历再多的身体的痛苦，可与等待日出那一光芒万丈的激动人心的时刻相比，这些痛苦都会在时间的进程中化为灰烬。我想大自然中的飞禽走兽，是不会从其生活的巢穴中觉出诗意，或从其藏身的窝洞中营造出诗意的，而只有诗情画意的人、诗人才是为这个世界而存在的，就如同世界也为诗情画意的人、诗人而存在着。

我双手合十，向天空中正在飞舞的诸神发出一声清脆的尼泊尔问候语“Namaste（那摩斯德，你好）”，之后就沐浴着绚丽的天光出发了。

野生的可能是致命的

The wild can be fatal

“盖”指着正在下降的石梯说，我们要一路纵深到莫迪科那（Modi Khola）的河谷里，跨过悬挂在溪流上的木质吊桥，再一路上升攀爬去到山对面的本尼卡尔卡（Bheri kharka）。

尽管这山巅能望见那山巅，但这一下一上的 6 公里山路，这种尖锐的 V 形地形，对我这种不善走路的城市作家来说，实际上走起来时，就非常地可怕了。路边紫色的喇叭花像蝴蝶的羽翼般自由地垂吊在山坡上，橡树叶如片片古老的书签散落在无人的小径上，峡谷中流水声潺潺。尼泊尔的溪流或河的支流被称为“Khola”，莫迪科那的源头即是雪峰萦绕的 ABC 大本营。

本尼卡尔卡是个大约只有 10 户古荣族人家的小村庄，它是海拔和道拉里一样的高地，尽管物质缺乏，村民却能废物利用，很有创意地把催客们喝剩下的矿泉水瓶、七喜瓶子去掉上半截，用些微的泥土种上了遇风、遇阳光就盛开的万寿菊花、大丽花，一字排开摆放在窗台上、栏杆旁。

一家客栈的女主人认识比格姆，热情地泡了一杯红茶款待他，还好心地切了两片巨大的黄瓜递给我。我们放下包在这里小憩，我第一次看见黄瓜长得如同冬瓜这般粗大，还好奇地问是野生的吗？

我在山路上从来不喝生水，也不吃生的东西，但看见黄瓜脆生生的诱人、解渴，当地人吃得“嘎嘣嘎嘣”声响，就用瑞士小军刀削掉了皮，吃了两小块。我看见狗在小道前面快乐地追逐着小鸡，刚背着相机包走出 50 米，腹部就开始刀割般剧痛，全身冷汗直冒，我赶紧招手让比格姆扶我到厕所去，一到厕所就开始狂吐狂泻了 20 分钟，人一下就虚脱了。

比格姆从来没有遇到过这种情况，好心的另一家主人提供了一张床给我，我躺下去就失去了知觉。昏睡了 1 小时后，我睁开眼睛，已是正午 12 点，比格姆就一直坐在另一张小床边，神情紧张地守着我。我看见那些废弃的瓶瓶罐罐里种着的花儿正面对着雪山开放，那是放射出光芒四射的能量的地方，神志一下就觉得恢复过来了。

“向死而生”，这是哲学家海德格尔最难于理解的一句口头禅，此时却活灵活现地闪现在了我的眼前。我的确没想到这么小的一点贪嘴就几乎让我毙命，不同的人对植物毒性反应的灵敏性会有极大的差异，对于某些人来说，微毒也可能意味着极大的危险。我想，我们的身体已长久地习惯了温室里、大棚里洒满农药的菜蔬，反而对野生的、天然的食物会产生过敏、不适应以致中毒。

在喜马拉雅山区的背夫和向导们，从来就是空着手走路，不带任何水壶和食物，以减轻身体背负的重量。渴了，他们就饮山泉水，用清冽的雪水擦洗脸庞、身体；饿了，就吃村民们提供的达尔巴，或者野果，无论生熟，有什么吃什么。但是，我们却是生活在大都市的容器罐、火柴盒里的玻璃人，我们是没有办法像他们那样在荒野里生存的，因此，在 ABC 的沿途，安纳普尔纳峰保护区项目办公室（ACAP）为来自世界各地的徒步者设置了免费的净化水装置，以免脆弱的都市人水土不服拉破肚子。

我们眼中的森林是自由的、坦荡的、生机勃勃的，但森林同时也是危险的、诡异的、令人生畏的，你在路上随时都有可能遇到各种始料不及的事情，意想不到的灾祸，更有那些容易在森林里染上的毛病，中毒、过敏、擦伤、腹泻等。大自然的法则是适者生存、优胜劣汰，幸存者都是那些能够不断适应环境的勇士，而我呢，要做的是先管住舌尖，不要乱吃，然后再慢慢适应，活着走出森林。

后来才知道，2000 年前张骞出使西域时带回中原的胡瓜，即真正的黄皮肤的黄瓜，它的原产地就是喜马拉雅山南麓的热带雨林地区，我们现在在超市里买到的那些修长、清脆、可口的“绿皮美人”，已经不知道被转基因、异化了多少年。

蚂蟥森林惊魂记

A frightening encounter with leeches

“盖”把登山杖拉长、拧紧，塞在我的左手里，我塞了两颗糖在女主人的手心里，感谢她在我倒下时，给了一张柔软的床收留我。但还没站起来，我就一阵惊恐的大叫，一只蚂蟥咬在我的右脚踝上，“盖”一把把它掐死，血一下弄脏了干净的床单。比格姆说接下来我们要走过 ABC 路段中最臭名昭著的一段蚂蟥森林路，过草丛时要加快脚步，尽量走在小路的外侧，而不要太靠近路内侧的岩石、阴湿的草坡。

在尼泊尔有个传奇故事，说很久以前神魔大战，一个巨魔被打死后，天神因陀罗（Indra）将其肉身剁成碎块，以免他来日复活。没有想到这样反而铸成了大错，为什么呢？因为恶魔的每一块血淋淋的碎片，都变成了会吸血的虫子——蚂蟥、蚊子、跳蚤、虱子。因此在尼泊尔 6、7、8 月三个月的雨季里，几乎是不能开展任何户外运动的，除了洪水、塌方、道路中断等自然灾害外，无处不在、肆虐无惮的旱蚂蟥也是无法野外行动的主要原因之一。

尼泊尔的蚂蟥进化得很小，如同不起眼的米粒般一样，即使在 9 月底了，深受印度洋暖气流冲击的尼泊尔依然处于湿热的季节中，在海拔 3000 米以上很少看到蚂蟥，但 3000 米以下，尤其是雨后初霁、阳光明媚时，这些软体的低等无脊椎动物就倾巢出动了。

它们常常像“幽灵”一样，藏在树叶上、草地上，甚至牛、马、狗的身上，对周围的响动、气味异常敏感，可以在很远的地方就听到行人的脚步声，闻到催客身上的汗水味儿，待行人从路边经过时，它就会本能地跳到行人的身上而让人毫无察觉。

它的吸盘是圆形的，细弱的身体两端都有吸盘，即使你恶狠狠、害怕得要死地把它砍成两段，它也照常能活，它咬紧人的肉体后便会排出一种分泌物，具有麻醉和抗凝血的作用，让它能拼命吸着血而人却毫无知觉和痛感。它会像幻影战机那样神出鬼没地不断出现在每个人的鞋子里、裤脚上、登山杖上、脖颈里、手上、背上。“盖”事先弯下腰，帮我扎紧了裤腿，我戴着白色的蕾丝手套，用纱巾包裹着整个头，一副阿拉伯贝都因人的模样。我看见头顶上的树林里有一群长尾猴在嬉戏、跳跃，刚一停下来，屏住呼吸拍完照，就发现一只蚂蟥已吸住了我的鞋面，还隔着厚袜子在吸血。

我惊呼，“盖”说拿出火柴来烧它，烧痛了它就会松口脱落了。问题是从昨晚暴咳开始，我就下定决心在路上戒烟了，还怕控制不住自己，索性把烟和火柴都“深挖洞”埋在了背包的最下面。“盖”只好再次用手掐，蚂蟥那吸饱血的身体已变得如蚯蚓般肿胀肥大了，弄得我腿上到处是血迹，被咬的伤口刺痛着，一个多小时了还流血不止。

我不由得想，我们不经过这里时，那些蚂蟥靠什么活的呢？空气？雨露？仙气？它未吸血的原始状态，人用肉眼几乎是看不见的！

而那谜底，也像被身旁河水冲走的东西一样，永远也找不到。据说欧洲医生还极力推荐一种用蚂蟥来放血提神的治疗方法，如果他走在尼泊尔的丛林里，他就不会再用这种让人神经崩溃的吸血鬼疗法了。

海拔 1700 米的托尔卡（Tolka）是个有 11 户玛迦族（Marga）的宁静村庄，玛迦是非印度教社会中人口最多的民族，其体型属于蒙古人种，像我们一样是黄色皮肤，信奉的是佛教，他们的大多数住房是用石头砌成的两层建筑，屋顶上铺着干茅草或石板。玛迦人以诚实、勇敢、守纪律和性格开朗著称，这些特点很符合军事生活的要求，因此在英印廓尔喀兵团或尼泊尔军队中，玛迦人士兵所占的比例是各民族中最大的，大多数玛迦村落的年轻人会从军，并定期向家中汇款，这不仅可改善家中的生活，也有利于国家的外汇收入。

托尔卡的玛迦妇女静静地在门前做着自己的事，晒豆子，擦洗铜器、咖啡用具，沿途不断经过徒步者，而过往的客栈里也没有任何暴烈烈吆喝拉客的声音，这是我最喜欢尼泊尔山村的地方，无论走停、去留，一切都是静悄悄的，阳光快乐地照着，那是一种单纯的、寂静中的时光，宁静到每一寸肌肤、骨髓里的时光，你甚至能听见牛“嚓嚓嚓”吃草的声音，还有蚂蟥在它头顶上吸血的声音。

比格姆看见我奄奄一息般的虚弱，就说今天不走了，停留在托尔卡，我立马像奴隶一样如获大赦。村口有所小学，有一口用铁皮做的捐赠箱，过路人愿意的话，可往里面捐一点卢比，孩子们在只有约 30 平方米的一小块平地上做着“老鹰抓小鸡”的游戏，这样的耍法在我们的城市里已经看不见了，但我们小时候也兴致勃勃地玩过，我往盒子里放了 200 卢比，心里满溢着一种久违了的东西，叫朴实的快乐。

我们住在鲁帕（Rupa）妈妈家，一进房间，“盖”就叫我把衣服脱下来检查一遍，我穿着的是宽松防晒的宝蓝色库尔塔（Kurde），一种尼泊尔女孩天天穿在身上的传统服装，有着棉质的长袖，衣身长及膝盖，用手工绣满了漂亮的花朵、树叶图案。我快速脱下库尔塔，一看到我肚子上流血不止，并且没见到蚂蟥本人，又是一阵尖叫、惊慌。

据说蚂蟥还能品尝出人的血型，万能输血者 O 型血是被叮咬得最厉害的人，还好我是神经质又稀少的 AB 型，算是被蚂蟥嫌弃、偶尔打打牙祭的种类，故而逃过本次大劫。

我把两天来被汗水打湿的 T 恤、血迹斑斑的衣袜抱到露天的洗衣处去洗，比格姆主动来帮我忙，他蹲在地上用手把衣裳揉洗一番后，再起身冲着水，用脚踢踏踩衣，这是尼泊尔山地人原始的洗衣法，我突然发现我的这个“盖”棒极了，如果我是那个傻乎乎骑着一匹瘦马，手握长矛，梦想着去攻打磨坊风车，挑战羊群、山峰的可笑骑士唐·吉诃德的话，“盖”就一定是那个纯朴、逗笑又智慧的随从桑丘·潘。

国际客栈用小锅盖接收着卫星电视，太阳能水罐在屋顶上闪烁，我痛痛快快地洗了个热水澡，鲁帕妈妈的客栈已开了 12 年，有两个儿子、两个女儿，她在柴火上给我们煮咖喱土豆饭，嘟噜嘟噜的咖喱香味飘进了干净的空气里。有一个挑夫挑了一担土豆从错姆龙（Chhomrong）——我要两天后才能走到错姆龙去——走到托尔卡来卖，每公斤 200 卢比，很贵，而在博卡拉土豆只需要 50 卢比一公斤。

我坐在面对安纳普尔纳南峰的茅草棚里，写这两天的日记；男人们在映射着阳光的起居室里，看印度的选秀节目，墙上竟然还贴有一张“中国超女”李宇春的招贴，比格姆则躺在一张铺着草席的石台上，用手挡着晃眼的阳光睡大觉。对他来说，我的慢行，就如同一次上帝恩准的休假。我想上帝同样是眷顾喜马拉雅的子民的，尽管没有丰沛的作物，蚂蟥遍地，食物短缺，但他们有天赐的阳光、树木、河谷、雪山、充足的电，有简单带来的无法用言语来表达的富足与满足。

这里是 ABC 沿线唯一充电免费的地方，当我也躺在草棚下看这里的天、这里的云、这里的房舍、这里的表情，我才意识到真正的旅行，是不需要在意太多的。

不需要在意走得苦不苦、累不累，不需要在意吃住得好不好、舒不舒服，你只需要背着一个简简单单的行李，带着一颗纯净的心坐在这里，放下呼吸。那时，你会看见酒红色的大丽花正从石板屋顶上横空出世，妖冶极了！

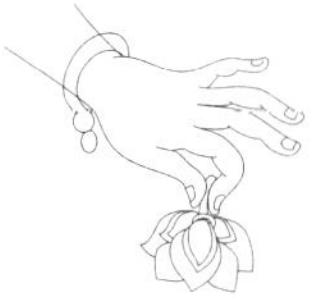

隐居

Seeking Seclusion

阳光映射在房间的玻璃窗户上，醒来时又是新鲜的一天，山野中散发出来的草木香不断抚慰着我的鼻孔，我快速地把散开的东西装进了背包，决定就这样很孤独地在荒野里走下去，哪怕咳嗽咳死了，这种自由和简单的美却是让人难以舍弃的。

我在 16 岁的时候，喜欢上了杰克·伦敦（Jack London）写的《野性的呼唤》，不可救药地迷恋上了阿拉斯加北部极地荒原的故事，那是每个人在少年时期的心底都渴望去追求的一种狂野、自由生活的梦想，离家出走，拥抱荒野，像杰克·伦敦那样去当“牡蛎海盗”，或当水手去远东，去南美，去非洲，去所有极限的地方！摒弃那种日复一日的、单调重复的、可怕的应试教育生活。

事实上在我长大成人好多年后，才知道我的偶像杰克·伦敦本人，只在北方过了一个冬天，回归野性、重返荒野更多的只是他年轻时的浪漫想象而已。在他 27 岁成名后，他公开声明他写作的目的就是为了钱，他认为他有权过豪华奢侈的生活了，用一大笔钱建造了一条名为“恶兽”的游船，再用 10 万美元（在当时是一笔惊人的钱财）建造了一所名叫“娘居”的别墅，后又一时兴起，点火焚毁了它。这位已跻身上流社会的大作家，酗酒成性，肥胖而可怜，成天宅在家里，和书里那个向资产阶级挑战的叛逆者、为自由而行走的年轻人已完全不同，他成名后得到的不是快乐，而是可怕的空虚，最后在 40 岁那年，他在自己的豪华大牧场里开枪自杀。

没有什么比享乐的生活、安全的未来、不思进取的腐败，更能扼杀一个人的冒险精神了，而一个堕落了的成年人，是没有办法再唤醒年轻时的那份激情与渴望，永远也不可能再走进荒野的。

在我们的生活里，大多数的人都欲望众多，都活得不快乐，习惯了在一眼就能望得见尽头的岁月里嗟叹，没有足够的勇气去改变身处的处境，去转换自己的频率和自己的跑道，把自己约束在了一种安全、舒适、周而复始、不断重复的庸常生活里。我想从今天改变，开始幸福，来一次放纵人生的旅程，即使迷失在孤独探险的路上，那也是指向不凡心底狂野的方向。

每个个体生命的快乐往往源自于发现了一个新的世界，有了一种新的视野，而不知疲倦的好奇心和冒险精神，才是一个人生命活力的核心。是呀，还有什么比每天在不同的地方、迎接不同的地平线，更让人心旷神怡的呢?！

幻影谷兰杜克

Fantasy valley of Landruk

我把从托尔卡（Tolka）沿着舒缓的山坡，一路向下抵达兰杜克（Landruk）的这一段山谷称为“幻影谷”。

山羊、毛驴、水牛从梯田上缓缓走过，沐浴在晨曦的光影里，溪流干净照人地流了千年，吊桥悠悠。我问“盖”，兰杜克是什么意思，他说 100 年前在安纳普尔纳山区受教育的人很少，有的地名有意义，有的地名没有意义。兰杜克在尼泊尔语里没有任何意思，它或许就是一个好听的发音而已。

但我固执地想，它应该是我的梦幻之谷。

在尼泊尔的国土面积中，有 64% 是山地，高度落差在这个小山国里也简直惊人——从低于海拔 100 米的特赖平原到 8848 米的世界之巅，由高低不断变化的落差形成的不同层次的景致，让人啧啧称奇。人们身外的四周到处都是山，这决定了尼泊尔人的田地差不多都是梯田，散落的房屋矗立在一层一层盘旋而上的梯田间，在强烈阳光的照射下，这些一间一间的塔屋，向四周散发出幽幽的青绿色光芒，让人觉得好似隐士的仙居。

美国的《旅游与闲暇》(*Travel Leisure*) 杂志评选出了世界最奇美的 7 处梯田 (terraces)：菲律宾伊富高的巴拿威梯田、中国云南的元阳梯田、印度尼西亚巴厘岛的乌布梯田、尼泊尔博卡拉的安纳普尔纳梯田、泰国清迈的湄林梯田、越南老街的沙巴梯田以及中国桂林的龙脊梯田。在我身处的这片安纳普尔纳山区，奇妙的梯田好似上到天庭的扶梯，我看那些山时，一层一层的，那些梯田就像一个一个的梯级，我觉得我的身体正踏着这些梯子，一步一步地去到天上的白云里。

在路上，我遇到了几个山地的古荣族男人，他们穿着粗布制作的宽大背带，我把它称为中国武侠小说中洪七公丐帮的“口袋装”。那些背带的前后都有袋子，我想那是便于在田地里劳作，放置镰刀、食物、饮水这些东西的。他们种植的并不是水稻、麦子，而是耐旱、耐瘠，在恶劣环境下亦可生长的小米 (millet)。山地各族的原住民从古至今都认为小米是大神赐予的最神圣的作物，在雪山的映衬下，迎风摇曳的小米植株和野生的狗尾巴草极其相似。

我最初还很无知地以为，狗尾巴草都泛滥到了天梯里，这些山民没粮食吃，可怎么活哟。

殊不知，小米不单是尼泊尔山民的主要粮食，他们还用小米制作 Raksi（拉克西），一种带着醉人气味的米酒，其纯度达到了 40°，相当于我们的二锅头、日本人的烧酒。他们把这种白酒的功效说得神乎其神，还赋予它神酒的美名。每到傍晚到达宿营地时，我像山民一样，悄悄地要一小口拉克西，在厨房里一饮而下，那时喉咙会感到出奇的舒服，全身的酸痛、一天的疲乏，好像一下子就被一床热烫的天鹅绒包裹了起来，这时醉眼再看那些山，云里雾里、东歪西倒的，瞬间都变成了三维空间里的美幻动漫片。

在国内的时候，不时有朋友问我，你数次去到尼泊尔，如果去尼泊尔，能做什么？

我也万年不变地回答道："什么也不做，只是走路、发呆！"

在一个隐没在喜马拉雅山脉间的山地王国里，一个绝大部分旅行者不曾踏足的国度里，所能激发、唤醒的，是人们进一步领悟何为简单生活、何为幸福指数的含义。在这里，不会有人像抢劫犯一样，拉着你四处去购物，大声催促你"快点走，快点走"。这里也没商店、超市，没人造景点、人为娱乐设施，让你被迫去"出血"、去花钱，这里甚至没有人在乎你的来去，没有时间限制，也没有人打扰你的独处，没有聒噪，没有口角，更没有人来抢夺你的自由呼吸，我每天所做的，就是缓慢又缓慢地独自游走，体验那海阔天空下仙境般的幸福，让幻想家的心灵，经历一次又一次唤醒般的洗礼。

朴素生活散发的美味

The beauty of a simple life

穿过兰杜克的村庄时，有一个分岔口，向左拐，去到甘杜克（Ghandruk），那是安纳普尔纳山区最大的古荣族村庄，我在回程时会去到那里；向右拐，则去到错姆龙（Chhomrong）。

我们继续往右，沿着梯田直插到了谷底的新桥（New Bridge）。新桥其实是一座很长、很高、很破旧的桥，凌空晃悠在清澈的莫迪河上。一个年老的古荣族妇女在谷底的路边采摘一种娇艳的野生植物的花穗，把它晾晒干后腌制起来，就成了达尔巴中最好吃的一种咸菜。之前我并不知道我每天必吃的达尔巴中，有好几样小菜都是来自山间的野生植物。

在不同的海拔高度，数量极其庞大的植物因它们的纤维而备受青睐，一种叫“蝎子草”的喜马拉雅荨麻，它那锯齿状的叶子，会给人留下一种很深的刺痛感，但人们如在其稚嫩的时候采摘，可当蔬菜享用。而当它长成熟时，它的茎含有植物纤维，妇女们就用牙齿将荨麻的皮剥掉，将其纤维浸泡、捶打、煮沸，纺成一种粗糙的纱线，再在织布机上将其织成一种经久耐用的做库尔塔长衫的白布。这些既可用作食材，又可做纺织原材料的植物，千百年来强壮着喜马拉雅山民们的体格和行装，适者生存，我想我的躯体已经离不开达尔巴和库尔塔了。

我们决定在莫迪河边的赫楚里木屋（Himchuli Lodge）吃午餐，等餐的时间通常都要 40 分钟左右，因为主人要现蒸米饭、现做咖喱土豆鸡块、现熬扁豆汤，那时端出来的达尔巴才是新鲜的、热络的、能补充能量的。我躺在长凳上小憩，飞溅的瀑布水声在头顶穿越，风吹拂在脸上如诗一般清凉，一只通体透明的螳螂竟然跳到了我的身上，把我的身体当成了寂静时光中的柔软浪漫小道。

身旁的锅文树（goven）闪烁着光芒，肥大的叶片如巨人的手掌，那是专门给奶牛、水牛、山羊治病吃的一种中药，我一直咳嗽，没停过，心想也不知是否可以治我这只“驴儿”的毛病。在一个现代医疗非常少的国家里，人们自然而然地对药草的知识极为渊博，尼泊尔有 600 种得到确认的具有治疗特性的药草，这就是为什么在他们供奉的神里，手持莲花和药钵、面孔闪着幽兰般智慧光芒的药师佛（Medicine Buddha），是最为美丽、最受人尊敬的神佛之一。

女主人那个 2 岁的儿子，裸着光溜溜的身子，悄悄地爬上桌来，差点把我的帽子拿走。他母亲则把他抓回去，在阳光下用几片石梅衣熬的水，蘸着棉签，给他做裸体 SPA。石梅衣（parmelia）在印度和尼泊尔被用作调味品与祭祀用香，还用来提炼香水，它具有的抗生素是最天然的洁肤品。看着那个光溜溜的小家伙，好像圣母手中托着的圣婴，在喜马拉雅透明的阳光里发着光，搞得我也想搓几叶石梅衣来次天体浴了，好让辐射强烈的喜马拉雅阳光彻底杀掉我身上的病菌。

想想我眼中每天看到的事物，我身体每天接触到的事物，谷物、米粒、岩石、树木、叶片、小道、昆虫、山民、孩子，流在皮肤上的汗水，拂过脸颊的风，我觉得自己重新发现了朴素生活的意义——我们来到这个尘世间，原本就是为了领略自然之美的内涵的。

能叫出每一样事物的名字，能发现每一样事物的美妙与益处，能把广袤天地里那些动人的甘露、花香、气息吸到身体里，人类怎能离开大地而活呢?！

我很感激山神喜马拉雅的赐予，让我能真实地进入它的环抱里。

野菊花开在竹杖上

Wild chrysanthemums on bamboo poles

一旦过完峡谷底的河流，就知道又要往上攀爬另一座山峰了。一只蚂蟥在我脱掉蕾丝手套擦防晒霜的当儿，竟然跳到了我的手套上。冷血的动物永远都喜欢热血的气息，就像我们每天都仰望着一座座的山峰，那么热切地渴望抵达山顶一样。

在“之”字形盘旋而上的小路上，我遇到了一个香港来的女孩Kowai，这是我见到的唯一一个在安纳普尔纳小道上，独自背包行走的中国女孩，她竟然连一个背夫都没有雇用，自己背负着8公斤的装备包。我的眼神里充满了钦佩，好了不起的一个“女汉纸呀”！我虽然也是一个孤身前往ABC的“女汉纸”，但我是配备了一个超级“盖”的。

我问她，为什么没雇背夫。她说，她30岁了，她想挑战一下自己，看是否能独自走到ABC？如果她行，明年她就会独自去到更高的EBC（珠峰大本营）。她一个人慢慢地走着，降低着呼吸，步幅很小，像只蜗牛，汗水浸透了她晒黑的脸庞和草绿色的速干衣衫，孤独、隐忍的身影如同周围静默的石头，好像她已经在这条路上存在了千年一样。

“盖”有点恶作剧地悄悄对我说，她上半身看起来是个女人，但下半身已硬朗得像个男人了。我呵呵笑了起来，这个布罗门族的男人，其实随时都带着男人的眼光、男人的品位的，他天生还是个有性别歧视的山地男人，只是他是我的山地向导，我几乎忽略了他的性别。

我打趣着，问“盖”，当初为什么一见我就露出牙齿笑，也没砍价就跟着我走了？没想到他说，Pearl，你笑起来很女人，让人觉得很放松。

不过，我觉得Kowai敢一个人走喜马拉雅，她才是一个真正意义上的心灵与意志的漫游者，而不仅仅是一个走路的徒步者。有一会儿，我发现她好久都没有出现在弯来弯去的小道上，担心她走错路了，走进那条没有石梯、荒草丛生的岔道上去了。“盖”快速倒回去，找到了Kowai。当Kowai看见我坐在石阶上喘气、咳嗽，马上主动把她口袋里带的润喉片分了8颗给我，这就像雪中送炭，让我咳暴着的肺一下觉得舒服多了。

在下午3点日头正毒辣的时候，我遇到了一个美国的10人团队，他们雇了一个向导、6个背夫。背夫（porter）像驮马一样背负着所有的装备，包括露营的帐篷、睡袋、桌椅、野炊用具、食物和油灯等，我仅仅背一个不到 3 公斤的随身小包，就走得上气不接下气的了，而这些个子矮小、双腿弯曲、穿着塑料凉鞋、衣衫单薄、头上紧紧勒着羊毛背带的山地男子，却要负重四五十公斤，每天长途跋涉六七个小时，他们如同喜马拉雅山上一群赋有神力的精灵，是徒步团队的先头部队，在团队到达目的地之前，把所有补给提前运送上去。而一个背夫，一天的工钱仅仅是 8 美元（约 50 元人民币），吃住还需他们自己解决。

很多时候，看见这些背夫源源不断、步履沉重地从我身旁走过的时候，心都要没有由来地心疼他们一下。同样是人，但他们却像动物一样生活得如此含辛茹苦。通常一个徒步者，会为 7 个尼泊尔人提供谋生与就业的机会。在 6 个月的徒步旺季里，每个背夫大约可挣 7 万卢比（5000 元人民币），每个向导大约可挣 14 万卢比（1 万元人民币），这可是他们一年里可以获得的全部现金收入了。而由于贫穷、劳苦的生活，物质、医疗的匮乏，尼泊尔男子的平均寿命只有 68 岁，远远低于亚洲其他国家男性的平均寿命——中国男性的 76 岁，日本男性的 80 岁，更不用说阿尔卑斯山脚下的瑞士，那里男性的平均寿命是全球之冠，81 岁。

我没想到那个和我一起在曲榻拉（chautara）上歇气的老年背夫，性情却是那样的开朗，他的背篓足有 40 公斤重，汗水打湿了他的衣裳，也打湿了背篓上的背带，羊毛背带中间的颜色比两边的深了好多。他用两节简单的竹竿，做成了两根承重的步杖，还在顶端插了几朵盛开的野菊花，那几朵浪漫的素色小花就像他的孩子、他的宠物、他的亲人一样，娱悦着他漫长艰辛的劳力之途，也温暖了我的脚步。

我离开他时，请他和我合个影，他马上把正打着凉风的衣角放了下来，做了个虔诚的“Namaste（那摩斯德）”祝福礼。带着这样的一个祝福，我一路上都走得特别踏实。要知道，尼泊尔人丹增·诺盖（Tenzing Norgay）在1953年协助希拉里爵士一起首次登上珠穆朗玛峰后，尼泊尔人已经不仅仅意味着是一个高海拔地区的搬运工了，在现代都市人慢慢发现了长途远足的乐趣时，他们需要尼泊尔人，不仅是因为他们有天生的爬山本领，还是因为他们健壮的体格、优良的品质，因为他们出了名地朴实、忠诚、善良的胸怀，友好、勇敢、热情的行为。这些用脊背驮运着重物行走的人，才是伟大的喜马拉雅山脉中一块块最坚实的“岩石”。

荒野式温泉

Hot spring in the wilderness

下午4点半，我们到达了半山腰上的吉鲁丹达（Jhinu Danda），好多催客都停留在了这里，半裸着身体裹着浴巾晒太阳。“盖”故作神秘地对我说：“Pearl，我们今天就住在这里，待会儿有一个惊喜给你。”

在这个海拔1750米的半空，上不着天、下不着地的地方，一瓶可乐已经卖到了175卢比，相当于13元人民币，贵得让我肉疼，难道还有什么更高级的享乐？难道还有一种极润肺、极滋补的高山蜂蜜，让我感觉舒服一点？

在庭院里喝着解乏出汗的柠檬姜茶时，我听到了悬崖下清脆的水声，热气在光线里如仙子的薄纱一样从深谷里飘忽而上，哇，隐秘峡谷里的温泉！

安纳普尔纳群山由于特殊的地质结构和地理环境，产生出了大大小小的温泉，莫迪河谷的不少地段是沿大型断裂构造发育的，河流如利舌划开了坚硬的地壳，让大地淌出血液，流淌出硫黄和火山的热气来，在那些岩体的附近，就会有温度较高的温泉或沸泉。

“盖”坐在庭院的一张草垫上，吹着我请他喝的柠檬姜茶的热气说，有位古荣族王子，浑身长满了奇痒难熬的疹子，忧郁的王子有天骑马乱走时发现了这处神水，就此获得了神奇的新颜。

原始的先民们并不了解温泉里那些天然的硫黄矿物质有神奇的抗氧化、光泽肌肤的能力，于是给温泉赋予了“神”的力量和色彩。对一身骨头都走散架的催客们来说，此时的惊喜与重生之感不亚于那位古荣王子。

温泉在向阳面的峡谷底，也就是说我们要花20多分钟的时间沿着陡峭的山脊背“滑”下去，而泡完了澡回来时，我可能要花1个多小时的时间才能“爬”得上来。

我连救命的药都精简了，更不用说带泳衣了。“盖”空着手什么也没带，我想管他的，就到离天最近的地方泡汤去，大不了穿着衣服下水。

一看到岩壁下、湍急的河流旁冒着袅袅水汽的几个碧绿的水塘子，我一下就奔放起来了，池边好几个催客都半裸着，两个澳大利亚女孩也没带泳衣，穿着的是胸罩、三角裤，我飞快地把我的库尔塔长衫脱了，如法炮制。我极为快意地看到沉积了多日的汗垢、油泥流下我的双腿，怀着一种无比感恩的心情注意到我的身体有了一种光滑、细洁的质感。

“盖”则直接跑到飞泻的水柱下，脱光了衣裤，仅穿着一条遮羞的底裤，神情忘然地冲洗。我第一次看见一个喜马拉雅山地男子的身体，全是骨头和肌肉，像根弹簧一样没有丁点脂肪，犹如山野里的某种矫健动物。他的右侧肩膀上一直斜挎着一根纤细的红线，那是一个印度教成年男子终生都要佩戴在身体上的圣线，即使洗澡时也不轻易取下来，那时我才知道，他们的身体其实早已是此山此水中的一部分了。

唐朝有个帝王，曾用细腻的笔触写下了《温泉铭》：“不以古今变质，不以凉暑易操；无宵无旦，与日月同流，不盈不虚，将天地而齐固，永济民之沉疴，长诀施于无穷。”那个帝王是唐朝开国的圣主李世民，而盛世的天子唐玄宗则以温泉为媒，除了“温泉水滑洗凝脂”，与盛唐第一美人杨贵妃创造出至今令人回味无穷的美丽瞬间外，他还使温泉文化成为皇家文化的重要组成部分，沐浴、养生、修仙、处理朝政、外事接待，来自各国的使臣、外域的可汗，都曾受到李唐天子的恩赐，在古都长安的骊山，边泡着温泉，边指点着江山。

而喜马拉雅的温泉则处于一种原始的自然状态，半裸的男人、赤胸的妇女、光溜溜的小孩，人们只是简单的利用，在水雾氤氲的蚀骨“温”情中恢复着身体的平衡，调和着阴阳的能量。一个老背夫拍打着身上的水花对我说，他们泡温泉也有讲究的，泡多少天，每天在什么时间泡，每年在什么季节泡，都有习俗的。

吉鲁丹达的温泉在春秋两季的出水量会少，这时水中的矿物质含量最高，所以村庄里大大小小的人都来了，在众乐乐的幸福中，没有了你我他之分、高低贵贱之别，有的只是让皑皑雪山下的温暖，慢慢地从脚底弥漫到全身，而我想正是这种没有修饰的简单和随意，才让人返璞归真、回归自然，让雪山脚下的这座村落充满了人间天堂的古朴、欢乐气息。

我们心满意足、骨头酥软地离开时，头顶上清静出尘的弯月，带来了喜马拉雅令人难忘的娴静之美，但“盖”也有失策的时候，他没有告诉我要带头灯和防风的外套。在寒风浸骨的密林、乱石中，穿着湿漉漉的衣衫、沙滩凉鞋，摸着黑，深一脚、浅一脚地往上爬行，很容易地就被灌木丛割破了皮肤，被碎石绊倒了。

“盖”抓住我的手，他自己走在小道靠近草坡的内侧，为我抵挡着蚂蟥，不多会儿，我就看见他在捏脚上、身上的“吸血鬼”，白色的 T 恤上血迹斑斑，怪吓人的。我是个大近视妹，加散光，在晚上行走时，只觉眼前一片昏黑，狼狈得眼睛几乎都“触”到地面了。走在我们身后的一个澳大利亚女孩见到这情形，马上把她头上的 LED 照明灯不由分说地戴到了我的头上。她说，她可以和男朋友共用另一个 LED 照明灯。那男孩索性脱了鞋，把鞋吊在肩膀上，赤裸着双脚走。他们俩刚结束了福特基金会提供的在博卡拉山村小学做 3 个月海外志愿者的工作，这次徒步走完安纳普尔纳山区后，就会回国。这些当过义工的人，始终有一种非常天然的品性在打动着你，那就是会主动地伸出援手，自然而然地关照别人，哪怕是陌生人。他们的举动与善行，就像一道不经意穿破密林暗夜的光亮，投射出令人向往的温情来。其实我有熟悉小道的向导搀扶，他们在不熟识的悬崖小路上，会比我走得更艰难、更危险。

这时，一只体形矫健的麂子（barking deer）像光一样闪过，身体在月光的映射下闪着梦幻般的银色。喜马拉雅有一种动物可以在月色下散发出奇异的香味，但那种麝香鹿（Musk Deer）在安纳普尔纳山区几乎灭绝，再也看不到了。小巧的麂子是喜马拉雅森林中恒生动物的一种，它轻灵地穿过了流淌着暖水的小溪，然后消失在灌木丛中。

像这样随时来自于大自然的惊艳真是动人心弦，我已找不到合适的词语来抒情与赞美了，只能在光影之间，慢慢移动着修长、结实的双腿，再仰头一叹。

我们这个临时结伴的“沐浴小队”，悄无声息地向前走着，生怕惊动了荒野圣殿的宁静，而灵魂在此时，已像那只麂子一样，回到了宇宙的原点去隐居。

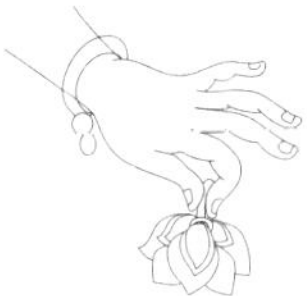

山路

A Beautiful Path

旅行是没有终点的，故行者永远都在路上。

这是我们走上山路的第四天，我们每天行走的时间是由太阳来决定的，日出之时我们整装出发，日落之时我们止步歇息，而为了安全起见，绝不赶夜路。

在喜马拉雅山脉，山路都是在山脊上的，山脊的中轴连着所有海拔超过 7000 米的山峰，通常人们看着地图，就可以轻轻松松地周游世界，或者动一下食指、刷一下微信，就可以把人间的绝世美景一览无余，但很少有人会想到，那些在地图上标出来的大大小小的地点，那些在巴掌大的手机上遗世独立存在着的极地，其实在我们身处的真实世界里，有着无数的艰难险阻。

从安纳普尔纳山区一张比例尺为 1 : 125000 的地图上看，每天摆在我们面前的路程只有几厘米，犹如微尘与萤火，在眨眼之间就可飞逝而去，但要想最终抵达喜马拉雅王国的山顶，却需要日复一日的长途跋涉。

吉鲁丹达的清晨凉风扑面，已有两个背夫在帮一个美国女孩捆绑硕大的背包。我看了看手腕上的卡西欧光动能登山表，表上的海拔高计显示的高度是 1750 米，这意味着今天的整个行程，都将是悲催的“up，up”上坡了。我所知道的一个成年人正常行走的步幅大约在 65 厘米，即每走一大步的距离为 0.65 米，一段 1 公里的路程，大约需要走上 1538 步。

在柯南道尔的小说中，神探福尔摩斯能够通过一个人走路的步幅，推算出其身高与习惯，从而把嫌疑人圈定在他的神机妙算之中。我想如果我要完成220公里的ABC全程，大约需要走上33万步之多，真正的万步长征、“万里”征途呀，不知福尔摩斯可否也给我这个最不善走路的驴友，下个神秘的论断，看看我到底是个什么样的人？！或者预测一下，我走的每一小步又有何意义？！

通常在一个宿营地，会遇到来自不同国家、不同年龄的徒步者，由于每个人每天的脚程不一样，体力、快慢不一样，因此在早上一起出发的催客，是很难在傍晚时再次相逢的，故无论是来寻求佛教的教化与熏陶的朝圣者，来探寻异国情调的探险旅行者，来体验和感受艰苦的第三世界生活的灵修者，还是用脊背行走的背夫，用脚印丈量山径的山民，人生仅此一个时刻、一个时段同路，于是我们每个人，都加倍地看重这百年才能修来的一起走路的时光，在开满了野花的小路上，继续着我们的脚步，走着我们没走完的路程，写着我们没写完的故事。

而我发现，很多时候人生就真的如同一场徒步旅行，让身体与心灵经历一次苦行的锤炼，也在不知不觉之中，修行亦修心。如果你是一个喜欢品味过程的人，那么旅途的长度、难度对你而言，就根本算不了什么。

一条路的感恩与承诺

In praise of paths

一离开吉鲁丹达，就是一大段又陡又漫长的上坡路，其垂直高度差为500米，鱼尾峰那剪羽形的完美双面，优雅地高耸在群山的皱褶之上，仿佛伸手就可触及，但要到达那里，却又是何其的艰难。我只能仰望着湛蓝的天空，一步一步地向上，嘴里呼哧呼哧地喘着粗气。

在小路上大约每隔 2 公里，就会看到一个用干石堆砌起来的石台，这些石台的形状呈矩形或四方形，面积约 3 平方米、1 米来高。石台一般都有两层，第一层的高度恰好齐到腰部，便于把背包、背篓等放置在上面歇气，人也可以很舒服地靠在上面或躺在上面小憩一会儿；第二层是个面积更大一点的平台，可以在上面堆放大型的货物，或做野餐。比格姆说这种石头平台叫“chautara（曲榻拉）”，是尼泊尔古老的休息地，有的石台已经延用了上千年。

尼泊尔的道路蜿蜒曲折、高低不平，这给步行者带来了极大的困难。为了缓解旅途中的疲劳，各地的尼泊尔村民自发地修建了成千上万个曲榻拉，供行路的人卸下行李歇歇脚，有的在冠盖如云的菩提树荫下，有的在陡峭山脊的垭口上，许多曲榻拉的所在地还是古印度神庙的遗址，而在每个村口的曲榻拉，则是乡村生活的焦点。

石台的中央，通常有棵印度榕树或菩提树，树根深深地扎入石头与杂草之中。菩提树有一种特殊的宗教含义，因为佛陀便是在菩提树下悟道的，故它常被种在寺庙周围或石台上。过往的行人常在这里停留，坐在树荫下面乘凉、歇气、休息，舒服地睡上一觉，互相聊聊天，做上一顿简易的午餐。而村里的人，则在这里聚会、聊天、做生意或举行宗教仪式，有的背夫在这儿打听家乡的信息，或许也是最后的消息，有的徒步者在这儿了解前方旅途的路况。

有一次，几个在石台上晒土豆干的女子看着我说：“Sherpani，Sherpani！”她们把我当成了长着杏眼、脸颊宽大、颧骨高耸、皮肤棕色的夏尔巴女子，那是尼泊尔高海拔地区的本土藏族人。能得到当地人的认同，我很开心，说明好几天以来的暴晒，已让我这个有 1/4 蒙古族血统的女子，看起来和一个土著女子无异了。

每个曲榻拉看起来都像一个热闹的乡村俱乐部或生动的咖啡平台，

佛教和印度教中讲因果报应的法则，所以那些一生都在山路上行走的山民，无论是穷人还是富人，都会倾其所有，齐心合力地修建一座石台，并把它视为一种改善因缘、供奉山神的途径，种下福报、奉行众善的喜舍——超可爱的一个“欢乐小站”。

走在山路上，偶尔还会看见一两座微型的白色石塔，长满青苔的塔基上，刻有某个人的名字，塔尖上插着一束野花。最初我以为是供奉山神的小神龛，走了好多条顺畅、铺满石板的小路后，才知道那是纪念捐路者的墓碑。

印度教徒死后实行火葬，会将骨灰毫不保留地抛撒进圣河或山溪里，不留一点痕迹。而只有那些修了很长一段石梯路，或开辟了很远一段山路的捐献者去世后，人们才会在小路的中央，为他立上一座墓碑，而墓碑的方向，则永远朝着他们崇敬的雪山。

走上那些布满青石、洒着淡淡阳光和淡淡花香的美丽山路时，不由得会很感激那些少年时、青年时、壮年时、老年时，一直都在这条路上跋涉着的山民。喜马拉雅的地理环境与崇山峻岭，常常意味着异乎寻常的生存艰难，但尼泊尔人却用一生的爱恋和意愿，崇敬着那些将他们分割开来的山脉、河流和峰峦，即使消失了、死亡了，也要成为一块铺路的基石，或一处遮荫的石台，他们把浪漫的心事与不变的忠诚，全都沉淀在了坎坷、崎岖的路上，而那是他们对一条路一生的感恩与承诺。

一颗糖的甜蜜与重量

The significance of a sweet

攀爬上 2210 米的错姆龙（Chhomrong）时，已是上午 10 点，我们在这里买了一壶热水，坐在石台上很腐败地吃了几块奥利奥饼干。错姆龙是安纳普尔纳山区最后一个永久性定居点，有800多名古荣族的村民，这个面积辽阔的村庄有15家风景绝美的客栈，家家户户的露台都面朝着安纳普尔纳南峰、赫育楚里峰与鱼尾峰三座雪山，我想就赖在此地，风花雪月地老去，而“盖”说我们才走了ABC全程的一小半。

在石台上，我们遇到了两个中国女孩儿，我没想到她们竟然在上海的图书馆里，读过我的第一本关于尼泊尔的书——《尼泊尔的香气》。当有人在喜马拉雅的小路上，看着你的面孔，惊呼着你的名字时，我想那是我这个旅行作家最荣耀、最喜悦的时刻。

世界上的道路有数亿条，犹如浩瀚的星辰，但人们却会因为旅行而千里相逢，也会因为旅行而照亮彼此的心灵，温暖着不再陌生的路程。现在我明白，我的命运就是旅行，或者更恰当地说，旅行就是我的命运、我的归宿，人一生中最美的时光永远都是在路上的。

离开错姆龙，再往前走，就不会再有自然的村落了，随后宿营地的位置和客栈的数量，都是由安纳普尔纳峰保护区项目办公室（ACAP）来决定的，徒步者搭设帐篷的地点也是由ACAP严格指定的，同时ACAP还严禁在海拔2000米以上的区域使用木材烧火，只能用煤油或液化天然气罐烹饪食物，禁止在错姆龙以上的神山、圣地杀戮动物和售卖肉食，因此，错姆龙是你能够最后享受到一餐炸鸡或牛排的口福之地。

尽管错姆龙是河谷里最高的一个人类居住地，但牧羊人会在夏季驱赶着成群的绵羊和山羊，去到保护区里更高海拔的山地放牧。在下完150米油亮发光的石梯路后，我们来到了水声咆哮的错姆龙科那（Chhomrong Khola），小心翼翼地走过那座架设在海拔1860米高度的晃悠悠的索桥后，我们又沿着一片长满了竹子、杜鹃花树和橡树的丛林，继续往上攀爬。

中午时分，在半山腰提切（Tilche）的一家迷你客栈，吃了第一顿没有鸡肉的素餐达尔巴，午餐跟周围的空气一样清淡，我觉得好像根本没有吃过东西一样，依然感到饥饿和头部缺氧，在抬头的一瞬间，我看见一个很小的男孩从远远的牧羊人的帐篷外，像飞鸟一样向我俯冲了下来。

他冲下来看见我的时候，递了一片小小的树叶给我，然后他就用细细的声音说道："Sweet！"在海拔 2000 米以上的地带，能够看见的村庄和人烟已经越来越稀少了，这个牧羊人的小男孩一路狂跑下来，原来他是想向我要一颗糖。

我马上晃动着手说："No candy，no candy（没有糖、没有糖）！"

那一刻，我就是一个来自都市、很善于自保的那种人。在"盖"的背包里，我们带着少量的巧克力和奶糖，但由于我们要在山里跋涉十几天的时间，那些糖无疑是我要在缺少食物的高海拔地区，补充能量和体力的，甚至是缺氧时救命的，因此我显得非常的吝啬，本能地说出了"没有糖"。

小男孩儿把树叶放在我的手心里后，很失望地站到了小路的边上，那一刻，我瞥见了他眼中正在熄灭的些许光亮。

我们继续悄无声息地往湿努瓦（Sinuva）方向跋涉。这时，走在我身旁的"盖"兄弟说道，他在 8 岁之前，几乎都没有穿过有型有款的衣服，也没有去过博卡拉的城镇，但有一次，一个徒步者给了他一颗糖，他就把那颗糖用绳子拴住，玩了 3 天，最后才恋恋不舍地吃掉了。

当"盖"轻声向我讲述他小时候的故事时，我的心里充满了羞愧，我第一次知道，一颗糖在喜马拉雅山区孩子们的童年生活里，是多么的记忆深刻和难忘。当那个小男孩儿向我要糖时，他说的不是"candy"——一种很正式、很书面的关于糖果的说法，他说的是"sweet"，他说的是关于糖的一种甜蜜、芳香、愉悦的味道。

在有的旅行手册上，总会提醒游人不要轻易地给贫困地区的孩子糖果、钱币等，认为这样会养成他们乞讨的习惯。我想，这只是我们在现代文明熏陶下的一种僵硬、固有的思维，在我们今天的城市生活里，即使有人请你吃山珍海味，你都不会觉得有多美味的时候，如果一颗糖，可以让一个孩子形成那么美好的感觉、那么美妙的记忆，而我为什么竟要如此地吝啬和自私呢？！竟然连一个微小的甜美都舍不得送人呢？！

佛陀在 2000 年之前曾说："你所给予的最终都会回到自己的身上。"在 11 天之后，当我再次进入喜马拉雅时，我精减了能够扮靓的花花绿绿的衣物、相机的镜头和登山装备的重量，而是带了足够分量的糖果，我自然而然地就会与路上相遇的牧羊人的孩子、垭口上遗世而独居的木屋里的女孩儿，坐在阳光照耀的石头上，分享着一粒粒的糖，那时我和孩子们一样觉得，糖是天底下最好吃的东西，他们吃糖时咧着嘴露缺牙的、闪闪发亮的笑容，永远都装在了我的心里。

当我最终仰望到喜马拉雅 8 座 8000 米以上雪山的日出时，我想如果没有那些向导和背夫的帮助，几乎很少有徒步者能够完成伟大的喜马拉雅之旅。而同样，那些不断长大的山地孩子，又会带着他们如甜心般美好的性情和忠诚的品质，一代代地成为登山者们最有力、最可靠的援助者。

一个生命的到来与离去

The arrival and departure of a life

下午两三点，是日头最毒辣的时刻，也是身体最疲劳的时刻，我一屁股坐在通往 2340 米高的湿努瓦的小道上，精疲力尽。"盖"马上把水壶里的热茶，倒在了不锈钢的折叠小杯里，递到了我的手上。

当人们面临陌生、害怕、压力、焦灼、疲劳与透支时，就会出现五花八门的恐惧症，考前恐惧症、婚姻恐惧症、飞行恐惧症、隧道恐惧症、深海恐惧症、社交恐惧症、空旷恐惧症、性交恐惧症、城市喧闹恐惧症、宠物恐惧症。在第一天走到当普寺时，我曾遇见两个着装时髦又装备高端的纽约女子，她们才走了 8 公里的山路就放弃了，说徒步的小道不是她们所想象与期望的那样。

我好奇地问："难道会像第五大道的法式花砖铺路？或是青云直上帝国大厦 33 层的自动扶梯那样？"

她们嘟哝着说："谁知道呢？这里只有无尽的山岭、石头、台阶和蚂蟥。"

而我想此时，我也得了"山腰恐惧症"！无数次的爬上、爬下，天天的行程都是如此地重复进行着，我好像希腊神话中那个推着石头上山的可怜的西西弗斯，不断把巨石推到山顶，巨石很快又落到山脚，接着又重新往上推，无比悲摧地循环往复着每一天。但或许，也正是这种坚持不懈的"愚公"精神激励着我去横穿山脉吧。

日本人有很舒服的喝茶、睡觉的地方叫"榻榻米"，中国古人把靠在上面抽大烟、品茶、打盹儿的地方称为"胡床"，我觉得每天让我感到最享受的地方就是曲榻拉，我把它称为尼式的石头"路床"。当我歪靠在"路床"上的时候，我和比格姆第一次做了个很正式的交谈。

我想知道他的徒步公司到底会付给他多少钱？行程走完后，客人是否要付小费？通常要付多少合适？因为在这几天的行程里，我一直都是在走路、适应、生病、虚弱、挣扎、不适中度过的，他对我的关爱与照顾，远远地超过了我对他的关注，每天他拿着餐单，帮我在厨房点完饭菜后就会消失一会儿，我甚至不知道他是否吃东西没有？

比格姆讲一个向导通常会为几家熟识的徒步公司工作，公司会在客人支付的每天 18 美元的费用中，提取 2 ~ 3 美元作为中介费，他其实每天只能挣 15 美元，约 100 元人民币，每晚他们就睡在起居室的靠垫上。好的客栈，也会为他们提供一个楼道间的免费床铺。每天早上，厨房会提供一杯免费的红茶给所有的向导和背夫喝，但不提供任何食物，所以他们为了省钱，通常都会饿着肚子上路，直到中午时才吃上一餐达尔巴。只有他们每餐所吃的达尔巴才收半价，其他一切食物的价格都会和客人一样。

山上的食物、饮料，连我都觉得巨贵，更不用说他们了，所以他们每天只吃一种食物，就是达尔巴。有的客人走完全程后，会付 10 美元的小费，有的会付 50 美元，有时个别客人会把防风外套、鞋子送给他们。一个美国夫人，曾帮他付了他女儿一年的教育费，那是他得到的最大一笔捐助款，100 美元。

“但无论付不付小费，我们都会很好地照顾好客人的，因为这是我们的职责。”比格姆笑着，像一个忠心耿耿的山民一样，坐在石台边上，说了最后这句话。

美国的西点军校有 22 条军规，行山者也有行山者的规矩。在这里，忠诚是一种义务，向导要做的，是一个履行诺言的勇士。当时我就做了一个决定，我告诉我的“盖”说：“我不会付小费给你，但你每天和我一起吃早餐，我不希望你饿着肚子背包；晚上我吃什么，你就跟着我吃什么，好吗？”

其实每个徒步者的经费预算都是很紧张的，我也不例外，在路上节约着每一分“银子”。我一旦邀请了他吃早、晚两餐，我的费用将增加一大半，但我想中国人一定是最有恻隐之心的人，这是由中国人乐善好施、喜欢群居的民族特性来决定的。

西方的徒步者实施的是严格的 AA 制，这是他们独立精神的表现，也很少会邀请任何向导或背夫与他们同餐共饮，他们用付小费的方式，来表达他们内心的感谢与帮助。但一个中国人，是很难做到独自吃喝而不与他身旁的亲朋好友一起分享的，是很难忍受各掏各的钱、各买各的单，而不能尽情享受一起吃饭时的融洽与快意的，甚至很难有阶层与等级之分的。托钵流浪的乞儿朱元璋，能与红巾军的领袖郭子兴结为生死之交；卖马的秦琼，也能与王室的世子李世民在一个锅里吃饭打天下。结果我发现，比格姆成了唯一一个和我坐在一张餐桌上吃东西的尼泊尔人。

而如果你要问一个背夫或向导，在世界各地的徒步者中，他们最喜欢哪一个国家的徒步者，几乎所有的当地人，都会说他们最喜欢的是中国人，因为中国人很友善、很大方，喜欢很多人一起吃饭，当他买两瓶水的时候，一定会递一瓶给朋友，而每一个尼泊尔人都知道Chairman Mao（毛主席）。信奉毛主席的尼泊尔“毛派（Maoist）”，其两位主要领导人达哈尔和巴特拉伊，都是博士出身的高级知识分子，他们在贫穷的农村打了10年的游击后，终于在政府中获得了一席之地，“毛派”的首领普拉昌达同志当选成了总理，因为“毛派”曾经是穷孩子、泥腿子的救星，倡导着一种理想的“等贵贱、均贫富”的光辉道路。

也许是我们坦然地谈开了付费的方式，而不是漠不关心地互不相问，这时，比格姆给我提了一个小小的要求，他希望我每天走路的速度加快一点，通常一个徒步者8～9天能走完全程，我原本的计划是走12～15天，而他希望我10天走完。

我很惊奇地问他为什么？他说，他的妻子再过几天就要生产了，他很担心，他希望到时能够回去守在她的身边。

我感到太意外了，一下就叫了起来：“为什么你在开头没告诉我？

我可以换另外一个‘盖’呀？”

比格姆难为情地望着我的眼睛说：“Pearl，我很想跟你走这一趟，我很想挣这笔钱，我想你 10 天一定能走完的！”

有什么能比一个将要出生的小生命更让我们期待与激动的呢？我一下站了起来，感觉一种热乎乎的力量正在从自己的体内涌出。

头顶上的一大片云飞逝着，一下就遮盖住了山峰，在我刚答应比格姆会走快一点时，暴雨就不期而至了。

比格姆再次失策，我在出发时问过他是否要带雨衣，他说徒步的雨季已过，不用再带，但此时大雨倾盆而下，小路上是没有任何高大的树木可以遮风避雨的。我让他赶紧把背包上部的相机防水袋拿出来，严严实实地把相机裹了两层，又把背包底部的雨布掏出来把背包盖上，而我们自己却只有头顶大雨，脚踩泥泞，冒着骇人的闪电与刺骨的寒风，艰难地往更高海拔的湿努瓦行走，而只有到了湿努瓦，才有可遮风避雨的客栈。

垭口上的湿努瓦名副其实，终日风声鹤唳、雨雾袅绕，这也是为什么 ACAP 要在这里建 3 家客栈的原因，它简直就是一个通往天堂的避难所。所有在今天出发的催客，都陆陆续续地淋着雨到达了这里，我们是最后爬上来的一个徒步小队，我看见所有门前的绳子上，都挂满了湿漉漉的衣裤、鞋帽、背包，我在雨里淋了 40 分钟，全身没有一处干的地方，连内衣、内裤都湿透了，头发一缕一缕的，如同潺潺的小河沟。

比格姆要了两杯又滚又烫的姜茶，我马上去洗了一个用液化气罐烧的热水澡，这里是可以免费淋浴的最后一站。一个在加德满都结伴的四国籍青年混合队，正在起居室和他们的向导讨论明天的行程，一个戴眼镜的荷兰女孩儿大声说道：“我再也不会相信你了，每次你总说只有5分钟的up（上坡），结果总是up，up！一直都在up，up！”

我在心里一阵暗笑，其实我的向导每天也是这样哄着我走路的。我们每个人对徒步可能遭遇的困难与危险，是估计得远远不够的。有时意外和恐惧，往往会让人失去判断力，变得怀疑和没有主见，那些过度恐惧的人或动物，其实都是死于自己之手的。而只有信任和坚定，你的头脑才会一直保持清醒与通透，那些一度箝制住我们的恐惧，也会乖乖退缩，再不会控制住我们。这时，你所触及到的东西、你的信念，才会变得无所畏惧。

湿努瓦是山谷内最后一个有手机信号的地方，我让“盖”赶紧给他妻子打了一个电话，让她放心，在她的预产期来临时我们一定会回去的，没有什么比一个新生命的降生更重要了。而如果时间不够，我会在中途折返的。

我住进了一个不到5平方米的房间，打开相机检查着照片，雨一会儿停一会儿下，缠绵了一夜，好像在忧伤，也好像在哭泣。当80天之后，我转了两次机回到中国，坐上来机场接我的哥哥的牧马人吉普，没看见小狗小斑，要知道，哥哥每次都会带小斑来机场接我，它总是兴奋地坐在后排位子上等着我的。正想开口问小斑呢，没想到哥哥说的第一句话竟然是：“我们的小斑已经走了！”

我坐在副驾驶位上号啕大哭，毫无任何思想准备，为我的不知道，为我的不知情，为我的迟到而泪如雨下。也就是在9月28日的清晨，在距离中国传统的中秋团圆佳节仅有两天的时候，在我和“盖”早上打包离开吉鲁丹达的时候，和我生活了12年的狗狗小斑，就已经永远离开我了，安宁地飞升去了天堂。它老死在了它的狗窝窝里，头枕在它自己的腿上，蜷缩着，像睡着了一样，永远睡着了，再不会醒来。

为了怕我一个人在异国他乡伤心，哥哥一直没有告诉我实情，也没告诉我家里发生的一切。每次我发短信，他都会回复说家里的一切都好，小斑很好，妈妈也很好，好好完成你的朝圣旅程，不用担心家里。

我的小斑是在 2000 年 6 月 30 日出生的，是与我们的另一只西藏犬丝丝（Sisi）同一天生死的。在那一天，一只叫小斑的斑点狗在一个远方朋友的家里出生，而在我们家生活了 14 年的西藏犬丝丝，老死在了它的狗窝窝里。在这之前，我不相信转世轮回，也不相信来生，因为我们没有这样的宗教信仰。

两个月后，我偶遇那个养狗的朋友，她带着两只斑点狗在狗市上准备出售。当我弯下腰的时候，那只叫小斑的斑点狗，一下咬住了我的长辫子，它拖着我的长辫子在狗窝里玩耍，好像我是它的玩具、它的玩伴、它的宠物。它美丽的烟熏眼，无比天真地看着我，肆无忌惮地舔着我的脸，好像我们已经认识了好久好久。而狗窝里的另一只斑点狗，却根本不搭理我，好像当我是空气一样，独自舔着它的小脚丫子玩耍。

我们毫不犹豫地花了 1700 元把小斑带回了家，从此它成了我们的“克星”，它顽皮、活泼得要死，它精力过剩，破坏我们的所有东西。它长了螨虫，我们带它去医院看皮肤病的时候，那位朋友也带狗来医院看病，在闲聊中我无意知道了小斑的出生日期，竟然是与丝丝同一天生死的，那一刻我非常震惊。

如果说我们的西藏犬丝丝，是一个优雅的绅士，是一个脾气温和的“雅皮”的话，那么小斑，简直就是来向我们讨债的。它是一个疯狂的“嬉皮”，它跟着我们一起去到云南、西藏，无数遥远的地方，成为一只爱酷游的狗。

SARS 期间，学校戒严，当然也不准遛狗了，小斑在家里被“禁足”了一个月。有学生告诉我说，他们常看见小斑站在6楼的落地玻璃窗前，和他们打招呼，长鼻子抵在玻璃上，变成了扁扁的塌鼻子。当我看见玻璃上有那么多乱七八糟的湿湿的鼻子印时，眼泪都快流出来了。它是一只狗，但它同样有它渴望的尊严、梦想与自由呀。

每次，它看见我收拾背包要出门时，都会趁我不注意，在我的梳子、胸罩，凡是有我浓郁气味的东西上，咬上它尖尖的牙齿印。有次通关时，我拿出记者证，竟然发现上面布满了小斑大大小小的咬痕，搞得我每次都要不好意思地和检查的军警说，那是我家狗狗的纪念。检查的小战士不由莞尔一笑，我就带着那本带有狗牙印、带有狗屎运的通行证，平安地走遍了西藏、新疆。

尽管它不厌其烦地制造着各种事端，把我们的神经搞得几近崩溃。但我们爱它，就像它狂热地爱我们一样，它坐在我的身后，陪着我度过每一个孤独的白天和夜晚，陪着我一个字、一个字地写作，直到我写完一本一本的书，直到有一天，它自己也衰老了，再不能狂野，再不能激情，再不能起身迎接我，给我一个欢喜的冲撞，再不能撕咬我的辫子、舔我的脸，给我来一个与众不同的morning call。

在我的泪水还没有擦干的时候，哥哥说了另外一句话：“你妈妈在医院里，已经住了半个月。”我们开着吉普，带着所有的行李，直接去了医院。母亲让哥哥瞒着我，是不想让我知道她的病情已很严重了，那些癌细胞在猖狂地噬咬着她的身体，而她那么坚强、那么慈爱，不想让那些她正遭受的痛苦与苦难，去袭击她那正在远行的女儿的心。

我推开了病室的门，站在了母亲的病床前，轻轻握住了她骨瘦如柴的手。母亲，我回来了，这次我不会再让自己有任何迟到，有任何遗憾。尽管我们无法预知每一天的生死，无法预知每一刻的苦难，但我会握住母亲的手，一直陪着她在暗夜里走，一直和她一起往前走。

在一个远离人烟的湿努瓦的夜雨潇潇里，我在冥冥之中，经历了不同时空里的无数生命的巡回与洗礼，不同生命状态的到来与离去。我想，没有激流则谈不上勇进，没有崎岖则谈不上攀登。同样，如果没有真情就谈不上超越，没有死亡也不会有重生。而最后，没有大爱、仁爱，就更不会有牺牲、奉献。山路曲折盘旋，命运起起伏伏，生命来来往往，但所有要走的路，都朝向了屹立千万年的巅峰。

我们，无时无刻不在为生活而行走，为行走而生活着，喜马拉雅的山路有 2400 公里长，它让我们走的每一步，都充满了闪亮与晶莹、期待与相遇、纯洁与考验。群山是大地的儿子，山路是群山的女儿，而每一座山峰、每一条小路，也会因你的行走而更加地恢宏与壮丽。

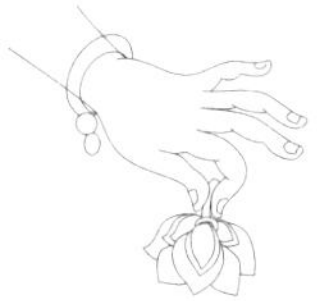

垂直极限

Vertical Limits

大自然的确很美，但它同时也是残酷和可怕的，尼泊尔也并非仅仅只是徒步者、登山者的天堂。

第五天的清晨，当我推开长满修长的茨茅草的窗户时，一眼就看见神秘的鱼尾峰就在面前。阳光从天上射到了白色群山的山顶，又从山顶像舒缓的前奏曲一样，洒落到了我站立着的这个地方。我一边面对着雪山漱口，一边听着旅店收音机里播放的西塔尔尼泊尔音乐。这时，那四人混合队的一个香港男孩儿告诉我，昨天的清晨6点，一架飞往珠峰大本营的多尼尔小型客机撞上飞鸟失事了，机上的16名旅行者和3名机组人员全部遇难，其中有5名还是中国游客。

我一下为这些旅行者感到非常难过，这一年的5月刚发生了一次，一架载有印度朝圣者的小飞机，在尼泊尔西北部危险的高海拔地区佐姆森坠毁，而在前一年的9月25日，几乎同样的日子，同样机上的19人全部遇难。

世人都是那样激切地向往积雪覆盖的山峰，这个不足15万平方公里，坐拥世界14座最高峰中的8座，号称徒步、登山爱好者天堂的小国，持续不断地吸引着无数来自世界各地的游客，它——尼泊尔，俨然已成为许多现代人逃离工业文明污染和城市生活的“伊甸园”。但是，在这个神秘、美丽而又贫穷的地方，其脆弱、落后的交通也会告诉你，这里并非只有天堂，这里还有死亡的地狱。在尼泊尔两年间发生的6起飞机坠毁中共有95人遇难，飞机失事造成的死亡人数，也成了所有交通工具中的最多之一。

徒步走路、骑马健行、坐乡村巴士、骑山地车、乘漂流筏子、飞滑翔伞、开越野吉普或乘迷你飞机，在所有亲近喜马拉雅山峰的旅行里，只有飞机最快、最方便，但同时也最危险、风险最大。

喜马拉雅奇异、恶劣的地理条件和瞬息万变的气温、气候，让一座座破入云层的峰顶，好像力量之大神、飘逸之圣女那样若隐若现。神灵在这里，并不是一个遥不可及的抽象概念，或人们祈祷的口中那一串虚无的念念有词。神灵在这里，是存在于世间万物当中，可以直接影响到人们的日常生活的。因此，信奉万物有灵论的山民们常说，飞机不能在喜马拉雅山的云层中飞行，因为那里面全是石头。

仔细想一想，这样的说法宛如灵异的箴言，一点不假。耸立在那最高云层上的，可全是一座座 8000 米以上的石头巨人呀。近几十年来，对尼泊尔造成最大影响与破坏的，就是那些散布在最僻静的山谷与最险峻的山脊上的小型飞机场。

单擎飞机像火箭一样，穿破厚如积雪的云层，穿过两座悬崖之间的狭窄缝隙，飞越尖仞万重山脊，再也没有比这更刺激和壮观的山峰飞越了，因此，尼泊尔的山峰飞行供不应求，有的航空公司哪怕仅仅只有两架小飞机也在飞行，它们在喜马拉雅的上空，编织了一个既繁忙、快捷，又玩命、冒险的飞行网络。

很多时候人们为了省力、省时间、省心，往往选择瞬间即可到达的穿越，看重立竿见影的惊喜和直截了当的结果，反而忽略或不愿经历漫长艰辛的旅行过程。但要知道，只有过程，才能构成矗立千万年的山脉；只有时间，才能积淀伟大山峰的气质；也只有人类的脚印，一次次的亲身前往，才能铸就喜马拉雅这个世界上独一无二的神圣地方。

当我们一步步地行走时，我们才能看见从细微到壮丽的景致，体验从琐碎到伟大的壮举，而在尼泊尔所有的旅行里，或许只有走路才是最真实、最美好，也最安全的。

那个不幸遇难的才 20 多岁的中国女孩儿，在微博上留下了她最后的遗言：“我不愿意睡在看不到星星的屋子里，我不愿躺在听不到流水的大床上，我最想去的地方是 K2 峰，因为那里特别陡、特别美。”

有的人，注定是属于极地的！

而我们这些选择用双脚行走的驴友也知道，无论到达与不到达，雪山都会因你而更美，我们敬畏着脚下正在走过的大地，经历着流浪者的快乐、诱惑和探险意志，体验着大自然的法则究竟怎样塑造了伟大的山脉，把它打造成了怎样的形态和风姿。

山峰神圣，是因为我们的憧憬，也是因为我们的行走。

花是妖的鸟是走的

Bewitching flowers and walking birds

我答应了比格姆要走快一点，但我没想到，我即将经历的一天也是我走得最奇异、最艰难的一天。

从湿努瓦开始，要一路往上攀爬，穿过一片开满粉色杜鹃花丛的森林，一直到 2470 米高的库迪（Kuldi），在库迪的山顶上可以眺望到深藏在峡谷里的班布（Bamboo）和道班（Doban），至此小路又从错姆龙河谷转入了上莫迪河谷（Upper Modi Valley）。有时候眼见着两道山梁的间距也只不过几公里，但中间隔着的却是坡壁陡峭的深山峡谷，往往要花一整天的时间才能翻越过去。

每次早上出发之前，我们都要站在高山顶上，指点着晚间将要到达的歇脚点，看起来似乎伸手可及，可实际上却是漫长而遥远。经常从山顶到山脚要走好几个小时，寻找过河的桥梁，在溜滑的卵石上摸索，接着又是漫长的向上攀登，有时一天上上下下的高程差可达几千米。

库迪沿途的杜鹃花森林面朝向阳的坡面，树丛下长满了淡紫色的兰花、粉丁香和黛绿色的蕨类植物，让掩藏在其中的小径，充满了一种奇异的幻想感。尼泊尔的杜鹃花多达三十几个品种，尼泊尔语为“lali gurans（拉丽古莱斯）”，其中的红色“树形杜鹃”是尼泊尔的国花，高达 15 米以上，随着海拔的升高，杜鹃花的颜色也会逐渐变淡，从粉红色到淡白色直到 2500 米以上的纯白色，而每当春天积雪初融时，花繁叶茂的杜鹃花树面对雪山竞相开放，绚丽的花期一直要持续到雨季时的 6 月和 7 月。

尼泊尔的喜马拉雅南坡与中国西藏的喜马拉雅北坡，最大的不同就是这里有漫山遍野的杜鹃花树，它们如同浪漫的修罗、女神，娱悦着喜马拉雅的各路大神，那是一种神奇的柔情与力量的交合。这些餐风饮露的杜鹃花的花盘都特别瑰丽与硕大，如同女人妖艳的脸庞，和我们在城市里栽种的杜鹃花那微弱、精致的花盘完全是两个概念，这里的野杜鹃像中国古典绘画中的花卉画轴，不纷乱、不复杂，一棵树就是一个立体的景致，一个鲜明的主题，随意地采一朵插在鬓边，就如同一个即将要去赴天神盛宴的娇媚女郎。

尼泊尔人喜欢将杜鹃花作为熏香来使用，将其作为嗅剂替代品，或将杜鹃花泡在盐水里，其浸出来的花蜜含有一种天然的迷幻剂，能像大麻一样令人产生稀奇古怪的视觉扭曲效果。每个能走在杜鹃花瓣铺成的天然花毯上的徒步者，都不忍离去。

累得像一堆棉花似的瘫在五颜六色的花毯上，缤纷的花瓣淅沥沥而下，悄然撒落在脸颊上、身体上，花瓣像小仙女一样在肚皮上睡觉。树根处的花丛，在晨曦里散发出阵阵香气，给人一种甜美的醉意感觉，那时就好像在谈一场人与花的恋爱一样，梦呓中呼唤着的是那美妙无比的名字——“拉丽古莱斯”。

日本作家川端康成（Yasunari）写诺贝尔获奖演讲词《我在美丽的日本》时，一开始是从道元禅师的一首和歌起韵的，“春花秋月杜鹃夏，冬雪皑皑寒意加。”我们晕乎乎地在雪山杜鹃的禅意中醉过一番后，翻越了库迪的山梁，紧接着我就走上了又湿又滑的一大段下坡路，跌跌撞撞地走向阳光无法照射到的班布谷底。

有一次比格姆拉了一下我的手，让我停下脚步，看远处岩石上站立着的一个形状怪异的小家伙，它身着熠熠发光的宝石蓝长裙，蓝色的衣袖又宽又长，它的脖子周围有圈火红色的斑纹，眼睛旁闪烁着海盗头饰般的纹样，很像一个美国漫威漫画中的银行劫匪。它静静地盯着我们一动不动，把我们当成了贸然闯入的天外来客，随后弯了弯优美的脖子，像给我们行了一个优雅的屈膝礼，缓缓地拖着它金灿灿的衬裙，扑棱着翅膀跑走了。

比格姆悄悄告诉我说，那是虹雉，尼语叫“九色鸟（Danphe）”，因身上的羽毛闪烁着彩虹般的金属光泽而得名。啊，我想起来了，尼泊尔国徽上的标志就是它，它是这个小山国的国鸟。

尼泊尔的土地面积只占地球的 0.1%，但令人惊奇的是，世界上 10% 的鸟类都喜欢栖息于此，这里不仅有着 850 多种鸟类，而且还包括 72 种极度濒危的物种。因此，宏伟的喜马拉雅不仅是登山徒步者、朝圣者的圣地，它同样也是世界各地观鸟爱好者的天堂。虹雉的雄鸟长着一身让人惊艳的蓝色环状羽毛，好似孔雀；雌鸟则像棕色的山鸡，灰扑扑的，无华丽的羽毛。但无论雄雌，它们都是“顺坡鸟”——它们不会飞，得像我们一样用脚走着上下山。

珍稀的虹雉在喜马拉雅山区被视为神鸟，见到神圣的虹雉是莫大的吉兆，有的人在山区走了一辈子也没见过一次，所以比格姆神秘兮兮地对我说，远足的人，如果看见虹雉，会交好运的，那是喜马拉雅山的神灵在向你微笑。

是的，自从踏上喜马拉雅山的小道，我的内心无时无刻不在微笑。它让我想起被流放的革命诗人聂鲁达（Neruda）所写的诗句：“你需要的话，可以拿走我的面包，我的空气，可是别把你的微笑拿掉。”当我的心微笑着迈开步子时，我的身体也勇敢地经受住了流放、煎熬与革命。

竹的奇迹

Bamboo's miracle

班布（Bamboo）是一个湿漉漉的隘谷，莫迪河的水声咆哮，修竹遮天蔽日，所以就直接取名为 Bamboo，竹林的意思。大多数的徒步者喜欢在这里留宿，因为“在高处行走，在低处睡觉”，晚上休息地的海拔低于白天到达的最高点，这样可以让身体逐步适应高山的环境，还能体验一下中国水墨山水画中，那种“鸟宿池边树，僧敲月下门”的隐逸之味。

不过从这里开始，卫生间的墙上都写着“热水澡100卢比、150卢比”的字样，这意味着吃饭、用水都很困难了，要想洗个热水澡，得花 10 元左右的人民币。

宋代的大词人苏东坡有诗曰：“宁可食无肉，不可居无竹。”那是中国士大夫阶层的生活境界和雅趣。在这里喜马拉雅的山民也把竹子用到了极致。

在尼泊尔，竹子的种类有 20 种，对许多少数民族人的生活方式来说，它们是不可或缺的。拉伊族（Rais）的创世传说给予了竹子一个极高的地位，认为它是从创造女神的子宫里孕育出来的第一批有生命的东西之一。在一所拉伊族的房子里，通常有 57 种可使用的竹制手工制品，除了用竹子编竹墙，盖竹屋，做竹垫、竹椅、竹凳、摇篮之外，他们还有更具异国风情的物件，比如狩猎用的弓与箭、捕鼠器、储水器及一把在萨满教降神会中使用的刷子。

他们不用现代人使用的折叠雨伞，但他们用竹子编的斗笠却是折叠的，从中间对剖为两半，背在背上便于携带，一打开来像一个能走路的巨型蘑菇，不但解放了劳动的双手，还把背上背篓里的东西全遮盖住了。他们的竹背篓，则是菱形镂空图案的，像个大肚子的罗汉，但却是下部窄小、上部肥大，一个背篓能装三四十公斤的重物，背夫用一条羊毛编织的头带穿过背篓，紧勒在头上，他们是用他们的额头驮负着背篓，而不是用双肩的背带。我想那样的额头，一定是如铜墙铁壁般坚硬的，能移山的。

在喜马拉雅 1000 ~ 2000 米海拔的山地，山民们主要种植大麦、土豆、小米、扁豆等耐寒作物，很少种植蔬菜；而在 2000 米以上的高海拔地区，由于没有永久性的村庄，几乎也没有栽种任何作物，所以徒步者吃到的每一样东西，使用的任何一样生活用品，都是山民们用背篓背负上来的。

一队队的“驮帮”，先用毛驴把货物托运到错姆龙，错姆龙成了安纳普尔纳山区最大的一个中转站。由于随后海拔增高，山路也随之更陡峭、狭窄，不能再使用毛驴，就改用人工背负的方式运送所有的物资，一直到 ABC 的大本营。这些背夫用头身负重物，迈着小步子，一个跟着一个，他们不辞辛劳、勇敢勤劳，沿着自己的人生小道，穿行在高大的群山峻岭中，把生活的必需品源源不断地运送到那些最偏僻的深山峡谷里以及高峰之上。

尼泊尔是全世界最贫穷的国家之一，年满 20 岁的青年人的日均收入仅有 2 美元，而这些像毛驴似的为各个客栈或宿营地背负着重物行走的背夫，他们的劳力钱也就是 2 美元。镂空的背篓又大、又轻盈、又结实，很像一件工艺品，但那里面的生活用品，大到笨重危险的天然气液化罐、氧气罐，小到你吃到的每一粒盐、每一口饭，喝到的每一口啤酒、每一口可乐，都是他们背篓中的“杰作”。

他们还在宿营地有限的范围内，刨出一小块地来，很神奇地种上一点圆白菜或花椰菜，然后用竹子编出一个美丽的条状猪笼来，把这些金贵的菜罩住，一来是怕放牧的牛羊来打牙祭，二来是晚间好搭上薄膜可避免霜冻。在高海拔的山区，生活是如此的不容易，而生活随时也在创造着你意想不到的奇迹。

雪人出没喜马拉雅

Haunted by the yeti

沿着莫迪隘谷溪流流动的方向，逆行向上 1.5 小时，就到了另一个栖息点道班（Doban）。徒步中唯一的现实问题就是饥饿，随时都感到饿得慌，我常幻想着，能不能顺手打些山珍野味来烧烤。

我在海拔 2500 米的道班享受了一个阳光下的上午茶点，一杯柠檬姜茶 70 卢比，一壶热水 110 卢比，遇到了 4 个中国女孩儿，她们在网上结的伴，一对 65 岁的荷兰老夫妻。老夫妻是医生，没有雇用任何背夫，一人背着一个散步用的 20 升小背包，自嘲为“蜗牛”，说每天只走一站点，约 3 小时。我一拍照，那位老夫人马上就笑得像一朵太阳花，还一个劲儿地问她白发苍苍的老伴，她看起来是否像年轻时一样好看，让我不要把她的眼袋拍出来了。

走在路上的徒步者，无论老少，身心看起来都特别地年轻，那是因为勇者无敌，而年轻也并非仅仅是年轻人的专利，或仅仅是人生旅程的一个阶段、一段时光，它其实是人们头脑中的一个意念，内心中的一种状态，情感生活中的一股勃勃朝气。当我们超越自身的怯弱与物质的欲望，甘愿放弃温馨甜蜜的家居生活去闯荡江湖，不停地从自然中、无限的时空中，去接受美好、磨砺、欢欣、勇气和力量的信息时，我们就永远年轻。那时一个 65 岁的女人，就可能比一个 25 岁的女人，更多地拥有着这种叫作“年轻”的胆识与气质。

我与 65 岁的“年轻范儿”继续前行了一段路，翻过了几处雪崩的斜道。在道班和鱼尾峰之间，经常有雪崩的危险，而一旦发生雪崩，成吨的冰雪奔涌而下，会将小道封死，已有徒步者在此区域死于雪崩、徒步团队被困数日的悲剧发生，因此，“盖”遇到下行的徒步者，就会向他们打听前方的路况，不希望在暴雨或风雪天进入此路段。行山者则在小道上搭起了一个简易的石屋神龛，向山神 Baraha Than（巴拉哈唐）供奉着山花、树叶和小经幡条，遵守着山神的戒律，不能携带鸡蛋和肉食进山，以免让山神动怒发生雪崩。

古荣人说，早在旅行者来到喜马拉雅之前，安纳普尔纳就是避难和宗教中让灵魂重生的地方，在这里所有的动物都不能被宰杀用于肉食；在中国古老的风水说里，养风水的第一条也是不杀生、养福德。所谓风水宝地，就是生气最旺盛的地方，而杀生，生灵都害怕，就会避之不及。故登山家吉米·罗伯特（Jimmy Roberts）在他 1956 年攀登鱼尾峰失败之后，专程来安纳普尔纳圣地，经受了精神上的熏染与洗礼。

抵达海拔 2900 米的喜马拉雅宾馆（Himalayan Hotel）时已是下午 1 点，我们在这里点了咖喱土豆和达尔巴，每餐的食物已变得无任何可选性，无香煎的螃蟹蛋，无美味的肉食，而每餐的土豆也与每天脚下走过的土地极其相似。我希望土豆细腻的表皮下是强壮有力的能量，就像地球表面的泥土下是丰富的宝藏一样。我想象着，我徒步时吃下的土豆皮都够做成一条漂亮的 Chanel 裙装了，最好是一条柔软的睡裙，就像天天出报纸的《南方都市报》用纸来做的一场时装秀那样。

在万仞峭壁之上的喜马拉雅宾馆是一个标志性的路标，意味着已走完了 2/3 的路程，进入了 3000 米以上的高海拔区域，ABC 已指日可待。

大多数的徒步者会在喜马拉雅宾馆停留，因为脚下是深不见底的峡谷，头顶是安纳普尔纳雪峰，周围的雾气在身边汹涌着，让人很容易产生喜马拉雅传说中的雪人将要如好莱坞大片中的金刚（Kongkong）飞临一样的幻觉。几个背夫挤坐在冷飕飕的起居室里，跟他们团队的客人绘声绘色地讲着雪人的传奇，而那也是世界各地的探险队、徒步者和媒体都相继前往喜马拉雅山区最想解开的一道谜题。

据说在尼泊尔喜马拉雅山区高寒地带，活跃着一种神秘生物，它们身形高大、行动迅捷，经常出没于风雪之中，这种神秘生物就是人们常说的“雪人”，尼泊尔语中的“夜帝（Yeti）”，意思为“怪物”。

据看见过的背夫讲，“夜帝”红发披顶，步履快捷，其硕大的双脚可以在不转身的情况下迅速转向180°，方便爬升和逃跑。“夜帝”的腋下常常夹着一块又重又黑又圆润的石头，那是用来打野牛、打雪豹、打山猫、打女人的武器，一打一个准。“夜帝”将石头扔出去了，还要将其捡回来夹在腋下，下次再用。而“夜帝”普遍好色，雄性“夜帝”遇见女人便会穷追不舍，故为了保护山区妇女的安全，有的村落会将敞开的酒坛置于户外，让“夜帝”痛饮。醉后的“夜帝”会摇摇摆摆地回洞窟酣睡，就忘记劫色了。

有关“雪人”的传说就像喜马拉雅丛林里的一棵古老的不死之树，作家、艺术家的奇思妙想更在树上面长出了枝芽，开出了花朵。最神奇的是比利时画家埃尔热的畅销漫画《丁丁历险记》，在《神秘的雪人》那一章里，丁丁的好友从香港乘飞机到尼泊尔时，飞机在喜马拉雅山的上空坠落了。丁丁与船长前往搜寻，一个有几分滑稽和可爱的雪人竟然偷喝了船长的酒。

尽管在喜马拉雅山区，旅行者和登山运动员的数量在日益增多，尽管徒步者也携带着高倍数的望远镜和照相机，但迄今为止，还没有人拍到一张雪人的照片，因此，对外国人来说，雪人（Yeti）之于尼泊尔和香格里拉（Shangri-la）之于中国一样，已是尼泊尔最著名的一种文化概念和一道神秘招牌。

我也想在高悬半空中的喜马拉雅宾馆休整一天，为“夜帝”点一盏如豆的油灯，和他一起醉饮一场拉克西。只有那些相信雪人的存在而又从来没有亲眼见过它的人，才是最幸福的，因为那里有永远的追求、永远的幻想。

只是伴随着海拔的升高，我的咳嗽也越来越严重，我已没任何药可吃。而我的“盖”觉得天色还早，我如果能够坚持，我们今天就可以走到道拉里（Deorali）。

暴风雨中的“花颈鸽”

‘Gay-Neck’ pigeon in the storm

离开喜马拉雅宾馆时已是乌云密布，气温急剧下降。我把军绿色的高泰克斯（Gore-Tex）防水防风外套也穿上了，巨大的雷暴云从山崖的上空飘过，超现实主义般的白色和橙色的闪电，照亮了前方的天空，树木在狂风中呼呼作响，我们毫无防备地走入了雷雨区。在唯一的一条山路上是没有任何退路的，前后、左右都是雨，唯一的选择就是拼着命走过雷雨区。

其实一到 3000 米以上的高海拔山区，几乎每天下午都会有雷阵雨，通常白天艳阳高照，徒步者都走得兴致勃勃的，不可能想到会有雨，但随着日照的强烈，气团上升，冷空气把热空气不断地推向高空，水分凝结，就有了云彩。我们在天空中看见的那些漂亮的云彩其实都是水分，当云层越积越厚时，就形成了积雨云，大片大片的块积云和积雨云被风卷着呼啸而过时，就让我们置身在暴风雨中了。

对徒步者构成最大威胁的就是暴风雨。奔流而下的小溪瞬间就变成了滔滔的洪水，凿在山壁上的挂山路一边是滚石、一边是悬崖，能见度也只有几米了，每往上走一步都呼吸困难，肺像爆炸了似的疼痛，我就这样在雨里走了 3 个多小时，不可想象那是怎样的一塌糊涂，我觉得我把这一辈子的苦都吃完了。

在城市的生活里，可以有人替你开车、替你背包、替你挣钱，但在大自然中没人能替你走路、替你淋雨、替你生病，也没有任何人可以帮到你，除了咬着牙，像狗一样抖落一身的雨水，机械地一步一步往前挪动外，真是呼天天不应，叫地地不灵呀。

喜马拉雅的雪人除了劫色外，据说还能救人。1938 年加尔各答维多利亚纪念馆的馆长奥维古（Ovigu）上尉单独在喜马拉雅山旅行时，曾遭遇了强劲的暴风雪，当时强烈的雪光刺得他睁不开眼睛，他怀疑自己得了雪盲，只能等待猛烈的暴风雪把自己变成僵硬的尸体。就在他接近死亡时，他觉得被一个近 3 米高的动物掩护住了身体，保住了性命。当他慢慢地意识清晰时，那个大型动物又神秘地消失了，临走时还留下了像狐臭一样的味道。

此时，我也希望有个雪人来打家劫舍，哪怕像块石头那样，被它夹在臭烘烘的腋下奔跑一段山路，也胜过在这无边无际的荒野中，惊恐万分地艰难前行呀。

爬到 3100 米的岩脊上时，救星般地看见有一处岩洞壁，七八个催客全都挤在一起避雨。我相信，这块凌空挑出来的飞石就是上帝的刻意安排与眷顾，它要为饱受风雨袭击的行山者造一个如诺亚方舟一样的天然避难所。这处突出的巨大漂砾的名字就叫 Hinku Cave（很酷洞穴），它矗立在上下 ABC 的高点上与交会处，成为长达 3 公里的雷暴雨地带的唯一一个避雨处。在很酷洞穴外，可以居高临下地眺望到很酷冰川（Hinku Glacier）倾泻而下的一条小道，布满了大小不一的卵石、漂砾，那是通往道拉里的必经之路。

一个穿登山短裤的洋妞像我一样，没带任何雨具，她向比格姆问清楚了道路后，背着包，像一只雨燕一样跳着冲进了雨里，大雨很快模糊了她的身影，只看见她在一块一块的乱石中越变越小。如果再停留，天黑后我们就没法前行，只好像野人那样露宿很酷洞穴了。在道班喝上午茶小憩时遇到的一个中国女孩儿，看见我的嘴唇已经发黑，浑身哆嗦着呼吸困难，就把她多余的一张塑料布披在了我的头上。我们再次冲进了雨里。

那个跳着跑的洋妞，让我想起了一种能够穿越喜马拉雅山的信鸽，只有那种颈子上有一圈彩虹般羽毛的“花颈鸽”，才能在暴风雨中不迷航，成为勇敢穿越喜马拉雅的信鸽之王。在两次世界大战期间，印度人和尼泊尔人，无论是居住在皇宫大殿里的王室贵族，还是居住在破旧街巷中的贫寒男孩儿，都忙着训练传信鸽。这些鸽子不仅仅像一片片飞行的云朵在蓝天中飘来飘去，把音乐传到各地，把优美的身姿带到各地，而且它们五彩斑斓的虹彩眼睛的周围，有一层绵纸一样的薄膜，这层薄膜可以保护它们穿越沙尘与风暴，保护它们逆着阳光飞行，穿越枪林弹雨的战场，执行一次次重要的天空传信任务。

我想我们每个人此时要做的，就是成为那只信鸽，意志坚韧地飞越雷暴区。

夜晚的泪水

Tears in the night

道拉里的海拔是 3200 米，它在尼语中的意思就是悬崖峭壁，面对着 6000 米以上的雪山，中间有一道深不见底的沟壑阻隔着，大量的花岗岩滚落而下，发出雷鸣般的巨响，与洪水咆哮而下的声音交织在一起。这里无疑是进入 ABC 的大门，ACAP 在此设有 2 家客栈，我一进入“梦屋（Dream Lodge）”客栈的 4 号房间就倒下了，我想那 300 米的垂直极限快要我的命了。

“盖”扒开我的 Gore-Tex 风衣，发现里面的衣衫像被泡在了蒸汽浴室里一样，全湿透了，我的全身冰凉。他马上跑到厨房去端了一小汤盆的热水进来，那是免费提供给背夫和向导喝的热水，让我暖一下手。我问多少钱一盆水，他说要100卢比，我说快去买水，我需要烫脚。

其实那时我已有了严重的高山反应，急剧咳嗽，呼吸困难，不能平卧，体温正在下降。只是我一直在走路，一点一点地增加着海拔高度，我觉得我也是一只正在穿越喜马拉雅山的“花颈鸽”，因此就忽略了奔袭而来的高原反应。

人在户外徒步时，一旦进入3000米以上的高原，可能遭到的最为灾难性的命运，就是那种突如其来、无法预测的急性高山病。我先是长时间在雨里行走，严重失温，随着体温的下降，我身体的自然反应也开始变得麻木、呆滞、混乱，刚开始是控制不住地颤抖，我觉得我的身体正试图用收缩肌肉的方式来温暖自己，接着就是极度的寒冷，肌体像中了魔咒一样，气息衰弱，不再抵抗，时间感和距离感均在我眼前消失，我进入了一种神志恍惚的幻觉世界。

当“盖”买了500卢比的小半桶热水拎进来时，我已经歪靠在床边，意识模糊，不能说话了。他一下把我的双脚浸在热水里，蹲下了身子，开始给我洗脚，那一刻我滚烫的泪水像雨水一样滴在了水桶里。

小时候只有我们的父母，才会为年幼的我们洗脚；长大之后，即使是你的爱人，也不可能为你洗脚，这里不仅有文化、所受教育的约束，还有宗教、习俗的禁忌。但此时，“盖”为了恢复我的体温，救我的命，他毫不迟疑地蹲在了地上，伸出了他的双手，而我们仅仅同行了5天。

搓脚所代表的信任、关怀和友谊进入了我的脑海，像从脚底上升的一股暖流，温暖了我的身体，尽管没有一句交谈，但我们之间产生了一种相互的依赖和尊重。《圣经》中有10种博爱的方式：给予不保留（Give without sparing）、信任不动摇（Trust without wavering）、承诺不忘记（Promise without forgetting）、祷告不停止（Pray without ceasing）……有时候我也很好奇，自己这样艰难跋涉，历经风险，是否只是为了印证这样一个事实：我能真正找寻到自己身体里已丢失的某些东西，诸如友爱、勇气、毅力、博大、宽广、感恩、无畏。

显然，真诚与信任就是山径徒步旅行的基石，我知道在“盖”的带领下，我一定能登上山顶，抵达 ABC 的，小道旅行的精神实际上就是这个。小道不是狭窄的、孤立的、冷寂的，与我们来自的那个现代大社会隔绝的，而是与我们的人心、与自然、与生命、与整个宇宙紧密相连的。你付出了努力就会得到坦诚的回馈，你献出了爱心就会得到至真至性的尊重，做那个最好的自己，才能碰见那个最好的别人。

当夜我听着喜马拉雅的河水，如桀骜不驯的野兽，咆哮奔腾着而下时，我仿佛听到的，是“盖”用梵语唱起的一首圣歌：

“愿喜马拉雅的季风把你的伤痛带走 / 恐惧和忧虑远离你 / 你的身体中将充满无限的勇气 / 安宁来到时 / 平静和力量将成为你的翅膀 / 勇气将在你的眼中绽放光芒 / 让你的心中永远充满力量吧 / 和平，平和”

鱼尾峰的雪光

The Snow Light of Fishtail Peak

人的容颜、皮肤、身形、体力、体态，都会随着时间、环境和年龄的改变而改变，但只有人的眼睛的颜色，永远不会改变。我觉得徒步就像我个性中某些与生俱来的、奇异的特质，它们就像眼睛的颜色一样不会改变。

1923 年 3 月 18 日，在《纽约时报》的周末版上，记者曾这样问英国的著名登山家乔治·马洛里（George Mallory）：“为什么想要攀登珠穆朗玛峰？”

“因为山在那里（Because it is there）。”

1999 年，时隔 76 年、大半个世纪之后，一支美国探险队发现了 1924 年登珠峰时失踪了的马洛里的遗体，很神奇的是他的尸体保存完好，还穿着他优雅绅士的花呢着装。早期的登山探险和如今的高科技、轻装备探险完全不同，人们只穿着不防水的花呢布料大衣，带着最简单的手摇留声机来到营地，攀爬队伍和营地之间没有任何通信联络，上了山就意味着一切都要靠自己，不然就是死路一条。马洛里在稀薄空气中消失了的身躯，只距 8848 米的峰顶 678 米，他湛蓝的目光始终向着天空在无限地延伸。

20 世纪最令人迷惑的一个未解之谜，就是乔治·马洛里和他的搭档安德鲁·欧文（Andrew Irvine）在两次挑战珠峰之后的失踪事件。他留给世界一个谜：他是不是登上世界最高峰的第一人？

但探险队并没有发现他所携带的柯达照相机，因此依然无法证实两人是否已经登顶。这台照相机据信可能由欧文携带，而欧文的尸体至今仍没有被发现。但两人当初遇到的困难和他们的勇气，依然激励着世界上每一位伟大的探险家。“我把马洛里视为珠穆朗玛，所有人类的英雄，是他把珠穆朗玛带到公众目光里，如果有一个人可以登上顶峰，那一定是他。”时隔 29 年后，首次登上珠峰顶的希拉里爵士如是说。

38 岁的马洛里曾是英国著名公学查特豪斯的书院长，一个天才的作家和教师。他出生于英国的上流社会，长得漂亮，身材非常匀称，有着优雅的举止和迷人的社交风度，忧郁的眼神和独特的孤独感，让他成为一个既直率又纯粹的人。

他不是一个粗野的登山夫，而是一个内心激情澎湃的艺术家，一个带有浪漫气质的唯美主义者和理想主义者，在珠峰海拔很高的帐篷里，他和他的同伴，居然在高声朗诵《哈姆雷特》和《李尔王》。他将登山作为和自然融合在一体的途径，他拒绝使用“征服”这个常用词，因为他说：“我们真正需要征服的敌人只有我们自己。”作为艺术家的登山者，后人从他的西方阿尔卑斯式登山行为中，感受到的是东方式的哲学思考——

与其说他是要前往峰顶，不如说他是想回归到繁星满天的天上。

至此，“山在那里”成为人们经常引用的名言，把它写成各种字体的书法，置于案头欣赏，而我则喜欢把这句话背在背上、放在脚下，追随着马洛里的目光流浪。很多时候生活是一种完全的觉醒，而只有擅长行动的人，才能活在娴熟的生活之中，成为一个真正的活动家与艺术家。

当我打开我全部的行囊时，只有一架照相机、一个笔记本、一串琉璃手链、一顶草帽、一件防风衣和两条换用的三角裤。没有睡袋、没有雨衣、没有暖炉，也没有照明用具，背负的重量为 12 公斤，但我已经从海拔 884 米的博卡拉走到了海拔 3200 米的道拉里，尽管喜马拉雅的呼啸与巨响，让大地和树木都为之震颤，我昨夜像掉进了一台轰隆隆的洗衣机当中一样，一夜未眠，但天光微露时，我的高反却神奇地随之消失了。

昨夜大量的催客被暴雨阻挡在了道拉里，清晨一起来看着木屋外挂着的一排排湿衣服、湿背包，顿时感觉真的很壮观、很悲壮，那我今天是不是也要发个奋，一口气走到 ABC 呢？！

神的路标

Stone signposts

道拉里的山峰犹如一排排奇绝的卫兵，冷峻地迎接着黎明时的光线，

Everest Drummer

1000公里的喜马拉雅长廊，产生了东方的两种宗教
（手绘地图：胡虹 龙圣杰）

Everest Drummer

数千年来，

喜马拉雅山脉对于居住在山地两侧的

民族产生了深远的影响

你能遇见属于不同民族的

山民和家庭

嬉皮们一路高唱着“加、加、加”来到

加德满都和博卡拉

每隔两三个小时的行走就有可供食宿的

村庄与木屋

信奉佛教的僧侣们在街头

对着你微笑

安纳普尔纳峰大本营徒步地图

向左拐去到甘杜克(Ghandruk)，
向右拐则去到错姆龙(Chhomrong)

尼泊尔的中心地带不通公路，前往那里唯一的

方法就是**徒步穿越山脉**

山路曲折盘旋，但所有要走的路都朝向
屹立千万年的巅峰

高山杜鹃的花瓣在徒步者的肚皮上睡觉

(Photo by Thomas)

徒步者可与斯科特、猎鹰一起在

喜马拉雅的天空飞行(Photo by Scott)

ABC大本营

徒步者住在一个四面雪山环绕的海拔

4130米的巨型碗底里

手握一杯温热的咖啡

看太阳舒缓地在鱼尾峰的两翼下沉（Photo by Igor）

日出时的鱼尾峰

呈现出一种压倒一切的建筑学上的美

（供图：Basanta）

月光连着经幡，倒映在冰湖中的

安纳普尔纳1号峰

散漫地越过深镌的缝隙。当我为了一个仰视的角度而蹲在湿漉漉的地上拍照时，发现一个韩国女子也是孤身一人在周围晃荡，于是我伸出手，为她遮了一下雨，顺便帮她拍了两张和山峰的合影。她一听见我站起身来时的咳嗽声，马上翻开随身的小袋，掏出了6颗止咳药给我。这一路走来，让我感慨众多，通常独自行走的人，会有意无意地给予别人更多的帮助，而来高山远足的人，也必须像斯巴达勇士一样孤身面对各种困难。

从道拉里开始，山路变成了在乱石林立的河道上逆行，这样的河道走起来最伤脚，也最容易扭伤脚，清澈的莫迪河已变成了如“黑女神”的脾气般喜怒无常，河道在山谷底部蜿蜒、跳跃，我们走在石阵上面，如果不想扭伤脚踝，或者脸朝下鼻青脸肿地扑倒，就得时时刻刻地注意脚下。

“盖”打趣地警告我说，眼下最为重要的是不要把脚扭伤了，任何人都没本事用手爬到ABC去的哟。

我以为我们出发得够早的呢，遇到一小队在漂砾石边背石头的山民，才发现早起的鸟儿都是一样的命，不辞辛劳。我们停下来，让开了路，而他们背上背负的石头足有几十公斤重，他们使用的已不再是背篓，而是木质的斗，那样的木斗像岩石一样硬挺，能承受石头的重量，但背在背上却会像鞍具一样，很容易就把脊背磨破了。

在高海拔的喜马拉雅路段，没有砖、没有水泥，也没有竹子和茅草，石头就成了所有建筑的材料和工具，房子是石砌的，路是石铺的，屋顶是石片的，窗台是石雕的，石屋保暖、牢固、防暴风雪，但要在海拔3000米、4000米的荒芜高山上，建造一座小小的供徒步者留宿的石屋客栈却是不可想象的困难。上山的路太危险了，尤其是背着石头走过那些松散的碎石堆，我想如果不慎掉落下山的话，一定会变成一摊稀烂的“草莓酱”。

在尼泊尔，英国军队至今还在博卡拉保留着征兵站，每年数百名青年男子经过苛刻的挑选后，成为英国廓尔喀军团的士兵，而其中一项非常严格的体力测试，就是用传统的背篓装 25 公斤的石头，走 5 公里上山路，只有体格最健壮、心智最坚强者才能完成。生于山地的男人，他们身体强壮、肺活量大、忍耐力强，在这些方面他们比世界其他地区的民族要威猛得多。有的人骨折后仍坚持奔跑，那是因为一旦中选廓尔喀士兵后，每个月能挣 1000 多英镑，一发就是 16 年，而在尼泊尔山区，青年男子的日均收入不到 1 英镑。

廓尔喀士兵至今仍被认为是世界上最勇猛的斗士之一，在陆地肉搏战中，也被称为世界上最强的部队之一，他们在奔跑状态下，从伏地到拿枪准备射击，仅需 0.5 秒。有的人还在阿富汗、波斯尼亚、塞拉利昂执行维和任务，是印度、新加坡、文莱、苏丹保镖队伍中的精英，这一切都是因为他们的骨头、他们的脊背，如同他们生长的喜马拉雅山上的岩石一样，坚不可摧。

在低海拔的村庄和河流地带，很少看到山民们在路上垒起来的石堆。但越往上，在荒无人烟的小道路口、拐弯处，或山顶，便可望见大小不一的石头堆了。石堆可能是世界上最古老的路标，在世界各地到处可见，古代阿拉伯人在沙漠中行走时，用一堆石堆表示探险的路线，两堆石堆表示探险路线的前方有岔路；在两堆石堆周围摆放着一圈小石头，则表示探险路线的前方有危险，要注意安全。在像大海一样的茫茫草原上，没有可以指路的标识和游牧分界，蒙古族人就垒石成堆为“敖包”，“垒石为山，视之为神”，同时让既是路标的敖包又成为祭祀天和神的象征。

喜马拉雅山的徒步路线，也利用了大部分古老的石堆，它们可以为行人指示前进的方向，标明行走的路线，这在人烟稀少、地域辽阔的山区显得尤其重要。山民们靠两条腿长途跋涉，所以凡是走到看不见路的地带，就会出现一簇簇的石堆，一个接着一个，伸向山顶，伸向天际，那些石堆就是行路者经过积年累月，用一块块石头堆集起来的。

在尼泊尔这样一个众神的国度里，人们繁衍生息在群山起伏、峰峦连绵的雪域高山之上，对变幻莫测的大自然充满了敬畏、崇拜、迷惘和依恋，认为任何一座山峰都是有神灵的，大至山川，小到木石，都是人类的保护与破坏之神的寄寓之所，因此，他们还在路口一块块普通的石头上，刻上经文及各种佛像、吉祥图案，饰以美丽的色彩，使平凡的石头变成了神圣的嘛呢石堆。

他们认为，这些嘛呢石堆都会有一种超自然的灵性，给他们带来吉祥如意，免受灾难，故山民们不分男女老幼，不论徒步或骑马，只要从嘛呢堆前经过，除了要摘下帽子合掌顶礼、按顺时针方向绕转几圈外，还要往石头堆上添一块小石头或一颗石子，作为一次祈祷。

添一颗石子或一块小石头，等于念了一遍经文；若无石头，也要设法放一块骨头或一块布片，些许兽皮或一撮羊毛、头发等，在祭放时大声呼叫着："拉索洛，神灵必胜！恶魔必败！叽叽嗦嗦！ "他们朝着嘛呢堆诉说着自己的心声，为每一次的行走而祈祷，也为每一次的祈祷而行走。而在每块石头的背后，都有着神的脸庞，那是人间与天地、与神灵的交会点与连接点。

"盖"提醒我说，在石头遍地的地方，要特别注意寻找在乱石中的石头路标，有时我看见一个非常小的石堆，就一块石头压在另一块石头上，"盖"说那也是路标，但只用于少数人，如猎人、登山者或洞穴学家等。当我面对着头顶的鱼尾峰放下一小块石头时，我希望我的来生，也变成一块石头，以其简单的构成和不朽的质地，成为喜马拉雅的一个小小的路标，一半在尘土里安详，一半在空中飞扬。

空中的王者

Monarch of the sky

很难想象翻过道拉里的山脊后，乍然出现在眼前的是一片视野开阔的山谷和坡地，通往鱼尾峰大本营的山路也变得舒缓和不再陡峭。

数日来我们都在山脊、陡坡、峡谷、崎岖小道上挣扎，大多数的时候，我们都在高高的山峰投下的影子中行走，形同小小的“蚁人”。突然间，这么漂亮的野花盛开的谷地，这么安详的溪流潺潺的场面，映入了眼帘，背包客健步如飞地走过了雪崩残留下的冰穴，山羊、绵羊犹如安静的美人，正在享受着阳光，这一切让我们有进入梦境的感觉。

山谷就像我打开的手掌上的手纹那样舒展开来，有长短不一的生命线、起起伏伏的情感线、进进出出的财富线，哈哈，此时本小姐要沿着那条顺滑流畅的幸运线走了。

按照这样的行进路线，我们已从亚热带、低海拔的山地，攀升到经年积雪的高山，感受着高海拔那令人精神振作的干冷、清爽的空气。当我走过茂密的草间小道时，我闻到了那种浓郁的、柔和的、沁人心脾的叶绿素的气味。无数争奇斗艳的野花，好多还是珍稀物种，豆瓣金棉香、金丝桃、龙胆根、大木兰花在山谷厚实、肥沃的泥土里竞相开放，巨大的蘑菇状的印度榕树，赤黄色的枫叶树，开出金黄花朵的橡树，还有问荆树、桉树在干爽、明媚的气候中孑然而立，天空纯净得纤尘不染。

看到这些美景，心肠再硬的人也会心情舒畅，而脚泡再痛的人，比如我，也开始龇牙咧嘴地微笑。

我的“盖”，像他熟悉每一个村庄、每一条河流、每一个种族、每一个寺院那样，熟悉这里的所有植物和动物，鹰鹃、黑风筝、太阳鸟、雀鹰、赤鹿、麝鹿、长尾猴、斑羚、野猪、梭兔等都在丛林和峡谷中生活，因为那里的植物茂盛，它们可以找到大量的食物，而那些以它们为食物的动物，喜马拉雅雪豹、秃鹫、黑熊也跟随着它们活动。这就是为什么在这么高的地方，也能见到飞禽猛兽的原因。当一只掠食的喜马拉雅大鹰鹫展开臂翅时足有3米长，而它们总喜欢把巢穴建在对准风口的地方。

它们为什么会这样做呢？因为这是成为一只雄鹰的天性！

它们迎着风站在绝壁的洞口，或在风中搏击着长空飞翔，它们的羽毛是棕褐色的，点缀着缕缕金黄色，当你仰望着在蓝天与山峰间翱翔的山鹰时，感觉那简直就是天地间力与美的一种最完美结合。

我曾采访一位来自英国伦敦的徒步者斯科特（Scott），他因训练猎鹰与他一起飞行而成为了尼泊尔的“头号”明星。

安纳普尔纳山区玛迪廓拉（Madikula）丛林的山民们在砍伐树木时，让两只幼小的黑鸢（Black Kite）坠地受伤。失去了父母照料的野生黑鸢，很快就会失去性命的。当山民们带着这两只不到一周大、还没法站立的幼鸟来请求训鸟专家斯科特医治时，斯科特收留了这两只幼鸟，并给他们取名为“沙帕娜（Sapana）”和“色多科（Shidoko）”，尼语中“梦想”与“路上”的意思。

训练猎鹰相伴王公贵族打猎，一直是中国人的一项古老技艺。斯科特在遍读中国古书时，产生了一个惊人的念头：训练黑鸢与滑翔伞飞行员一起飞行。

陆陆续续总有山民将捡到的受伤或生病的幼鹰，带来让斯科特救治，斯科特俨然成了一个鸟医生，他共收养了8只山鹰，包括秃鹰和黑鸢。这些空中之王的羽翼长达1米以上，主要以猎食小型动物、腐尸和飞鸟为主，在野外的寿命可达12年之久。斯科特像对待自己的心肝宝贝一样，开始了漫长的训练工作。

大约 1 年后，“沙帕娜”就像它的名字一样，实现了斯科特的梦想，成为了第一只“喜马拉雅猛禽救助项目”中成活下来的鸟儿，同时也成为世界上第一只成功地伴随滑翔伞飞行员飞行的鸟儿。而随后，另外一只叫“曲头钉（Brad）”，获救时仅 4 周大的雌性黑鸢，经过 18 个月的训练后，也成为了一只优秀的飞行鹰，斯科特也成为世界上第一个“猎鹰滑行（Parahawking）”的创立人。

Parahawking 是斯科特发明的英语中的新单词，意即滑行（Para）与猎鹰（Hawking）的天然结合，即飞行员带着玩飞行的客人一起进行滑翔伞飞行，山鹰在空中盘旋相伴，带领滑翔者在空中找到最适合的热气流，同时客人还可以在空中喂食山鹰，让山鹰停息在客人的肩膀上、手臂上和头上。

斯科特说他所见过的喜马拉雅山鹰，从出生到飞翔，都迎风坐着。一只老鹰，可以在 3000 英尺约 900 米的高度看到草地上奔跑的梭兔、土拨鼠，用尾翼控制着飞行的方向，它们腿上的羽毛随风飞舞，然后迅疾地从天上俯冲下来，再威风凛凛地叼着猎物飞走。世界上最刺激的事情，就是能够和这些空中之王一起自由地在蓝天白云中飞行。山鹰能够引导飞行员顺着温暖的气流一起上升，一直上升到云彩上，一直上升到梦想中的天堂里。

是呀，如果说徒步者是山径上的蜗牛、登山者是山峰上的精灵，那么这些苍鹰就是喜马拉雅的空中之王。据说世界上只有两种动物能够到达金字塔的顶端，一是雄鹰，靠自己的天赋和翅膀飞了上去，另外一种动物就是蜗牛。蜗牛肯定只能是爬上去的，一个微距、一点微痕，从低爬到高可能要一个月、一年，甚至一辈子，人们在金字塔顶端确实找到了蜗牛的痕迹。我想，此时我的心是喜马拉雅的山鹰，而我的步履就是一只一直在爬的蜗牛，向导呢就是那只一直牵着蜗牛在漫步的手。

我流着汗，喘着气，往前爬，可每次总是那么一点点。上帝呀，为什么让我这只蜗牛去爬山呢？可当我终于站在3700米的鱼尾峰大本营（MBC）时，我不禁热泪盈眶，此时鱼尾峰那完美的金字塔形，我眼中所看到的世界和风景，跟雄鹰看见的是一模一样的。

我的冲锋衣和头巾突然如同有了生命一样，如长了翅膀，在我的身上啪啪啪地飘飞起来。

远足茶屋的诞生

Story of a hiker's tea house

只要你在爬，就足以给自己留下令生命感动的时刻。海不解释自己的深度，并不影响它容纳百川，地不解释自己的厚度，并不影响它承载万物，而山不解释自己的高度，但没有谁能取代它耸立云端。

喜马拉雅的远足意味着什么呢？突然之间，4000米看上去已不再那么高了，虽然空气稀薄，但你可以非常舒适地在数千米的高度散步和休息，而只有在你向上攀登的时候，你才会注意到这样的海拔高度。

在MBC吃完用方便面做的汤面后，我看着安纳普尔纳峰大本营（ABC）的木质路标，急切的目光好像已抵达了4130米的终点，但“盖”却打开了背包，坚决让我在MBC停留一晚。他的理由是我需要待在MBC适应，看是否有高山反应，通常最后上升的500米高度，往往也是最危险的极限；按照我的行走速度，至少要4小时才能到达ABC，而那时已是傍晚时分，ABC只有120个床位，我们很有可能没有地方住宿。

我乖乖地听从了他的安排，远远地看见有几个鬼佬在向我挥手，在这种出气都喘的地方，难道还有我熟识的其他“蜗牛”？

嘀，原来是第一天在道上遇到的3个德国汉堡青年，不过他们已早我两天到达了ABC，此时已是胜利的回程，正在雪山的怀抱里扎营，与自己的爱人裹着睡袋，沐浴着鱼尾峰的雪光，惬意地喝着咖啡、晒着太阳。如果此时要问他们最幸福的是什么，他们会用慵懒的四肢回答你说，沐浴阳光。

三点水的木加上三点水的谷——沐浴，就是要让生命里有山水、有树木、有谷物，有美味美色、有充足的日光，不管你挣再多的钱，再有成就和地位，你享受不到沐浴阳光的时候，其实就是最大的悲哀。身体的惊心动魄之后，产生的是内心的愉悦、淡定与宁静，那才是幸福的真正源泉。

鱼尾峰的大本营（Machhapuchhare Base Camp，MBC）是按照阿尔卑斯山的小棚屋样式建造的。外国人根据鱼尾峰的形状，直白地把它称为 Fish Tail（鱼尾），事实上鱼尾峰在尼泊尔语里被称为“Machhapuchhare（玛恰普恰）”，是洁白圣女峰的意思。当现代的“马可·波罗”们已将注意力转向浩瀚无垠的外层空间时，地球上最伟大的自然景观之一喜马拉雅还保持着与世隔绝的状态。

直到 1949 年，尼泊尔才对外国旅行者放松了限制，这让那些已经登上了最具挑战性的欧洲山峰的登山家们，急切地想在喜马拉雅的山峰，检验一下他们的登山技巧与冒险精神，那些第一批的探险家们在没有路、没有现代交通工具的隔绝情况下，个个都心甘情愿地忍受着崎岖风景的严酷环境，雇用背夫、驮马，自带补给，好几个月的时间里只在山里吃简单的当地食物、住最基本的野营地帐篷。

英国廓尔喀军团的陆军中校吉米·罗伯茨（Jimmie Roberts）是第一个从事山地徒步远足旅游业生意的人，他多次攀登上了尼泊尔与巴基斯坦的山峰。在 1964 年，他开设了尼泊尔第一家远足运动旅行社，为喜欢徒步的客人提供从线路到背夫、向导及宿营地的全套服务，至此尼泊尔那令人神往的徒步探险游诞生了。

在每一条受欢迎的徒步远足路线的两旁，都会有村民们修建的乡村茶屋（teahouse）或客栈（lodge），由此英语中出现了一个杜撰出来的新习语“茶屋远足（teahouse hiking）”，这些茶屋或客栈，像阿尔卑斯山小棚屋（Alpine huts）一样，是木造或石造的，里面用镶嵌的木板将房间隔开为用餐区、起居室、私人房间、公用卫生间与花园式的廊道和庭院，很方便舒适地将一天的远足时间分成了几个愉悦的部分。茶屋使得单独的徒步者或多人的远足团队，可以轻装旅行、前进，不必带笨重的露营装备。

当然，带一个自己喜欢的睡袋也可以，而装备里不必有帐篷、食物或炊具之类的东西，从茶屋到茶屋，或从客栈到客栈的远足，可以让徒步者近距离地体验一下尼泊尔的家庭生活，简单而辛勤的山居生活，让你可以感受到一种普世价值的温暖：家庭力量、团结、尊爱、心地纯洁，对他人的亲切、友善，以及山民们令人愉快的幽默感。

事实上，尼泊尔已为全世界高质量的徒步探险旅行设立了标准，当远足者不愿待在茶屋或客栈里时，搭帐篷远足队便应运而生。一个由 6 名徒步者组成的探险队常有 12 名以上的随行人员陪同，包括背夫、向导、厨师、勤杂工及 1 名叫“索达（Sirdar）”的总管组成，索达是酋长、统领的意思，他的英语很流利，负责监督实施、雇用或解雇及安抚人员，以及负责客人的安全和舒适。向导则在山间小道上陪伴、协助单独的成员，背夫携带旅途中需要的所有食物，野营设备包括睡觉与吃饭用的帐篷、餐椅以及客人的私人物品。

每天傍晚，帐篷设立在溪流边或有水源的地方，经常设立在喜马拉雅山峰下、群星璀璨的夜空下，或是能够俯瞰纵横交错的绿油油的稻田的地方，给人以回归自然的、宁静的田园诗般的享受。厨师及勤杂工在煤油炉或液化气罐上烹饪五花八门的西式或亚洲风味的香喷喷的饭菜，客人在客厅帐篷里听着音乐、喝着尼泊尔红茶或鲜奶咖啡，晒着暖洋洋的太阳，这实际上是一个蒙古可汗式的移动的盛宴呀。

MBC 的空气清洁且干燥，天空是深蓝色的，在这个海拔上已没有污染，四周是白色而广阔无垠的山峰，这样的海拔高度无疑是一个享受的环境，而不仅仅是一个具体的登山目标的完成，这里是最佳的雪山露营地，可以一览无余地尽享安纳普尔纳群峰的美景：安纳普尔纳南峰（Annapurna South，7219 米）、安纳普尔纳 1 号峰（Annapurna I，8091 米）、安纳普尔纳 3 号峰（Annapurna III，7555 米）、刚嘎普尔纳（Gangapurna，7455 米），以及变化万千的鱼尾峰（Fish Tail，6997 米）。

适宜的海拔高度不仅让人没有高山反应，更主要的是高山牧羊人提供的刚挤出来的羊奶、牛奶是冲泡一杯极品卡布其诺的绝佳原料。

一个有趣的意大利人阿奇加夏，发明了蒸汽压力咖啡机，同时也发展出了卡布奇诺咖啡（Cappuccino）。他在偏浓的咖啡上，倒入新鲜发泡的牛奶，此时咖啡的颜色，就像卡布奇诺教会（Capuchin）的修士在深褐色的外衣上覆上的一条雪白的头巾，由此得名的卡布奇诺有一种让人无法抗拒的独特魅力，起初闻起来时味道很香，第一口喝下去时，可以感觉到大量奶泡的香甜和酥软，第二口可以真正品尝到咖啡豆原有的苦涩和浓郁，最后当味道停留在口中，你又会觉得多了一份香醇和隽永。

一种咖啡可以喝出多种不同的独特味道，不觉得很神奇吗？那种感觉就像我们在体验走路的艰辛苦涩、攀爬的悲喜交织时，也品味了山谷的清新宁静、雪峰的深沉陶醉一样。

在 MBC 和一群来自世界各地、走了很远路程的各式催客，手握一杯温热的覆盖着白雪的卡布奇诺时，真是“杯”喜交集。在这里要想喝壶开水会贵得要死，但喝咖啡却比喝开水便宜。

有的人躺在草地上发呆，有的人在挑发白的脚泡，有的人在晾晒潮湿的靴子和衣袜，有的人在和背夫、向导一起打扑克，有的人在吹着欢快的口哨调情。尽管各式人等存在着语言的障碍，但同路者发自内心的同甘共苦的情谊却在与日俱增，并随着咖啡的香气、精神的放松而在自由自在地飘荡。徒步也像与咖啡谈的一场恋爱一样，甜中带苦，苦中有甜，但我们始终怀着忠实的真心远行着，期盼着它的馥郁芳香。

太阳舒缓地在鱼尾峰的两翼下沉，下沉，空气干净、清冷得让人惊叹，平和又具宗教色彩的日落时刻来临了。

按尼泊尔人浪漫的说法，这个时刻是美丽的天神降临大地放置黑暗的时候，它们会用漫漫长夜这双大手抚慰人们疲惫的身躯。在这样一个宝石般星子点缀的夜晚，在优美的静寂中，帐篷意味着温暖的小窝，山羊意味着有羊奶喝，牧人与催客，则意味着有交谈的伙伴。

我仰面躺在睡袋里，看着星星，那个汉堡青年用细滑的牛奶在咖啡的表面挤出了天真可爱的图画，山峰、小熊、小鸟、树叶、花朵，哇，还有一颗柔软的心。

他问："Pearl，你那杯喝完了吗，再来一杯吧！"

这时，我突然很想在雪山下谈情说爱，纯洁的感觉是那样的美好，我的身体在自由的旁边，而我的目光已流浪到雪山的远方。

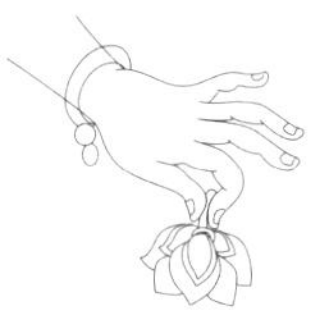

满月

Full Moon

在路上，你永远想不到，下一秒会遇到什么样的风景？！

6997 米高的鱼尾峰是安纳普尔纳山脉中并不高大的一座山峰，甚至在海拔高度上也是低矮的一个，但它却是尼泊尔国家的标志。当清晨的第一缕光线投射到鱼尾峰的针尖状雪峰上时，它的神秘、它的峻峭、它的禁止攀登、它的高贵圣洁，让它神韵天成地独立于群峰之上，呈现出一种不可逾越的惊世之美，一种压倒一切的建筑学上的美。

作为评判国家和个人成就的一种标准，很久以来尼泊尔的山峰就成了登山者们心目中的“麦加”。1950 年 6 月，由莫里斯·赫尔佐格（Maurice Herzog）带领的一支勇敢的法国登山队向安纳普尔纳 1 号峰（8091 米）发起了冲击，他们遭遇了可怕的暴风雪，使原本就非常困难的攀登变成了一次对人类耐力的空前挑战，这是有史以来登山队员第一次登上 8000 米的高峰。

他们下山时又正值雨季，在一个月的时间里历尽艰辛，随行医生不得不切除队员长满冻疮的手指和脚趾，赫尔佐格也被截肢。尽管如此，他们的成功预示着尼泊尔 8000 米高山“黄金十年”的开始。

安纳普尔纳峰成了第一座被人类登顶的 8000 米级山锋，但这丝毫不能表明它是一座容易攀登的山峰，恰好相反，因为多发的雪崩事故，它被所有攀登者认为是世界上最难逾越的高峰之一。在 1950 年的首登成功之后的 20 年时间里，没有任何人再次攀登成功。登山者曾经绘制了一张 14 座山峰登顶死亡率的统计图表，其中死亡率最高的不是海拔 8848 米的世界第一高峰珠穆朗玛峰，也不是国际登山界公认的攀登难度较大的海拔 8611 米的世界第二高峰乔戈里峰（K2），而是位于尼泊尔中北部的安纳普尔纳 1 号峰。它的登顶死亡率高达 30% 以上，是 8000 米以上高山中最具杀手风范的山峰，共有 106 人登顶过该峰，但也有 54 位攀登者再也没有醒来，而珠峰的登顶死亡率仅为 14%，比其中 6 座山峰的登顶死亡率都低。

尽管安纳普尔纳山区的气候复杂多变，与珠穆朗玛峰大体相似，但它却越来越受到来尼泊尔探险的旅行者的喜爱，还产生了一个新的名词叫“远足山峰（Trekking Peaks）”，在这个“纯粹的山国”里，官方允许攀登的山峰有263座，其中有245座被划分为“探险峰（Expedition Peaks）”，那些超过6500米的山峰需要政府的联络官的许可且持有登山执照，而低于6500米的山峰则不需要。安纳普尔纳有各种难度的线路以供选择，无论你登山、探险技术如何，抑或只是走路、徒步，都可以在这里欣赏到叹为观止的景色。每年有超过10万人来安纳普尔纳远足，人数达到了去珠穆朗玛地区的3倍还多。

很有意思的是，在尼泊尔语里安纳普尔纳（Annapurna）并非“杀手”“魔鬼”，而是丰收、肥沃、富饶女神之意，山脉被尊敬地命名为“谷物的赐予者”—— 安纳普尔纳，而且还被视为神的象征。由于山脉的高度，从山里流出来的河成了生命的源头，山脉成了将孕育生命的水分带给农田及将水带给河流的季风雨的施与者，山脉的冰雪在春季融化并在旱季为下游供水，雪山成了人世间与仙界、大地与天堂之间的界线。

在尼泊尔，山脉都是神圣的。

我们在鱼尾峰大本营度过的一夜是愉悦的、奔放的，就像聆听了一出山峰的交响乐一样，雪山弹唱着，如朝气勃勃的青年，歌声如清泉似的流淌。我感觉这里比珠峰大本营强多了，没有成群结队的登山者，没有直升飞机，没有救援队，当然也没有电话，没有游泳池，没有宠物，没有家庭，我们享受着彻彻底底的自由，这里只有我们和群山，生命在这里显得格外的单纯和真实。

“我现在开始喜欢上山峰了，它已成为我一天当中唯一可享用的饭菜。”我欢快地对比格姆说道。

“那好，下一道菜叫—— 4130米。Pearl，做你今天特别的午餐，好吗？”向导开心地说完话，我们就背上大包，沐浴着晨曦向最后的目的地冲刺了。

牧羊人的领地

Shepherds' territory

即使是皮肤晒暴了、肺咳肿了也非常值得，通往 ABC 的小径已不再崎岖，金色的沙棘草铺天盖地地蔓延，闪着星光的溪流潺潺而下，我们就在齐腰高的金色草地上，踏着新鲜的露珠、踏着沙沙沙的梭草一路旖旎向上。

鼻子是旅行者脸上最神奇的器官，能更快感受到周遭环境的变化，我用细微的鼻息享受着这香味的“野餐”和雪的味道，我觉得自己身体的每一种感官都变得更加敏锐，都上升到了一种新的境界。在海拔 4000 米的山岗上，我们发现了紫罗兰、蜡菊、樱草、龙胆草和许许多多不知名的香花和野草，惊喜地看见了白色的火绒草和冰蓝色的勿忘我，牧羊人则把柠檬色的棚屋搭在了餐风饮露的高地上。

在喜马拉雅，火绒草又叫薄雪草、雪绒花，奥地利有部片子《音乐之声》就是献给阿尔卑斯高山上的雪绒花的，它伞房样的绵毛花序，犹如有着天使脸庞的纯洁女孩，而象征着爱情的勿忘我，则生长在气候干燥的高海拔山坡上，夹在岩石中间，喜马拉雅的蓝绵羊、塔尔羊就在山岗上吃着这些在冰风中摇曳的花草，欢快、满足的咩咩咩叫声弥漫在整个山坡上。

喜马拉雅羊涵盖了从克什米尔到尼泊尔到印度东北部的广大范围，这种山羊喜好的海拔高度与野生的斑羚或岩羚羊所在的海拔高度一致，它们那对卷曲的、螺旋形的大角异常美丽。它们身形矫健，可以在悬崖峭壁上跳跃飞奔，而且与其他羊不同的是它们还会上树，有时会看见它们在 2 米高的橡树上悠闲地咀嚼树叶，乍一看见时会以为遇到了白胡子的神仙爷爷。

当然，在交配的季节，雄羊为争夺雌羊会大打出手，它们坚硬羊角互相猛烈撞击的声音很远都能听得到，这时就会引来喜马拉雅山中的“独行侠”雪豹，雪豹以静制动，在岩石间静伺，待决斗结束之后，那些头昏脑涨的山羊们无法在陡坡上保持平衡、健步如飞时袭击它们，那时就是另一场惊险的生死之战了。

高海拔的严寒让喜马拉雅山羊颈部及胸部的白色长毛可长至膝盖，能产出最细柔、纤维最长的绒毛。长久以来，这种山羊绒从博卡拉、加德满都转售到克什米尔，这种柔滑细长如丝的羊绒是编织帕西米娜披肩（Pashmina）的最高档原材料，被称为“羊绒中的羊绒”。克什米尔高地的手工艺人，用他们世代相传的原始的手工编织与刺绣方法，制成了帕西米娜羊绒披肩。

由于这种披肩像云一样轻，又非常暖和，有着绚丽的图案和异国情调，故法国人与欧洲的淑女小姐很早就成了帕西米娜的消费者，在 20 世纪 90 年代，美国 *VOGUE* 时尚杂志主编从一名喜马拉雅义工那里借来这样的披巾，让当红模特儿凯特·摩斯（Kate Moss）披上，拍了一系列的时尚照片，从而掀起了世界性的帕西米娜披肩的时尚风潮。

不过，即使是生活在千里之遥、万米之巅，这些喜马拉雅山羊仍有着金雕和秃鹰这一类的天敌，它们时刻威胁着羊羔的生命安全。我在草地上小憩的时候，看见一只母山羊产下了一只幼崽，幼崽不到 5 秒就挣扎着站立了起来，三只黑色的牧羊犬是羊群的守护神，它们对着天空狂吠着，勇敢地撵走了一个个不速之客。

从冰雪融化的春季到大雪封山的冬季，牧羊人都携家带口生活在孤寂的高山之上。他们的时间是不带任何都市中的政治色彩和尘世味道的，超越于政治、社会、金钱之上，是圣经式的、牧歌般的。一个牧羊人身裹着羊毛大氅，身旁的长棍子正指向牧羊座，坐在石屋旁熬着奶茶，看守着脚边的羊群，就像上帝在天上守护着正在熟睡的人们。

当我在石屋旁脱下徒步鞋小憩，翻出仅存的两颗阿尔卑斯奶糖递给身旁的小孩儿时，那个有着棕色圆脸庞的小小牧羊女问我：“夫人，您住在哪个山谷？”

这如同在问金庸小说《神雕侠侣》中的小龙女：“你是古墓派的吗？你为什么能在绝情谷底住了 16 年？”

她的天真发问，令我重新思考山谷的神秘与美丽，思考这个世界的诗意及本质，我觉得那些帕西米娜羊绒披肩上的图案，来自天空、湖泊、森林、新月、花朵、树叶的颜色，是只有生活在天堂般的喜马拉雅山的编织者们才能表达得出来的。我曾经幻想了千百遍的安纳普尔纳营地，它不仅仅是冰峰林立的、寒风刺骨的、神秘诡异的、夺人性命的，它是静谧、安宁、和谐、丰盈的。

我仿佛进入了《小王子》的故事情节，小王子在遇到飞行员的那一刻问：“那么你也是从天上来的？你是哪颗行星的？”

如果我是画家，有人请我画伊甸园里的男孩儿、女孩儿和花草、动物，我会到 ABC 来写生，因为从混沌原初起，从亚当与夏娃的无忧地开始，世界就是这个样子的吧。

无国界步行者的派对

Party for borderless trekkers

没有任何的蓝色要比勿忘我草的蓝色更美的了，它的确无愧于这一美名，这种花就像我们探险途中的幸运芝麻一样，大约 4.5 小时后，我终于站在了 ABC 的旗杆下。

五彩经幡在阳光下猎猎作响，我走了 16 万步、流了亿万滴汗水，匍匐在了安纳普尔纳群峰的脚下，会当凌绝顶的体验是如此的真实、永恒和具象，它颠覆了的是我那按部就班的平淡、琐屑生活，我只觉得脚下绵延的大地是如此的壮美。在过去的 7 天里，我一直都憧憬着这一时刻的到来，憧憬着这一时刻的激情满怀，然而站在这里倚靠着它的旗帜时，我已提不起一点力气来抒情感怀了。

刚把背包放进 3 号房间、拿起相机准备出去拍照时，天一下就暗了下来，大雾腾飞着隐去了群峰的面孔，而在 10 分钟之前，蓝天映射下的雪峰还在晶莹地闪亮。安纳普尔纳峰通常一日三变脸，早上碧空万里，中午风雪交加，夜晚繁星满天。当你只是看电视或看画册时，是永远体会不到大自然的瞬息万变的，而只有置身其中才知道上天造物的波诡云谲。

每年的 6 ~ 9 月雨季时，强烈的东南季风带来的暴雨会频繁地引起冰崩、雪崩，造成安纳普尔纳山上云雾弥漫、冰雪肆虐的恶劣气候；11 月至翌年的 2 月，强烈的西北寒流又会让气温降至 -40℃，大雪覆盖着整个通往 ABC 的道路和棚屋，最大风速可达到 90 米 / 秒，那意思是眨个眼，人就像碎片样被吹得飞不见了。

只有在 4 月底至 5 月末与 9 月至 10 月这段时间，是风季与雨季相互过渡的时期，通常有 3 ~ 4 次持续 2 ~ 5 天的好天气，这时便是进行登山活动的绝好时机，包括安纳普尔纳峰在内的喜马拉雅地区，最好的攀登季节无疑是在春季，但由于安纳普尔纳峰地处偏远，路途艰险复杂，故每年也只有 9 月、10 月间可以接近，雪崩与多变的气候是安纳普尔纳峰得名为“杀人峰”的主要原因。

在 ABC 有三座“远足山峰”是业余登山者渴望攀登的，赫育楚里峰（Hiunchuli，6441 米）、天庭峰（Tent Peak，5663 米）和长笛峰（Fluted

Peak，6501 米），多年以来它们得到了一个不可接近的声名，甚至吸引了世界上最受尊敬的登山家。远足山峰并不意味着只要有走路的能力就不再需要更进一步的技巧了，试登这些山峰同样需要夏尔巴、古荣向导陪同到大本营，同时还必须具备一些先期的登山经验，能使用雪杖、绳索、破冰斧与爬钉的能力，更主要的是，你的身体能适应极高海拔和天气变化，能依靠个人的意志力与经验，从那里登上峰顶后，最后还要能安全地返回大本营。

我们遭遇的大雾、冰风，把所有的人都阻隔在了 ABC，不管是登山者、徒步者也好，还是向导、背夫也好，此时全都挤在茶屋的起居室里下象棋、打扑克、闲聊、烹饪食物、煮茶、煮咖啡，很难想象在一个四面雪山环绕的 4130 米的巨型“碗底”里，人们悬在半空中、与世隔绝着，却异常地融洽和快乐，尼泊尔各种族的人们、世界各地的催客们在此相聚，让人感觉好像置身于一个无国界者的派对。

尼泊尔是印度雅利安人和喜马拉雅蒙古人会合的地方，有着西藏血统的塔芒人（Tamangs），是贩马者、马背上的战士；擅长经商、开旅馆、贩盐的塔卡利人（Thakalis），是卡利甘达基河谷里的活动家；擅长手工、陶艺、建筑、艺术的尼瓦尔人（Newars），有着蒙古人与高加索人混血的体征，是尼泊尔的能工巧匠；有着藏族人和缅甸人血统的古荣人（Gurungs）、玛伽人（Magars），最擅长爬山，信奉着萨满教，喜欢部落式的群居、团队生活，是各种族中从军人数最多的民族；还有喜好肉食的雅卡人（Yakhas），喜欢把房子涂得漂漂亮亮的拉伊人（Rais）和林布人（Limbus），山沟里的居民苏努瓦人（Sunuwars）。

当然，还有尼泊尔最著名的夏尔巴人（Sherpas），500 年前这些藏族牧人从西藏东部迁居到尼泊尔的索鲁昆布（Solu Khumbu）地区，信奉藏传佛教的夏尔巴人在陡峭的山坡上修建了许多美丽的喇嘛庙和巨大的转经筒，在藏语里夏尔巴意为“住在东方的人”。当我这个最慢的“蜗牛”在墙上一块供徒步者留言的白布上，写下“尼泊尔的香气·徒步喜马拉雅·Pearl·Oct.1”时，引起的是一阵阵对“香气”的好奇声。

我告诉他们，“香气”是我献给尼泊尔的第一本书，而今天恰好是中国的国庆日，也是中国传统的中秋家人团聚日，今晚的月亮会比其他几个月的满月更圆、更明亮，因为此夜的月球距地球最近。在湿努瓦与我们相遇的四国籍青年混合队和几个背夫马上说，去打一场比赛庆贺吧。

神秘的喜马拉雅山脉孕育出了各种各样的珍禽异兽与奇风异俗，每个民族在他们自己的宗教生活里都有各种各样的庆典仪式，而在安纳普尔纳峰大本营，丰饶女神的圣地，有一个人人都可参与、最简便的、跨越宗教信仰的庆祝活动，我当时根本没猜到会是什么！

一个有直升机飞机场那么大的排球场！

在距离棚屋 90 米之外，一群人已经玩开了，有的催客竟然脱了鞋，裸着脚板在凹凸不平的地面上奔跑、跳跃、扣球，大雾在周围风起云涌，迎风扣过来的排球，挟带着风速如同闪电惊雷，听见的是穿越迷雾而来的一片欢呼声。

我很吃惊，在我走路都上气不接下气的情况下，那些人竟然可以若无其事地奔跑得那么快、跳得那么高，那扣下来的一球要用多大的力气呀，是谁赋予了他们像超人般的力量，又是谁让他们有如雷霆万钧？

那一定是全世界海拔最高的一个排球场，那里有的是无国界步行者们的坚忍不拔与自在欢快，徒步赋予人们的是阳刚之气、挑战精神、团队意识与自由和谐，那里仿佛放映的是一部天空女神的庆典片，完全可以和汉尼拔骑着大象穿越阿尔卑斯山的惊险历程相媲美，而我除了惊叹，只有站在旁边当啦啦队尖叫的份儿了！

时间的荒野

Wilderness of time

我想，超过了一定的海拔高度，人们就变得纯真，就没有邪恶的思想了，就像我眼前的壁立千仞，无欲则刚。千仞峭壁之所以能巍然屹立，是因为它没有世俗的欲望，而脚下的路程，不仅孕育了思想、力量，还诞生了种种设想和新的梦想。在时间的荒野中，没有早一步也没有晚一步，我在最具中国古典意义的满月之夜抵达了 ABC。

一把斑驳的木椅靠在石屋外，一块巨大的 ABC 招牌悬挂在房子般大小的花岗岩上，数十顶帐篷里灯火闪烁，宛如许多游船停泊在港湾，数十位催客披着睡袋，站在冰风中等待着拍月出。而在那高山顶上，月光连接着经幡，岩壁上每一块石头都焕发着生命的光芒，大自然仿佛在此荟萃精华。我这个远在异乡的游子，则坐在雪中的月夜下，搂着一抹青烟遐想。

美国最著名的风光摄影师安塞尔·亚当斯（Ansel Adames）曾长期生活在荒野，他纯影派的《约塞米蒂山脉之光》曾销售了 20 万册，而他拍摄的半圆顶山的《月升》，曾以 17500 美元的成交金额打破了 20 世纪 80 年代摄影作品拍卖的最高记录，而我此时的梦想就是像他一样探索夜空。

在安纳普尔纳可以看到在很多城市和山区看不到的景象，可以在午夜时看见土星、火星在西边闪烁，而在黎明时金星则在玉盘一样的月轮东边闪耀，深邃浩瀚的外层空间并不安静，星群自有其柔和、轻盈的嗡嗡声。

大多数的徒步者在 ABC 看完月落日出后，将折返博卡拉，而登山队将从这里出发，拔营、移帐、冲顶。很不幸的是，每到夜深空气最稀薄时，我的咳嗽就会加剧，奇怪的是白天却很少咳嗽，此时我坐在棚屋只有 60 厘米宽的木板床上，裹着一床不足 1.5 米宽的潮湿被褥，感觉连续 7 天来的咳嗽快把我的肋骨给震断了。

当我咳出的痰中带有粉红色的血丝时，“盖”紧张了。他问我要不要此时下山，只需 1 个多小时就可以退到 MBC，空中明亮的月色会照亮我们的回程，甚至不需要头灯，但我却想像那些勇敢的登山运动员一样，能去触摸明日的日出。

按照“盖”的经验，这是高山病的一种症状，但只要我迅速下到低 500 米的 MBC，就会呼吸顺畅一点，他可以搀扶着我、背着我走，而此时我的内心却显得异常的平静与泰然，我能倾听到自己心底的声音。我想《心经》中提炼出来的精华就四个字“色即是空”，心地澄静则五蕴皆空，无眼耳鼻舌身意，无色声香味触法，无眼界无无明，亦无老死尽，无有恐怖。

我如同那个带着空杯子上路的青年，行万里路的过程，就是为了汲取各种滋养我生命的养分。在我前往喜马拉雅徒步的那一刻起，我的意图就是攀爬到我的腿和我的肺能够支撑我到达的地方，每一次肉体的疼痛都如同一次灵魂的修行，菩提的果实只会在空山里蒂落，而我宁愿静坐着一直到天明。

借着明月的光华，“盖”打开了棚屋的天窗，等待是如此的漫长。有一位叫猪猪的中国驴友在墙上留言说：“如果你恨一个人，就送 TA 去爬山吧，让 TA 天天喝奶茶，不洗澡，没法打电话，在野外上厕所，长时间走山路，冷，高，湿，让 TA 的意志力洗白。如果你爱一个人，就和 TA 一起去爬山吧，天天分着喝一壶奶茶，一起不洗澡，根本就不想打电话，在野外上厕所也很浪漫，长时间走山路减肥，冷，高，湿，让你们的爱变得更坚实。”而我想，即使走落了日月，苍白了面色，若我能在一滴花露中顿悟、在一滴眼泪中闭关，那为了这一刻，我便不再犹豫和多疑。

信奉印度教的塔卡利人和尼瓦尔人，相信植物、动物和山川、星月都像人一样有着相通的灵性，一个生灵总是潜移默化地影响着另外一个生灵。信奉佛教的夏尔巴人和古荣人认为，万物皆有灵，能够绕着雪山走 108 圈的人便可以涅槃成佛，无论是哪一个种族的哪一种信仰，哪一种肤色的哪一个远足者，在安纳普尔纳丰饶女神的环抱里，最适合的就是静静地坐禅。

当一轮圆月从 1 号峰最高的山肩上升起时，月光沐浴着了我脚底下这块闪着清冥幽光的冰川和雪坡，夜晚呈现出了一种清冷、梦幻般的美。安纳普尔纳的夜晚是宁静的，但并非寂静。寂静是空的，宁静却并非如此，宁静是温暖的，有生命力的，宁静如同乘着月光而来的神灵，让我只要抬手就能触碰到它的衣裳，只要闭目就能感觉到满月那非常强大的精神力量。

一个脚步流浪的游子，情不自禁时会唱起一首古老的中国情歌：“圆不过月亮呀方不过斗，甜不过尕妹妹的呀是那温柔。”那雪山上升起的银色月亮呀，已不是月亮，而是我眼中度母的脸庞，此时我的身上已长出了银色的翅膀。

雪山

Snow Mountains

在那些伴随着人成长的异想天开的梦想中，攀登山峰便是其中之一。

50 公里长的安纳普尔纳山脉被绵延不断的雪峰环绕着，海拔在

7000 米以上的雪峰就有 7 座，以安纳普尔纳命名的山峰则有 5 座。在安纳普尔纳峰大本营，当清晨 5 点 50 分的第一缕光线投射到安纳普尔纳 1 号峰时，你可以激动无比地站在冰川上，看到一座座的雪峰在你的目光中渐渐苏醒，安纳普尔纳 2 号峰（AnnapurnaII，7937 米）、安纳普尔纳 3 号峰（Annapurna III，7555 米）、安纳普尔纳 4 号峰（AnnapurnaIV，7525 米）、刚嘎普尔纳（Gangapurna，7455 米）和安纳普尔纳南峰（Annapurna South，7219 米），雄居正中的鱼尾峰则以它锐利挺拔、景色瑰丽的角峰著称，成为尼泊尔政府禁止攀登的圣女峰。

安纳普尔纳山脉有十分明显的纬度多样性与生态差异性，从山底博卡拉山谷的亚热带气候，一直到白雪皑皑的世界级山峰，正是这种多样性展现了大自然的多重魅力，使安纳普尔纳山区成为尼泊尔最受探险者喜爱的地方之一。

很难想象在如同古罗马圆形剧场般的场景中看一次安纳普尔纳峰的日出有多么的壮丽与辉煌，ABC 如同《2012》电影中的一个村落，坐落在险峻山壁环绕而成的浑圆的天然碗底里，圆形剧场向南敞开着，让营地阳光满溢，置身其中的人好像在聆听帕瓦罗蒂那举世无双的高音 C 调《我的太阳》。营地上方的悬崖则被悬挂着的冰川所覆盖，头顶上 3000 米处，群峰熠熠生辉，耀眼的峰尖俯视着整个山谷，犹如神灵在逡巡，那永恒流动着的冰碛冰块，则是大自然的杰作。

在这里，时间显示着它巨大的美，时间那如点金石般金光闪闪的威力让我沉思，令我颤抖。

我的身体和脸庞就沐浴在这洒金的光芒里，忘了呼吸，忘了寒冷，忘了痛苦。有个女催客甚至狂放地脱了上衣，只穿着 bra，让七彩的阳光直接打在了裸露的皮肤上。

从营地往东走 400 米，一条布满冰碛的冰川像一条蜿蜒的银色沙带，将周围的岩床切开了一道深深的沟壑，冰河在晨曦的阴影中泛着幽蓝色的微光，一缕一缕凝结的水汽像冰冻的烟雾在冰河上方飘动，如同将要喷涌而出的狂怒的风暴。昨夜，我躺坐在棚屋里听到的那轻微的嘎吱声和清脆的断裂声就是从这里发出的，它像小夜曲一样在随时提醒着我，我躺在一条正运动着的冰川上，它以 1 小时几微米，1 天几毫米，1 个月几厘米，1 年几米的速度，就在那个无人知无人晓的岁月里移动着。

我眯着眼睛凝望着那个 8091 米的山顶差不多半小时，试图想象站在那冰风肆虐的最高点会是怎样，再丰富的想象都没法描述它的神奇。在营地上方的 100 米处，有一座石砌的纪念碑，挂满了五色经幡和风马旗，那是埋魂在这里的登山家阿纳托列・布克瑞夫（Anatoli Boukreev）的墓碑。

出生在苏联乌拉尔山脉一个以采矿为生的贫穷小镇的布克瑞夫，在 9 岁时就学会了爬山。他是 1996 年 5 月 10 日珠峰世纪山难的亲历者和幸存者，在那次山难中共有 12 位世界级登山家遇难。1997 年的圣诞节，已攀登了世界 14 座 8000 米山峰中 11 座的布克瑞夫向安纳普尔纳峰发起了冲击，他试着沿一条险恶重重的线路攀登安纳普尔纳峰，这条路线位于山峰广袤的南壁，而且为了增加难度，他决定在冬季而不是攀顶的黄金季节春季开始这一极为危险的任务。在大本营的 5180 米处建起 1 号营地后，他在圣诞节的日出时分向 1 号峰进军，在攀爬到 6000 米的高度时，雪崩刺耳的隆隆声带着巨大的冰块直接向他砸了下来。

热爱登山、热爱在大山的怀抱中漫游的 39 岁的布克瑞夫永远长眠在了冰雪里。

世间所有的东西都会被安纳普尔纳摧毁，所有的财富，所有的傲慢，所有的荣耀，但挑战山峰的奥秘及窥视它的边界禁地，却始终令人向往、让人着迷，事实上登上某座山峰的方式比登上这座山峰本身更重要，危险是登山运动的基本要素，登山的魅力就在于它的不可预测性，这种不确定性随时会给你带来危险。但如果没有危险，登山就无法同其他几百种无关紧要的消遣、娱乐活动区分开来，正是因为它的危险，登山才成为一项伟大而壮丽的探险运动。

每天从大本营出发的登山队，会自动地来到纪念碑前，向上天祈祷，抛洒印有经文和风马的符咒，经幡的每一次飘动就意味着向众神传递了一遍祈福的心愿，在尼泊尔人的宇宙观中，马是一种神圣的动物，可以飞一般将经文带给上天。一些徒步者则在嵌有布克瑞夫照片的基座上留下了树叶、野花和蜡烛。

当我放下一小块石头抬起头时，我仿佛看见布克瑞夫那宝石蓝的眼睛正微眯着仰望着雪山，是他深邃的目光让探险充满了神奇的吸引力与神秘的魅力，那是对我们惯有的文化中追求安逸与舒适生活态度的一种叛逆，一种少年英雄式的拒绝——拒绝意志薄弱，拒绝怨天尤人，拒绝所有的弱点与懦弱，拒绝重复而乏味的生活。

我就在看着布克瑞夫灿烂笑容的那一刻被他深深打动、流下了热泪，感觉自己好像也跟着他去伟大的巅峰旅行了一趟一样，而布克瑞夫就是心高志远、自由不拘的攀登者的象征。

离弓的箭

Arrow leaving the bow

在这雪光闪闪的高山上，日出的峰影倒映在黛色的冰水潭中，雪莲花开在大峡谷的裂缝上，感觉仿佛每移动两步、三步便是天堂。

上午 8 点，顶着割面的冰风拍摄完日出后，我的向导比格姆依照以往探险登山队留下来的优雅传统，进到我的房间里来，熟练地帮我把背包整理好，告诉我热腾腾的奶咖啡已经准备好了，而喝完咖啡后我们就可以迅速下山，他说我们回家的脚步会像离弓的箭一样快。

营地里有一只以前登山队留下来的黑色藏犬，它在每一个徒步者离开营地时都要紧随其后，殷切相送，仿佛已养成了一种习惯的姿态。在我们下行了 20 分钟经过牧羊人的领地时，三只牧羊犬冲出来与它进行了一场血战，我追上前去大叫着："别打它了，快回去吧。"那只伤痕累累的藏犬退回了营地。

我回头的时候，看见它孤独地坐在岩石上，脸一直望着下山那条覆盖着金色沙棘草的小路。佛祖在转世成佛之前，轮回了几百世，有时他是乞丐，有时他是魔鬼，有时他是乌鸦，有时他是王子，或许那只灵犬就是某个登山者的化身，它痴痴地守望着、躬送着每一个步行者纷沓而来的脚步声。

我们只用了 1 个小时的时间就下到了 MBC，坐在阳光满溢的石台上享用了一杯暖暖的柠檬红茶。一个正上山去 ABC 的台湾帅小伙问我，风景美吗？他脸上除了戴太阳镜的地方全被晒黑了，也没用防晒霜，他说他是故意的，他要晒成古铜肤色。我含着笑点头说，你还可以在那里享受只有你一个人的天体浴。

在最初下山的途中，我心情放松，一路高歌，我几乎忘了那句先哲的经验与智慧的谚语"上山容易下山难"。行至道拉里的陡直下降路段时，我发现右膝盖的滑膜炎发作了，膝盖像崩溃、破裂了一样，痛得我只能用左脚拖着右脚走路，那时才体会到第一个登上珠峰的新西兰养蜂人希拉里说过的那句话："攀登珠峰的关键并不只是登上顶峰，我甚至觉得能够安全下山更为重要。"而无数的攀登者都是在下山途中发生意外，遇难身亡的。

上山虽费力但不容易发生危险，下山虽省力却容易失足，这时的重心重力向下，自身的作用力也是向下的，由于失重，感觉人老是往前跌倒，这时不仅非常需要大腿的肌肉力量，而且两条腿还要承受千钧的前冲力，尤其是在乱石路上是很难找到平衡的，我只觉得我的小腿肚子紧张而酸疼，脚尖被全身的重量顶冲得像火烧着了一样燥热、肿胀。

中午一拐一瘸走到喜马拉雅宾馆时，又遭遇了下雨，每天天气的情况几乎都一样：早上天气晴朗，阳光明媚，是那种让你感觉享受和充满热情的天气，可一到中午浓密的云层就从东边聚拢过来，阳光突然就消失了，这些云团迅速地带来了降雨，在高山的雪坡上，云层还带来强烈的冰雹和降雪，随时可能会突发雪崩。与此同时，气温迅速下降，狂风暴雨一会儿从我正面攻击，一会儿又从背后袭来，我感到像是走进了一个冷藏库一般。

好多次，“盖”不得不站在冰冷的溪流里，他把溪流上卵石垫起来的跳墩路让我给走，自己却站在水里拉着我过正在涨水的溪沟，以免我左右摇晃滑倒，或像人体风筝那般被暴风雨吹飞走。我看见他不防水的橡胶鞋完全浸泡在奔腾的冰水里，身上还背着 12 公斤的大背包，那样的情形如同生死相助的伙伴。

那时我就想回到博卡拉后，我一定要把我的 Gore-Tex 风衣送给他，还要专门为他买一双防水的登山鞋，这样他不仅可以走得舒服一点，而且他还可以更健壮、更有力地帮助到其他的催客。

就在雨中踢踢踏踏地走着的时候，我看见石缝中无数的野花，蓝紫色的番红花、鹅黄色的灯笼花，干净着小小的脸庞，倔强地开在雨水里，它们让我苦难、阴郁的心情一下子充满了无比的喜悦与温暖，不管在何种情景里，一生只要灿烂地在雪山上开一次也就够了。

“盖”采了三片尖矛形的车前草叶贴在我胸前，像个美丽的 Logo，我这才知道其貌不扬的车前草其实是徒步者的好朋友，朝觐的人们戴着它，作为护身符；它的嫩叶是野餐的美食，配上一点酸醋沙司就是味同蘑菇的凉拌菜。“盖”还采了一大把放在口袋里，说是治疗擦伤、血泡、愈合伤口的良药，晚上会用它来帮我揉搓肿胀的腿脚，它的英文名字“Plantain”就是给足部消肿的意思。

一路上除了疼痛、寒冷和疲惫，我什么也感觉不到。下午 3 点 30 分到了峡谷里的道班时，雨大得好像要把房子冲到河沟里去了一样，我已在路上挣扎着走了 14 公里，整整 10 小时，身体已在发烧，“盖”赶紧登记了一个房间，拿了两床被子来把我捂住，我感觉自己好像一个难民，一直在床上瑟瑟发抖。谁都知道在冰窖里幻想火炉的滋味，我就像一支失去尾羽的破箭，筋疲力尽得只剩下一副没有任何张力的皮壳，我不知道天天如此痛苦的“遇难”是为了那般？

宁静的意义

The significance of serenity

傍晚时分，客栈里来了一个 6 人的中国团队，他们也被大雨淋得全身湿透了，一个游客竟然还拖着一个硕大的旅行箱包，难道他想把安纳普尔纳徒步当成欧洲、香港式的血拼购物？！要知道当背夫背着这样的行李箱行走在山径上时，是很容易左右摇晃失去平衡、很容易失足的。

国庆、中秋的长假，还有《2012》的电影，让好多中国游客也开始热衷于喜马拉雅的远足旅行，一路上我们总是相遇成群结队上山的团队。有一个 16 省团队是在网上召集、在加德满都集结的，他们队伍壮观，但装备简约，又很能约束自己，过村庄时也是静悄悄的，是一群真正的“驴友”。

眼下这个 6 人“鱼龙”团队的到来却突然打破了道班的沉静，他们迅速地租用了厨房，开始咋呼呼地烧水、泡茶、煮饭、炒菜，将背夫背上来的食物——白菜、土豆、火腿肠、罐头肉等混在一起，烟熏火燎地弄了一大盆的火锅出来，然后开始欢天喜地地喝酒、唱歌、猜拳、嬉闹、打牌，立马把一个寂静的山谷变成了一个如同丽江那样狂放不羁的茶肆酒楼，完全无视于起居室里还有其他徒步者的存在，无视于那样的气味、声音和行为会惊扰他人，无视于他们的周围正矗立着静默而圣洁的雪峰。

也许这里的别人是一个清修的印度教徒，也许别人是一个禁忌猪肉的穆斯林，还可能是不嗜酒肉的佛教徒、素食主义的基督徒，或者用一生的虔诚来圣地转山的朝圣者。森林、雪山、圣地都是安静的处所，安静是神的旨意，因此没有人敢去打破这种宁静，也没有人愿意去践踏这种空寂。

大多数的尼泊尔旅行社、购物场所和客栈、餐吧的主人对中国游客的态度是很纠结的，他们喜欢中国游客是“会走路的钱包”，他们喜欢集体旅游，喜欢各式各样的消费和购物，但他们特殊的餐桌文化礼仪与无宗教信仰熏陶的素养，又会使他们成为最让人头痛和紧张的那一类游人。一个远足山峰队的“索达”在旁边忍受了很久，最后忍不住过去告诉他们“可以小声一点了吗”，我想那是一个血管里流淌着圣洁精神的夏尔巴人说出来的最严厉的话语了，但他们只安静了几分钟，又忘乎所以地闹了起来，边闹还边嚷嚷着：“多拍几张照片去刷朋友圈哟。”那个“索达”只好摇着头对他的徒步客人说道：“他们不理解山峰。”宁静到骨髓的喜马拉雅的山地文明，就此被轻易地击碎。

记得在到达加德满都的第一夜，我去了我 3 年前曾经住过的扎西德勒家庭旅馆，我在《尼泊尔的香气》一书中，真情而又生动地讲述了我在加德满都的旅居生活与山居岁月，很多中国游客就是揣着那本书去走遍尼泊尔的。

我在扎西德勒旅馆看见了旧日的客栈主人伊滕，也看见了众多的中国游客让那家旅馆天天爆满，我没想到的是那个旅馆再也没有安静的时光了，也再无任何西方旅行者去那里旅居，而以前开满粉色九重葛的庭院曾是各国驴友们舒服又温馨的家，遇到停电的时候，旅馆在楼道、餐吧点上蜡烛，哪怕坐在院子里聊天，大家也轻言细语的，我甚至能闻到我抽的“翡翠万”的薄荷味儿。但这次伊滕只好抱歉地对我说：“Pearl，没有任何空的房间给你住了。”

在道班起居室里看到的这一幕，让我觉得很惭愧，在有的中国游客的眼里，来尼泊尔徒步，是很流行、很时尚、很国际的，和去丽江、去海南、去中国香港、去泰国没有什么两样，但每个徒步者都应该在心里问一下自己，我到底来这里干什么来了？难道仅仅是为了寻欢作乐或者猎奇猎艳才跑到这个地方来的吗？

33 岁登上世界之巅的希拉里爵士，虽然只在珠峰顶逗留了 15 分钟，但他却在登顶之后的 55 年的岁月里，把他主要的精力放在了提高喜马拉雅山区人的教育水平和环境保护上。他看到这里的人们缺医少药，孩子们缺少受教育的机会，没有洁净的饮用水，他由此成立了喜马拉雅基金会（Himalayan Trust），每年筹款 25 万美元，以帮助尼泊尔人建学校、办医院、铺设桥梁和建飞机跑道。

随着旅游者的增加，珠峰、安峰大本营已快变成一个大垃圾场，到处都是丢弃的空氧气瓶、破损的帐篷和吃完的食品罐，由此希拉里访问了尼泊尔不下 120 次，号召各国登山者、徒步者一起清除了数千吨的遗弃垃圾。希拉里终其一生也没有忘记带给他巨大声誉的喜马拉雅山脉，这个尼泊尔人亲切地称为“大个子”的绅士，在他 88 岁去世时，他说山峰是宁静的，而他所做的一切叫“回报”——用一生的时间来回报。

其实世间最有意义的一种旅行叫“义工旅行（Responsible travel）”，我们在旅行时应该尝试承担一些社会责任，诸如济贫、教育当地、尊重保护当地文化、野生生物保育、改善社区健康、维护当地生态环境等。喜马拉雅的美，就在于它的洁净、它的空灵、它的天然、它的远离尘嚣、它的难以到达，在徒步已经变成了一种时尚、小路上的人也越来越多时，我们更应遵守的是山径的精神、最佳徒步的美德。

英国的诗人萨米维尔说：“不要采摘花朵，那里将生长出石头。”那个突然走到西藏的影星陈坤也在他写的书《行走的力量》中说：“在更高的意义上，要有一种潜意识里的自我约束的行为。”我们在路上要留下的只是脚印、眼光、聆听、愉悦的心情，而不是无敌、无视、无知和无情。就像燃烧亚马孙热带雨林的一棵树，或多或少会改变一位巴黎市民呼吸的空气质量，尤卡坦一只鼓动翅膀的蝴蝶，会影响到弗林德斯蕨类的生命，我们在喜马拉雅的一次远行，是一种意志力的忍耐、持续学习和精神净化的旅程，当你知道这一点，你就会变得崇敬与谦逊。

有时候，我也并不知道我的灵魂正在失去柔软、失去感受力，当我和夏尔巴的“索达”坐在夜色里仰望星空时，他说在夏尔巴的信仰里，认为每个人的身体中都会有两只狼活着，一只是聒噪、要求很多、欲望满满、自私自利、骄奢淫逸的自我；另一只是隐藏的精神生命，它温和、善良、感恩、微笑、善待，是宁静的智慧声音，人偶尔才会听到或注意到。

我无比绝望地问：“我一身都在疼痛、难受，是不是我身体的第一只狼更厉害呀？”

他微笑着用他厚厚的手掌，把我的双手合拢道：“不，是你喂食的那只。”

我想希拉里的每一次心动，滋养的是一朵朵的莲花、一座座的雪山，我们的每一滴眼泪、每一次步履，也可以温暖着诸佛。从小路上的一朵野花到一座 8000 米的峰顶有多远呢？呼吸之间；从天空中的神灵到我们心底藏匿的猛兽有多远呢？觉醒之间、一念之间。

当月亮在无云的夜空庄严而缓缓升起时，我让我的心静谧了下来，对在寂静中发出无碍光芒的一座座山峰，我献上了我的一份莲花般的喜悦。

身体的美

The Beauty of the Body

今晨，你得眯起细长的眼睛，而且眯得非常有力，才能深切地感知当年吸引画家徐悲鸿的那种静谧的山峰之美。

1940 年的春季，中国的绘画大师徐悲鸿随同友人，骑马沿着盘旋在万丈悬崖峭壁上的羊肠小道，抵达了喜马拉雅山域的大吉岭。他一路上不停地写生，十几二十分钟画一张速写，力图捕捉不同视角、不同环境、不同光线下的喜马拉雅山的景致。画家以登喜马拉雅山为“生平第一快事”，他的箭形风格的山峰，让你仿佛觉得身处的整座雄伟的“森林”都只属于你一个人。

其实大自然永远是我们灵感的源泉，只是人们很少听从自己的天性、倾听到自己心底的声音，因为这样的生活遵循着更高的精神自由的规律。

我喜欢把那些坐车旅行的人，称为“橡胶车轮流浪汉”；把那些不喜欢使用交通工具，只搭车或者只走路的人，称为“皮革流浪汉”。用身体和双脚四处游走的人，过着的是一段顺乎天性的流浪生活，被大地的广袤和力量所吸引，被灌木丛所展现的自然法则所打动，被山峰独来独往的气质所震撼，享受着和沿途的徒步者、向导、背夫之间迸发的真实情感，欢快地迎接着每一个无法预知的白天和黑夜，让生活像野花和小草一样简朴芬芳，让身体从过往、纠结、压抑、规则和讨厌的责任中解脱出来，让心灵避开人情、微信群、交际圈这些亲密的压迫和复杂的情感包袱，逃离那个腐朽的、安逸的、物质过度的、割裂我们原始生命悸动的世界，以获得身心的终极自由。

当成为一个喜马拉雅小道上的“皮革流浪汉”时，你会发现生活更有弹性、更像繁星、更加不朽，仿佛整个自然界都在庆贺这种生命的自由与简单之美。你可以躺在帐篷里，仰望天空，让你的心扩展到浩瀚的太空，让湛蓝的天空在你的心里唤醒另一个空间。你可以坐在雪山下或棚屋前，纳悦地欣赏破晓时分植物和花朵上滚动着的露珠；你可以站在溪流边，让你的心与潺潺的水声奔流在一起，合二为一；你可以站在飞泻而下的冰瀑边，让它具有美感的笑声与韵律净化你的心灵；你可以在月下打坐冥想，静静地呼吸，并利用月光之美安静住你的心。

喜马拉雅的一切都可以用来成就我们的禅修，开悟之后天就蓝了，草木变得大慈大悲，生活也简单利落，时间不再具有任何意义。你没有约会、承诺、义务，也没有特别的野心、欲望和责任，只有最小的、最简单的需求，天亮了出发，天黑了到达，你生活在一个静谧的单调世界里，安详地远离着人世的烦恼，寂寞地远离着纷争的所在，你所需要的一切就是跋涉，每天经历的是一种行走中的禅宗模式，今天我要走 10 公里，就像今天我要呼吸 28800 次一样自然而然，我们所需要的只是随时发现着路上的美和优雅的足迹，随时保持着一种心的清醒。

身体的释放

The body in full bloom

“盖”在出发时问我今天腿脚好一些了吗，其实我的右脚已经完全不能走了，膝盖红肿着在发炎，大脚指盖整个走死血了，积满了污血。据说人类脚趾依据长度可分为希腊脚、罗马脚、埃及脚 3 种，其中第二根脚趾比其他 4 根脚趾都长的就属于“希腊脚”，拥有这种脚形的人通常四肢修长，多数美女都是“希腊脚”，最美的人体雕塑和爱神维纳斯就出在希腊；罗马人远征善战，横扫欧洲，那是因为他们的那双“罗马脚”，其前 3 根脚趾几乎都是一样整齐的，团结的力量就是大；而只有“埃及脚”是从第一根脚趾到第五根脚趾依次递减的，在行走中大脚指最吃力、最可怜，所以埃及人都生活在尼罗河两岸，不怎么周游四海。我没想到我这个酷爱酷行的人，竟然长的是一双不善于走路的“埃及脚”。

我在右腿上贴满了风湿膏，但那根本不管用。不过幸好我还有左脚，而我随后走的每一步都用的是左脚，像左撇子一样左脚拖着右脚，左手帮着右手，第一次我发现身体是如此的奇妙，如此的顽强和友爱。当右脚受伤了，也不用呼喊和请求，左脚就会伸出来；右手握步行杖累了，不用开口，左手就会接过去。据说婚姻中的两个人达到了至高境界就是一种“左手摸右手”的感觉，像一棵树上的两片叶子那样亲密无间地同呼吸共相依，像同一个身体的左右手那样永远不弃不离，永远配合默契、心有灵犀！

“情歌圣手”仓央嘉措活佛曾在他参禅的日光殿里写下了“不负如来不负卿”的片片情诗，我想我此时就是在用世间所有的路，倒退着只是为了见到你——我的安纳普尔纳女神。

从道班峡谷到班布竹林，垂直距离 200 米的下降，坡度实在太陡、太滑了，右腿膝盖根本无法弯曲，我就干脆倒着走，像老虎进洞一样，屁股朝前、双手趴在路上往下退。相遇的山民善意地笑着对我说，倒着走啊，好威风！有的背夫把 1 米多高的登山包横过来，背上要背两三个，哪怕背着再重的行李上山，每当路太狭窄时，他们总会主动停下来让我先过，还笑眯眯地对我道声："Namaste didi（你好，姐姐）。"

尽管我的腿肿得像中了邪似的，已不听使唤，像个艰苦的雇佣兵，但我也龇牙咧嘴地向所有路遇的人道一声："Namaste！"

那句小道上互相的问候语一直温暖着我的心，要知道在尼泊尔人的心目中神灵是存在于世间万物中的，隐于树木、河流、山峰、湖泊之间，也存在于人们的日常生活与行为中，当他们向你问候时，其实是在向你身体内的神灵致敬，向周围的神灵致敬。

班布海拔 2310 米，湿努瓦海拔 2340 米，错姆龙科那海拔 1750 米，错姆龙海拔 2210 米，看海拔落差就知道此时的小路如同一个个的"√"一样。"勾"是当地人对层层叠叠的山谷的一种有趣的说法，指下到山背脊谷的底部，再往上爬到同一海拔的另一山坡上。这种路程既折磨我的瘸腿，又折磨我的意志，而直线距离往往只有 3 公里。

沿着山坡下山时，气温渐渐升高，空气也慢慢变得燥热，感觉太阳在我的头顶上烧了一个大洞般火辣辣，再转折到另一山坡往上爬时，每上升 100 米，大气温度又降低一度，雾气与湿度又在加大，"盖"背着迷彩背包走在前面，我把汗水打湿的 T 恤晾晒在迷彩背包上，不一会儿 T 恤晒干了，我又换下身上的湿 T 恤，"盖"总是主动地拿干的方巾帮我把脊背隔好，以免着凉。这一路令人神经崩溃的"√"下来，我已经汗湿了四身 T 恤。

而"盖"为了"哄骗"着我把路走完，总用极富诗意的尼语鼓励我翻过一座座的山肩，当小路好走时他就说小路"好看"，小路难走时他就说小路“很丑”，有个催客走错了路，走到了毛驴走的杂草小道上，他就说那条小路“生病了”。如果我要问还有多远的距离，他就说还有一顿饭或两顿饭的时间，即半天或一整天，也就是要走 10 多个小时，相当于 10 多公里，仿佛“饭”成了我们每日精神上的食粮。他那从潮湿的背包里拧出来的尼式山地幽默，让我觉得虽脚在地狱痛苦，但心在天堂舒坦。而只有当你步行穿越山脉时，才理解身体渗透在距离之中的那种美。

印度佛教讲究身体的苦行、漫长的修行，中国在印度佛教影响下形成的独特佛教传统——禅宗，讲究的是身体圆融无碍的坐禅、刹那的顿悟，我想无论是动与静、行与观，都是优美的行为姿势与富有创意的生活方式。

在喜马拉雅的小道上，1 公里成了很长的一段路程，2 公里是名副其实的相当长，得喘着气走上大半天。10 公里就不得了啦，大约是一整天的光阴，而 50 公里则到了概念的极限，那是我从未企及过的，是职业登山家或向导的脚力。你明白了外部世界的巨大是什么概念，你也明白了人体可以是一个深度的自然净化过程的一部分。

只有你跟一小撮徒步旅行的同伴才知道，地球的规模、地球的宏大是你脚下小小的秘密，而身体的每一次运动、每一次呼吸、每一次释放，都能让你既痛苦又优雅地活过来，那时你的四肢修长匀称，肌肉张弛有力，身体与大地、天空、小路、古神庙融为了一体，那是人与自然的揉和而产生出的一种单纯、和谐、庄严、恬静的美。

小道的精神

The spirit of trails

下午 4 点终于回到 ABC 线上的最大村落错姆龙时，我的脸已经粗糙得像金刚砂，布满了像鹌鹑蛋一样的晒斑，多日只能靠享用月光下美丽的雪景来慰藉肠胃，我已迅速减肥 3 公斤，身材像公主一样苗条。我马上在错姆龙开了色戒和肉戒，洗热水澡、洗蒸汽浴、洗长发，让尼泊尔按摩师做了个裸身的芥子油按摩，派“盖”去德国烤面包房买 100 卢比一个的肉桂面包。

据说这里的菜单上除了有美味的奶酪糊，还有大麻糊，能让全世界的大麻瘾君子和苦行僧都联合起来享用，我很想试两口，说不定还能祛痰止咳，治疗我的咳嗽，但“盖”用担忧的眼神制止住了我。

我只好暂时装一下淑女，不敢太放纵，不过却一口气点了两份咖喱炸鸡，用手抓着吃肉末辣椒米饭，动作麻利、优雅而虔诚，感觉好像这辈子从来没吃过饭一样，眼睛里充满了泪水和感激，最后还带了两支尼泊尔最好的土产啤酒 Everest Beer（珠峰啤酒），去俯瞰整个村庄的露台上发呆，像饱餐了一顿的狮子，肚皮朝天地躺在大丽花丛中晒太阳，在身后洒下许多奇奇怪怪的幻想。

一个同样在露台上晒太阳的鬼佬对我说，他是用团队还是单身、鼻子扁平还是浑圆，来分辨是中国人还是韩国人或日本人的。他说韩国女人最喜欢顶着个肉鼻儿独行，像“大长今”李英爱，他固执地认为我是个特要强的韩国女人，因为我单身一人，还长着个大圆鼻头，可惜他小子这次错大了。

我觉得在下次出发前，我应该写一个标牌贴在背包上，上面印着“特立独行（be unique，be myself）”，然后一路上分送给不同国家的徒步者。

50 多年来安纳普尔纳一直不修车道、公路、酒店，不能带肉类、酒类进山，就是为了保持山峰的独立、完整与神圣，保持寂静中的穿越、穿行与虔诚，这样的小道不仅清洁了你的身体，而且净化了你的精神。

世界上最先创意在人迹罕至的山区修建徒步小道的，其实是一个叫本顿·麦凯耶（Benton MacKaye）的美国人，他在美国国家森林署当个不受重用的小职员，但他是个温和善良、心地极好的空想家，他最先只是想修一条森林小道走到他那做建筑师的朋友家里去看望他，进而他升华了他的想法，在1921年提出了在美国修建一条长途徒步旅行小道的计划，沿途将建起旅舍、棚屋、森林村庄等，那将是一处“避开唯利是图世界的遁隐地”，所有2100英里，约3000公里的小道，连同支道、步行桥梁、指示牌、树标和宿营地，都由志愿者来完成。

在不到7年的时间里，本着无私的参与精神和健康的劳动、在大自然中恢复信心和精力的愿望，美国的志愿者们修建了一条3499公里的徒步小道，小道穿越了高山莽原、印第安人的秘径、殖民时代的邮道、最秀丽的景色和最高的山岭，即便是军队也修建不了这么长的山径。于是阿巴拉契亚小道（Appalachian Trail）成了世界上最长的由志愿者管理的一条小道，直到今天，它仍然光荣地没有沾染上任何唯利是图、车轮滚滚、商业喧嚣的风气。它穿越了美国14个州的数百座山峰，徒步者需要6个月才能步行走完全程，但它一直是第一条和最伟大的山径。

随后，它拥有了众多的山友，尼泊尔安纳普尔纳徒步小道、秘鲁圣塔克鲁兹山径、太平洋顶冠小道……由此世界各地的背包客、偕客们有了生命中的万水千山，有了一生都走不完的山水。

那些徒步穿越山径的人也多种多样，五花八门，在一个季节里一口气走完的，称为“全程徒步旅行者”；一节一节分段走完的，称为“分段徒步旅行者”。在阿巴拉契亚小道上，最有耐心的一位偕客，花了整整46年的时间；而牛人沃德·列奥那德（Ward Leonard）全副武装，没有任何支助人员，在69天走完了全程，每天走50公里，如同飞人；盲人比尔·欧文（Bill Irwin），牵着一只导盲犬，一路估计摔倒过6000次，花了1年6个月的时间走完全程，由此还写了一本畅销书《山径之旅》；一个有160公斤重的叫墨菲的胖子，徒步完回到家乡时，体重减少了 24 公斤。

对于雄伟的喜马拉雅群山来说，那些供驮帮、马队、商旅、脚夫行走的山径已经存在了千百年，但直到 20 世纪的 60 年代，随着“远足山峰”的热潮，随着尼泊尔国家自然保护区的建立，随着山径上远足茶屋的修建，喜马拉雅山区的徒步小道才成了世界上最美的山径之一。

第一位登上安纳普尔纳 1 号峰的莫里斯·赫尔佐格写下了登山的经典书籍《安纳普尔纳峰》。一对英国夫妇与友人打赌，带着一块熨衣板攀上了海拔 5440 米的安峰 1 号营地，并在那里熨了几件家居的衣服，很有品质、很搞笑地将婚姻中的家务活与疯狂的极限运动完美地结合在了一起，那是凡人情感生活中的一种精神上的奢侈与美丽。

尼泊尔的徒步小道是贫穷与缺医少药的，一位护士出身的法国徒步者让·吕克（Jean luc），和他志同道合的妻子一起，带着 5 公斤重的药箱，用了两年的时间做了一次特殊的徒步旅行，他们每到一个村庄或宿营地都会停留下来，为当地人治病，比如化脓的眼睛、感染的伤口、砍柴的刀伤、脚上的血泡等，他们待的地方很快就成了一个紧急救护站，闻风而来的山民们会排着长队在那儿安静地等候着他们，而他们治疗的都是形同“中世纪”的一些常见病，但最重要的是，他们让人看到了那种创造奇迹的温暖感觉，这种感觉超越了科学与医学，唤起的温情能触动人们良善的内心。

一些医学院的学生或护士也以志愿者的身份到那些偏僻的地方徒步，边看风景边治病，就此他们发明了最有意义的徒步旅行，产生了徒步小道的精神——那就是友爱、互助、意志、和谐、洁净、安宁。

在安纳普尔纳徒步，最让我惊异的就是小道的干净，在 220 公里长的小道上，你几乎看不见一片人为丢弃的垃圾，有的只是牛、羊、马遗留下的粪便。除了村庄外，沿途也没有垃圾筐一类的设施，但每一个徒步者都会自觉地将垃圾背负到有人居住的村落再丢弃。

每当我一剥开糖纸，“盖”都会主动地把手伸出来，把糖纸接过去放在他的口袋里，好像生怕我连一张纸都无法承重一样。而路过的每一户人家的厕所，尽管只有一个蹲位，但旁边却永远有一桶干净的泉水供你冲洗，那样的厕所透着风、透着光，周围开着格桑花、万寿菊花，和我在国内经历过的任何一个臭烘烘的农家厕所完全不一样，没人向你收 5 毛、1 元的如厕费，但它却像身旁的石头、石梯一样清洁、无异味。

我很惊异是什么样的习俗让这些山民们的房舍、厨房甚至厕所看起来都是那样的美，不惹尘埃，总给人一种清洁与安宁的喜悦。当我不断地看见那些蹲在溪流边、山泉旁，把铜器、不锈钢餐具、咖啡杯擦拭得锃亮的妇女儿童时，我才体会到，对于这些有信仰的山民来说，可以穷在物质，短缺在食物，但承载他们衣食住行的器物却必须是干净的，就像他们每日清晨供奉的神灵一样，只需一碗清水，再在清水里放置一片树叶、一片花瓣或一朵野花，就足够了。

佛陀在狮多林传道时，看见地上不干净，就拿起了扫帚去打扫。他对弟子说，清扫可令自心清净，令他心清净，令诸天欢喜……对于山民来说，他们不需在金光闪闪的大殿上供奉一尊金佛或焚烧一炷巨人样的高香，来乞请内心的安慰与诉求，他们只需要在与神灵共同相处的山水里保持内心本来的简单与纯净就行了，即使不能身处庙宇礼佛，人们也能在身旁的这个轻盈的清洁世界里纳悦，朴素地活着。

日落时我坐在错姆龙客栈的起居室里，温暖的炉子发出像老电影的音带那样单调的吱吱声，头上一排排摆放整齐的器皿散发出柔美的金属光泽。“盖”发现我的脚上已打起了大大的血泡，就像长了第六根脚趾头一样，右脚的大脚指盖已经走烂，污血斑斑，他就耐心地把采来的车前草叶揉碎了，凉幽幽地包裹在了我的脚上。

我想我的鲜血正在小路的尘埃中与驮马、牛羊脚趾的血相互交融着，那是我为高山献上的一份虔诚的祭礼。

透过透亮的玻璃窗，我看着眼前的那座雪山，在寂静的天幕蓝中，只有山峰耸立在天空的中央，与宇宙相连着，而有谁想到在这宁静美丽的色调之中，竟有着如此艰辛的一段路呢？

一想到那条路正是我刚刚用双脚走完的，心里顿时感到一种释然与欣喜。喜马拉雅山的苦行僧靠苦修和禁欲增加德行，我觉得一路辛苦地去爬山也就是去跟大山对话，一边跟大山对话，一边在山中寻找自己的力量与心性，像古代的高僧那样，一边在雪中弹琴，一边在雪中知音。

林中的橡树和枫树间传来了喜马拉雅杜鹃鸟悠长的啼叫声，厨房里的古荣人说，在一年中初次听到杜鹃鸟甜美的咕咕咕叫声时，你处在一个什么样的状态，那你这一年都会是这样的状态。此时，我看见安纳普尔纳的小道正弥漫着更明亮、更清新、更柔和的光芒，有如佛陀所说的重重无尽互相辉映的摩尼珠网，而我这匹五行属水的行路之马的身影，正穿越着万水千山，那赤裸裸的脚步声正散发出无限慈悲的温暖来。

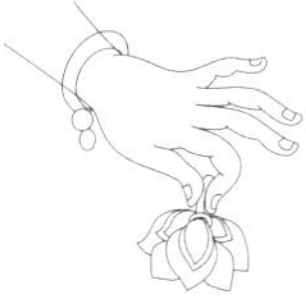

更大的自由

More Freedom

喜马拉雅被清晨的阳光笼罩，闪烁着五颜六色的奇异光芒，峡谷和森林在玫瑰色的光环包围中，像穿了一袭华美的长袍，野牛在晨曦的沐浴下，如同一块黑色的琉璃，而蓝绵羊在秋夜最浓密的树丛下吃了魔幻草，正梦觉般地咩咩叫在小路上。

10 多亿年前，地球上还是一个名叫泛古陆的一整块地，处于静默的泛古洋的包围之中。后来，地幔内部一种神秘的骚动使得陆地分裂、漂移，又碰撞在一起。在约 4.7 亿年前，山脉被无比巨大的力量推挤得隆出了地面，像一条被弄得皱巴巴的魔毯。有时候，造山运动的碰撞会在岩层之间插进别的岩层，好像刚洗过的魔术师的扑克牌一样，那些经过千百年的烘烤、挤压生长出的水晶体和片状云母，正在天空中闪烁着熠熠发光的华丽条纹。

但除了地质学家之外，没人能理解 4.7 亿年是一段怎样的时间长度，是一个怎样的巨大概念，而如果你以每秒一年的速率穿越时间、飞回上古的话，你至少得要花 16 年才能飞越这段路程。

普通人不会感知到正在发生的任何具有重大意义的地质事件，就像在 1954 年，印度测量局公布的珠峰海拔数据是 8848 米，而在 2005 年，中国官方公布的则为 8844.43 米，前者是登山者登上的总体高度，后者是指除去冰雪层的地质高度。但如你能想象庞大的印度大陆，正像一辆失控的动车那样，正冲进一个亚洲的雪堆，每年把喜马拉雅山脉抬高约 3 毫米的话，你就会知道山峰是那样的悠久和伟大，它的年纪已不能用露水来计算。

只有走起来，再停下来，你才会看得如此真切与广大。

英国的艺术家大卫·霍克尼（David Hockney），每天清晨用 iPhone 画下花草，用大拇指捕捉太阳从山巅、河湾升起的瞬间，再发送给他的 15 ~ 20 位好友，让他们在早餐时就能收到 6 幅他的原创画作，让每个人的脑中充满着光和空间，以及和煦、舒畅与风的触觉。74 岁的艺术教父足够老，也足够伟大，他找到了一种崭新的观看和呈现世界的方式，他的数百幅标志性的风景画都在他居住的东约克郡的乡间田园里诞生，变化万千的大自然永远都会为我们提供不羁的色彩与感性的生活方式，那里弥漫着无穷无尽的视觉灵感，更大的空间与更大的自由。

驮马的诗意

The poetry of packhorses

当我第一次走上安纳普尔纳小道时，我就爱上了这里的阳光、色彩、空间、动植物和行人，感觉在每个生灵的背后，都有着神的脸庞。霍克尼每天玩“更大的绘画”，他的秘诀是“老师只能传授技艺，而非诗意”。

的确，诗情画意是无法传授的，我们只能在流淌着的自然与生活中去慢慢感受。从错姆龙（Chhomrong）密集的石梯下行到唐朗（Taglung）茶屋时，小路在金色的小麦田、土豆田里，向右漂亮地甩了一下尾巴开始分路，而我的“埃及右脚”也好像被施了一下魔法，终于恢复了一点能量，可以帮着左脚一起走了，身体顿时感觉轻松了好多。

在路边一块通往甘杜克（Ghandruk）的石头标志上可以看出，这已不是一般的小路，而是奇异的安纳普尔纳小道，它穿过了高山、冰河、大湖、雪地、深谷、稻田和村庄，这是一个真实美丽的世界，我们走在其中，光那些山峰的名字，如鱼尾峰、天庭峰、长笛峰、布恩山等，就足以吸引我们流连忘返。

钱锺书先生在《谈艺录》中说：“一些地名会产生神奇的审美效果。”而有谁的舌尖在说到“鱼尾峰”或“长笛峰”这些充满弹性的词语时，能不感到一种强烈的渴望呢？就像美国的国家公园之父约翰·谬尔（John Muir）所说的那样：“往一个旧行囊里扔进一长条面包和一磅茶叶，赶紧跃出后院的栅篱上路吧。”

从海拔 1810 米的唐朗一路纵深下到海拔 1600 米的克姆龙科那

(Kimrong Khola)，我们在那里遇到了一个正在稻草和木棍铺就的简易小桥上过河的驮马帮，他们一路叮叮当当，一步一步地攀爬620米直到海拔2220米的库姆龙丹达（Kumrong Danda），我们一直紧紧相随的都是这条狭窄、烂泥、碎石的毛驴路。从错姆龙到甘杜克再到查米（Kimche），这是一条延续了千年的真正的驮马小道，进出ABC的所有物资都从这条小道上靠骡马驮上驮下，我们踩着的驴粪蛋、马屎、牛屎正散发出新鲜的草香、热气，里面还夹杂着未消化的豆子、玉米粒。

一个液化气罐，在博卡拉是1500卢比，用车运到纳亚普尔（Naya Pul）是1700卢比，之后再没有公路，得用骡马一站一站地往上驮运，到错姆龙就成了2000卢比。再然后由于往上的路太狭窄，再不能用驮马，得靠背夫背上ABC，随之就变成了3000卢比一个液化气罐。而一个赶骡人，每走一趟每个气罐可挣100卢比，约6元人民币，想想这将是多么辛劳的山地生活。

丹达（Danda）在尼语里是高处、悬崖的意思，山脊上的丹达景色奇美，不过我们在那里喝的一小瓶可乐也是最贵的，160卢比，约10元人民币。两队毛驴在此相遇，立即造成了交通堵塞，一个韩国催客拍照时掉下了镜头盖，他想弯腰去捡，向导大叫着："小心毛驴踢你。"等小路畅通时，他的镜头盖已经变成了像口香糖一样柔软的塑料碎片。

在驮运物资的牲口中，驴有着特殊的地位，这个在人们的嘴里经常被嘲笑的动物，其实是一种聪明温顺、易于驾驭的动物。一头驴通常可负重40公斤，相当于4个徒步者的行李之和。这些驮马帮，多者有上百头驴，少者也有三四十头。每头驴都打扮得漂漂亮亮的，前额上戴着毛线编织的彩色镶边的面罩，只露出眼睛和鼻子，额心上还嵌有一块在阳光下闪闪发亮的圆形小镜子，披在它们身上的五颜六色的羊毛鞍具已被风吹日晒磨蚀得变了颜色，它们明明干的是全天下最苦最累的活，但它们却有着最好看的装束、最惊人的韧力。

每队驴的次序也是有严格区分的，走在最前面的称为“头骡”，是驮队的首领，主人对头骡的重视和打扮也非常地用心，它代表着这一队驮帮的功力与气场。头骡的头颈上插有前程似锦的锦鸡毛或飞黄腾达的旗帜，赶骡人则吹着口哨，哼着赶马调，那特殊的“马语”“驴语”舒畅悠扬、情绪深沉，与铜铃、银铃、串铃发出的各种不同的声响混合在一起，谱成了山间小道上一曲曲妙不可言的轻音乐，让我们行走的节奏和心情也随之变得轻松与愉悦起来。

我们跟着的一个赶驴少年，他的赶马调已经变成了手机的音乐，他一边快步走着，一边放着尼泊尔最流行的情歌《木棉花开飞滴滴》（*Resham Firiri*）。我想每天听着野性十足的情歌负重的毛驴们，虽然步履悲苦，但心情一定是最愉快的，战斗力也是最强的。

“木棉花开了，你是何时开的花呢？

花落似白鸟飞下，白色的鸟一直在飞；

你可能很累很累了，是否想停下来休息，

还是你喜欢飞去，很远很远的地方？”

在这个清新的早晨，伴随着马蹄、驴蹄在幽静山路上的“嘚嘚嘚”叩击声，我终于开心地体会到我们为什么会自称为“驴友”——一帮能驮能背、能吃苦耐劳的步行者、背包客！尽管大家远看像逃难的，近看像要饭的，走拢了一看才晓得是吃饱了没事干、专门去自虐受虐的，但那种身似驮马在地狱、眼似飞鸟在天堂的感受，又岂能是一般旅行者可享受得到的呢？！

我们在路上驮起的是风霜、穿越的是时光，但心同小鸟。

呵呵，你看，小鸟虽小，可它玩转的却是整个天空呀。

跳舞的古荣村落

A love for dancing

在丹达相遇一个尼泊尔的贵族精英团队，是在英国读大学的一群年轻人，我以为只有我这种异乡客才会走得哼哧哼哧的如此艰难，结果他们和我一样，正在经受着身心的煎熬和洗礼。我们一路踩着青石小路，穿行在层层叠叠金色的粟米田间，在山谷里蜿蜒了 4 公里，抵达了我们此行的终点站，海拔 1990 米的甘杜克（Ghandruk）。甘杜克是尼泊尔第二大的古荣族部落，也是安纳普尔纳山区最大的古荣族居住地，有 270 户人家，甘杜克在尼语里就是“野生的丛林”“巨大的丛林”之意。

在这块气候舒适、树林茂密的土地上，有着连绵的群山、草场和耕田，由信奉佛教的众神守护着，那些面对雪山的寺庙也传承着当年他们的西藏祖先的建筑风格。这片安适、丰饶之地，是那些没有特定旅行目标的游人的理想去处，村落里的老人一圈一圈地围坐在曲榻拉上，摇曳的心形菩提树叶仿佛在向每一个经过的行人说“hello”，小路两旁的粉色格桑花、烟色紫罗兰、金色万寿菊和五彩绣球花，比尼泊尔任何一处地方都要开得美丽和茂盛，它的美是那样的惊人，村民是那么的安宁，让你不得不放慢脚步，静下心来细细品味。

“盖”带着我直接爬上了高地上的米兰客栈（Hotel Milan），它那海蓝色的庭院、藏红色的木楼和露台、光洁的石板铺就的屋顶，让我刹那间就有了倦鸟回家的一种无比温暖的感觉。

米兰客栈已有 20 多年的历史，是一家既传统又典型的古荣族家庭旅馆，它的女主人沙卡尔（Shanker）煮完两杯浓浓的玛莎拉茶（Masala Tea）端给我们后，就舒服地坐在回廊的花丛中晒太阳，安静地看着我们享受那杯带着浓郁香料味的热茶，她的儿子则在院子里用滚圆的木桶现打着“唱（Chhang）”米酒。

“唱（Chhang）”是喜马拉雅地区最受欢迎的家酿，用大麦、小米或大米加上泉水打酿，其酒精度没有拉克西烈酒的纯度高，既可热饮也可冷饮，木桶里飘出的阵阵清冽的酒香味，让我在夜晚还没有喝到之前就先微醺了。

古荣族（Gurungs）最早来自中国西藏的西部，信仰萨满教、藏传佛教，有着藏族人和缅甸人的血统，他们的颧骨高耸，脸庞浑圆，体型很像蒙古人，善于爬山、打猎，性格特别开朗、纯朴，他们的青年男子是英国最勇猛的廓尔喀兵团的主要兵源，男孩子通过服役把从海外所获得的丰厚收入寄回家乡，让这一地区的经济比尼泊尔其他地区的经济都要发达、富裕。

我们在村庄里看到了一个排球场，很多孩子在那打排球，让我震惊的是，他们比赛的一招一式都是非常专业的，包括站位、规则，这和我在山中看到的其他大大小小的学生都是一样的，尼泊尔的学生不论是山里的还是城市里的，所有学生的校服都是英制式样，衬衫、领带、短裤、皮鞋、长袜，显得整洁、规范、有序、有教养，可见贫穷的尼泊尔对教育的重视程度远远超出了我们的想象。

在古荣人社会中有一个非常优秀的培养男孩儿与女孩儿的传统，叫罗迪卡尔（Rodikar），是古荣族村庄的一大特色。罗迪，即青年宿舍或俱乐部，罗迪卡尔的参加者都是年龄大致相同的十几岁的孩子，男监护照管小伙子，女监护照管姑娘们，他们在寒暑假里集体住在罗迪里，一起劳动、联欢。

一个大村庄里往往有好几个罗迪，每个罗迪一般有 12 ~ 15 个青年，每个罗迪的成员都在同一块田里干活，或上同一座山打柴，有时一个罗迪会邀请另一个村庄的罗迪来帮忙干活，一个小伙子组成的罗迪也长途跋涉到一个遥远的村庄，拜访另一个由姑娘们组成的罗迪，在那盘桓几日，姑娘们则杀鸡宰羊，做出美味的食物款待他们，一起唱歌跳舞，建立起纯真的友谊和爱情关系，直到 18 岁时青年们才退出罗迪。

我们在道上相遇的那个团队就曾是罗迪的成员，古荣族的富裕阶级和上师贵族阶层也去加德满都买别墅，把子女送到英国留学，但在假期时，这些青年人则会回到家乡，背上十几公斤重的背包，像毛驴一样负重，长途跋涉着走完整个喜马拉雅山区，以此磨砺自己的意志和品质，体悟生养了他们的脚下这片山川的博大与壮丽。他们同样是我们说的富二代、官二代或海龟派，但喜马拉雅大山却能永远赐予他们一种叫勇敢、坚毅、博爱、善待的信仰与精神。

古荣族的女人大都佩戴着金光闪闪的鼻环和红珊瑚石项链，她们在性情上也与我遇到的其他山地民族不同，她们特别活泼、爽朗，经常主动和过往的旅人或小伙子搭话逗乐，在当晚的新月日，“盖”带着我沐着花香、踏着月色，去古荣传统博物馆（Gurung Traditional Museum）的庭院跳舞。

古荣族是一个特爱跳舞的民族，他们有着传统、经典的苏拉蒂舞（Sorathi），古荣人认为从 1 月智慧女神的迎春节起，到 10 月秋天的月圆日止，都是舞蹈的季节，干完农活会跳，下完冰雹会跳，新月日、月圆日、红白喜事也会跳，苏拉蒂舞主要由未婚女孩来跳，她们先用干牛粪把地面擦拭干净，跳舞的女孩紧闭双眼和小嘴，端庄、安静地坐在地上，这样神灵就会莅临其身，使其手舞足蹈地活跃起来。

女孩子的脖子上挂着各种花朵穿成的花环，脸、手上晃动着叮叮当当的鼻环、耳环和手镯，她们光着如莲花般柔软的小脚，踩着鼓点，手臂、肩背、腰肢、臀部、小腿妙曼地扭动着，妩媚、性感之至，那一波一波和着塔波拉手鼓的合唱声越来越高，在安纳普尔纳山脉的夜色里回荡着，超出了我的耳力、目力和记忆的极限。

心空的自由

A free heart

我决心要走完的安纳普尔纳小道就要走完了，大山再次高耸于我的身后，飘拂着风马旗和五色经幡的寺庙，正守望着安纳普尔纳山峦——喜马拉雅的支脉，那一顺溜 6000 ~ 8000 米的雪山，如同“众神的座椅”，电影《2012》中的云卷云舒。

我第一次与向导比格姆如此安静地在庭院里面对面坐着，老旧的录音机里流淌出舒缓的“唵嘛呢叭咪吽”的唱诵声来，我突然发现我的向导是那样干净、清秀和英俊。

没有了背包，身体就解放了，我想他此时的思绪，一定轻盈如风地正在回家，那个即将诞生的小生命正期待着他的拥抱和爱抚。10 天来我记忆深刻的，都是他负重背包、行走在山径上的样子，我总是让他快走、快走，不要等我，让我一个人在后面慢慢拖移，但每当我慢慢转过一个山口，就会惊喜地发现他正站在转弯处等我，那样的静静守候与温暖，让我知道小路上还有种情感叫不离不弃。

他如山间的清泉，路上的茶叶，为我泡出了一壶真心的清茶，他那琥珀的目光，长长的卷发，岩石样的脊梁，为我托起了世间最高的雪山。希拉里爵士说，如果没有夏尔巴兄弟的帮助，我们当中没有任何一个人能攀登珠峰。我想如果没有这些山地的向导和背夫，也很少有人能完成伟大的喜马拉雅之旅。

每天，当我们在小道上行走时，小道就是我们的宇宙，无边无际，包括一切。我们大步行走着，抬腿攀爬，张大鼻孔吮吸着沁人的香味，每一个脚步都在贪婪地咀嚼着植物的芬香和精华，在这个森林和山峰统治着的地方，幽幽林木充斥了我的眼力和汗腺，皑皑雪山丰盈了我的审美和想象。没有拥挤的快车道、喧嚣的汽车尾气、繁忙的工厂轰鸣，步行成了一种真正奢华的享受，一种与世无争的修行。

每一个走在小道上的人都热血沸腾，你从他们的脸上和眼睛里闪着的光芒就可以看得到，他们如同一个个燃烧的火把，已被山上茂密生长着的树林染成了各种颜色，金黄、紫红还有樱桃色，漂亮极了。我们在山峰和溪流上方的涡流中，像雨燕那样舒展着身体，张开镰刀一样的翅膀，快速地掠过水面溅起一阵浪花。无论森林里充满了怎样的危险，小路上还会遇到不可想象的灾难，但你都可以御风飞行，化光为剑，坐在雪山下看世界运行，幻梦似的享受着阳光。

在 ABC 徒步行走的 220 公里，也就是 33 万步，22.2 万公里，几乎相当于 27 座安纳普尔纳峰、25 座珠穆朗玛峰的高度。我们有理由感到骄傲，我们现在是真正的徒步旅行者了，我们曾在森林里拉屎，跟麂子擦身而过，与兀鹰一起飞行，和蚂蟥一块儿睡过觉，肺部咳出了血，在暴雨中失去知觉，大脚趾盖全走烂，但我们发现自己本身竟有着如此深度的祥和、喜悦和信心，漫天的星星是一朵一朵的莲花，我不能一次就把世间的路全都走完，但我想我正在成为，而且将永远成为一个山里的人。

没有轮子的皮革流浪汉回来了，无国界、无疆域步行者回来了，但过不了多长时间我的心就会发慌，我的脚就会发痒。J.J.卢梭（Rousseau）在《爱弥儿——论教育》里畅言：“据我所知，只有一个办法比骑马旅行还要愉快，这个办法就是步行。”我这个天性自由的自然人，会梦想着回到那里，去重过高山旅行者的生活。

札记：看医生

Seeing a Doctor

第十一天的清晨，我们从甘杜克（Ghandruk）走了2小时的山路到了查米（Kimche），看见巴掌大的砂土地上停着印度产的Bolo吉普车、画着湿婆神的花花绿绿的大巴车，毛驴也在此等候转运货物。我想一看见车，就没有徒步者愿意再走路了。大巴车车费120卢比，但要等半天，吉普车坐12人，每人500卢比，坐满就走。查米有很多短途的徒步者，他们只到甘杜克小走一圈就回返。此时是国庆期间，中国游人猛增，我就迅速游说了一大帮不愿走路的中国人，坐上车回博卡拉了。

中午回到我住的喜马拉雅酒店后，“盖”把背包送到了我的房间，我们紧紧拥抱了一下，就分别了，我的眼眶一下潮湿，我是多么希望下一个旅程他能继续做我的向导呀。

比格姆马上赶去了医院，他的妻子就快生了，我说休整几天后我会去看望他们的。比格姆一走，我则开始狂洗，洗澡、洗衣服、洗鞋子，去酒店对面的四川峨嵋餐馆暴吃了一餐麻辣的水煮牛肉。睡到半夜时又开始暴咳，被一阵猛烈的叫唤声惊醒，我以为是谁生病了，打开房门准备去叫侍者，结果是两个中国游客在叫床，把我惊得魂都没有了。那时我才意识到，我又回到游客如云的博卡拉了，山中天堂般的宁静日子已如梦境一般正在远去。

早上6点我就打包退房，搬离了这家因国庆节而被中国游客占满了的酒店，搬到斜对面的“和平眼（Peace Eye）”，请侍者带我去医院，我怕我已经咳成了肺炎。

侍者骑着助力车带我去了一家环境幽静的医院，回廊里贴满了西方旅行者的感谢信，事后才知道是一家印度人开的私人医院。先是缠着锡克教徒头巾的男护士帮我量了体温、血压等，然后是一个博士样的印度眼镜医生用听诊器帮我监听了肺部，确定没有感染、发烧，开了3种药共18粒，印度生产的，共4000卢比，然后把处方和医疗保险单给了我，说我回国后可以找保险公司报销。我没想到那几颗“金子”样的药片那么贵，几乎每粒要了我13元人民币，那可是我在山中徒步一天的所有吃住费用。但想到我没有咳成大病，就稍微心安地回到旅馆睡觉了。

一个人在房间里养了3天，依然暴咳，骑单车外出拍照片时，竟然头眩晕、眼花、耳鸣不停，告诉“和平眼”的老板纳西，他是个本地尼泊尔人，娶了个法国女孩儿，但已离婚，他持有法国护照，他的“和平眼”旅馆上了LP（《孤独星球》），所以西方旅行者都爱住在这里。他很热心，说他的朋友是一位很好的医生，已为他的家庭看了很多年的病，我理所当然地就相信了他，然后他骑着摩托带我去了一家诊所。

结果那位医生又是印度人，让我停止服用前一位医生的药，我属于徒步后遗症，身体已极度虚弱，让我大量补充维生素、吃水果，一周之内不能再去徒步了，随后开了20粒印度产的药片，1800卢比。

事后巴桑达（Basanta）告诉我说，这些印度医生看病是很昂贵的，而带我去的每个人都有回扣可拿，最好的方法还是去当地政府开的医院。那些药共花了我5800卢比，相当于一个侍者一个月的薪水了。第五天还没见好，我就生气了，决定自己给自己看病，让克什米尔男孩儿阿迪尔（Adil）骑着摩托去找了一家当地药店，买了一瓶尼泊尔产的咳嗽糖浆，两板维生素，共200卢比，我揣着它们在次日清晨就踏上了去佐姆森的朝圣之路。

走在干净的路上，总比待在博卡拉吃药强，人生要紧的一件事是即使出生入死，也要超凡脱俗、证悟菩提，这才是我的正道。

03

佐姆森圣地

Pilgrimage to Jomsom

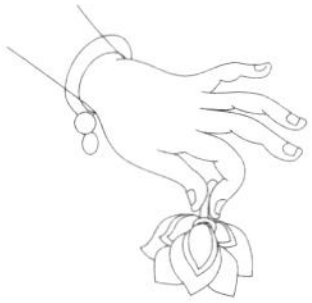

早期的西藏经文和印度史诗都讲述了令人惊奇的喜马拉雅，在这里，众位神明居于高处，而凡人可以在隐秘的山谷内发现人间天堂，缕缕神秘的气息弥漫在插向空中的庙宇尖顶、古老陈旧的暗红寺院、曼陀罗经文的唱诵声里，以及旋转的、附了体的萨满巫师的周围……

有时候，正是残缺将我们点燃。

那一夜，我的确从袋鼠兄弟的眼里看见了木斯塘的月光，它那满溢的月色，除了冰山雪莲，我用三世才能换得。木斯塘犹如绿洲，犹如伊甸园，犹如巴比伦，犹如我们在喧闹的尘世间失落了的一个世界一样，我们只能长途跋涉，远远地去遥望它一眼，目击众神的山谷里野花一片，然后挥一挥衣袖，满怀惆怅地离开。

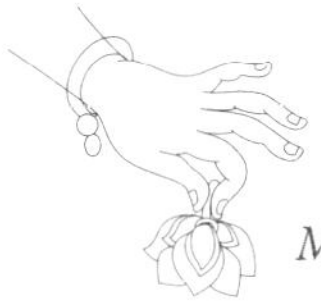

脚踏莲花

My Feet on a Lotus

没有喜马拉雅山就没有博卡拉，世界各地的旅行者、背包客，来到博卡拉的目的，就是要去虐待、证悟自己——朝圣、徒步。

尼泊尔是世界上最棒的徒步游目的地之一，即使你在家中唯一经历过的一次野营，不过就是烧烤一下牛排、鸡翅、火腿肠，唱唱卡拉 OK，在院子里看看星空，你也会爱上这里的徒步旅行。如果你没有时间来一次长途跋涉，那你就去走一些短途线路，一样可让你品味尼泊尔旅行的滋味。尼泊尔是个小国，夹在亚洲两个超级大国——中国和印度之间的一颗弹丸样的“山药”，但论高度，它却是世界第一，有句老话说得好，让喜马拉雅山去改变你吧。

第一个登上珠峰的希拉里爵士，在他余生的 55 年里，曾 120 次重返尼泊尔，平均每年至少两次。尼泊尔人称珠峰为“萨迦玛塔”，意思为“天空女神”，而上帝停靠的诺亚方舟也在神秘的喜马拉雅雪峰。如果要问香格里拉的魅力是什么，那就是许多远足者可以在尼泊尔发现在其他国家远足时不能发现的东西。

早期的西藏经文和印度史诗都讲述了令人惊奇的喜马拉雅，在这里，众位神明居于高处，而凡人可以在隐秘的山谷内发现人间天堂，缕缕神秘的气息弥漫在插向空中的庙宇尖顶、古老陈旧的暗红寺院、晃陀罗经文的唱诵声里，以及旋转的、附了体的萨满巫师的周围……

绵延的山脉以及令人着迷的楼梯式的梯田也让人陷入沉思，在山顶上的片刻小憩，奔腾的溪流产生的插曲，一闪而过的“那摩斯德”式的问候与微笑，都可以向那些准备长途远行的人们展现其深情隐藏的真实瞬间。高高低低、上上下下、广阔无比的山地景观，剥离了人们在日常生活中所必需的体力，哪怕草草进食平常百姓所做出的咖喱、达尔巴也如同在品尝人间美味。

许多到尼泊尔的旅行者发现，除了最吸引人的山脉和寺庙外，还有尼泊尔人民，他们世居在自己的土地上，日出而作，日落而息，没有因为旅行者的到来而被挤出自己的村落，改变自己的生活方式，依然保持着友好与独特的魅力。在尼泊尔人那简单、质朴而辛劳的生活中，旅行者们感受到了缓慢的生活方式与温情脉脉的价值观的融合，对他人的善待、包容，以及对自信、自我精神的多重历练。

山峰美妙的自然美景，远离繁忙的道路与城市污染环境的宁静，放下身心的轻盈，所有的这一切，都能使人对回到都市里凌乱的、使人心烦意乱的生活陷入沉思，而远足山峰的回报也是难以估量的，且极其容易上瘾的，一次徒步旅行对我们来说远远不够。

蛇神的河流

Rivers of Naga

佐姆森（Jomsom）朝圣之旅是尼泊尔最受欢迎的路线之一，它从博卡拉开始，沿着世界上最深的卡利甘达基河谷（Kali Gandaki Valley）一路上行，经过饱览安纳普尔纳全景的布恩山（Poon Hill），直到尼泊尔的第二大朝圣地慕可提纳斯（Muktinath）。

比格姆这次不能再为我做向导了，他有了一个小婴儿，他给那个新生的山地小男孩儿取名为“月亮（Dawa）”。“头人”巴桑达把他的亲兄弟毗湿努（Bishnu）派给了我做向导，29岁的毗兄弟身高1.85米，留着浓密的长卷发、小胡子，长得像意大利的登山皇帝梅斯纳尔（Messner），很像一个有着雅利安血统的印度人，而不怎么像一个有着藏缅血统的个子瘦小的尼泊尔人。

巴桑达安慰我说，在遥远的慕可提纳斯高地，如果我再生病，像一头豹子样的壮汉“拜”兄弟，可以像扛一只衣箱那样扛着我走。

我这次的背包有15公斤重，增加了药品、防寒的衣物和糖果、巧克力，我们预计的行程是10天，往返约500公里的路程，其中有一段行程可以坐车。毗兄弟在卡塔尔的廓尔喀军团当过警卫，英语很流利，他见我的第一眼就说没问题，我会帮你背大背包，你自己背相机包，明天早上7点我就来接你出发。

从博卡拉坐车90分钟，沿着清澈的色悌河西行，就到了佐姆森朝圣之旅的起点纳亚普尔（Naya Pul）。这个古荣族的小村庄因为徒步者的云集已经很繁荣了，运送催客来的小巴车、吉普车、铃木出租车在此戛然而止，沿莫迪河（Modi Khola）漂流的团队也在此云集，紧张地准备着下水，搭设在竹棚里的小摊、茶室，卖着热气腾腾的茶叶蛋、奶茶、炸面圈。

古荣族擅长爬山，人们在石板屋顶上排放着成打的竹编背篓，这些有着镂空图案的背篓是安纳普尔纳山地的背夫们的工具，他们用这些背篓为徒步者背负着重达三四十公斤的行囊，开始沿着石头砌成的山路，顺着布朗迪河谷（Bhurungdi Khola），一步一步地向上行走着。

我们行到比雷唐提（Birethanti）村庄时，在那里接受了ACAP与TIMS的检查，这座村庄已经非常开化，有面包房、银行，漂亮的旅店和咖啡馆。看到检察员在我的两本山地旅行护照上盖上了新的印戳和日期，心里不免又是一番窃喜，不知又一次的旅程会产生怎样的奇遇与美景。

毗兄弟让我向路边的蛇神纳嘉（Naga）奉献了两粒糖果，以保佑我们逢山过山、遇水过水。在中国民间，蛇总被看作凶险、阴毒的象征，但在信奉印度教的尼泊尔，人们却将蛇神纳嘉奉为雨神，认为它控制着季风季的雨水，犹如中国民间的龙王一样。传说廓尔喀纳嘉神曾一度坐在九条蛇盘成的坐垫上，使尼泊尔在12年间没有遭受到暴雨洪涝的袭击，因此在每年7月下旬群蛇出游的祀蛇节（Naga Panchami）上，尼泊尔人会怀着虔诚与崇敬之心，将彩色的蛇画贴在门口的正墙上，并向蛇神供奉糖果、谷物和牛奶，包括一碗米饭，以祈请风调雨顺。

对于每一个第一天开始走路的人来说，都会莫名其妙地兴奋，那时的脚步很轻松，体力很充沛，山间的空气干净得像一个超级大氧吧，积满工业污染的肺部像被一把刨花刨过一样清新，充满了活力。

尼泊尔的河流大部分发源于喜马拉雅山以北很远的地方，大大小小有100多条，它们穿越高大的喜马拉雅山脉，越过崎岖的丘陵地带，奔流在热带丛林之间，蜿蜒流过特赖平原，最后流入印度神圣的恒河和印度洋。河流像蓝色的脉络一样将高山和平原连接在了一起，从高地倾泻而下的河流有时汹涌、有时平静，但总是美妙无比。

喜马拉雅的河流亦被尼泊尔人视为神圣的河流，火化的骨灰被撒到河里，最终被带到恒河，两条河流的汇合处通常被尊为举行宗教沐浴的地方。水带来了生命、轮回，但也令人恐惧、畏惧，因此即使在最热的日子里，也很少看到尼泊尔人在河里游泳。

1976年，美国人阿尔·雷德（Al Read）开始在色悌河上漂流并绘制了激流图，从此尼泊尔有了世界最佳漂流和皮划艇运动胜地之一的美誉，陡峭山间奔流不息的溪流，大面积的原始荒野，令人神往的巨大白沙滩，由于季风的原因而变得刺激无比的巨浪，沿河行走或漂流成了游览尼泊尔最受欢迎和最激动人心的方式之一。

尼泊尔人给蛇神守护着的每一条河流都赋予了一个美丽的名字，发源于安纳普尔纳雪峰南坡的色悌河（Seti Khola），其上游河道流经了石灰岩地区，河水呈浣纱状的乳白色，故取名为“色悌”，尼泊尔语“白色河流”之意；发源于道拉吉里北部雪山的卡利甘达基河（Kali Gandaki Khola），上游流经黑色岩石和黏板岩的剧烈风化地区，河中夹杂着大量乌黑如墨的泥沙，自北向南穿过很多大峡谷，故“卡利”是尼泊尔语中“黑色河流”之意。此时，我们则快意地穿行在“蓝色河流”布朗迪河（Bhurungdi Khola）形成的深邃的峡谷之间。

自喜马拉雅山脉从海洋中隆起那一天起，布朗迪河就像蛇女神一样泛着深蓝色的波澜，咆哮着奔流不息，在博卡拉谷地切割出与众不同的河谷，其最深处竟达 60 米，河谷的顶部最窄处仅宽一两米，当我们从上面经过时，以为是一条深沟，并没感到是一个幽深、陡峭的峡谷，而谷壁的岩面参差不齐，一眼望不见底，只闻水流声，却不见水踪影。我们就在这不断变化的河谷和无与伦比的风景中攀爬，上气不接下气地喘息。

毗兄弟背着我的迷彩大背包，在胸口前吊着他自己装随身衣物的小背包，我就很形象地给我们这个二人小团队取了个很搞笑的名字，叫“袋鼠团队（Kangaroo Group）”，他背着的一前一后两个背包，实在太像奔腾在澳大利亚荒原中的袋鼠妈妈了。

而我学到的最有用的一个尼泊尔单词，就是“不行喽（Bassnu，歇气之意）”，一个上午我大约虚弱地呼喊了十几次“Bassnu”，牛高马大、身手矫健的袋鼠兄弟就会无奈地停下来，看着气喘吁吁的我，无可奈何地笑，最后伸出他有力的手，在七上八下的小路上拖着我走。

悲伤的歌曲

Sad songs

中午时，我们在布朗迪河的北岸吃了一盘番茄酱炒面，在峡谷间近 5 公里的攀升和陡降，让我的膝盖像冰裂了一般地刺痛。河岸边是摇曳的竹林、轻盈的飞瀑和藤编的吊桥，我也不管今天是否能到达宿营地了，累得像一堆棉花一样，瘫在茶屋的长凳上睡了一个午觉。

“扑哧”，一颗无花果砸了下来；“啪嗒”，一堆鸟粪掉在我的手臂，我可是睡在释迦牟尼顿悟的那棵无忧树下呀。

在 2500 前，尼泊尔迦毗罗卫国（今天的蓝毗尼）的 29 岁太子乔达摩・悉达多（Gotama Siddhattha），舍弃了宫廷生活的舒适与豪华，他将所有的饰物、太子华服、骏马都交给了车夫迦那，亲手将代表显赫、阶级与王室的最后一个象征——那一头美丽的长卷发剪掉，抛妻别子，独自离家，出发去寻求证悟之旅。

他极端苦行了 6 年，以吉祥草为垫，坐在一棵菩提树下，形容枯槁，探索着一条深奥、安详、非极端、清晰、满愿，有如甘露一般的道路。最后他决定从苦行的状态中起身，在划过琴弦之声的尼连禅河中沐浴，接受了牧羊女苏佳达所供养的鲜奶，在菩提迦耶（Bodhgaya）发现不落二边的中道，证得正觉，改变了往后 2000 年来的宗教世界。

每每想到佛陀在喜马拉雅的圣河边赤足托钵的简单身影，就会由衷地心驰神往。那时的悉达多太子完全不凭借任何科学依据、现代工具，他所追求的不仅仅是消极性遁世、荒野灌木丛和无人区探险，我想我们重新走在他曾经走过的路上，倘若不像他那样去追寻和朝圣一番，我们也就体验不到那个内在的、艰难的旅程，也许我们就永远不会有任何的清醒和了悟。

在喜马拉雅不单有拈花一笑的佛陀（Buddha），还有创造与毁灭之神湿婆（Shiva）。在5世纪时，随着李查维人（Lichchhavis）的到来，印度教传入了尼泊尔，由于马拉王朝的历代国王都崇信印度教，不断修建印度教的寺庙和建筑，迎请印度的婆罗门来进行祭祀，使得印度教的影响在尼泊尔逐渐超过了佛教，而最终成为国教。

在印度教经典《梨俱吠陀》里，原始人用他的嘴生出了婆罗门（Brahman），用他的臂膊生出了刹帝利（Ksatriya），用他的腿和脚分别生出了吠舍（Vaisya）和首陀罗（Sudra）。在种姓制度中，婆罗门是精通吠陀经典、掌管宗教事务的僧侣、祭司，在四大阶级中地位最高；刹帝利是掌管政权和军权的王室贵族和武士，地位第二；吠舍是众多的农民、手工业者、商人，即平民，是四个种姓中的第三等级；首陀罗是指那些专门从事“下贱”劳役和服务行业的人，地位最低。但在尼泊尔，种姓制度在实施方面也有了很大的灵活性，并不像邻国印度那样呆板、僵化和不可变更，各种姓之间的界限也不像印度那样严格。

印度的婆罗门在中世纪进入尼泊尔时，主要集中在加德满都谷地和西部山区，婆罗门为传教的使命驱使，不断向各地扩散，并与当地女子结合便生出了许多沙提（Chhetri，刹帝利的转音），这些混血子弟与当地喜欢喝烈酒的原住民族的子女不同，他们从小受父亲的教育，较有文化，因而在事业上较成功，成为仅低于婆罗门和刹帝利的另一个高级种姓。在尼泊尔有些地区的整个村庄的居民，几乎全是沙提，或者山地布罗门人（Brahmin，婆罗门的转音），他们不得不自食其力，也要干其他种姓的工作，天长日久，种姓之间的界限便逐渐模糊。

目前在尼泊尔流行的宗教有印度教、佛教、伊斯兰教、基督教、耆那教、萨满教和巴哈伊教，而在尼泊尔不同海拔的高地和区域里，也居住着不同信仰、不同种姓的民族，很难想象在一个“山药”大的国家，竟生活着61个民族，比庞大的中国还多出5个，其形形色色的国民也令人深感困惑。

不过慢慢谙熟尼泊尔后，就知道尼泊尔人的名字中蕴含着许多信息，其中包括他们的社会地位、职业、民族和家乡，古荣（Gurung）、夏尔巴（Sherpa）、塔芒（Tamang）等，既表示他们来自的民族，也是他们的姓氏。比如Jaya Gurung，表明来自古荣族的吉亚；Dawa Sherpa，表明来自夏尔巴族的达瓦；Mingmar Tamang，表明来自塔芒族的明玛。

家庭、民族和种姓依然是尼泊尔人生活中的三大要素，如果有人违背了千百年来遵循的传统，就有可能被家庭和社会所排斥。故尼泊尔至今仍属于世界上最贫穷的国家之一，除了它特有的地理自然环境的影响外，人们在内心深处相信，人是无法控制自己的命运和生活环境的，一切均由神圣的神来主宰，因此尼泊尔是“屋有多少，庙有多少；人有多少，神有多少”，宗教对人们的思想、行为和生活方式有着深刻而巨大的影响，在尼泊尔这个宗教大熔炉里，混合着、融合着各种宗教信仰和势力，宿命论和依附思想使人们乐天知命、安贫守道，也使人们的创业精神和进取意识严重不足。

我的向导毗湿努来自于山地布罗门家族，他的海外军旅经历和俊朗的外形完全可以使他在大城市里谋求一份高薪的白领职业，或者成为一个超级模特，但他喜欢他生长的山峰，他宁愿一辈子当一个徒步的高山向导，我给他总结了三个酷毙的“ing”，climbing（爬山）、flying（飞翔）、sleeping（睡觉）。而我从沿途所遇到的村庄中的村民，从他们的脸庞、装束、习俗与崇敬的庙宇，大致也可以分辨出他们属于哪一个民族、哪一种宗教信仰了。

第一天对所有徒步旅行者来说，也是最艰苦的一天。袋鼠兄弟看我8

小时，仅仅走了 12 公里，而通常一个徒步者会走十七八公里，我整个地缓慢、“缩水”了不少，只好在半途，让我在提克顿嘎（Tikhedhunga）打尖住店了。

海拔 1540 米的提克顿嘎悬挂在半山腰，这个小村庄有 60 个村民，主要居住着山地布罗门人。尼泊尔的多数民族通常都是一大家人生活在一起，在一些小村庄里，甚至整个社区就是由一个大家庭来构成的。在尼泊尔信奉印度教的社会里，依然保持着包办婚姻的习俗，虽然追求自由恋爱的年轻人越来越多，尤其是城市中的年轻人越来越受到西方价值观和生活方式的影响，但绝大多数乡村的人仍然保持着传统的风俗和习惯，结婚双方通常还是要讲究门当户对，都应该属于同一种姓或同一民族的。

尼泊尔是典型的父权制社会，许多民族依然视女孩儿为经济负担，她们在结婚前必须保持贞操，女儿出嫁的成本也非常高，男孩与女孩受教育的比例为 2∶1，妇女的生活非常艰辛，女性的死亡率往往高于男性，女人通常劳动强度大，工作时间更长，但薪水却比男性低。在传统社会里，女人只有生了儿子，境况才会有所改善。在乡村，女孩儿总是最后一个吃饭，女人在经期还会被关进牛棚 4 天，直到 2005 年，这项陋俗才被宣布为非法。在尼泊尔，如果妻子 10 年内无法生育，丈夫可以娶第二个妻子；丈夫死后，寡妇不能再婚，或只能嫁给死者的兄弟，财产则由她的儿子继承。Sati（殉夫）是尼泊尔的另一陋俗，在丈夫的葬礼上，妻子要跳进火堆为丈夫殉葬，直至 20 世纪 20 年代，这项陋俗才被废除。

如今，数以百万计的尼泊尔男子被迫远离家乡、山村，前往各个旅游区谋生，有的甚至远赴印度，马来群岛和海湾国家。在安纳普尔纳山区行走多日，我发现妇女几乎承担了家里、田间的一切劳动，她们成了名副其实的“留守大军”。我住的玛玛塔木屋（Mamata Lodge），在尼泊尔语中是可爱的意思，是姊妹三人开的家庭客栈。傍晚的山间寒冷，我就一直缩在厨房里取暖，看三姐妹用柴火为我们烧饭、煮羊肉，其中一个 20 岁叫 Sunita（苏妮塔）的妹妹，边做饭、边用眼睛一直深情地看着和她同族的袋鼠兄弟。

通常向导在每一次徒步中都会带客人住在固定的一家客栈，就像他们的“窝子”一样。我知道这个乡村女孩一直在等待袋鼠兄弟每次经过她们的客栈，爱意无限地看上他一眼。我开玩笑地问袋鼠兄弟为什么会选择这里，是不是因为这里有三朵乡间的杜鹃花？“拉丽古莱斯”？

袋鼠兄弟含笑着，只是说她们的饭菜是做得最好吃的。

这时的收音机里在播放一首一对尼泊尔男女对唱的叙事歌曲，曲调非常的哀伤。我问袋鼠兄弟，他们在唱什么？

对布罗门的女人来说，丈夫就是天，就是依靠，就是生命的一切，如果丈夫不幸死了，妻子一生都不能再嫁，不能穿任何有色彩的服装，头上不能点吉祥如意的红色“提卡”。所以这位丈夫唱道：“我快不行了，我怎么能忍心这样抛下你呢？而当我死了，我希望你每天都可以穿上彩色的纱丽、点上红色的‘提卡’……”

在这家乡村的厨房，我为这位尼泊尔丈夫深厚的爱而潸然泪下！就像我每次远行时，我的哥哥总是鼓励我，他把他的爱转化成了一种能量，他送我到机场时叮咛的话只有一句：“妹妹注意安全。”

作为一个背包客，我会不自觉地在路上节约着每一分钱，而他在邮件中说得最多的一句是：“妹妹不要太节约了，钱够不够了，我把钱打在了你卡上。”

长久的相濡以沫，我们已不需要说任何至死不渝的甜言蜜语，我们只需说在路上最重要的东西。我想无论是出生于何种阶层、身处于何种信仰，悲悯、慈爱、真情、善待都将是万有生命的源头。

我希望自己再来喜马拉雅时，必脚踏莲花，乘愿而来，来时如同尼泊尔的男男女女、凡夫俗子，爱得荡气回肠、有声有色，而回时必已超凡脱圣、证悟菩提，心如花雨般纯洁。

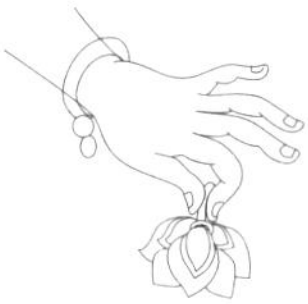

月蚀中的灯塔

The Lighthouse in the Eclipse

第二天的早上，我这双长期坐在书桌前、长期坐在车子的驾驶位上、长期走在城市柏油大街上的腿脚，已经开始肿胀疼痛，不听使唤了！袋鼠兄弟不明白，我这种“喝飘”身体为什么还要如此狂热地去徒步？而这也是所有徒步者在整个旅程中需要回答的问题：在我们的生命里我们为什么需要去徒步？！发狂地虐待自己？！像佛陀那样苦行？！

打开一张地图的时候，你看见的山脉是灰色的阴影，河流是蓝色的线条，平原是绿色的补丁，森林是纤细的枝条，沙漠是干燥的小点，城市是黑色的圆圈，村庄是微弱的颗粒，仿佛人的整个世界就只是一张巴掌大的纸片而已！

许多人的一生，就这样百无聊赖、无可选择地圈在这样的一个小点、一块补丁中，呼吸着被污染了的空气，饮用着被反复循环了的自来水，头痛着、挣扎着，忙碌着房子、车子、位子、票子和孩子，无可奈何地日复一日，终老着自己苍白的一生。可是当你用双脚踏上每一条山径，渡过每一条河流，跨过每一道峡谷，穿越每一处丛林，翻过每一座山峰，追逐着每一道彩虹，停留在每一个村庄，栖息在每一间山顶木屋，这时，你会发现，大自然的每一道风声、雨声、雷声、花语声、鸟语声，大自然的每一次呻吟、喘息、呼吸、细语，都与你的生命紧密相连，都与你的脉搏在一起跳动。

这时的河流、山脉、森林和峡谷，不再是地图上那样简单、细小的符号，不再是静止的、沉默的、无声无息的，它们是壮丽的、奇妙的、美得让人窒息的；这时的村庄、牛羊、稻田、背夫、女孩儿，不再是苍白的、脆弱的、悲伤的，他们是生动的、鲜活的、芳香的，美得让人叹息的。这时你的生命已不再是以有多少次呼吸来计算的，而是以有多少次让你喘不上气，有多少次让你惊心动魄的时刻来考量的。

世间的每个生灵都负有各自的使命，而我们要经历的是身心在自然中的融化与合一，最终让我们的灵魂自由地连接着宇宙那唯一的神性。

有时，从林流浪给予的是一种精神的复苏，需要的东西仅仅是一双登山鞋、一个背包、一条睡袋，不需要带的东西却是工作、欲望、名利、地位、家庭和压力，它让我们从大地上获得力量，使我们变得与之不可分割，而我们所感到的是从未像如此真实地生活过。

行走中的幸福感

Sense of happiness in trekking

袋鼠兄弟对我说今天我们得翻过乌勒内（Ulleri）的大山，行走 18 公里，一直到白云的顶端果内帕尼（Ghorepani）。

从提克顿嘎（Tikhedhunga）一出发，就是一座建在海拔 1520 米的布朗迪河上的狭窄绳索吊桥，心惊胆战地过完桥后，我们爬了约 3300 步让人泪崩的石梯级，才在玛嘉人的大村庄乌勒内稍作停息。

在腿脚不听使唤的时候，我就给每一个狭路相逢的团队取上一个好玩的名字，今天我把我们的“袋鼠团队”更名为了“粉色军团（Pink Group）”，因为从早到晚要在太阳下暴走八九个小时，实在是一件很残酷的事情。我戴着粉色的草帽，穿着粉色的T恤，狂抹着50倍SPF的防晒霜。一个从加德满都来的二人团队竟然没有名字，是一个香港男孩儿与他雇用的一个长发的尼泊尔酷哥向导，我就慷慨地赐予了他们两个男生“女生狩猎者团队（Lady's Hunter Group）”。

两个光棍男生顿时快乐死了，一路上都向他们遇到的女生团队不断地抛媚眼、搭飞白，管他老的、少的、丑的、乖的，一律甜蜜地叫着别人“甜心（Sweetie）”。小道上的每一个催客，很容易就成了一个非正式团体中的一部分，一个由不同年龄、不同职业、不同肤色、不同语言，但都体验着同样的天气、同样的不舒适、同样的艰苦、同样的心情、同样的风景、同样的徒步前往布恩山的奇怪冲动的人们所组成的松散、和谐的集体，而这样一路风情万种、嘻嘻哈哈地调着情，好像山路也变得柔软、合脚了起来。

在路途上，我一直向袋鼠兄弟学习新的尼泊尔语言，“女孩（Kiete）”“男孩（Kita）”“妻子（Dualy）”“丈夫（Dullya）”“姐妹（Dide）”“兄弟（Bhai）”“小溪（Shano Khola）”“露珠（Kam）”“树叶（Path）”“蓝色（Nilo）”“天堂（Akass）”“炊烟（Chorote）”“柴火（Aggo）”“白菜（Banda）”“黄瓜（Kacharo）”“土豆（Allu）”……而这些都是充溢在每一个徒步者每一天的日常生活中的可爱细节。

袋鼠兄弟也不愧是一个经验丰富的向导，随时都在“骗”着我如何多走一点路，我在路途中说得最多的话就是：“还要走多久才能到嘛？”他总是说再走半小时，我们就可以到达班塔提（Banthanti），再走1小时就可以翻过2460米的朗格塔提（Nangathanti）了，而事实上通常一走就是两三个小时。

“Thanti”是尼泊尔语的“休息地（rest house）”，动植物繁衍生息的地方，在那片茂密的丛林里，那些经历了无数个世纪的橡树漂亮得让人发呆，石头缝里蹦出的菩提树和印度榕树纠结盘错，棕色的枝条四处延伸，金色的叶片像一把把小李飞刀，轰轰烈烈地直插入云霄，让人联想到托金（Tolkien）《指环王》中的魔幻世界和中世纪场景。

下午时，我们在朗格塔提遇见了一对来自美国科罗拉多州的老夫妻，他们一直使用着步行杖勇敢地往上攀爬着。我们的团队永远是落在最后面的，看见那些清澈得可以照得见影子的山间溪流，我又把我们的“粉色军团”改名为“潜水艇舰队（Submarine Group）”了。

亲山恋水是人类的天性，中国古人历来就崇尚“读万卷书行万里路”，要“智者乐山，仁者乐水”，而我太希望自己是一艘潜水艇，就此深潜在一汪汪的碧水中不思乡、不思返。

那对美国夫妇每走十几分钟，就会停下来等待他们的儿子和他们的尼泊尔媳妇。但在一个下午的徒步中，都没有他们儿子与媳妇的踪影。很多时候他们就回头，倒着往山下走，希望能够等到他们的孩子。袋鼠兄弟一直帮助着他们，安慰着他们，说他们是年轻人，会自己跟上来的，不要这么辛苦地走回头路啦，这对老夫妻终于忍不住开始老泪纵横。

他们的儿子去年与这个尼泊尔女孩儿结婚，然后老夫妻俩邀请女孩儿的一家去美国西部旅行了一次。这次老夫妻是专程来布恩山看日出的，由儿子与儿媳妇相伴。但这个尼泊尔山地出生的女孩儿，不但在路途上没有给予他们任何帮助，反而不断地向他们嚷嚷，要买新的徒步鞋好走路，要买新的冲锋衣好爬山。一赌气，竟然待在茶屋里不走了，而儿子竟然抛下年迈的父母，去守着那个不懂事的妻子，没有跟上来。

老夫妻落泪道:“小时候我们照顾着儿子,而儿子长大了就不会再来照顾我们的旅途了。”袋鼠兄弟很义气,放下我们的背包,回头去寻找那对年轻夫妇。

很多时候人的一生就像不断在爬山一样,小时候父母搀扶着我们,我们可以有依有靠地排除困难,勇往直前地到达辉煌的山峰、人生的顶点。而当父母年老力衰需要我们搀扶着走完崎岖的山路,到达人生旅途的终点时,我们是否又能不离不弃地紧紧相伴在他们的身旁呢?

“桃李不言,下自成蹊”,山峰是沉默的,而行走中的幸福感以及生活中的喜悦感从来也不是来自于物质的,所有靠物质支撑的幸福感都不能持久,都会随物质的离去而离去,只有心灵的淡定宁静、温厚宽广,继而产生的身心愉悦与两情相悦,才是幸福的真正源泉。我们之所以希望不断地穿越极地、穿越峰峦,是因为我们渴望我们人生所走的每一步都是精彩的,有意义的和充满着深情爱意的。

喝醉了酒的夜空

Night sky in indulgence

傍晚6点,我们才到达果内帕尼宿营地,沿着3000多级蜿蜒曲折的石阶不停上升,这对可怜的膝盖来说已达到了极限的考验,这也是我所有的徒步中,走的公里数最多的一天,幸好手握的登山杖不仅防滑,还起到了有效、有力地减轻膝盖负荷的作用。

果内帕尼(Ghorepani)像一个小市集般的繁荣,各路人马在此云集,到处是网吧、茶室、旅馆、帐篷、马帮和驴粪马蛋,我也赶紧把两天来被大汗浸透了的脏衣服,全部翻出来洗了个痛快。可是那家雪域旅馆的盥洗台却猛然垮塌,一下砸在了我酸痛的右脚上。

我哭叫着把旅馆老板和正在打台球的袋鼠兄弟臭骂了一顿，然后瘸着受伤的脚摔门而出，怒气冲冲地自己去找了一个家庭饭馆吃饭。我不知道我当时为什么会发那么大的脾气，后来在这家“道拉吉里（Dhaulagiri）”的厨房里烤火的时候，我终于冷静了下来。

我知道那是我这种城市小姐的无知与骄纵性格在作怪，连日来体力的过度透支和疲劳，让我并没有充足的精神准备去应对艰苦环境的挑战，并没有一颗强大宽厚的心去面对突然遭遇的意外事故和“雪雨风霜”，我已经退化成一种耽于享乐与自私的城市“动物”，已经丧失了人最初那种在原始、粗放自然环境中极力生存下来的能力。当我在雪山映照的窗户前回头，看见袋鼠兄弟在寒夜的火光中突然出现的身影时，我的眼泪夺眶而出。

袋鼠兄弟说他挨着一家一家木屋寻找着我，“我是你的向导，我怎么能让我的客人走丢了呢，我要一直紧跟着你。”

人与人之间相知相遇的情谊，是在漫长的旅途中一点一点建立起来的。很多徒步者只会觉得他们是花钱雇来的向导或背夫而已，对待他们就像对待仆人与负重的毛驴一样，没有相应的尊重与怜惜，我很惭愧我自己无意间也成了那种骄横霸道的人。

“道拉吉里”客栈是一对藏族夫妻在1995年开的，他们的5个儿女一直在厨房里帮助着父母切菜煮饭，其中一个19岁的女儿特别活跃，她端菜递水、添加柴火一直都是跳着舞步、唱着山歌，单纯、快乐得像一只美丽的夜莺，像一首舒伯特的小夜曲。我就给他们的厨房取名为“跳舞厨房”，然后捋起衣袖，为袋鼠兄弟炒了一道“青椒煎鸡肉”。

每一个人看见我在柴火通红的灶台前手忙脚乱，都哈哈大笑了起来。这时窗外的月色清亮得可以把人的五脏六腑重新抛光、刷新一遍，我就想这样的徒步旅程，的确是可以让一个人焕然一新一次、改头换面好多次的。

晚上我和袋鼠兄弟回到了海拔2870米的雪域旅馆里，这里没有热水、没有室内卫生间，冷风呜咽着从我们的指缝间、发际间穿过。可是我一拉开窗帘，就看见了满天的星光灿烂，山的轮廓和影子，树木和村庄，这时已不是浓淡相宜的中国式水墨画，而是梵高笔下狂烈的，像喝醉了法国红葡萄酒的《蓝色的漩涡》与《星夜》。那些巨大的，在夜空中像飞过的卷龙一样的卷曲旋转的星云，一团团夸大了的星光，以及那一轮从月蚀中走出来的，令人难以置信又暗示着某种神性的橙黄色明月，都像法国浪漫主义作家雨果（Hugo）的一句话："上帝是月蚀中的灯塔。"

上帝说，要有光，于是就有了光，但每一颗星球在夜空中都是孤寂的，就像人类在现实生活中的处境一样。所以星星们会闪闪发光、会遥遥相望、会照亮彼此的心灵、会用微笑展现自己的生命色彩，一生都相爱相望着彼此，寻找着光明和温暖，但却永远不能相会。而当两颗飘移的星球不管不顾地相撞时，我坚信它们一定是为了一场疯狂的、毁灭性的爱情。

好多好多年了，我在城市的夜空下从来都没有看见过如此璀璨的星光。大大小小的恒星和行星在宇宙中旋转着、迸发着，亮蓝与明黄，哪里的夜空会像喜马拉雅这样随时随地开启着，在暗夜中放射出神性的光芒呢？

这里的风景在发狂、山在骚动，月亮、星云在旋转，宁静的小村庄正在感受着黑夜的呼唤，好像只要我轻轻地从窗户中伸一下手，就可以随意地抓下一大把的星星来陪我入睡一样，而我就在这样的星群环抱中，像鱼、像鸟、像喝醉了酒的诗人李白一样，安然地睡去了。

天涯

An Eternity

每天的清晨，我总是在许巍（Xue Wei）的音乐声中睁开眼睛，这个顽强的音乐战士那一句空灵高远的响铃声——“我的心曾乘着风呀，自由穿行梦想里呀”，总会让我的心情与身体于完美的莲花中醒来。

那个沙哑低沉却温暖的声音，会让你自然的、莫名的被感动，他吟唱频率最高的词永远是飞、旅行、自由、喜悦，而这些词从来都没有因为他的身份与境遇的转变而改变过。从一个愤怒的摇滚青年，到忧郁的青年浪子，到天真的人文歌者，再到温暖的自省诗人，他的精神在变得更加平静、更加祥和、更加温暖，但他那颗柔软自由的心，却永远飞翔在满天闪烁的星光里。每次听他的歌，就会泪流满面，就会非常想去一个阳光灿烂的地方。

与徒步或长途远足（hiking）的心境最相吻合的无疑就是许巍的旋律。当你背上背包，用自己的双脚，沿着河流、山脉、湖泊、森林、峡谷、稻田、村庄，一步一步地、一天一天地向着心目中的雪山、圣地前行时，那时你的心识也有生以来处在一个最自由、最赤裸、最有力量的状态，那也是对你的身体、体力、耐力、毅力与情感的一次彻底考验。在最亲密、最直接地触摸、拥抱大自然的同时，让自己的心灵随着大自然的节奏充溢、丰富起来，让自己的灵魂整个地在蓝天白云中浸润，远走高飞一次，远走高飞无数次！

布恩山的亲吻

Kiss of Poon Hill

果内帕尼（Ghorepani）是尼泊尔喜马拉雅山区最好的观景点之一，“Ghore”在尼泊尔语中意为“马”，“pani”则是“水”。几个世纪以来，果内帕尼都是商旅、马帮、脚夫跋山涉水的必经之地，安纳普尔纳山区的一个沉淀着岁月与历史的中转驿站。而所有长途跋涉去到果内帕尼的徒步者，都是为了去看布恩山（Poon Hill）的日出的。当黎明还隐藏在星夜里的 4 点 30 分，袋鼠兄弟就来敲门让我起床了。

我们要沿着陡峭、曲折的山径走 1 个多小时才能到达山顶，山路上伸手不见五指，只有微弱的星光相伴。一队队观日出的徒步者头上全都戴着闪烁的顶灯，像一个个身怀绝技的锦衣夜行者和大内高手，悄无声息但又箭在弦上，犹如虔诚的朝圣者向着心中的“麦加”圣地蜿蜒前行。

海拔 3193 米的布恩山顶位于万韧绝壁之上，可以一览无余、无遮无挡地欣赏到喜马拉雅 8 座山峰的日出，其中还可以同时看到两座 8000 米以上高峰的日出，它们从西到东依次为道拉吉里峰（Dhaulagiri，8167 米）、土库车峰（Tukuche，6920 米）、尼尔吉里峰（Nilgiri，6940 米）、安纳普尔纳南峰（Annapurna South，7219 米）、安纳普尔纳 1 号峰（AnnapurnaI，8091 米）、赫育楚里峰（Hiunchuli，6441 米）、冰穹峰（Glacier Dome，7193 米）和鱼尾峰（Fish Tail，6997 米）。

在云遮雾霭的清晨，是无法看见日出的；而只有运气与福气特别好的人，才能欣赏到那一激动人心的瞬间，因此总会有朝圣者或徒步者，无数次地往返、无数次地等待在布恩山上，观日出的人群就像观佛的善男信女一样，始终都面朝着一个方向。

6 点 10 分，当第一缕霞光映射在鱼尾峰上时，有祷告者像从太空来的火星人，眼睛里闪烁着奇特的光亮，喃喃自语、喋喋不休；有远道而来的异国情侣，站在金色的杂草中相拥而泣，当众狂吻。想想人一生中能够有几次能够一口气地饱览8座光芒四射、霞光万道的世界级雪山呢？！

那时的天空就像一座辉煌的圣殿，山峰好像全都戴上了高贵的、玫瑰色的莲花花冠，绵延起伏的蓝色山峦被喷射而出的霞光编织成了七彩的花环，树叶被染成了深红、金黄、樱桃色和紫铜色，草甸、花朵、岩石、人的身体宛如珍珠耳环一样闪闪发亮。我仿佛在通过莫奈的《日出印象》画笔看着这个美丽的世界，这是多么奢侈的时刻呀！

彪悍的袋鼠兄弟对我说，Pearl，你是作家，应该给这8座山峰取一个温暖、动听的名字，而不仅仅是根据它们的形状或高度来命名。他哪里知道，每个人心目中的雪山女神，都是千姿百态、无可用语言来描述的，而我们只需要有如此火花迸裂的瞬间，能感受到它的光芒、它的神奇、它的璀璨，就足够珍藏、记忆一辈子了。

叫“妈咪”的声音是一样的

Being called 'Mummy'

离开朝圣之路的最高点布恩山，我们一整天的路程都是下行的山路了。沙崔（Chitre），2420米；费拉提（Phalate），2390米；色卡（Shikha），1980米；嘎拉（Ghara），1780米；塔透帕尼（Tatopani），1190米，近20公里的路程其下降的高度达到了2000米，其间只有约140米的上升。

在这条高度差异陡转直下的森林、峡谷里，开满了尼泊尔8种不同类型的国花——杜鹃花，在喜马拉雅山脉的尼泊尔、不丹、缅甸、印度北部等高海拔地区的山坡、林缘、石壁和高山草甸上，生长着几十种喜凉爽湿润、耐寒耐干旱的杜鹃花。杜鹃花不愧为花中的西施，因它那红、紫、黄、白、粉、蓝等五彩缤纷的色泽，中国人亲切地叫它“映山红”，尼泊尔人则叫它“合瓣花”，那五片温柔的花瓣总是紧紧地与茎部连在一起。

中国的云南人喜好把大白杜鹃、粗柄杜鹃的花与猪蹄同煲，据说是专属于女人的一道安神、和血、祛斑的美容菜，尼泊尔人则认为喜欢合瓣花的女人大多纯真无邪，如果见到满山杜鹃盛开，也就是爱神降临的时候。

袋鼠兄弟摘了一朵粉色的合瓣花让我插在帽子上，我一下忘记了腿脚的酸疼与疲累，身体里好像注满了一种无尽的力量和爱的喜悦。我也开始学会了珍惜、心痛别人，就让袋鼠兄弟把他一直吊在胸前的、他的装随身衣物的小背包拿来让我背上，这样他就可以有很好的视线下山而不容易摔跤了。当我背上叠着两个小背包蹦跳着一路狂下山时，道上相遇的其他背夫都会嬉笑不已，因为这时我反而更像一个“袋鼠”妈妈了。

我们终于在大汗淋漓中跨过了黛绿色的嘎拉河（Ghar Khola），它像少女一样，在塔透帕尼一往情深地投入了黑色的卡利甘达基河（Kali Gandaki）的怀抱。我曾经梦想着走完这些山路，就可以在塔透帕尼好好享用一次温泉浴了，因河流而建的村落塔透帕尼（Tatopani），在尼泊尔语中就是“热水”“温泉”之意。可当我们在傍晚到达塔透帕尼时，一家一家的客栈都客满了，不知是不是这 3 天的暴晒，让我的皮肤已经完全变成了橄榄色，很像一个土著尼泊尔女人了，还是因为我同样也像背夫那样，背着大大小小两个背包，一个棕色皮肤的女孩儿为我们打开了“喜马拉雅旅馆”里仅剩的一个房间，竟然是在楼道的储物间里放了两张床，没有窗户，不见天日。

我问客栈里有洗澡间和热水吗？回答是“没有”！

有厕所吗？回答还是“没有”！

当时我就和袋鼠兄弟哈哈大笑了起来。

老鹰乐队（Eagles）有首传世的经典曲叫《加州旅馆》，唱的是乐手行驶在昏黑的荒漠公路上，凉风吹过他的头发，温馨的大麻香弥漫在空中，他终于看到微弱的灯光，他的头越来越沉，不得不停下来过夜，女孩儿站在门口那儿招呼他，他想这里可能是天堂也可能是地狱，然后女孩儿点燃了蜡烛给他引路，他听到人们在走廊上亲切地说：“欢迎来到加州旅馆。”

但我觉得我好像没有老鹰乐队走运一样，点蜡烛的女孩儿指引给我的好像是一无所有的“地狱”。袋鼠兄弟也开心地揶揄道：“这就是我们这些‘毛驴’住的‘五星级酒店’，她把我当成向导，把你当成女背夫了。”

有的徒步公司就为女性客人提供女背夫的服务，我也无所谓啦，女背夫就女背夫吧，我扔下背包，就跑到客栈外面的露台上去拍道拉吉里峰的日落了。

当我蹲在地上，专注地看着金色的光线一点一点地漫过冰冷的雪山顶时，我听见身旁一个脆脆的声音在叫：“妈咪，咖啡已经准备好了（Mammy，coffee is ready）。”那是客栈的一个小男孩儿，只有 9 岁，起初我以为他是老板的儿子，但看见他系着围裙，跑前跑后的端茶送水、擦桌子洗碗，才知道他是客栈的小用人。袋鼠兄弟说在尼泊尔有 1/4 的劳动人口是童工，他们从小就远离大山里的父母，在旅馆、茶屋或餐馆里过活，以减轻家庭的负担。

我不知道小男孩儿在叫谁，又继续转过头去拍照，这时他轻轻地拉了拉我库尔塔的衣袖，又重复了一句：“妈咪，咖啡已经凉了（Mammy，coffee is cold）。”我当时脸“唰”地一下就红了，因为我自己没有生养过小孩，也从来没有人叫过我“妈咪”，尤其是当着那么多拍照的催客，还有我的帅哥向导，我一下显得非常不好意思地跟着他走了。

老板的小女儿刚学了扭胯抖脖的印度舞，就在餐吧里练习，这时小男孩又兴奋地跑到我的餐桌前说：“妈咪，你去跳舞吧。”我不知道他为什么会如此亲切地叫我“妈咪”，或许我长得像他的妈咪，或许我酷爱穿着尼泊尔女人的库尔塔长衫防晒，或许他想念他的妈咪了，这次我终于习惯了有人叫我“妈咪”，一股母爱的暖流漫过了我的心里。

喝完咖啡感觉体力恢复了一点后，我就收拾好行头找温泉游泳去了，我梦想了好多天的温泉，其实就是卡利甘达基河边不断涌出热流的一大片天然水域而已。徒步者、背夫、当地小孩儿，全都一锅煮地泡在河里玩耍，不过水很温暖、很熨帖，全身酸痛了好多天的关节、肌肉一下就放松了下来。这就可以理解为什么客栈到处会客满了，无疑徒步者全都把塔透帕尼当成多日艰苦跋涉后的温柔之地了。

水坑外接有低矮的流水的水龙头，便于大家洗衣服和洗头，我就穿着我的比基尼，在众目睽睽下半跪在地上，抹上香波洗身体、洗头发，大家无遮无挡地你看着我、我看着你，整个就像回到了用树叶遮羞的亚当、夏娃的“伊甸园时代”。喜马拉雅的雪山倒映在黄昏时分的水面上时，呈现出一种无与伦比的完美与宁静，我就忍不住向暖流的深处游去。

这里的暖水有着丝绒般的柔滑、美妙的浮力，不像我们走在山路里的世界那样，只充满了沉重的引力与阻力，我闭着眼仰躺在幽绿的水面上，感觉清澈轻盈的水里所有的负氧离子把我电得麻酥酥的。

这时，我突然听见一个惊恐不安的声音在大叫：“妈咪！”我一回头就看见一个小孩儿的头在水里像气泡样沉浮，我本能地狂打了五大把，那时感觉自己怎么游得如此慢，好像把一生的力气都耗尽了一样，扑过去一把就将那个小孩儿的身体抓了起来，快速运送到岸边去后，啪啪啪地就把他胸口里的水拍了一大摊出来。

因为河流是蛇神之故，很多当地人畏惧神，不会游泳，故看见有孩子突然溺水时都傻了眼，不知道该怎么办。而全世界的任何一个孩子，无论他说什么语言，无论他是何种种族和肤色，当他呼喊“妈咪”时，他的声音其实都是一样的。

幸好在那一刻，我很敏锐地听见了那个孩子在叫“妈咪”的惊慌喊声，尽管我的手臂因用力过猛而被拉伤得生疼，尽管我自己因患有原始性低血压，经常头晕甚至昏厥而不想要小孩儿，尽管我那流浪四方、渴求自由放牧精神的生活方式让我也排斥小孩儿，但在我随后的尼泊尔生活里，当有小孩儿再这样叫我“妈咪”时，我再也不会感到陌生和诧异了。

头发燃起来了

Hair in flames

回到我们的“五星级酒店”，我们忍不住又开始大笑。没有热水、没有电、没有窗户、没有厕所，我刚好学了好多尼泊尔语的单词，就幽默地说“塔透帕尼”应该更名为“提虚帕尼（Tisupani）”，意即“冷水、冷酷”之地。

山间的客栈通常是没有肉食提供的，能有的食物就是鸡蛋、番茄、土豆、米饭，尼泊尔的扁豆汤。印度教的人不吃牛肉，伊斯兰教的人不吃猪肉，而我们的体力消耗得太大了，我这个信基督教的就只好嚷嚷着想吃鸡肉。“站在食物链顶端的男人”贝尔（Bear Grylls）在国家地理频道的著名纪录片《荒野生存》里，曾一直以敢吃而闻名。他那份“贝尔求生食谱”全都来自于大自然，生吃蛇蛋，啃蚂蚁，啃生鱼，有些恶心得连贝爷自己都很难下咽：开胃酒是鲜榨象粪汁，菜式则包括新鲜杀人蝎、贻贝和蛆汤、可单点的蛙腿和蜗牛、现抓鞭尾蝎和撒哈拉特产山羊睾丸；餐后甜品是一道特制“奶酪”拼盘——象鼻虫幼虫和黏液配蜂蜜，睡前饮料是一杯“请摇匀但不要搅拌”的蛇皮马丁尼加内脏和蛇尿。

我也学着贝爷的口头禅对袋鼠兄弟说：“看那里有一只××，我们从后面去抓住它。去掉头和尾巴就可以吃了，如果有时间烤一下，味道会更好，鸡肉味，嘎嘣脆。”那个吞天食地的猛男贝爷的节目无疑在全世界都很流行，全球有近20亿的人分享过他的荒野激情和疯狂。故当过警卫的袋鼠兄弟听完我的要求后，马上明白了我的心意，他快意地说道：“你等着。”呵呵笑着转身，就到村子里找鸡崽去了。

尼泊尔山区一直缺电，山间木屋的晚上通常也是没有电的，就在我翻出背包里的备用蜡烛，在“鸽子笼”里低头点燃蜡烛的那一瞬间，我披散在胸前的长发“轰”地一下被燃了起来，我惊恐得双手乱打，火光飞溅在我的长袍上，右边的头发立马像窜蛇一样被烧焦了一大截。

这次我很冷静了，没有大哭大闹，也没有号叫，当袋鼠兄弟回到房间突然闻到一股焦臭味时，他一把抓起了坐在背包上的我，神情显得比我还惊恐。他迅速地从主人家那里拿来了一小碟菜油，用双手把那些烧焦的头发一点一点地搓干净。

旅馆主人说，你没有看见房间的木板墙上贴着告示吗？“不要在木屋的房间里燃蜡烛！”一次，一个徒步者燃着蜡烛离开了房间，结果风吹倒了蜡烛，整个房子都着了火，一个村庄的村民来救了一个晚上的火。但为了安慰我那一头难看的“重灾区”头发，旅馆主人说，今晚的房钱就免了。

我们真的是无法预料我们的徒步日子里会发生些什么！

任何一个计划周详的野外生活不见得都有完美的结局，有时走错一条路或一次不经意的失误，就会造成挣扎求生的下场，比如自燃了一头美丽的秀发。即便是饶富旅行经验的人也会有失身、溺水、迷路、受困、失足、失去方向感甚至面临致命危机的时候，但只要我们心平气和、泰然处之，再痛苦、再惊惶失措的灾难时刻，都会化成一道一道的甘泉和雨露，成为我们享之不尽的力量与财富的。

西方人有句口头禅“每朵乌云的背后都有阳光（every cloud has a silver lining）”，中国人会说“山穷水复疑无路，柳暗花明又一村”，而徒步的过程就是一次生命的长途旅行，有生死、有幻想、有灾难、有精彩、有乐趣、有疯狂，有时一转身就是相逢相遇，有时一转身就是天涯分离，但一旦你适应了这种生活，你就能体会到它不平凡的意义和它令人难以置信的美。

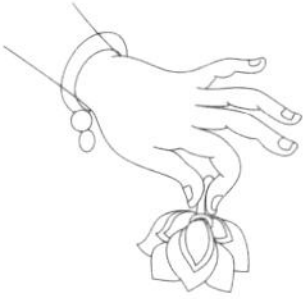

破罐子
A Broken Jar

你能想象一个小孩儿与你离别时的眼光会是怎样的吗？

在清晨 6 点我们背上背包，沐浴着道拉吉里峰日出的光线，脚步轻盈地走过塔透帕尼村庄的石板小路时，喜马拉雅旅馆的那个小男孩儿正扶着门框，半个身子隐藏在光影里，用幽暗的眼睛远远地看着我们，他不是我昨天游泳时救的那个小男孩儿，但他却是我一生里第一个叫我“妈咪”的小男孩儿，让我血液里有母爱暖流的小男孩儿。

我不知道他会这么早就站在晨曦里。

在这条驮马走了千年的小道上，每天来来往往的催客无数，旅行者成百上千，但他却把琥珀色一样透亮的眼光投向了我，就像甘甜水井底部那道黑色的亮光。

袋鼠兄弟说，Pearl，他是在向你道再见了，我的眼眶一下就湿润了。

有的登山团队在完成攀登后会把他们的物资设备、护卫犬丢在宿营地里，有的徒步者会把他们随行的引路犬或生病的背夫弃在半途上，有的向导也会把他们经常留宿的，与客栈女子生的私生子留在当地，我觉得我此时就像一个狠心的母亲正在丢弃自己的孩子一样。我的心想飞过去给他一个大大的拥抱，我不想他在客栈再当小用人侍候人，我想带走他和我一起去流浪，但我的脚步却像钉子一样被牢牢地钉在了石头路上，挪动不开半步，我甚至不敢跑上前去与他拥别，害怕心一软就干出傻事来！

是袋鼠兄弟大步走上前去拍了一下小男孩儿的肩膀，轻轻地把一小卷卢比放在了他的手心里，但他却像玩耍时一不小心被玫瑰花刺了一下的孩子，本能地把说再见的手缩了回去。

我知道我这一生再也不可能回去了，再也不可能踏进同一条河流，我们再也不可能相见，就像《加州旅馆》中唱的："我必须找到来时的路，回到我过去的地方。你想什么时候结账都可以，但你的心却永远无法离去。"我唯愿他长大成人时，也能成为一名徒步向导，能像雄心万里的山鹰那样，永远飞翔在高山蓝天之上。

很难说在一条漫长的道路上，沿途共有多少座高峰，从朝圣之路的一头走到另一头需要多长的时间，要走多少万步，相遇多少人群，但我永远记得在那坡上种满了芭蕉树，还有细密的柠檬树叶的光影中，一个小男孩那纯真的面孔，他与许许多多的脚印、蹄子印连接在了一起，连接成了一个个开花的梦，连接成了七弯八曲的小径，连接成了碎石、瓦砾上的反光，辛酸、微弱又平朴、实在地闪烁在那起伏的群山之中。

世界最深的峡谷

The deepest valley in the world

有些风景只能在行走中感悟，有些情怀只会在路途中产生。

和袋鼠兄弟相处 3 天后，他发现我就像一个“事故女郎”一样，完全没有在野外生存的能力，每天都会陷入一些莫名其妙、不可设想的麻烦中，于是就加倍地看护着我在山路上的一举一动了。

每次在我旅行新书的发布会上，总会有读者好奇地问我：“一个孤身上路的女人在国外旅行安全吗？”

我们从小生活在一个四周装满了防盗网、防盗门的环境里，我们视界里跳动着的不安全、不安定的因子就会无意识地增多，就像有宅女会在给我的留言中感叹：“你一个人在荒山野岭中行走，难道不怕遇到抢劫、强奸吗？”每次我都会阳光灿烂地回答她们道：“只要你心存爱意，满脸微笑，心怀宽容，这个世界的美好会远远地超出你的想象。”

在我们徒步的沿途，总是会遇到各种各样的催客，大多是三四人一个团队，雇两个背夫。一个韩国女孩的 4 人团队，曾无比羡慕地惊呼，你的向导怎么会这样帅，又对你这么有耐心？

通常背夫都是不陪伴客人的，只管背负着行李走自己的路；而向导会紧跟着客人，协助客人联系沿途的衣食住行以及景色讲解、安全照顾，但不会为客人拿任何背包。从第一天在山路上迈开第一步开始，我就知道我的确是非常地幸运。袋鼠兄弟不仅背着我的背包，而且不管我走多慢，他都在旁边陪着我。

我问他知不知道在尼泊尔徒步中，发生得最多的就是女性徒步者很容易就坠入情网，爱上了他们的向导？他含蓄地点了点头，称“是”，但又补充道：“要互相喜欢才行，我们也有自己的约束。”

想想在一个荒无人烟的深山老林里，向导就是你的眼睛、你的手脚、你的依靠，甚至你的身家性命，而他们通常都有着健壮的体形、健美的肤色、健康的笑容、健朗的性情，他们与你以往生活中相遇的任何一个都市男子都不同，他们就像一块粗糙的璞玉，一头未驯化的野兽，一道甘洌的清泉，一阵猛烈的劲风，你难道会不心动吗？

但爱与喜欢与欣赏还是有一定差异与距离的。爱可以超越文化、种族、肤色、年龄、地位的差异，千百年来爱都有着不同的层面，各种境界，博爱、母爱、性爱、仁爱、友爱、怜爱……我访谈到的唯一一起山区强暴案，是一个日本女孩儿在徒步完布恩山回到博卡拉后，向警局报案说她的向导在路途上对她施了暴。那个向导被收监 1 个月，吊销了向导执照，交纳保释金出监后，就再也不会有任何客人雇请他了。

在徒步中听见哪家客栈被偷了吗？看见哪个游客被抢劫了吗？报纸上又有血案发生吗？几乎没有！我至今没听见一个催客说东西掉了或钱包被偷了。对于天天要去寺庙敬神朝佛的信徒们来说，对于一出生就有各自信仰的善男信女来说，厚爱、宽容、善良、行善、积德、积福才是通往来生天堂之路的最好品性。在信仰的背后，他们种下了两颗重要的种子，一颗是向善与爱的种子，另一颗是敬畏的种子。而在喜马拉雅山区，道德与宗教的约束力，往往比任何法律的约束力与制裁力都来得更为强大和有效。

我很愿意把向导当成我的兄弟、我的亲人，把相遇的陌生人看成是修行修来的同路同道，所以我一路上走得坦荡、开心又福星高照，总是那么招人喜爱。

塔透帕尼在卡利甘达基河谷（Kali Gandaki Valley）的低处，沿着河谷一路跋涉 100 多公里，海拔上升约 1570 米，就可以到达北部荒原最大的驿站佐姆森了。卡利甘达基河被称为“黑色河流”，我从没见过一条河流的脾气是如此喜怒无常，它如同“黑女神”般咆哮着从道拉吉里北部的雪山奔涌而下，河道在山谷底部蜿蜒跳跃，动不动就和山峰分道扬镳，改变了流向。在黑色之水的猛烈冲击下，安纳普尔纳 1 号峰与道拉吉里峰之间被活生生地辟开了一道深壑，于是便造就了“世界最深的峡谷”——卡利甘达基河谷。没有亲身走在河谷高悬的山径上，是很难想象两座海拔 8000 多米的巨峰之间仅仅相隔 20 公里，而两山之间河流的海拔高度还不到 2.2 公里。

我们走在长满柠檬树、橘子树、柚子树的山路上，空气清香、淡雅如醍醐灌顶，见得最多的就是一队一队负重前行的驴帮。铃声远远地从丛林细密的枝叶间传来的时候，一头一头托运着液化气罐、盐巴、茶叶、土豆、苹果、谷物的毛驴吭哧吭哧地来到了。

在安纳普尔纳山区的腹地布恩山，没有公路与现代化的交通工具，当地人仍然沿用着最古老的方式谋生，即用毛驴和背夫来充当着运输工具。爱惜毛驴的赶驴人，会一直紧跟在后，吹着悠扬的尼泊尔长笛“佛路迪（flute）”，而不心痛毛驴的主人，通常在后面用鞭子、石块来驱赶、吆喝着它们。有的毛驴的身上被重物紧勒得皮开肉绽、血迹斑斑，但它们的命运就是这样每天不知疲倦、没得选择地负重，直到倒毙在一条条的山路上。同样很多背夫的命运也是这样，背负着用铁条做成的一人半高的铁框，里面装着从 100 公里远的博卡拉购买来的鸡崽，有时重达 50 公斤，跋山涉水去贩卖给一家一家的山顶客栈，让我们这些饥肠辘辘的徒步者能够享用到补充能量的肉食。

佐姆森朝圣之旅沿途的饮食标准都极为西化，素有“苹果馅饼路”之称，有芳香、甜美的苹果做成的各种“派（pie）”，甚至还能享受到冰啤酒，当你抱怨价格过高时，好好想一下那些流着血汗把美食搬运到高山上的背夫们吧，他们很可能还得把空瓶子搬回去。

尼泊尔最流行的一部片子《情祸》(*Kagbeni*)，讲的就是卡格本尼(Kagbeni)两个年轻背夫在贩运苹果的途中，为了情爱而相互背叛与复仇的故事。通常一个徒步者，会为7个尼泊尔人提供谋生与就业的机会，背夫是尼泊尔徒步旅游业中的支柱，同时他们也是像毛驴一样凄惨的弱势群体，有的预算紧张的徒步游团队只关心自己的登山刺激、享乐和利益，会不顾背夫的死活，许多生病的背夫被丢弃在途中自生自灭，尤其是在去珠峰大本营和安纳普尔纳峰大本营的高海拔地区，有的背夫没有高保暖的衣物，只穿着单薄的棉衣和凉鞋。

每年在春暖花开的时节，都会在融化的雪水中发现背夫的遗体，他们的死因或许是疲劳过度、疾病、急性高山病，或许是因为仅仅坐在高海拔的雪地上导致体温下降所致。所以当你的背夫患病时不要只是结清工钱，丢下他们不管，他们同样是人，我们要学会爱惜他们，就像爱惜我们在徒步中看到的每一朵花、每一棵树、每一只鸟一样。

尼泊尔的公路革命

Road revolution

在每次相遇驴帮时，袋鼠兄弟都会把我推到相应高一点的山路内侧，或者远远地就让我停下脚步，站在高地上避开驴帮；相遇下山的毛驴、水牛时，也会紧紧拽住我的手，以免它们在“鸡肠小道”上失控，把我冲撞下深谷。我们原本的徒步计划是从塔透帕尼开始，追随着世界上最深谷的浪花，逆流而上，经过佐姆森(Jomsom)直到慕可提纳斯(Muktinath)，沿途饱览卡利甘达基河谷的西部风光与神圣的寺庙，探访传统的塔卡利族(Thakali)、藏族(Tibetan)的村落，直到上木斯塘禁区，完成朝圣之旅后从佐姆森乘车返回博卡拉。

可是从海拔 1190 米的塔透帕尼开始，延续了好多个世纪的徒步小径、马帮山路已经被修建好的巴格朗公路（Baglung Hwy）逐渐替代了。人们永远是耽于享乐的“动物”，为了坐车，为了少走几步路，为了几个小时就到达目的地，为了发展旅游经济，会不惜一切代价地毁坏森林、山脉和河流。我们的青藏铁路修通后，那些延续了好多个世纪的漫长小路、乡间客栈、温馨小饭馆、野生动物迁徙通道，本地人闹闹嚷嚷、生动有趣的赶场集市，顷刻间就消失殆尽、无影无踪了。而同样从塔透帕尼开始，沿着尘土满天、凹凸不平的乡村公路步行，已经没有任何乐趣可言。

太阳直射着，没有参天的树木、幽静的山径可以遮阴避凉，也没有了沿途兴旺的蓝色或粉色的客栈、茶屋可以打尖、歇气。这条世界著名的徒步路线，在《孤独星球》上热荐了几十年的长途远足山径，除了汽车、摩托车叽叽哇哇呼啸而过的喇叭声，已经很少见到忠实的背夫、兴致勃勃的徒步者，已经很难听到清脆的驮帮的响铃声，一切都变得单调、苍白、匆忙与无趣了。

关于要不要修建巴格朗公路曾引起了极大的争议，来自全世界的徒步爱好者普遍表示失望，因为公路的大部分都横穿安纳普尔纳山脉和马哈帕纳特山脉（Mahabharat），在这个尼泊尔最大的保护区内拥有全世界最好、最受欢迎的徒步线路。对那些渴望远离工业社会的文明，想在尼泊尔尽情拥抱最原始自然风光的旅行者来说，汽车的喇叭声和引擎声无疑显得分外刺耳。

我曾把尼泊尔的旅居生活，总结出了三种“宗教”的影响：印度教、佛教和“旅游教”。旅游是这个不发达的小山国最主要的经济收入，徒步旅行一度也是这里的命脉。但随着公路的开通，作为国家税收主要部分的国际旅客数量，却在佐姆森引进汽车用于旅行后开始减少，国际旅客因车辆污染环境以及旺季拥挤的朝圣者数量已改换游览其他目的地了。

尽管工业化的争论永远都是人类的命题，现代化与古文明一直都是让人头疼、矛盾的事情，但不得不承认，公路对当地人来说至关重要，它打开了封闭千年的世界，让物价低廉下来，人们可以很便宜地用上进口的电器、衣服鞋子及毯子、暖瓶、电池之类的日常用品，孩子们可以更容易地去上学、接受教育，去到外面的世界，妇女们则可以在路边成袋子地卖当地的经济作物——苹果、石榴、无花果等。

公路，毕竟造福了这些一直住在悬崖边上的贫困人家；同时，“圣地快运”的小巴车、吉普车，让那些来自尼泊尔最遥远地方的村民们也能去到慕可提纳斯朝圣，在雪山下 108 个泉眼涌出的泉水中沐浴，洗净罪孽，完成终生的夙愿。公路为他们提供了最佳的交通方式，只要两天的时间就可以从博卡拉到达那里，而以前至少要走 10 天，甚至半个月。

毕竟，没有几个人能够徒步走到那里。

最不舒坦的旅途

A most uncomfortable journey

1994 年，中国政府正式帮助尼泊尔修建了从博卡拉通往佐姆森的巴格朗公路，由于每年季风雨季时卡利甘达基河的洪水泛滥，道拉吉里山区的地质结构又异常险峻、复杂，故整条巴格朗公路与我们通常意义上的省道、州际公路是大相径庭的，它事实上更像一条破碎的乡村公路或拖拉机走的机耕道，很多区域山体塌方，泥石流不断，尼泊尔这个小国的公路养护和抢修，这些需要使用重型装备与设施的地方又特别落后，所以行人、旅客常常采用坐区间车的方式，一截路一截路地换车，车过不了的区域就背上包走过去，再坐另一头的转接车。

我们仰吸着满脸的灰尘，走了大约 2 小时后，竟然找不到一处客栈小憩、吃饭、添加茶水。呼啸而过的车辆只会带着乘客从沿途的客栈旅馆开过，而不会像以前的国际旅客那样投入更多的时间和旅行费用在路途上，故那些有着庭院、花草的半路客栈很快就消失了。我和袋鼠兄弟只好坐在机耕道路边，翻出我们背包中的奥利奥饼干和德芙巧克力，和在路边吃草的一家三口水牛儿，一起来了个脏兮兮、灰扑扑的草地野餐。

在到达海拔 1450 米的达那（Dana）时，我决定“罢工”不走了，让袋鼠兄弟伸出大拇指在路边搭车。从达那通往莫里斯·赫尔佐格大本营的岔道极其难走，1950 年莫里斯这位登山英雄曾带领法国队历尽艰辛，在人类的历史上首次登上了 8000 米以上的高峰安纳普尔纳 1 号峰。

本来以为坐上车后，日子会好过一点，但悬挂在峡谷上方的挂山路却惊险得让人神志发晕，心一直提在嗓子眼儿上。嵌在险峻山缘上的挂山路窄小、破碎、虚滑，弯道急转直下，狭窄时连回头的余地都没有，更无退路可言。相遇的小巴车要错车的话，就得退到几十米甚至更远的小道上等着。

我们的这辆车上挤满了去朝圣的各种人，背夫就坐在堆满了背包的过道上，流浪的巴巴缠着鲜红的头巾，手握沾满“鲜血”的圣仗，也和催客们一起挤在车厢里。他们将木棍上涂满了红色的颜料，就像达摩祖师的法杖一样，据说沿途可以镇魔除妖、逢凶化吉。问题是车一弹跳、颠簸起来，“圣仗”就打到了别人的头，只听见车里发出的是一阵阵哎哟连天的叫唤声。

在著名的卢布瀑布区（Rupse Chhahara），一整座山体被泥石流冲塌到了河水里，公路已中断了两年都没办法修复，于是所有的人只好弃车走路，人们又沿着被废弃的徒步小道翻山越岭，背夫举着衣柜样的大背包，毛驴驮着超过两倍的重物，当地人一群一群地肩拉臂扛着摩托车，要把这些用来代步的铁疙瘩，抬到山另一面的公路上去。

事实上当我的脚重新走上徒步小道时，我感到是那样的舒坦、放松和安全，那时我的呼吸才真正地恢复了自由与畅快。

徒步走到塔卡利人的第一座村庄嘎撒（Ghasa）时，小巴车的动力已无法在海拔 2000 米以上的区域运行了，于是我们又转乘坐上了印度产的波莱罗（Bolero）吉普车。

波莱罗本来是法国作曲家莫里斯·拉威尔最有名的一首西班牙民间舞曲，浪漫、奔放的响板节奏让人神采飞扬、轻盈如飞，我没想到一辆皮卡一样的波莱罗吉普车竟然要装下 12 个乘客才发车，每人车费为 400 卢比，座位被改成了面对面的厢体式，形同“猪笼车”，背夫吊挂在车尾，牛高马大的西方人也缩脚收腿，像小兔子、小鸡那样蜷坐在位子上，一不留神头就撞到了顶棚上，没有任何欢快可言。

有实在无法忍受的催客，坐了一段弹跳舞步路后，索性跳下了车，背起包继续徒步，而逐渐上升的海拔高度与颠簸而过的吉普车扬起的铺天尘埃，同样让人难受得无法呼吸。

下午 1 点 30 分，我们颠到了海拔 2760 米的佐姆森，慌慌张张地在茶水铺子里吃了盐茶鸡蛋、藏式面包后，我们又换乘另一辆吉普车，向荒野之巅的慕可提纳斯进发。

流放的宰牲节羊群

The Dasain festival

佐姆森（Jomsom）是最后一座塔卡利人的村庄，也是木斯塘地区的行政中心，这里有成串的客栈、酒店、商店，还有医院、驻军，一个生态博物馆和一个简易机场。佐姆森机场是世界上最危险的机场之一，在2012年5月一架载有印度朝圣者的飞机在此坠毁，机上15人遇难，6人奇迹生还。它的跑道仅600米长、20米宽，这对飞行员技术来说绝对是一个严峻的考验。在这里要检查徒步者的入山许可证，再往北就是藏族人的村庄了。

尼泊尔有两个种族是最神奇的，一个是最擅长爬山的喜马拉雅的土著藏族夏尔巴人，一个就是最擅长经商的具有蒙古人种特征的塔卡利人。塔卡利人世居在安纳普尔纳山与道拉吉里山之间的塔克科那（Thak Khola）谷地上，这一地区既是尼藏贸易路线的必经之地，也是从尼泊尔中部山区的印度教文化向北部边境地区佛教文化的过渡地带。从佐姆森向南，是一片碧绿葱翠的亚热带森林；从此向北，则是一片荒漠干燥的高原，故塔卡利人既有信佛教、萨满教的，也有信印度教的，就像他们的婚姻实行抢婚，连拉带拽地将姑娘弄走后，再在形式上请求姑娘父母的原谅，他们处在一个习俗与地域的十字路口上，故头脑也特别地圆融、灵活多样。

塔卡利人喜欢用石头砌建房屋，在所有主要的通路上开设了许多的“巴蒂（Bhatti）”，即路旁小客栈。客栈屋顶的平台用于晾晒粮食和储存物品，过往的行人则在小客栈里喝茶用餐，或歇脚过夜，十分方便，有时整个村庄就是一条古老的通道或长长的胡同，比如，离开佐姆森之后，继续往上走的埃莱巴蒂（Eklai Bhatti）村庄。很少有人知道，这些“巴蒂”就是塔卡利人的贸易中转站，赚钱的藏金窟。

每当夏秋之间的雨季来临时，洪水冲断了南部的交通道路，恰在此时，北方高寒高地的冰雪融化，道路可以通行，塔卡利人趁机从木斯塘北部的中尼边境地区购买西藏出产的湖盐、方砖茶、黄油、山羊、牦牛、羊毛、地毯、绿松石和麝香，运回来储存起来，待雨季过后，向南方及印度外运销售；同样，南边的商人多在秋收之后带着粮食、食糖、煤油、香料、卷烟、纸张、棉花和布匹来到这里，但这时北方的道路已完全冰封雪冻，他们只好将货品转卖给塔卡利人，或从后者手中换回食盐、黄油、羊毛等返回，精明强干的塔卡利人利用特殊的位置与气候条件，很轻易地垄断了整个谷地的贸易。

在博卡拉大多数的旅馆、餐吧和茶屋都是富裕的塔卡利人开设的，他们同时还放高利贷，组织着驮帮的货运，周围地区的村民为了谋生渐渐地就沦为了他们的契约奴隶、马夫或从事家务的奴仆。故在佐姆森人来车往的狭窄通道上，仍可看到那种延续了好几个世纪的、古老的茶马古道与粮盐道的繁忙景象，人力背夫鱼贯而入，牲畜驮马成群结队，蹄声悠扬，响铃叮当，天高地远，孤旅漫漫。

在尼泊尔，最大的一个全国性的节日就是宰牲节（Dasain Festival），相当于西方的圣诞节和中国的春节。随着令人愉悦的后季风季的来临，天空晴朗，空气清新，稻米已经成熟，牛肥羊壮，远离家乡的人正赶回家与亲人团聚，放假10天的宰牲节就在9月末或10月初的月圆之夜开始了。过宰牲节时，人们要做杜尔迦祭拜（Durga Puja），每天都要披星戴月在圣河或离家较近的河里沐浴，用圣水浇大麦种子，由年长的人为年幼的人在额头上点吉祥如意的红色“提卡（Tika）”，庆祝杜尔迦女神骑着狮子战胜了邪魔化身的牛头魔王马希沙修罗（Mahisasura）。

杜尔迦即难近母，是尼泊尔最受崇拜的女神，她的神龛可见于山顶、防御要塞，也可见于宫殿般的建筑中。由于杜尔迦喜爱鲜血，所以这一节日会有大规模的放血仪式，成为尼泊尔一年里最大的动物献祭活动。有钱的人家多宰杀水牛或羊向神灵奉献祭品，贫穷的人家至少也要宰杀一只鸡或鸭。

我问身旁的印度教徒毗湿奴，为什么在宰牲节会宰杀5种动物？他回答说，在印度教徒看来，宰杀这些动物都是有特定含义的，水牛代表愤怒，山羊代表贪婪，绵羊代表愚蠢，鸡代表胆怯，鸭代表冷漠，这象征着人们要摆脱和克服这种人性的弱点和缺陷，才能使自己的操行达到完美的境界。

在宰牲节时，仅王宫就要宰杀2000多头牛羊，供宰杀用的房间、地板上的瘀血往往有几寸厚；尼泊尔的皇家军队，会在加德满都杜巴广场的科特庭院伴着军乐挥舞刀剑，举行杀牲祭祀活动，外国游客得早点来抢占位置，才能看到那血淋淋的献祭场面，鲜血会被洒到汽车或其他机动车的轮子上，车子的前方摆满了各种供品，以确保来年行车平安，免除行车事故；在机场，尼泊尔皇家航空公司的每驾飞机都会有一头山羊作为祭品。尼泊尔老百姓平时吃肉不多，但在这个节日，这个国家的所有人都会发现晚餐会有吃都吃不完的羊肉。

由于对牲畜的需求量巨大，每年这个层林尽染的秋色季节，中国西藏的牧民都要将大批肥壮的羊群赶往边境，以“支援”尼泊尔人民过节。而塔卡利人则充当了最赚钱的长途搬运者，成群结队的绵羊、山羊被染成了各种颜色，做上了各种记号以免混群，牧羊人则背着干粮带，打着响亮的唿哨，从中尼边境的上木斯塘雪域、荒原一路走来，沿着卡利甘达基河流动的方向，一路向南直到博卡拉和加德满都，这样的长途迁徙往往要持续一个多月的时间。

一头20公斤左右的羊能卖1万多卢比，合六七百元人民币。我们一路上都在给那些席卷而下的羊群让路，等待它们扬起的尘埃落下，看着那些蹄子都走烂了的、像被流放的囚犯一样的羊群，我的心里瞬时充满了一种无言的悲悯与哀怜，它们就那么无法选择地走上了1000多公里的旅程，直到成为祭祀台上牺牲的祭品，它们那疲惫的身躯带着的是一种神秘与悲剧的气息，幻梦似的享受着最后的阳光。

法国导演雅克·贝汉（Jacques Perrin）曾经创造了“天、地、人”

三部曲，讲述鸟儿飞行梦想的纪录片《迁徙的鸟》(*Travelling Birds*)，展现虫子们幸福生活的电影《微观世界》(*Microcosmos*)，以及赞美人类、动物与自然血脉相连的故事片《喜马拉雅》(*Himalaya*)。在我们越来越接近朝圣之地慕可提纳斯的时候，我想有着世界屋脊之称的喜马拉雅带给世人的除了来自宗教上的丰富资源与震撼外，同时还蕴含着无数天地宇宙间的神奇奥妙，就像片中的故事发生在尼泊尔西北方一个名叫都尔波（Dolpo）的村庄，在那个与世隔绝的山村中，人们每年最重大的事情，就是跟着已经年迈的酋长，带着牛羊，背着自己村庄的湖盐，长途跋涉横越整个山峰，去另一个部落交换粮食。

喜马拉雅不仅有一个酋长少年时的故事，山地人如何生存的荡气回肠的传奇，异域边境寂寥的风情，遥远神秘的天音，而且还有一种惊人的耐力与胆量，一颗倔强而坚定的心，以及无数凄美悲怆的生命。

为你感动到飞

Moved to enlightenment

日落时，波莱罗吉普车冲上了干褐、荒凉的高地，到达了海拔3800米的慕可提纳斯(Muktinath)。

一跳下吉普车，我就感到头重脚轻、呼吸困难劲风、寒冷迎面而来。坐落在喜马拉雅山的一个旮旯里，犹如躲在一个安全港湾里的慕可提纳斯，千百年来已成为佛教徒与印度教徒的天堂。在这里随处可见来自尼泊尔、印度各地的商人、苦行僧、山民，圣地在一片林木茂密的小树林中，林立着众多的佛教寺院和印度教神庙，在古老的毗湿奴神庙(Vishnu Mandir)前，有108眼泉水从牛头状的喷嘴中涌出；同样，108也是藏传佛教中的神圣数目，意味着求证过去、现在、未来三世百八三昧，断除108种烦恼，让身心达到一种寂静的状态。最奇异的是其中一眼泉水因地下天然气的缘故，有一束燃烧着的蓝色火焰喷射而去，那就是圣地著名的不灭之火。

在尼泊尔，最神奇的是它的两大宗教的寺院、神庙合一，崇敬性欲之神湿婆的印度教徒，可以与清心寡欲的佛陀之徒，共同行走在喜马拉雅的阳光之下，而这在其他国家和地区几乎是罕见的和不可能的。

当你进到神圣的庙宇时，仰头看见雕刻在寺庙支柱上的木质“雅雍”交媾浮雕、男神与女神紧密相拥的性交场面，难免会面红耳赤，令人大惑不解。事实上中世纪的尼泊尔宗教，无论是印度教还是佛教，都受到密教（Tantric，坦陀罗教）教义的巨大影响。坦陀罗（Tantric）是一个梵语词汇，指的是纺织中线的基本经纱，坦陀罗教重复的是万物与行为交织在一起的哲学。由于它提倡秘密传授，所以在人们心中产生了一种神秘的感觉，故我们中国人把它中译为密教。

密教认为人体乃宇宙的缩影，宇宙生命是男性活力（以湿婆为象征）与女性性力“萨克蒂（shakti）”结合的产物，男神与女神之间的神圣结合，可创造和维持宇宙万物，因此男女两性交媾的仪式也是一种修行模式，修行者通过它来实现“阴阳相生”“天人合一”，获得灵魂的解脱和极乐。密教对尼泊尔宗教发展的贡献，就在于它混淆和模糊了印度教与佛教之间的特征和界限，有助于两教的融合，而尼泊尔对性力崇拜的普遍性，导致印度教和佛教万神殿中出现了众多的女性神祇，如湿婆之妻、雪山女神帕尔巴蒂（Parvati），毗湿奴之妻、吉祥天女拉克希米（Lakshmi），由于她们都坐在其夫君的左边或左腿上，故性力派又被有趣地称为“左手派”。

正是有了左手派的性力，湿婆才有如此巨大的威力，他既是大苦行者又是色欲的象征，他与帕尔巴蒂交媾，一次就达100年之久，中间从不间断，他的精液倾泻到恒河之中，这就是恒河之水从天而来的原因；湿婆的笑是白色的，故冰山雪岭是由湿婆的大笑积累而成的。我想如果没有性力，湿婆恐怕就是一具僵尸、一个木偶、一个臭皮囊。

在加德满都谷地有两教融合的斯瓦扬布纳特寺（Swayambhunath），在卡利甘达基河谷有慕可提纳斯圣地，我想是大地、水、火、阴、阳的结合，才赋予了它们最重要的宗教意义。位于喜马拉雅山的古老圣地，是经过历代众神、诸佛与菩萨不断地加持，以及数百万朝圣者络绎不绝的朝拜，才使这些地方至今仍生动鲜活、感人至深的。我们即可在落日的光线里，感受着佛教徒在香炉里焚香的桑烟风雅地燃烧着，面容纯真的年轻僧侣上下来回走动，又可坐在寂静的溪流边，看着印度教徒火葬仪式的进行，闻着火烧尸体的气味，沉醉于年长祭司那舒缓的吠陀唱诵声中……

积雪覆盖的喜马拉雅山横空穿入湛蓝的天幕，它那未经雕琢的美，是惊天动地的，一如从前，仿佛数千年来，一切都未曾改变。它令我想到，在群星荟萃的宇宙当中，释迦牟尼佛选上了我们这个蓝色的星球——地球来出生，在200多个国家和地区中，他选择了喜马拉雅山中的尼泊尔。他的诞生、离家、苦行、涅槃与最终证悟的过程，就像宇宙洪荒初始的惊骇突变与延续存在一样，让我知道生命的起点在哪里，生命的过程又将经受些什么，生命的终结又会是怎样。

尼泊尔依然保有它传统的文化与宗教的宽容心，而这正是依照宇宙的灵性价值来生活的一个征相。

袋鼠兄弟在圣泉取了一小壶净水要带回他的家乡，我见有圣徒沿着百泉之眼在抛撒硬币，有巴巴在以清泉冲身洗罪，我这个基督徒也以合掌的方式把手臂伸向了圣泉。

哇，那是雪山的冰水，寒冷刺骨呀！不过我想，在此洗干净的冰水浴，也比我在炎热浑浊的恒河中洗澡卫生得多了，我写《印度瑜伽圣地密码》(*Yoga Code in Holy Land of India*) 一书时，曾在印度最大的圣地瓦拉纳西 (Varanasi) 与数万人一起，在充满着细菌、唾液、脏物的恒河里沐浴。当猛一有这样的念头产生时，我那布满旅途尘埃的身体一下就充满了神勇的精神气儿。

慕可提纳斯背靠着巍峨的山岭，远远望去备觉庄严，最高处的山口陀龙要塞 (Thorung La)，在海拔 5416 米之上，是徒步者在整个尼泊尔徒步中要翻越的最高山口之一，也是世界上最大的一个关口。

由于从慕可提纳斯通往陀龙要塞的山路非常陡峭，有近 1600 米的垂直上升，故安纳普尔纳的大环线徒步之旅是按照逆时针方向行进的，在慕可提纳斯会合后，最后一周是沿着佐姆森朝圣之旅的路线反向而行的。从海拔 820 米的比斯萨哈尔 (Besi Sahar) 出发，沿着安纳普尔纳山脉的边缘，行走约 10 天的时间到达海拔 4420 米的陀龙山脚 (Thorung Phedi)，徒步者会在仅有的两家客栈中过夜，等待第二天的冲刺。旺季时每天约有 200 名徒步者在此聚集，故床位非常紧张，有些徒步者还会患上急性高山病。

从陀龙山脚要爬 6 ~ 8 小时才能到达山口，上行的山路非常陡峭，高海拔和大雪是徒步者面临的最大敌人，如山口被骤降的大雪覆盖，人们很难找到通往要塞的山径，就没法通过了。而从陀龙要塞山口下行到慕可提纳斯的山路又长达 1600 米，非常崎岖，故许多催客在凌晨 3 点就从陀龙山脚动身上路了，由于天气寒冷、无法呼吸，在雪地里待的时间太长，这无疑也是安纳普尔纳大环线徒步中最具挑战性的一段路程，这里与布恩山悠闲、舒适、低海拔的远足不同，只有那些吃得了苦，能够经历各种挑战的催客才能胜任。

不过喜马拉雅原始壮丽、宏伟辉煌的景色不会让你失望，当你站在陀龙要塞的云顶上，看着慕可提纳斯的经幡飞舞，庙宇的尖顶金光闪烁，葱翠的白杨树、松树环绕，泉水叮咚，桑烟缭绕，牛羊悠闲，钟声隐隐约约地传来，你会觉得那就是消失的地平线里的秘境，那就是传说中的香格里拉，灵魂飞升的寂地，西方的极乐世界。

当然，西方的极乐世界与去西方毫无关系，那是指太阳完全落下去的地方，最庄严的佛土。佛的庄严，佛性的圣洁，是一种历尽千辛万苦之后，在心底产生的释然与欣然，喜悦与纳悦，性力与定力。喜马拉雅的宗教，或许更多的是告诉你，当一个人身处困境时需要的担当，荒野雪山即使没有能够赦免罪孽的神力，但它至少可以使翻越它的人，具有了长久的忍耐心与坚定的意志力。

伟大的事情总是在遭遇巨大的挑战时才能产生，而徒步，让我们有了足够的时间、空间和逆境去真正地了解我们自己。

在慕可提纳斯，徒步者都住在纳里帕瓦（Ranipauwa），寺院里是没有住宿的，“纳里帕瓦”意思是“蚁后的巢穴、女王般的住所”。在这个藏族人的小村落里，有一个检查站，徒步者都要在这里登记，大多数的徒步者都是欧美人，德、法两国的居多，我竟然是今年到达这里的第三位中国人，突然觉得自己蛮厉害的。

纳里帕瓦的景象如同回到了西藏，回到了阿里，回到了700年前的札达古国。偕客们躺在红白黑相间的藏式屋顶上，喝着清醇的青稞酒，吃着家制的苹果派，晒着太阳暖着身子，在曼陀罗的唱诵声中，让跋涉了千万里的骨头发软发酥，直到消融如水。据说在8月末的月圆之夜，来朝拜慕可提纳斯是最吉利的，这里会有一个“雅突（Yartung）”的狂欢节，藏族人会在海拔3800米的谷地里举行赛马，在一个连我们走路都会喘气的圣地里狂奔，尽情地喝酒、唱歌、谈恋爱、赌博和跳舞。

在尼泊尔的行走中，我一直在心里问自己这样一个问题，人们为什么要长途跋涉去朝圣？我为什么要颠沛流离去别处？

不去朝圣，也许就体验不到那个内在的旅程，也许就不会有任何的了悟；不去别处，像世间万物那样从起点开始，就无法从头至尾，度过一段人生的甜蜜与苦涩旅程，在世界这个更大的坐标里面，让身体与内心找到横与纵位置。而在梵文中，“佛（Budhha）”这个词意味着的就是“觉醒”“开悟者”。

有时候灵性的道路是一个漫长的过程，我们需要有相当的耐性，有时甚至要花上几世的时间去追寻。一叶落而知天下秋，一滴水也能反射太阳的光辉，对徒步者来说，旅途中喜怒哀乐杂糅的点滴时光，唤醒的是心灵与信仰的激荡，尘土、沙砾、破罐子也能折射出宇宙的光芒，险象环生后我们得到的是性灵上的认知、感恩与知足。

只要内心有持久的梦想、有坚定的信念，我们就会在时间的皱纹里为每一次的脚步声而感动到飞。

弘法大师（Kukai）有一句诗：“三界如客舍，一心是本居。”这世界只不过是我们旅行、小憩的驿店，我知道无论我们走多远，只有走回内心，才是人们最终所依的天堂。

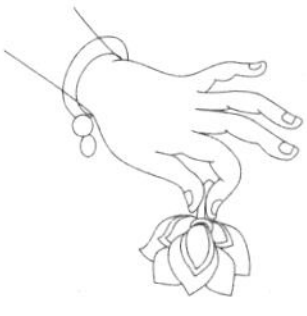

刻骨的流浪

A Deep-rooted Roving

蓝色是一种暖色调，当香槟色的光线漫过冰峰雪岭时。

从黎明时的 5 点 30 分开始，我就动身往寺庙的山顶上走了，那可是海拔 3800 米以上的高寒地带，又缺氧又寒冷刺骨，但内心却极度渴望与喜马拉雅的每一次日出同在，渴望高山带来的孤独与宁静，就像僧侣与信徒每日的转经与吟诵一样。

慕可提纳斯的寺庙散落在卡利甘达基河谷之上，面朝安纳普尔纳峰与道拉吉里峰两座世界级的雪山。“丰饶女神”安纳普尔纳峰是人类第一座登顶的8000米级雪山，而以风暴和悲伤出名，在尼泊尔语中尽管有“十足亲切”“白山”之意的道拉吉里峰，却是最后一座被人类登顶的8000米级雪山。佛陀安详而庄严地禅坐在大地上，风云就在他的四方飞涌；天上的诸神，印度教主宰宇宙之创造神梵天（Brahma）、保护神毗湿努（Bishnu）、破坏神湿婆（Shiva）以及主司日月、星辰、风雨、生命等的神灵，都在高高山峰投下的美丽影子中行走。

盘腿坐在马梅拉康（Marme Lhakhang）经堂中的比丘尼，她们褐色的脸与藏红色的长袍在酥油灯的光影中来回晃动，她们用尼藏混合语唱起了圣歌：“啊／沉默的东方世界的花朵／愿你选择最古老的方式远离尘嚣／沿着神秘的圣洁的道路前行／抵达佛土的金色宝座／面对天神的沉默和慈悲／你是我们最后的依赖……”

那样不带烟火气息的吟诵声很安详，在日出的光波中传得很远，鸽子在圣徒们一次一次的摇铃声中像影子一样旋飞、起舞。

佛教把抄写经文叫“写经”，手捧经文叫“持经”，口念经文叫“诵经”，这三种行为都被称为“经之功德”，是佛祖带给我们的优美生活与幸福回报。慕可提纳斯的比丘尼们坚持每天为还沉浸在睡梦中的人们的安宁、纯洁而祷告，几百年来一直保持着这个神圣又神秘的传统。当人们在晨光中醒来时，头脑中便拥有了悲悯、纯洁、慈爱、善良、勇敢的气息，他们会清爽、灿烂地开始着美好的又一天。而当你也站在雪山之上、面朝着东方祈祷时，你自己的佛性也被初升的太阳唤醒，像阳光下的花朵那样自然地盛开，那时你仿佛活在一切的时刻里，没有了时空的约束，而你会发现整个宇宙都闪耀着它的美丽、存在和能量。

一个人每年都应该去一个地方看一次日出，看太阳从地平线上慢慢升起，光线慢慢越过山岗，没有喧嚣，没有烦扰，仿佛世界的中心只有温暖、宁静与优美，让人感受到生命是一种真正的恩赐。而这种越简单的愉悦，越能给我们带来长久的启发和安抚。就像我一直好奇“尼泊尔”国名的意思，直到在慕可提纳斯，我才发现在藏文和锡金的词源里，尼泊尔（NEPAL）竟是“羊毛之乡”和“洞穴之地”之意。

远古时代的尼泊尔的确是个盛产羊毛的地方，而且这里还有着许多作为圣者和出家人修行居住的洞穴，喜马拉雅山甚至是毁灭与再生之神湿婆居住和修炼的地方，湿婆（Shiva）意为“慈悲”，作为一个瑜伽行者，他日夜坐在一张虎皮上盘腿打坐，给世间祈求幸福。当我们如漂流在汪洋中的水手，穿过黑暗中的风暴，出于灵性渴望的激发而千里迢迢来到尼泊尔，抵达光之源头——释迦牟尼佛的灯塔，不仅仅是对着圣地的遗址和佛像拍几张照片，喝几口圣水，洗一次冷水澡，而是应当好好利用在圣地的时间，在菩提树下禅坐 10 秒、60 分钟、4 小时……

无论我们修持、冥想的时间有多短，佛性就好比灯塔上所发出的光，日照金山时的荣耀，它都会帮助我们减少染污，追求一种意识上的永恒宁静和精神上的自由解脱，在心中建立起一种净化情绪、累积智慧与福德的习惯。不丹的高僧宗萨蒋扬钦哲仁波切（Dzongsar Jamyang Khyentse Rinpoche）在《朝圣》一书中写道：“一个能够帮助我们达到佛教修持的方法，就是去朝圣。”

朝圣，让我们在长途跋涉中生起一些慈悲、一些虔诚、一些敬畏，这些心境如风如雨、如日出日落一样随处显现；朝圣，让我们记住并感恩：一条能够去除我们身心染污的静谧、纳悦之路，是确实存在的。

在我的脑海里，尼泊尔就是清晨醒来为人们的纯洁而祈祷的喜马拉雅山的僧侣，是一连串缩写的优美唱词："Never Ending Peace And Love—— NEPAL." 是中文里那一句喁喁情语："永不停止的宁静与爱情。"

享受流浪生活的美

Enjoy the beauty of a roving life

8点30分，光芒笼罩了纳里帕瓦的整座村庄，我将帽子戴在头上、发辫抛在背后，眼望着喜马拉雅那一片壮实的土地，离开尖顶的庙宇下山。

已有藏族人家打开了黑红相间的木门，在门口摆上了一堆神秘的菊石化石，在这里被叫作沙里格朗（Saligram）。袋鼠兄弟说如果有运气的话，翻开乱石堆里的黑石子，就能找到沙里格朗，那是喜马拉雅山特有的海洋生物的遗骸。

记得一本书中曾说到一段逸闻趣事，当有人向法国的启蒙思想家伏尔泰（Voltaire）请教这种化石时，他很幽默地说在阿尔卑斯山发现的这种化石，证明东征的十字军在通往新月沃土的中东地带的途中，曾有过一场盛大的牡蛎宴。而在喜马拉雅当地，人们传说这种化石是创造神梵天的化身，它验证了喜马拉雅山原先是漂亮的蓝色大洋——新特提斯洋（Neotethys）一说。

事实上，宇宙间最长的莫过于时间，因为它永远无穷尽；而最短的也莫过于时间，因为我们一眨眼就成了一抔灰烬和一粒尘埃。在一颗沙里我们可以看出一个世界，在一朵野花里可以悟出一座天堂，有时生命只是一个瞬间的幻象，而我们活着的目标应该是追求乐趣、想象与超越。

与我一样晨起的，还有一群巴巴（Baba），他们已站在冰风割面的小路上做托钵乞讨，与佛祖居住在印度舍卫城的祇树给孤独园时一样。佛祖世尊晨餐的时间到了，他就披上袈裟，和僧众一起拿着饭碗，从祇树给孤独园走到舍卫城去乞化食物。食毕，收拾好袈裟和饭碗，回到本处，洗了脚，铺上吉祥草甸，盘坐下来开始讲经。

乞食即化缘，佛教认为，能布施斋僧的人，即与佛门有缘，僧人每日以募化乞食广结善缘。同样在印度教中，走方的苦行僧巴巴又叫萨度（Sadhus），他们一根木棍、一卷毯子、一个铝壶，云游四方，把生死苦乐置之度外，追寻着人生的最终目标——解脱。这些尊贵的人衣衫褴褛、蓬头垢面、居无定所，口袋里的钱很少超过 100 卢比（约 6 元人民币）。当我翻出钱包，把所有 1 元的人民币分送给每一个巴巴时，他们开心得简直把我也当成了他们的兄弟姊妹、难兄难弟，举着 1 元的人民币笑盈盈地要求与我合影。

施舍的人忘掉了施舍，接受的人忘掉了接受，我们甚至忘掉了所施受的东西，只有一种在阳光下叫分享的快乐，此时我身后庙宇中的佛看起来也不仅仅是尼瓦尔手工艺人精雕细琢的铜像，或者用喜马拉雅特有的檀木或香樟木来供奉的佛像，他不眨眼，甚至不呼吸，像宠物一样在每天早上接受我们喂的一碗水、一粒米，或在晚上接受我们供的一盏灯、一朵花，他活生生地浸润在我们呼吸的每一分空气里，渗透在我们熏染的每一缕香烟中，我感觉自己好像已好几世身为喜马拉雅人了。

没有被分享过的快乐不是真正的快乐，快乐只在分享时，只有和我们相似的生命，和我们能亲密无间地融合在一起的刹那，才是我们最重要的时光。我告诉袋鼠兄弟，我们今天要走着去卡格本尼，再不坐“猪笼车”了，我又再次从坐车的“橡胶流浪汉”变成了像巴巴一样用双脚走路的“皮革流浪汉”。

黎明即重生，就像破坏与拯救神湿婆头上的第三只眼，真正的生活正在展开，我心里已有一番荒野的景象，大地才是永远的依靠。我要听从内心的召唤，跟随着一条梦中的小路走出去，享受流浪生活的美，就像林语堂说的："一个真正的旅行家必是一个流浪者，经历流浪者的快乐、诱惑和探险意志。"比起吉普车的车座，我更喜欢马鞍；比起温暖的屋顶，我更喜欢群星闪耀的天空；比起宽阔的柏油马路，我更喜欢通往未知的崎岖小道；比起城市嘈杂的人声，我更喜欢荒原里深邃的寂静。我喜欢脚踏实地的感觉，喜欢一步一步用脚来感受身体与世界的重量。

而有时，生命它就是一次刻骨的流浪。

骑飞车的人来了

The mountain bikers are coming

其实比我更勇猛癫狂的，是那些不远千里来圣地放飞山地车的"骑兵"。

除了流浪、朝圣，在喜马拉雅山脉骑山地自行车是最近兴起的冒险运动之一，它在尼泊尔蜘蛛状纵横交错的泥路上有着不一般的实用性与挑战性，从山脉的贸易小道到特赖的低地平原，山地自行车已证明了它是探索乡村的又一旅行方式。

在20世纪70年代，一群发烧友在加利福尼亚发展了山地自行车运动（Mountain Bike），主要用来对付崎岖不平、多岩石的小道以及攀登陡峭的山路。20世纪80年代中期，山地自行车被西方人引进到了尼泊尔，在2.4公里内下落400米，平均为14%的坡度，喜马拉雅山无疑是最理想的天然演练场、最狂野的骑行地。

喜马拉雅四面八方的原野、变化多样的地形和起伏不平的高山，为单车道的骑行冒险提供了无穷无尽的地域；同时，用奋勇向前的人力精神加上可变速的齿轮、有凸块的高花纹轮胎，可以从没有机动车侵扰的泥路，或徒步行走受限制的地方，体会到日常乡村生活的节奏与美妙。

在研究寺庙、中世纪的城镇、谷地各种族的定居点等方面，骑行也是一个无与伦比的方式。从黎明到黄昏，将骑行与穿越峡谷、温泉洗浴、攀岩、滑翔伞运动、筏子漂流、寺院旅游、丛林远足结合起来，这已成了游览尼泊尔这个国家的一个极好的方式。

对朝圣者来说，海拔3800米的慕可提纳斯是他们冥想宇宙、提升见地、修持优雅的福地，是他们完成夙愿、起身返乡的巴比伦；而对骑行的挑战者来说，纳里帕瓦村庄才是他们飞越圣地的训练营，梦想成真的伊甸园。

法国车手安德烈（Andre）与他的尼泊尔助力向导拉杰（Raj），和我同住在凯拉斯客栈（Hotel Mount Kailash）。我们在屋顶一边沐着晨曦喝咖啡，一边享受着苹果派和烤饼，远处白雪皑皑的尼尔吉里（Nilgiri）山峰映入眼帘，五色经幡随风飞舞。

这位皮肤黝黑、笑容阳光的39岁“老男人”，今天要从纳里帕瓦速降1040米到佐姆森，然后再从佐姆森速降1570米到塔透帕尼。探险公司已先将山地车和助力向导用吉普车运送到了纳里帕瓦，那些肾上腺素激昂的冒险者则要从这里将车骑到塔透帕尼去。出发前的安德烈很激动，助力向导拉杰正在协助他检查带速、前后部的鼓式制动器。在喝早茶时，安德烈用在地狱样“背书”的方式，给我讲了他曾经“飞”过的地球上几处最棒的山地车骑行地。

“尼泊尔有240座6000米以上的山峰，所以当你在高海拔的山路上骑行时，朵朵白云就在你身边飘过，Pearl，那种感觉就好像在云上骑行呀，真是不可思议。”

我想今晨肯定是他将经历的无数场骑行中最棒的一次。我和安德烈击掌话别，带着笑戏谑他不要撞到峡谷中那些两米高的大石头，一不小心就拿到了“荒野求生”的最佳碰撞奖。随后，我和袋鼠兄弟则背着鼓鼓的背包，包里装着水壶、藏式面包、手套、帽子、步行杖，沿着山羊走的小径，直切下到贾科特（Jharkot）去。

一路上总会有骑行者飞身而过，沿着一个想去的方向，发出刺激而快乐的尖叫。催客、骑手、吉普车、牛羊、牧羊人共用着一条布满砂石、坡坎、峭壁的小道，沿途有众多阿尔卑斯山风格的急转弯，助力向导拉杰是个22岁的肌肉男孩儿，他已经有5年的骑行史了，他很傲骄地挥手对我说，“Pearl，在这片荒郊野岭上，你要么骑出去，要么走出去，不然就只能被装在‘猪笼车’里被人运出去……”

呵呵，最后一个选择是任何人都痛恨的。

听着远处村庄里被激起兴趣的小孩子们飞跑出来惊呼：“骑飞车的人来了！”看着这帮骑手戴上彩色的护目镜，轻轻带一点刹车，紧握车把，身体离开坐垫把脚站得直直的，像风一般地从高高的坡上冲下去，我想灵魂出窍的时刻肯定是这样的啦。

全世界无产阶级的偶像切·格瓦拉，如果没有长达9个月、穿越南美洲5个国家的万里摩托骑行游历，他也许就只是历史上一个默默无闻的外科医生，而不会成为一个一生都在旅行、打游击的国际战士。我想终有一天，我也会回到尼泊尔，像他们那样在云中“飞行”的。

喜欢一个人在大自然中独处，喜欢冒险探索世界最原始的一面，那才是使人真正活跃起来的品质，人生就应该是一场冒险，我为什么不呢？！

禁地木斯塘

Mustang, forbidden place

2小时后，我和袋鼠兄弟沿着沙石的斜路走进了贾科特（Jharkot）村庄，我恍然觉得走进了西藏江孜红山上的“抗英古堡”。

“Kot”在尼语中是要塞、堡垒的意思，藏语则把它叫着宗（Jhong）。

在近乎三面崖边的峭壁之上，3500 米高的贾科特面朝宽阔、干涸的宗河谷（Jhong Khola），背依 6482 米的亚加灵力峰（Yakgawa Kang）。灵力“wakang”，无疑给予了高山民族最信奉的产生于自然界中的一种伟大力量。坐在反射着雪山、荒原、寨子光景的防风窗前喝碗酥油茶暖身的时候，我才发现不愿去朝圣者云集的纳里帕瓦客栈居住的催客，大都选择了在安静、古朴，没有被商业化的贾科特过夜，第二天清晨再前往慕可提纳斯朝拜。

这里的房子都被刷成了白色，窗户便如熊猫的眼睛一般，就连村民也由尼泊尔雅利安人的深轮廓、大眼睛，变成了藏族人典型的宽脸庞、单眼皮。黄白相间的佛塔，暗红色的嘛呢堆，踩踏得发亮的转经道，风马旗猎猎飞舞。人们驱赶着骡马来打青稞，然后用筐子扬起稞粒，让风吹走麸皮，边打边唱，周而复始。这里虽然是尼泊尔的领土，却有着浓郁的藏族风情与习俗。在古代，这里曾是印度和西藏之间的桥梁，是印度平原通向喜马拉雅山脉最便捷的通道，所以战略地位和经济地位都十分重要。其中，盐巴的贸易就是一个大宗，人们用北方藏区盐湖的盐，换印度平原河谷的粮食，至今在贾科特荒僻的小道上仍可听见马蹄声阵阵，驼铃声叮当，在荒僻和辽远中营造出了一种或忧伤或惊喜的绝佳场景。

聪明的藏族人不只是让牦牛、毛驴驮盐袋、茶袋、粮食袋或苹果袋，甚至也让羊群载货，每只羊都驮一个口袋，里面装着 10 公斤左右的货物，有盐巴、羊毛等，比我的背包还重。有的还将要去售卖的羊群身上也驮上货物，一起卖。而当我站在贾科特废弃的寨墙上，迎着劲风把目光越过沙砾遍布的宗河谷，在一片浓烈而纯净的赭红色天空下，视线所及的远方就是尼泊尔的禁地——上木斯塘（Upper Mustang）。

很难有人能说清楚木斯塘的遥远与神秘，美国作家詹姆斯·希尔顿（James Hilton）在 1933 年撰写了小说《消失的地平线》。讲的是 4 个西方男女乘坐的飞机失事，降落在藏地的蓝月山谷里，那里有座金字塔般的雪山叫卡拉卡尔，还有一座喇嘛寺叫香格里拉。那里的人与自然都遵守着“适度”的美德，那里是一片充满和平、安宁与幸福的人间乐土。

随后“香格里拉（Shangri-la）”就像一个奇幻的谜，成了“伊甸园”“巴比伦”“世外桃源”“乌托邦”的代名词，吸引了无数的人们去寻找它。希尔顿曾经肯定地说，他的读者、粉丝是不可能在现实中找到香格里拉的，因为它只存在于人们的心中。然而在长达半个多世纪的时间里，人们一次又一次地掀起寻访“香格里拉”的热潮，印度声称位于克什米尔的巴尔蒂斯坦镇就是“香格里拉”，尼泊尔更认为“香格里拉”就在北部木斯塘，英国剑桥大学的学者也把木斯塘称为“世界的尽头”，中国云南索性在 2001 年改中甸县名为“香格里拉”，因为中甸在藏语里的意思就是“心中的日月”。

不过木斯塘作为禁止外国人入内的禁地持续了半个多世纪的时间，直到 1991 年才有一位美国摄影师进入秘境，为世人掀开了木斯塘的神秘面纱。

尼泊尔北部的木斯塘是一片人烟稀少的原始地带，平均海拔在 2500 米以上，这里的土地太偏远，以致来这里旅行的尼泊尔人都会经常被误认为是外国人。在历史上，木斯塘曾是一个独立王国，但木斯塘并不是这一地区的原始名称，当地人称呼自己的地域为“Lo”，“Lo”是藏语词汇，有“南方之地”“肥沃的平原”之意，世居在这片沃土上的人即为“洛巴人（Lopas）”。藏族中的各个分支通常是以他们所在的地区来命名的，然后再加上后缀“pa”，意即“人”，就像在藏语里夏尔巴（Sherpas）意为“住在东方的人”，康巴（Khampas）意为“住在康区的人”。

洛王国于 1380 年由阿梅帕尔（Ame Pal）建立，到现在已经历了 25 代国王的统领，曾是古代阿里地区（Ngari）的一部分。在 15 ~ 17 世纪的这段历史中，由于优越的喜马拉雅走廊的地理位置，它曾经相当繁华，既是佛教文化艺术重镇，又是连接西藏的盐矿和印度次大陆地区城市的最便捷的通道。当时的食盐可是世界上最珍贵的日用品之一，载着成包食盐、羊毛的驮帮、大篷车就在山间的小径上崎岖前行，当时能够控制一条食盐贸易渠道，就好比今天拥有一条输油管道一样，洛王国从对经过其境内贸易商队的控制来获得巨额财富。

然而在 18 世纪末，随着印度大量出产更加便宜的食盐，洛王国的经济逐渐衰退，这个藏传佛教的小国就被信奉印度教的沙阿王朝征服，普里特维・纳拉扬・沙阿（Prithvi Narayan Shah）是现代尼泊尔的奠基者，洛王国成了尼泊尔国土中的一部分，但依然是尼泊尔境内唯一的一个自主王国，拥有自己的国王和国旗。

1951 年，洛王国正式加入尼泊尔王国，被更名为木斯塘自治区（Mustang），木斯塘分上、下木斯塘两个分区，沿着卡利甘达基河谷，以卡格本尼为界，从卡格本尼至北部中国西藏边境的区域称为上木斯塘（Upper Mustang），从卡格本尼经佐姆森一直到南部的嘎撒区域称为下木斯塘（Lower Mustang）。上木斯塘的区域即传统的洛王国区域，它的中心在原洛王国的首府洛曼塘（Lo Manthang），与西藏仲巴县和萨嘎县接壤。

在历史、地理与政治的位置上，上木斯塘是国际社会，尤其是中国、尼泊尔、印度、美国最敏感的战略地带，其边境线曾经是 1959 年达赖喇嘛及藏人逃亡尼泊尔和印度的“生死线”，也是达赖叛军最后的藏身地；1960 年，境外势力在离西藏最近的上木斯塘组建了所谓的“四水六岗卫教军”，对中国西藏边境进行了长达 10 年的军事袭扰活动，直至 1972 年尼泊尔国王比兰德拉（Birendra）继位后，上木斯塘的混乱局面才得以改观。1974 年，在尼泊尔政府军的清剿下，“四水六岗卫教军”全军覆没。2008 年，尼泊尔王国改变政体成为联邦共和国，在洛曼塘下令废黜了原洛王国的王位，洛王国延续了 600 多年的王权正式终止，生于 1930 年的最后一个国王晋美·帕巴·比斯塔（Jigme Palbar Bista）成了今日尼泊尔的普通公民。

出于环境保护与政治因素的原因，尼泊尔一直不允许外国人进入上木斯塘地区，故外界少有人知道它的存在，上木斯塘寺庙中宏伟的雕像和精美的坛城壁画也逐渐倾颓剥落，这个文化曾经十分辉煌的国度便被历史遗忘，埋没于深深的喜马拉雅群山之中，在季风雨季时只有满天的云彩经过，在积雪 40 厘米的冬季时只有遍地的牦牛经过。

1991 年，美国摄影师泰勒·魏德曼（Taylor Weidman）得到了尼泊尔政府的特别许可，前往上木斯塘禁区旅行，他通过他的“消逝的文化工程”记录着世界各种族间岌岌可危的生活方式。在英文版《木斯塘：消失了的藏族王国的生活和景观》（*Mustang：Lives and Landscapes of the Lost Tibetan Kingdom*）一书里，他写道：“木斯塘，或前洛王国隐藏在喜马拉雅山的雨影当中，位于尼泊尔最偏远的角落之一。这个前洛王国的南面被世界最高的山脉环绕着，北面则是封闭的西藏。自 15 世纪以来，这个小小的藏族王国实际上一直都没有改变。如今，木斯塘大概是世界上保存传统的藏族生活方式最好的例子。”

1992 年上木斯塘终于对外限制性地开放，外国游人需交纳 500 美元得到许可证才能进入，每年约接待 3000 名外国人，前洛王国的首都洛曼塘（Lo Manthang）被联合国教科文组织认证为世界文化遗产，是世界上保存最完好的中世纪城市之一，被誉为“喜马拉雅宝石”的隐秘之地。上木斯塘成了全世界藏族文明保留最完好的地区，也成了世界上最原生态的藏民生活样本。而今，这个封闭的禁地也为变革做好了准备，饭馆、茶室、咖啡店、商铺、旅店在荒漠般的高原村庄里依稀可见，各种肤色的外国人背着包在崎岖的山路上穿梭而过，外部世界对上木斯塘的影响也日渐显著。

穿越喜马拉雅的无忧地

Crossing the worry-free land

从 Google 卫星地图上看整个木斯塘的地域，南北长 80 多公里，东西宽度最窄处为 45 公里。它的形状就好像是一片长椭圆形的无忧树的叶子，发源于喜马拉雅北部雪山的卡利甘达基河（Kali Gandaki Khola），犹如一条深蓝色的主叶脉，躺在安纳普尔纳与道拉吉里两座高大山脉的夹道里，从北向南奔腾着穿越众多的峡谷，最后折而向东注入印度恒河。

无数的支流迪米河（Dhimi Khola）、牦牛河（Yak Khola）、库莫纳河（Qumona Khola）、卢帕河（Lunpa Khola），犹如无数鱼骨状的侧脉，从两旁的雪山上柔顺地流淌而下。原始部落的先民总是逐水而居，故支流汇入主河道的谷地，水源充足，地势平坦，土地相对肥沃，也往往是人类定居的村落与大河文明的摇篮。

无忧树又叫佛诞树，在南亚地区有着神圣的宗教象征意义。无忧树在春天开花，盛花时状如火炬般的金色花序覆盖了整个树冠，远远望去仿佛一座金色的宝塔。它细长的叶片如羽毛般柔软下垂，细看宛如一件被雨打湿了的紫色袈裟，此树因其华色香鲜故曰“无忧”。2500 年前，释迦王子悉达多就是在尼泊尔南部蓝毗尼的一棵无忧树下诞生的，后在印度菩提伽耶的一棵心形菩提树下证得正觉，修成佛。

佛祖如此美丽的诞生与觉悟，显然非常符合笃信佛教的洛王国人的信仰与心态，佛教徒的精神天堂在现实世界里总会拥有一个与之相对应的地方，就像西藏人心目中的圣地拉萨，印度人、尼泊尔人心目中的神山凯拉斯（中文称为冈仁波齐）一样，哪里能有比一片无忧树叶子形状的土地更适合洛巴人作为自己的家园与故土的呢。

佐姆森坐落在树叶下端的叶柄上，它是下木斯塘那有力的支撑，卡格本尼是主叶脉上的起点，它是进入上木斯塘的门户，而在主叶脉上最高点的洛曼塘，则耸立在海拔 3840 米的千山万壑之上，酒窖色的围墙环绕着中世纪光阴的洛曼塘，那些有着沙漠色尖顶的佛塔宛如无忧树绚丽的花冠，那里恍若隐藏的山谷里那繁花似锦的“香格里拉”。

在我所有的行走中，关于上木斯塘的各种信息几乎是零星的碎片，中文书籍中关于这一地域的文献几乎更是空白。在朝圣之旅的路途中，袋鼠兄弟问我：“Pearl，如果可以穿越，你最心仪的下一个目的地会是哪里？”

我自然而然地把野马样的目光，投向了地平线尽头的上木斯塘，无可抑制地走进了那片色调如同经过燃烧陶器一样的紫罗兰色的天空里。在那里，时间成了彻底的征服者，而通往上木斯塘的时光之旅也让我屏住了呼吸与叹息。

离开贾科特后，我们走上了通往卡格本尼的荒野小路，沿途的景色相当荒凉，草木稀少，它让我想起在阿里地区的札达古国所走过的荒漠之路。那时我和哥哥曾在 5400 米的老孜达坂陷车，我们挖了几个小时的车，都没法把车从烂泥里推出来，最后还是一个进札达去救人的武警，像空降的蝙蝠侠一样，把我们的车拖了出来。

这里大多数的路段也是沿着河床峡谷的碎石暗斜路而行，一不小心踩滑一脚，土石俱下，不多一会儿就成了个蓬头垢面的“山贼”。但别以为河床路况就如同石料场没啥看头，这一路的地貌却让人惊心动魄，给予了我宝贵的享受“静止”的时间，让我与时光、历史、自然重新进行联结。

千万年来，卡利甘达基河如利剑般劈开了这片土地，峡谷两旁的岩壁上布满了经年累月河水冲刷后留下的美丽的波浪纹痕迹，偶然在砂石间也能捡到菊石、贝类化石，一座座形销骨立的山丘仿佛一台台硕大无垠的管风琴，一眼望不到头的岩壁则被火辣辣的烈日熔化着，其颜色随着一天中光影的流逝而变化万端。目之所及，从美不胜收的高原雪山一直过渡到一望无际的荒原沙地，其形貌瑰丽的壮观程度可与美国的科罗拉多大峡谷媲美。

然而，与其他任何一个大峡谷不同的是，在这条属于顶级秘境的路线上，成千上万个洞穴高悬于陡峭的岩壁上，有的洞穴形单影只如狮子张开的巨口，有的岩洞聚拢成群仿佛开口曼歌的“神秘园”合唱团，有的洞穴则纵向叠起，形同一列向上远行的罗汉，形同一栋八九层高的公寓楼里那幽暗的窗户，它各种狂野的形象引发出当今世界上考古学界最为诡秘的未解谜之一。

是什么样的民族悬空造出了这些不可思议的洞穴？在当时的地理条件下，人类究竟怎样才能攀上悬崖峭壁？靠绳索，靠搭人梯，靠脚手架，还是靠开凿的石阶？考古学家们保守估计木斯塘岩洞的总数有 1 万之巨，那么那些历经千年沧桑的神秘之窟，又将向世人揭开一段怎样的隐秘历史？

如果不是几代探险家们的努力，也许没人会对尼泊尔这个最偏远的角落感兴趣。1981 年，探险家皮特·阿森斯（Pete Athans）在徒步中偶然经过了这些岩洞，便被深深地吸引。很多岩洞伫立在天际，看起来根本无法涉足，除非变身飞鸟才能接近入口，这个曾 7 次登顶珠峰的卓越登山家直到 2007 年才取得尼泊尔相关的许可进入木斯塘。绰号“珠峰先生”的阿森斯已视尼泊尔为自己的第二故乡，他激动地说木斯塘已变成他冒险生涯中最大的挑战，他和美国的喜马拉雅研究专家布劳顿·科伯恩（Broughton Coburn）共同带领的探险队不断攀爬上摇摇欲坠的峭壁，探险这些人造洞穴整整 8 次，取得了激动人心的收获。

在一个当地牧羊人避雨的洞穴中，他们发现了一幅 8 米长的壁画，上面描绘了佛祖释迦牟尼的生平故事，绘有佛教历史上 42 位伟大修行者的肖像，精美绝伦；另一个洞穴里收藏着 8000 本手抄古卷，内容从藏传佛教教义到法律文献，涵盖了宗教和世俗的题材，大部分藏品都有 600 多年的历史，证明在 13 ~ 14 世纪，洛王国已是一个繁荣昌盛的贸易与佛教重镇。

但和其他考古学家一样，阿森斯团队最想找到的是那些藏有史前遗迹的岩洞，以便揭开最为深邃的历史谜题：最早居住在这些岩穴中的是什么人？他们来自何处？其信仰又是什么？

等待他们的是人类历史上一段史诗般的征程，直到 2010 年，阿森斯探险队才在洛王国紧靠中尼边界的山姆宗（Samdzong）小村庄附近，发现了目前最具价值的遗址——一系列群体墓葬洞穴。

在这些墓穴中，棺材的外观漆着橙白相间的图样，有刻在紫檀木棺材板上的爱骑马主人的图画，有陪葬的儿童奴隶与爱驹的头骨，有 27 具骸骨有刀刻痕迹，这些遗骨可追溯到 3 ~ 8 世纪，戮尸的举措有可能是佛教徒对天葬仪式的练习。直到今天，天葬依然用于上木斯塘居民的死亡仪式，离世者遗体被切为带骨小块，裹上糌粑喂秃鹫。关于天葬，藏族信众认为，点燃桑烟是铺上五彩路，恭请空行母到天葬台，尸体作为供品，敬献诸神，祈祷赎去逝者在世时的罪孽，并请诸神把其灵魂带到天界。

按照推测，当时的人对遗体的处理是将肉从骨架上剥离，就像对待万圣节骷髅那样，剩下的完整骨架被运到洞穴中，折叠起来以便放入棺材。而陪伴他们的那些殉葬品也精美得令人赞叹，几乎所有的陪葬品都来自外地，带有精致圆形把柄的竹制茶杯，足以煮一头水牛头一样大的酿造青稞酒的铜坩埚，混合着金银、眼眶描绘为红色的高凸浮雕墓葬面具，被染成至少六种颜色的琉璃珠，这些琉璃产地各异，有的来自现在的巴基斯坦，有的来自印度，还有伊朗，就连棺材板都是来自热带的上好黑硬木制成的板条，每口棺材被巧妙地分散开来，每一片板材都完美地合乎岩洞入口大小，运进墓穴后就可以很快进行组装。一切停当后，运尸人再慢慢从洞口爬出来。

在现今木斯塘这个树木稀少、连烧火柴都很难找到的高原荒漠，当时的人怎样才能聚集如此炫目的财富，并用精致绝伦的手工艺品对财富地位予以炫耀。答案很可能就是食盐，当时喜马拉雅走廊的食盐贸易渠道，就好比今天中东波斯湾沿岸的原油储量与枢纽位置一样。

阿森斯对采访他的记者迈克尔·芬克尔（Michael Finkel）说，发现这些洞穴的激动心情胜过他任何一次登顶珠峰，他将出土发现的大部分藏品归还给了岩洞现在的主人，山姆宗村庄的居民们，木斯塘人应该为祖先的历史感到荣耀。根据团队考古学家的分析，这些岩洞的用途按照时期可分为三种，一是3000年多前的墓葬冢，到了1000多年前，这里岩洞的主要用途变为居所。大约在15世纪，大部分岩洞的平民们移居到传统村庄中，同时这些岩洞仍被作为冥想室、瞭望哨或储藏间使用。近几个世纪，连接亚洲高原地带与平原地区的枢纽地带——卡利甘达基河谷内战不断，这些岩洞亦作躲避战火之处。

在尼泊尔洞穴中沉寂了3000多年的骸骨，改写了木斯塘的史前史，或许那里就是藏族文化的摇篮和发祥地，也正如尼泊尔的国名，它在藏文和锡金的词源里，本身就是“羊毛之乡”和“洞穴之地”。

坐在那儿看世界运行

Sitting and watching the world revolve

孕育了两河流域文明的美索不达米亚平原，是西方文明的摇篮，在《圣经》里被称为“伊甸园”，两条河中间的地方巴比伦（Babylon），意即“神之门”，那里曾屹立着一座无比壮观的巨塔——“巴别”通天塔。据说它是天上诸神前往凡间住所途中的踏脚处，也是人间男女去往天路的驿站或旅店。在一路上的沙尘滚滚、狂风肆虐中，我也在想，通往洛王国无忧地的门户卡格本尼，它会是尼泊尔导演布桑·达哈的电影《情祸》（*Kagbeni*）中的情景吗？片中优美的尼泊尔音乐和粗犷的景色让人恨不能马上就能亲自踏上这条山径，而巫师那只能够实现愿望的猴爪，又能让我找到什么呢？

卡格本尼（Kagbeni）是宗河和卡利甘达基河交汇处的一片绿洲，就像“La”是尼语“山口”“关隘”的意思，“beni”则是“河滩”“汇合处”之意。卡格本尼处在两条古代商路的交叉口，徒步道路在这里转向往东，通往印度教、佛教的圣地慕可提纳斯，进而进入安纳普尔纳大环线的腹地；从这里向北行走 6 天左右，即可抵达尼泊尔的边境村落雨莎村（Hilsa），在清澈圣洁的孔雀河对岸，就是中国普兰县的边境口岸斜尔瓦。大批印度、尼泊尔的香客会从这里翻越山口，进到阿里地区的凯拉斯神山（Kailas）与玛旁雍错（Manasarovar）圣湖朝圣。

凯拉斯（冈仁波齐）神山被千百万人认为是宇宙的精神中心，受到了圣贤的敬拜和诗人的赞美，那里是神从天堂降临人间的神圣家园，它与脚下的玛旁雍错圣湖，在许多世纪以来使人们想起了创世纪中所描绘的经典景象，伊甸园、诺亚方舟停靠的山脉以及宇宙开始诞生的原始海洋，故成为苯教、藏传佛教、印度教以及耆那教最神圣的宗教圣地（见红尘著《越野越西藏》），同时斜尔瓦边境口岸也成了中尼商人交易木材、羊毛及其他商品的重要场所。

就像朝圣的路是漫长的艰难跋涉，有的信徒会倒毙在半途上一样，走路也远没有想象的那样浪漫。在宽广又荒凉的野马河谷，沿着无遮无拦的河床路段前行，我感到又冷、又晒、又干、又累，分分秒秒的时间过去了，如同滑落指尖的尘埃，感觉卡格本尼依然在遥不可及的远方。这时我体会的“远”，是个很有意义的距离概念，但它也有更深的心理含义，在某种意义上来说，距离是并不存在的，距离会令所有的东西都变得渺小，觉得“远”是因为你永远到不了那里，而再“远”的地方，当你能抵达时，它就不再遥远，距离只在弹指一挥间。

野马河谷有一种让朝圣者和远足客叫苦不迭的怪风，每到午后，受云层和气流的影响，峡谷的荒滩上空都会刮起巨风，喜马拉雅秃鹫、髭兀鹰在头顶飞速盘旋。袋鼠兄弟提醒了我多次“风要来了（The wind is coming）”，他是地形专家，富含经验，要我加快步伐，尽量避开午后的时段走在河床路段上。但我不知好歹，总是边走边拍照，还要耍赖，停下来小憩，喝水、吃苹果，走走停停就耽误了行程。

随后2小时的路程里，我饱受了烈风的“摧残”，即使像蒙面山贼那样在面罩外再裹上头巾也抵挡不住，迎面扑来的风速相当于玩蹦极迎面扑来的风速，极其生猛，割肤如裂帛。

舍身一跳玩蹦极只有短短的30秒呀，这可是吹足你120分钟不费力，那些斑驳岩壁上起伏不平的风痕就是“血泪”见证。袋鼠兄弟背上的大背包，此时像个有适度重量的铅锤一样，让他在烈风中能比较容易站稳阵脚，而轻装的我就如同被撕碎的纸鸢，完全晕头转向。以前在西藏阿里时，它给我的印象就是风之高原，19世纪的一位探险家费尔南·格勒纳尔（Fernand Grenard）在他穿越藏区的手记中写道：“由此经过的唯有风，由此发生的唯有地质现象。”

我眼前的这片不毛之地，因为大风，因为失重，总让我感觉人是往前跌倒的，朝向远方的地平线方向。看着烟褐色荒原上踽踽独行的马匹，鬃毛猎猎地翻飞，雄鹰挣脱了大地的力量，在空中怒放着生命，我想如果把山全部吹平、削平的话，放在海里又能填起多大面积的陆地呢？那时我感到自己是多么的渺小与脆弱呀，还有孤独，一种无边无际的孤独。

而渺小与孤独，成了我身上如影相随、无法摆脱的两件东西。

袋鼠兄弟看见我实在是苦不堪言，就把背包藏在一个洞穴口，让我躲在背风处，自己却顶风站在沙石的路边招手搭车。从慕可提纳斯下山来的吉普车都挤得满满当当的，最后，一辆坦克样的拖拉机停了下来，他们刚卸载完了肥料，但每人要收 200 卢比，我哪里还顾得了是什么车型，由于拖拉机只有机头，没有后面的拖斗，也就没有车厢和位子，袋鼠兄弟只好紧靠拖拉机手，站在左轮胎的踏板上，我则爬上去坐在左轮胎的车轮盖上，右轮胎的车轮盖上坐着另一个搭车的尼泊尔大哥，他一手帮我抱着大背包，一手抓住我的手。

走路时人的身高只离地 1 米多高，此时高悬在机头上，旋风更大，我感觉头都快把蓝天刺破了，再加上拖拉机行进在河道坚硬的卵石与飞溅的河水中，坐在轮胎盖上的我整个儿完全被颠散架、被风干了，形同洞穴里被打散的一堆骷髅骨。我想在所有的交通工具里，除了宇宙飞船，坦克拖拉机应是最让人脱胎换骨的了。

颠了半个小时，我们在卡格本尼的路口下了坦克“巨兽”。村民们在河滩的低地上收割小米，在风吹地摇中投下了一片妖娆的淡粉色艳影。之前，我经受的是暴露、惨烈的荒野经历和景象，此时，陡然一下又转入了风低见牛羊的内敛、魔幻景致。村寨口残留着中古之风的城堡，隘口两边也有瞭望哨的遗迹，它们以一种千年不变的姿势俯视着粟米地和狭窄的河床。团结就是力量呀，矗立在卡利甘达基河边缘上的藏式民居都紧紧地挤在一起，这无疑于有助保护居民们抵挡每天下午所刮的劲风。

与我想象有些许差异的是，卡格本尼的许多村民都会说藏语、尼泊尔语、印度语、英语等多个语种，“隐蔽王国”的古老驿站仿佛已是一个国际化的交通小镇，茶室多，咖啡屋多，客栈多，转经轮多，风马旗也多，脚边是雪山下的层层梯田，前方是荒凉的十万大山，各色各样的花在横斜的光影中摇曳。我沿着卵石砌的残破骑墙，走在弥漫着中古气息的沙漠色巷道里时，发现传统的藏文化依然在无时无刻地影响着这里人们的生活，他们虽然与拉萨相距甚远，但在婚丧嫁娶等日常事务中，依然举行藏传佛教的仪式，他们不单具有藏族的血统，当地人的生活习惯好像依然还停留在舒缓节奏下的几百年前一样，这里依然是一片吹着风马声、飘着藏香的世外桃源。

我们住进了紧靠中心佛塔的香格里拉客栈（Hotel Shangrila），在这里的 ACAP 木屋检查完进山特许证后，我们租了一匹栗色马，准备明天启程一同去更远的洛曼塘。一个很酷的头上编着英雄结的汉子，正娴熟地拿出羊皮口袋给马套上喂豆子，马的鬃毛也被编成了漂亮的辫子，垂挂着五色的璎珞，他们已是彼此相依相随、相亲相爱的旅伴。

客栈里的厨房被称为“暖房（cosy kitchen）”，中转的人都挤在里面避风、暖身、放松，背夫们在做一种混有芝麻、蔬菜、香料的煎土豆，香得让人流口水。整个上木斯塘区域的藏族人仅有 7000 人，故每周三的晚上，他们都喜欢围坐在一起侃大山，将自己知道的讲述古老洛巴人生活的传闻告诉对方。厨房的土墙上，挂着洛王国第 25 代国王和王后的肖像，一名女子站在窗前，借着窗外射进来的光线挑拣米粒中的沙石，辫子上编着传统的珊瑚石、绿松石头首饰“佩拉（perak）”；一名僧侣安静地守着他的寺院和佛像，一个年轻人骑着马穿行在河谷小路上，老妇人们坐成一排慢慢摇动着转经筒转经，男人们将肥料袋装在马背上准备带到田地里去……

在这样一个既狭窄又安乐的门户之地，风在经过，马在经过，人在经过，谁都可以经过。

我们就这样坐在那儿看周围的人群来来往往，贪婪地嗅吸着飞散在空气中的咖啡香与无忧花花香。

他眼里是木斯塘的月光

Moonlight of Mustang in his eyes

很不幸的是傍晚沐浴时，我脱下衣衫，才发现一身布满了红斑，最初它不痒也不痛，所以我一直没查觉，但热水一上去，它就迅速蔓延，开始灼痛、发热、剧烈搔痒，看起来像个得了红斑狼疮的病人。我不知道是不是我昨晚在慕可提纳斯吃的蘑菇牦牛牛排过敏了，也许那蘑菇是野生的蘑菇，有毒性。释迦牟尼佛 80 岁时还在印度那片土地上传法云游，有些经书上说他是吃了铁匠供奉的有毒蘑菇的晚饭，一直腹泻到离世的。佛祖也不能完美地存在，他也会有患病、衰老、腐朽、不幸，更何况我们每一个人的修行参悟之旅呢。

但袋鼠兄弟进来检查了我的脖子、手臂和后背上的大片扩散的风团后，说有可能是风疹，对风过敏，或我坐在装过肥料的机头上，对纤维袋过敏。他坚定地说我们明天一早就搭车回博卡拉就诊，倒 4 次车，那将是近 18 小时的颠簸路程，但我们必须赶回去。他带了 6 年的客人，从来没有遇到过这种状况。他迅速地从厨房拿了盐巴水来帮我消毒、清洗、止痒，我只觉得一种恐惧与惊慌瞬时弥漫了我的全身，我不知道我到底感染了什么病毒，何时又能重返，而让我半途放弃上木斯塘，我太不心甘、太难抉择。

在漫天繁星如碎钻一样悬浮在幽蓝色夜空里的时候，这样的放弃与牺牲必然会伴随着心里的疼痛与黯然神伤。登山皇帝梅斯纳尔说："登顶世界上全部8000米级的山峰不值得我骄傲，我所有的成功都不值得我骄傲，值得我骄傲的只有一件事，我活了下来。"或许只有有所畏惧才能无所畏惧吧。

现在我只能孤立无援地待在干牛粪燃起的火堆前，看老阿玛哼唱着洛巴曲调织牦牛毛线，她们把织毛线叫着"索楠"，我的身旁一直飘荡着简易木机的吱吱声音，这些占据了她一生的简单动作对她来说就是一种今世的幸福，一种活在当下、近在眼前、"本自有之"而又最容易被我们忽视的幸福。我想，哪怕再过几百年，不管谁再来到卡格本尼，或许都能找到同一个索楠，同一种舒缓的幸福吧。

客栈的石墙外种有一大片甘蔗，有点像个神秘园，主人家就砍了甘蔗来让我们撕咬，以增加维生素，我们就坐在长满无花果、苹果树的庭院里看星光，寂静的山村里流淌着卡利甘达基河那永不消逝的流水声。袋鼠兄弟从主人家那里借来了一支"佛路迪（Flute）"，开始吹起了他最喜欢的长笛曲《班可巴地树》（*Banko Badh*）。

我知道袋鼠兄弟出生在安纳普尔纳山区的一个叫嘎措克（Ghachok）的布罗门人小山村，他们每天往返要走3小时的山路去上学。18岁时，他去尼泊尔的皇家军队当步兵，21岁去卡塔尔当飞行俱乐部的警卫，23岁时回到博卡拉成了一个徒步向导。诗人海子说，从明天起做个幸福的人，要喂马劈柴，面朝大海、春暖花开。当我感慨这样幽静、简单的乡村生活也一直是我梦寐以求的一种生活状态时，袋鼠兄弟放下了他唇边的长笛，用咖啡色的眼睛深情地望着我说，他在嘎措克老家也有同样的一个溪涧木屋与庭院，如果我愿意，我可以一辈子都住在那里！

当我知道那首曲子中的尼泊尔男子所唱的竟是："吉祥的鸟儿呀，四处流浪的空中旅行者呀，在你的来路上，你可曾看见我家乡的小镇；班可巴地树呀，可爱的大树呀，你给了我每天呼吸的氧气，我用你做花窗，我用你做木门，我用你造木屋，我用你来做轿椅，迎接来我梦中的新娘……"我在这个寂静的荒野之夜，泪水如无可抑制的云雾盈满了眼眶。

胡适在《多谢》中写道："多谢你能来，慰我山中寂寞，陪我看山看月，过神仙生活。"我知道，如果没有每天冒着危险陪伴在我身边的这个尼泊尔兄弟，我跌跌撞撞的行走旅程就是不完整的，但我这个四处流浪的中国女人，又如何成为得了一个尼泊尔的山地女孩呢？袋鼠兄弟那诚实、谦逊、蕴含果断与激情的性情，犹如惠特尼·休斯敦的电影《护花倾情》中的保镖凯文·科斯那一样，是好多友善、深情的尼泊尔男子的缩影。我们就像野马河谷的砂粒，在粗糙的磨合中逐渐变成了光彩耀眼的珍珠，而我也知道，以后我迈出的每一步，都会加深对他的回忆，想念与思念。

有时候，正是残缺将我们点燃。

尽管我想要去的洛曼塘此次未能到达，它是比远方更远的地方，鞑靼荒漠中永远的"香格里拉"梦境，但那一夜，我的确从袋鼠兄弟的眼里看见了木斯塘的月光，它那满溢的月色，除了冰山雪莲，我用三世才能换得。木斯塘犹如绿洲，犹如伊甸园，犹如巴比伦，犹如我们在喧闹的尘世间失落了的一个世界一样，我们只能长途跋涉，远远地去遥望它一眼，目击众神的山谷里野花一片，然后挥一挥衣袖，满怀惆怅地离开。

04

珠峰鼓手

Everest Drummer

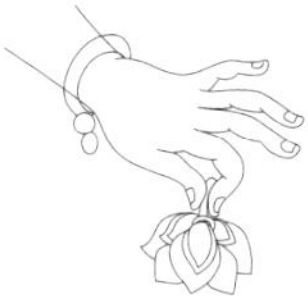

大多数经过索卢的催客都是沿着当年早期珠峰探险队开辟的道路前进的。伊戈尔煽动性地对我说：“Pearl，你必须拥有自己的风格，它是我们的一种生活方式。”的确，去珠峰已不是为了寻找某一座具体的山峰，而是去寻找无数可能存在的生活方式。远方在我的眼中已变成了一个很感性的词，一个周身散发着无穷吸引力的词。

我又重归入了滚滚的人流中，平凡又琐屑的生活中。即便我不登山，在城市当中，匆忙在人潮如拥、蝴蝶轻拍翅羽的地铁里，或突然感到悲伤时，我都会抬头，寻找青色的山峰，将目光越过钢筋水泥的天空，追望那山顶的方向……

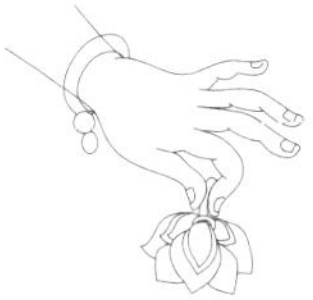

出发：意气少年

Departure：Teen Spirit

从充满着水汽与露珠的博卡拉一回到如同迷宫般的城市加德满都，我就闻到了空气里弥漫着的人兽味。加德满都被汽车尾气、摩托油烟、飞土尘埃严重污染着，圣牛、圣羊、圣狗、圣鸡大摇大摆地在狭窄的巷道上晃荡，动物的体臭味儿混杂在浓烈的香料味、新鲜的果汁味之中，喜马拉雅山上雪的味道，旅行者身上那因兴奋而渗透出来的荷尔蒙味道、肾上腺素味道，供奉印度教诸神与佛教诸佛的梵香味道，都飘浮在这个城市的大气之中。

沉浸在这个既喧嚣又嘈杂的城市当中，漫步在2000处神庙圣祠，500家旅店酒吧，100座专卖香水、香料、新鲜花朵的市集，便感觉自己的个性与气味都会迅速地消失，淹没在这个奇异城市的晨曦当中。

这就是尼泊尔的首都，幻觉之城——加德满都。

这是我第六次返回这个城市，2007，2008，2012……

每次返回是因为期待着下一次的出发。

9月28日，加德满都飞往卢卡拉（Lukla）的飞机失事，机上19人全部遇难，机场的航班已连续多日处于禁飞状态，焦躁不安的旅行者云集在机场等待改签，混乱得如同玛雅末日的时刻来临。即使没有“9·28”空难，每日飞卢卡拉的航班也不能确保准时起飞，一旦卢卡拉的天气不佳，则会延迟甚至取消。

珠峰南坡登山大本营（Everest Base Camp，EBC），一直以来都是徒步者一生梦寐以求的终极徒步目的地，它形同穆斯林朝圣的麦加，基督徒向往的耶路撒冷，印度教徒与佛教徒顶礼的凯拉斯，梦幻似地高悬在空气最稀薄处。而每个从加德满都到 EBC 的起点卢卡拉的旅行者都只有两种选择：要么从加德满都乘车到湿瓦拉雅（Shivalaya），在山谷中徒步一周后抵达卢卡拉，只是这段行路漫长又枯燥，不为大多数催客所选，但它最安全；要么从加德满都直飞卢卡拉，快捷、容易得只需 35 分钟，这几乎成了多数人的首选，但面临的却是世界上排名前三的最危险机场卢卡拉。

多次与我的“纪元探险公司（Era Tours Nepal）”核实拿不到明天机票的位子后，我的耳边想起了《喜马拉雅》电影中老酋长霆雷那句荡气回肠的话：“当遇到两条道路选择时，选择最难走的那条。”

我决定马上退机票，第二天坐车去湿瓦拉雅，让探险公司在那里帮我预约一位夏尔巴背夫。从湿瓦拉雅徒步到卢卡拉这个念头一直都有，但此刻却被“坠毁”给勇敢地激发了出来，我想当我们走在人生的十字路口时，只要多一点勇气，多一点信念，走过之后一定会发现那条最难走的路，其实也是通往美好希望的最好的道路……

与伊戈尔相遇

Encountering Egor

徒步原本就是一种充满考验的旅行方式，徒步的途中总是会遇到诸多的意外与惊喜，更何况这意外与惊喜本身也是我们生命中的一部分。

上午 10 点 30 分，经过 2 小时的折腾与动荡，终于可以坐在“曾经”

咖啡吧（Ever Café Bar）喝清晨的第一杯拿铁咖啡了，周围的空气仿佛也沉静了下来，一切都归于了安适与宁静。搅动拿铁的奶泡时，发现我住的房间的露台就在头顶，光线正从鱼鳞纹的玻璃天庭上照射下来，而要知道这家位于泰美尔最中心地带的“北地”酒店，昨晚却整整地吵闹了我一夜，邻近酒吧的打击乐声、歌舞厅的音乐声发疯了一样一直没有停息过。喝完这杯咖啡后，我要在 12 点之前快速打包、结账，转移到便宜、幽静的加德满都国际青年旅馆（Kathmandu Hi Thamel Hostel）去，那才是我这种人喜欢待的地方。

这时，一个穿钴蓝色登山装的高个男子走了进来，坐在了我斜对面的咖啡桌旁。我站起来对着天庭拍了张加德满都清晨的天空作为记录，那个男子竟微笑着站起来说：“我帮你拍一张你和天空吧。”

道谢后我迅速离去，我需要去登山店补充我的装备，需要带够额外增加的一周的应急食物与药品。尤其是在安纳普尔纳和佐姆森两条“事故”不断的线路上徒步后，我发现自己如同一个野外生活的“童子军”，幼稚园级别的小朋友，而这次我要去的是海拔 5357 米的空气稀薄处，世界最高峰的大本营，比我曾去过的 ABC 高出了整整 1227 米。

提起珠穆朗玛峰，世上无人不知，它就像尼泊尔最闪亮的明信片，这也正是 EBC 之所以深受欢迎的原因。除了你可以炫耀自己曾到过世界最高峰之外，这条徒步路线还有许多其他吸引人的地方，周围土地上的人们那独特的乡村生活和其丰富的宗教传统也同样十分具有魅力。

在古老的藏族经文中，像索卢、昆布这类的高山峡谷被神化为圣所“贝于斯（Beyuls）”，是人们躲避战乱和灾祸的避难所，也是圣人、高僧大德修行的隐秘地。登山界以珠峰为分界线，分为珠峰南坡与珠峰北坡，南坡在尼泊尔境内，北坡在中国境内，两侧都有攀登珠峰的路线，但位于南坡的 EBC 徒步路线却是世界公认的最经典、最美的线路之一，它的历史可追溯到欧洲文艺复兴鼎盛时期的18世纪。不过，真正有规模的登山探险活动却始于1924年，由诺顿（Norton）带领的英国探险队从南坡攀爬珠峰，结果队员全部遇难，其中包括登山奇才乔治·马洛里；1953年埃德蒙·希拉里与夏尔巴人丹增·诺盖成为世界上第一次成功问鼎珠峰的人，他们走的是位于山南侧山脊的线路；1975年第一位登上圣母峰的日本女性田口井淳子（Junko Tabei），和许许多多其他世界各地的登山家一样，都是循此路线登上圣母峰的。

现今，此路线始于湿瓦拉雅，从讲尼泊尔语的印度教低地开始，到信奉藏传佛教的高地结束，要徒步18天。当我下午坐在加德满都国际青年旅馆的“和平花园”咖啡吧（Peace Garden Bar）里，真正弄清楚了EBC徒步的含义后，不禁大吃一惊，我在我的采访本上记下了可能遇到的四种麻烦：

1. 加德满都到喜马拉雅山区的19座小飞机，平均每年掉下来一架。喜欢到珠峰去的催客，从一开始玩的就是心跳，从你购买机票的那一刻起，不管是去程还是返程，其实你同时也申请了一张死亡通行证。

2. 历时约18天的长距离跋涉，食宿极其简陋，大部分地方没有热水洗浴，更谈不上舒适享受。

3. 大部分路段的平均海拔都在4000米以上，那是人类能够生存的最高极限，任何人都会患不同程度的急性高山病。

4. 穿越珠峰大本营的雪坡、冰河时，随时都可能发生雪崩、滑坠，葬身冰窟窿是爱你没商量。

在我心怀忐忑、惴惴不安又急切盼望、跃跃欲试时，我再次遇到了那个高个男子，他有着挺直的鼻梁和淡蓝色的眼眸，普京式的军士短发，左臂上纹着一只飞鹰，他的黑色T恤上印着花体的红色字母“Zagreb”，而我并不知道是什么意思，他那略带忧郁气质的神情一看就是个典型的斯拉夫人。当我抬头和他四眸相对时，我们俩都大吃一惊。他正踩着午后最耀眼的阳光走进“和平花园”，这里有加德满都网速最快的 Wi-Fi，我们俩都不约而同地问出了那句话：“咦，你怎么会在这里？”

“Pearl，来自中国！”

“Egor，来自克罗地亚！”

这次我们都有时间问了彼此的名字，感觉不再是路过的陌生人。伊戈尔问我可以坐到我的咖啡桌吗？我笑靥如花地说了句：“Sure！”当然！

起初我以为伊戈尔是踢球的，以他那 1.95 米的体格和敏捷的身手，犹如穿红白格子球衣的克罗地亚射手在 1998 年世界杯赛上踢出的冷门，中欧格子军曾用他们那坚韧的意志和完美的发挥告诉世人：“我们不是来打酱油的。”但一开聊，才知道他 31 岁，单身一人来尼泊尔，是个鼓手，他们的摇滚乐队已在欧洲出了两张专辑。

通常摇滚乐手不是吸毒就是泡妞，或者患忧郁症、开枪自杀，我说你还来爬山呀，危险哟，他一下被我逗得很开心，眼睛清澈得像个少年。

这是伊戈尔第一次来亚洲，也是他到达加德满都的第一天，他住在登山者云集的蓝色地平线旅馆（Hotel Blue Horizon），明天也要坐车去湿瓦拉雅。不过与我不同的是，他没雇任何背夫，他计划是 15 天，独自背着 12 公斤的背包走完 EBC 全程。

加德满都有 500 家旅馆，500 家咖啡吧、餐馆，100 万的本地人，500 条古老的巷道，每天不少于 5000 个外国旅行者，我不知道为什么我们在同一天里、在不同的街区、在不同的方向、在不同的咖啡吧里相遇了两次？！

在以前我所有的旅行都是一个人，也没有和旅行者结伴的习惯，我喜欢一个人安静地走在路上，尽享每一个孤独的旅程，看每一朵花在日出的光线中静静地盛开，听每一滴水在日暮的涟漪里变成无数的珠光、无数的面向，那时我自己就是一块存在了千年的岩石，一棵轮回了好几个世代的植物，是一片干净的树叶，一粒飞行在宇宙中的尘埃。

好多年，我甚至都拒绝用手机，拒绝写博客，拒绝刷微博、微信……我坐在国际青年旅馆的地铺上写《在路上：美国大学生活图本》，在喜马拉雅山雪光映射的石头小屋里写《尼泊尔的香气》，在生老病死的恒河流域河畔写《印度瑜伽圣地密码》，在中国最神奇的两个地理单元——西藏和新疆 10 万公里的单车奔袭中写《越野越西藏》和《越野越新疆》，那曾经是一个人的孤独旅程，但那是一个个独一无二的世界。

而现在，我突然很想和一个充满阳光的人一起，搭乘有橄榄枝和鸽子的诺亚方舟，去到下一个未知的冰雪世界。我不禁在心里问，难道他真是上帝派来拯救我的“蜘蛛侠”？！

你在路上你就年轻

Forever young on the road

没有更多的言语，我就捡了一个壮胆的骑士来当了我的“保镖”，而要雇一个看得顺眼又好使的高山向导的话，每天得花 20 美金呀。伊戈尔戏称他的这次徒步，是到珠峰南侧寻找方舟的入口，第二天我们就如约在拉塔那长途汽车站（Ratna Park Bus Stand）碰了面，一起坐清晨 6 点开往湿瓦拉雅的头班大巴。

拉塔那又叫老汽车站或本地汽车站，没有任何英文标识，朦胧的晨曦里充满着浓烈的柴油味、动物尿骚的气味，我也算在尼泊尔闯荡了 3 次的老江湖了，多次坐过本地车，看不懂尼泊尔标识时就大叫着：“去湿瓦拉雅的班车在哪儿？”一个尼泊尔人就把我们指到了要坐的那辆车上。

从加德满都前往湿瓦拉雅的路程约 200 公里，在 2010 年公路没有修通到湿瓦拉雅之前，所有班车只能开到吉里（Jiri），吉里才是传统上EBC徒步的起点。我告诉伊戈尔，在2007年我第一次来尼泊尔时，是和哥哥从拉萨开着飞飞吉普车翻越了樟木边境口岸，一直开到了吉里去的，情不自禁地向伊戈尔冒了一下皮皮，他眼闪蓝光，顿时就有点崇拜我了。不过那次一位车友开的猎豹车底盘的钢板被颠断了，我们只好撤回到加德满都去维修，而那时我也没疯狂到想去徒步EBC。

我们坐的大巴车要先沿着东北方向通往中尼边境的阿尼哥公路（Arniko Hwy），开上78公里，到了拉莫桑古（Lamosangu）再折而向东，拐上通往吉里的崎岖山路。我们买的是美其名曰的“快速巴士”票，550卢比，但一路上随时都在停、随时都在上下客，我和伊戈尔打赌说我们起码要颠簸14小时，每小时开不了十几公里的路程，这个第一次来尼泊尔的地中海青年根本不相信。但对于我来说，只要能离开加德满都那让人窒息的空气，我就会觉得呼吸自由。尼泊尔的大巴车一律都漆得花花绿绿的，嘀嘀嘀的长喇叭声按得特别畅快，每次一坐上去，我就会觉得像个村姑在追着太阳去赶集一样的感到特别欣喜和愉悦。

喜马拉雅山脉东侧的山体有着十分丰富的野生动、植物物种，当地的季风气候开始比较早，结束又相对比较晚，因此气候舒适、润湿，整个地区要比尼泊尔其他地方更翠绿、更茂盛，虽然是10月底，但谷地里的稻谷透着金黄，肥壮的芭蕉树挂着一簇一簇诱人的果实，一片生机盎然。秋风拂面，非但不觉萧瑟，反而是满怀的期待。只是一路上的检查点奇多，主要是检查有无携带违禁品的，这条路的前半段可是通往中尼边境的，有的车辆会偷运藏羚羊皮毛、檀木、麝香等。

伊戈尔大惑不解，我就使坏说是查通缉犯与反政府武装分子的，东部地区的“毛派”依然活动频繁，他个子高、目标大，要小心被拉去当“人质”。果不其然，在傍晚快颠到吉里时，一队高举着红色旗帜的“毛派”拦下了车辆，向每辆进山的车子收取200卢比的“保护费”，还开了一张盖了章的收据给司机。尼泊尔人虽对总统亚达夫领导的政府不满，但对这些所谓的“毛主义”、泥腿子也不报任何希望，觉得他们更像打家劫舍的土匪，而中国政府似乎也并不承认他们的“共产党”身份。不过车子向这些“穷孩子”交了钱后就立马放行了，也没抓任何“人质”，一点也不惊险。

伊戈尔说对他影响很深的是涅槃乐队的主唱科特·柯本（Kurt Cobain），这个柯本最初也不过是个喷火战机乐队的鼓手，一个初中未毕业的穷孩子而已。当穷孩子柯本不用去基督教青年会打扫厕所时，他去挽救了人们的生活。从渺小的贫民窟乐队（Skid Row）到无人知的喉头牡蛎乐队（Throat Oyster），直到最后像火中的凤凰一样烧为灰烬，起死复生创立了改变整个摇滚世界的涅槃乐队（Nirvana）。伊戈尔说其实在我们的世界里每一天都会遭遇不平等和不幸，在每一种成长的背后都会有“苦大仇深”的过去，而每一个时代都会有它自己的剧烈裂变与阵痛。

我当时并没理解到我身边这个阳光帅气的克罗地亚男子为什么会这样说，就像我并不知道克罗地亚人经历的家国忧愁一样。我笑着问伊戈尔为什么会来爬山，是不是因为马洛里的那句名言“山在那里”？他说是因为“百万先生”马可·波罗（Marco Polo）。

没想到我小时候崇拜的马可·波罗竟然是伊戈尔的老乡，克罗地亚人，而并非我们在书本上知道的威尼斯人。

伊戈尔的家乡科尔丘拉岛（Korcula），是克罗地亚最南端的一座亚得里亚海小岛，1254年马可·波罗就出生在其中的一座三层石砌的小楼里。遥想当年，17岁的少年马可·波罗就是从那里迎着风雨、迎着阳光走向大海、走向古老的东方的……而今马可·波罗的东方之旅已过去了700多年，但那部激起了欧洲人对东方世界好奇心的《马可·波罗游记》却依然在诱惑着每一个平凡的人去冒险、去远行、去探索这个世界未知的那部分，而不是已知的那部分，去释放那个隐藏在我们内心中的另一个自我。

我没想到在我已不年轻时再次相遇了我幼时的偶像，看来年轻的定义并非视年龄而定的，它完全取决于我们的心境与状态，而少年式的爱好冒险却永远都胜于我们那平庸平淡的优哉度日。

就这样一路上和伊戈尔用英语乱侃的时候，太阳便落山了，车过了吉里后路便完全变成了机耕道，山路上没有灯火，四周黢黑一片，来往的车辆也少，显得十分寂静。在一整天的驾驶中，尼泊尔长途司机习惯把音乐开得雷仗翻天地响，好像把我们的肝脏五脾都快震荡破裂了，最后连打架子鼓的伊戈尔都被折磨得喊受不了了，他说他真想跳下去走路亡命天涯呀。

我记得第一次来尼泊尔坐班车去佛祖的故乡蓝毗尼朝圣时，一车都是这样乱哄哄的景象，好像世界末日来临一样，而我第一次听涅槃乐队的一首歌《仿佛少年意气弥漫》（*Smells like teen spirit*）时，也是那种无法忍受的感觉，柯本那粗犷残破的叫喊整个会把人逼疯。不过听的时间久了，就慢慢听出了那集狂暴情绪与优美旋律于一体的况味，再慢慢从柯本那嘶哑的歌声中感受到了那种原始的冲动与率真。我长期在第三世界国家生活，这时我那在西藏、新疆万里走单骑时练就的经验与忍耐力就很管用了，我哥哥曾说我是全天下胆子最大的坐车人，我就去坐在引擎盖上，陪着那位尼泊尔司机读路书，免得他夜深走神，顺便再让他把音响声关小声点。

我与司机打赌说远方的灯光一定是辆“小面”，如果不是的话，我就请他吃一盘尼泊尔“馍馍（Momo）”，结果来的是辆“摩的”。伊戈尔也加入了我们的战团，于是我们仨的“拐拐”英语让一车的本地人都笑得很开心。

或许是视觉受到了限制反而激发了嗅觉吧，我闻到了车窗外扑面而来的空气中沁满了清新与馨香的山野味道，一切都是那样的宁静、和谐。我们不由说到了切·格瓦拉（Che Guevara），他可是全世界无产者、叛逆青年的偶像，这辆车的车门上就贴着老切的红星贝蕾帽头像，还说到了夏尔巴人的一妻多夫，那其实是我最好奇的，最后居然还发散到了飞逝而过的萤火虫。

英语里管蜻蜓叫“dragonfly”，萤火虫叫“firefly”，苍蝇也是“fly”，飞机也叫“fly”，只要有翅膀能飞的都叫“fly”。不过我从来没有见过那么多的萤火虫在广袤、寒冷的宇宙真空中集体结伴滑行，它们将喜马拉雅的夜空点缀得如同一座金光闪闪的殿堂，在我们的眼眸里映射出一种奇异的宁静之美。我小时候也曾将抓到的萤火虫放到透亮的玻璃瓶子里，小心翼翼地把萤火虫捧在手里像捧着一簇星星，而这里的萤火虫就好像一个个迷你天使，展开小翅膀乖乖地飞着，在星际空间的永恒黑夜里为我们打着一把把温暖的小灯笼。

车子最后晃荡到湿瓦拉雅时已快 9 点了，这是 EBC 的公路线能够通到的最远的地方，随后去到大本营的每一天都要靠走路了。我看见背夫还忠诚地站在车站的泥水中等着我们，那个背夫叫帕桑，只有 18 岁，个子和我差不多高，完全还是个少年。在尼泊尔人的名字中蕴含着很多信息，夏尔巴既是民族也是姓氏，甚至在名字中还能显示出他们的出生日期，比如达瓦（Dawa）是星期一，帕桑（Pasang）是星期五，尼玛（Nyima）是星期天。我一看探险公司给我派的是个“星期五”来，一下就觉得特别开心。

跟着帕桑过完那近 50 米长高悬在柯特科那（Khimti Khola）河上的吊桥后，我们就进到了偶尔还飘忽着灯火的村子里。帕桑给我们订的夏尔巴客栈（Sherpa Lodge）像座古老的城堡，但只要 100 卢比一个房间，我一下就觉得帕桑又贴心又可爱。在中国的古典小说或武侠电影里，客

佐姆森朝圣之旅徒步地图 300km

Everest Drummer

我戴着花翻山越岭，走向

果内帕尼宿营地

无数次地往返，无数次地等待

布恩山上看日出

长途跋涉1000公里的羊群，尼泊尔
最大的节日就是宰牲节

背夫负重，翻越海拔5416米的
陀龙要塞，那是世界上
最高的山口之一

木斯塘作为禁止外国人入内的

禁地，持续了半个多世纪的时间

卡格本尼是一片吹着风马
声、飘着藏香的世外桃源

珠峰大本营之旅徒步地图 420km

南池集市，

世界上海拔最高的一个大型集市，

也是攀登珠峰的主要补给站

用头背负重物的夏尔巴背夫。
没有背夫，就没有登顶者的成功

郭克优村的7家季节性客栈，面朝晶莹的

雪山、湛蓝的大湖

(Photo by Igor)

Drummer

瘫坐在EBC，

眨眼飘出的泪珠迅速在稀薄的

空气中凝结

凌晨5点，催客们前往卡拉帕塔看

珠峰日出

33岁的向导比格姆

29岁的袋鼠兄弟毗湿奴

18岁的少年背夫帕桑

4800米的突格拉山难纪念区，

致我们所深爱、所铭记的朋友

一定有美好的东西在
被寻找的过程中愈加美好，

珠峰鼓手Egor

栈总是月黑风高、杀人越货的场景，或浪子侠女、才子狐仙机缘巧遇的地方。此时客栈外已是细雨蒙蒙、寒意料峭，想着一天里上帝就派了两个牧羊少年人来守护着我，不知这一路还会有多少的意外和惊喜呢？

看来旅行总有一些喷着香水闻不到的空气，一些穿着高跟鞋走不到的路程，一些躺在阁楼里看不见的风景，和一些在原地永远遇不到的人，这或许也是我们喜欢走在路上的原因吧。

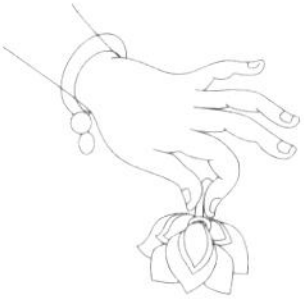

低海拔：天空是蓝色的

Low Altitude：The Sky Turns Blue

“一个人只要知道上哪去，全世界都会给他让路。”在湿瓦拉雅一夜的细雨润湿中醒来，打开“乐斯菲斯”背包整理行装出发时，我一下想到了乔丹为 The North Face 说的这句豪言壮语。

从吉里前往珠峰大本营（EBC）是希拉里爵士攀登珠峰的路线，也是传统的 EBC 徒步线。在 1786 年法国沙莫尼的一位医生帕卡德（Paccard）征服了阿尔卑斯山的最高峰勃朗峰（4810 米）之后，欧洲人便把目光投向了海拔更高的喜马拉雅山，登山运动旋即在欧洲风靡一时。从 20 世纪 20 年代开始，征服珠峰成了西方人的梦想，而登山运动的发展也反映了欧洲阿尔卑斯高山探险的演化，但尼泊尔与欧洲的不同之处在于喜马拉雅探险队的艰难、努力、费用及规模都在逐渐增加，徒步探险持续的时间也达数月，而挑战的高度和难度更是空前绝后。

1953年，新西兰养蜂人埃德蒙·希拉里与夏尔巴人丹增·诺盖第一次成功问鼎了珠峰，随后在征服世界最高峰的过程中不断增添着许多惊世骇俗的壮举，除了专业登山队，一些勇气十足的平民百姓，在独立的、悲壮的、内心驱动的、打破纪录的攀登中也开始了忍耐力的极限挑战。1978年，意大利人梅斯纳尔（Messner）成为第一个无氧登顶的人；1998年，右足截肢的美国人韦泰克尔（Tom Whittaker）成为第一位登顶的“无腿先生”，同年，背部三处受伤的贝爷（Bear Grylls），成为英国最年轻的成功登顶并活着下来的人，那年，他23岁；2001年，美国盲人艾里克（Erik Weihenmayer）成为第一位登顶的盲人；2010年，美国少年乔丹（Jordan Romero）创造了最年轻登顶珠峰的纪录，才13岁；2012年，73岁的日本老人渡边玉江（Tamae Watanabe）成为最年长的女性登顶者……

一个人的行走范围，决定了他的世界。希拉里说他总是从崇山峻岭中获得力量，而不断挑战自己的极限并不断地超越自己，也成了众多徒步登山者的名言。

一位63岁的老太太从纽约徒步2000多公里到达了迈阿密。当有记者问她，这种长途跋涉的想法是否曾吓倒过她？她是如何鼓起勇气继续旅行的？老太太回答道：“对每个人来说，走一步路是不需要鼓起勇气的，而我所做的只是坚持每天都在走路，一步接着一步。”

旅行一定是远方的

Travelling to remote place

是的，有时你必须迈出第一步，然后才有可能一步步走下去。事实上从吉里到南池（Namche）的远足不仅非常艰苦，湿度很大，而且一路上耗时太长，大约需要一周的时间。这条路线也并不像安纳普尔纳峰徒步游那样沿着山谷蜿蜒而行，而是不断在跨越山谷，催客们会日复一日地沿着山谷的一侧下山、过河，然后再沿着山谷的另一侧向山上攀登，再下山，再攀登，好像一架在不停开山挖土的挖掘机器，当你最后到达大本营时，累计攀登的高度几乎能达到 9000 米，比珠峰的海拔还高。

自卢卡拉机场（Lukla Airport）修好后，多数人都尽量避免走吉里路段，而是直接从加德满都乘 35 分钟的小飞机到卢卡拉，从卢卡拉的高海拔路段开始徒步去大本营，因而从吉里起步走的人就会更稀少。有人说从吉里到卢卡拉的景色不美，我却不以为然。尽管这段路上没有恢宏的雪山，但滔滔大河、起伏山谷、千米瀑布、涓涓溪流、奇花异草、飞禽走兽却美不胜收。

在尼泊尔约有 15 万夏尔巴人，仅占总人口的 0.6%，他们的传统聚居区就在东部珠峰脚下的这几条狭窄的河谷里，即现今的索鲁昆布（Solu Khumbu）县境内。夏尔巴（Sherpas）在藏语里意为“住在东方的人”，500 年前他们原是党项羌族的一支，党项羌族的首领曾在银川一带建立过西夏王国，蒙古族灭亡西夏后，党项羌族的一支向南迁徙到西康木雅地区，后在忽必烈南征大理时，他们又逃离木雅迁往后藏，并翻越喜马拉雅山的囊巴山口（Nangpa La），于 1533 年到达了珠峰脚下的索鲁、昆布定居，他们在这里繁衍生息，逐渐形成了今天尼泊尔的夏尔巴族，而他们穿藏袍、系围裙围腰、信仰苯教和藏传佛教，在语言、宗教、文化与习俗上依然与西藏的藏族极其相似。

在 2600 ~ 3200 米的低海拔索卢地区，夏尔巴人把他们生活的这片土地叫作舒伦（Sho Rung），意即牛奶和蜂蜜之地，从吉里东部到被称为“奶河”的大德河岸（Dudh Kosi），气候十分舒适，树木茂盛，有着广阔的牧场和连绵不断的耕田，遍种着玉米、小麦、大麦和苹果，葱茏的土地泛着银色的光芒，和瓦蓝的天空融合为一体，这片夏尔巴人的居住地由信奉宁玛派红教的僧侣们与尼姑们守护着。

在今天的尼泊尔，几乎没有一个地区没有印度教的婆罗门的身影，唯一的例外就是喜马拉雅的高寒地带。婆罗门在举行仪式时通常要用圣河的冷水沐浴和清洁道具，或许高寒地区的气温太低，在这里用冷水沐浴，不仅太过遭罪，弄不好还可能疾病缠身，可能是这个原因，婆罗门暂时还没去索鲁、昆布地区传教，因此这些地区的贡巴都延续着当年他们西藏祖先的建筑风格。

无论在哪里，夏尔巴人都会把他们的住房建在比其他民族住地要高的地方，在每个主村都有一座贡巴，或至少有一座嘛呢墙、巨大的转经筒。藏传佛教把它们的寺院叫作贡巴（Gompa），却不叫寺庙（Temple），因为在习惯上寺庙是专指印度教的。那些贡巴都是古老的暗红色，顶上装有镀金的尖塔，有的村子还建有一种方形结构的称作“卡尼”的村门，并在内墙和顶上涂满了莲花生大士传教的图画。每年秋天的节日上，红帽的僧侣会跳起祭祀用的曼尼林杜（Manni Rimdu）舞蹈，而在春天，索卢的杜鹃花和木兰花会比尼泊尔任何一处地方都要开得美丽和绚烂。

大多数经过索卢的催客，都是沿着当年早期珠峰探险队开辟的道路前进的，而能亲自追寻在这条流淌着冒险家、先驱们汗腺与脚印的小道上前行，也成了我每天早晨起床的动力，已爬完欧洲各大山峰的伊戈尔煽动性地对我说：“Pearl，你必须拥有自己的风格，它是我们的一种生活方式。”的确，即将启程的我们，去珠峰已不是为了寻找某一座具体的山峰，而是去寻找无数可能存在的生活方式。此时我的心中已经听到来自远方的呼唤，远方在我的眼中已变成了一个很感性的词，一个周身散发着无穷吸引力的词。去远方不一定就是旅行，出差、探亲或谋生皆可，但旅行必然是去远方的，而徒步旅行的魅力也正是因为它在远方！

湿瓦拉雅的红颜骑士

Female knight in Shivalaya

湿瓦拉雅的清晨十分湿润，树叶上有新鲜的光泽，仿佛轻轻一挤，便能挤出清新的露水来。

初升的太阳照射着“夏尔巴”客栈青翠的庭院，粉的、紫的三角梅花瓣洒了一地。在徒步的第一天，我感觉我身体的每个细胞都透着舒坦和愉悦，黑黑瘦瘦的帕桑很腼腆，英语说得不太好，他就一人背着我的大背包走在前面，我则像跟屁虫一样背着我的相机包，跟在背着大背包的伊戈尔后面当小尾巴。我第一次组了个3人小团，感觉就像孙猴子、沙和尚、猪八戒的西天取经团一样，打前站的是机灵的“星期五”帕桑，我这个慢吞吞还要赖皮的“珍珠姐姐”像猪八戒一样殿后，中间的伊戈尔忠实、纯厚、光着头，真的好像近卫队的大和尚，我很开心地把我们这个3人组合取了个名叫“僧团（Monks Group）”，当然“唐僧”就是我们每天要吃掉的一座座山峰，就是我们要不断念叨的勇往直前的“金刚经”。

一出湿瓦拉雅的村口就是一路向上的攀登，过了桑巴丹达（Sangbadanda，2150米）、卡努巴斯（Khasrubas，2500米）后，就到了道拉里山口（Deurali，2705米），这近1000米高差的“up”，让我和伊戈尔都走得汗如浆出。山口的标志是几条长长的经石墙，一棵挂满了五色经幡的菩提树，我想我们已远离印度教的领地了，正在逐渐进入山区藏传佛教的地域。翻过山口，便是快活的一路下降到巴恩达（Bhandar），此时已是下午1点多了，我强烈要求吃了饭再走。

在这个夏尔巴人的居住区内有一座画有佛陀第三只眼的贡巴和许多旅店，如果小小地绕点路的话，还可以前往陀东（Thodung，3090 米），那里有一座 20 世纪 50 年代由瑞士人援建的干酪加工厂。

按照我的德行，饭后是要小憩、抽支烟、发一下饭呆的，或者干脆不走了，早早收工，去周围拍一下照片。这里的露天庭院风和日丽，房前屋后的木制窗台上各种漂亮的鲜花正在绽放。这里属于亚热带雨林气候，一路上的风景与我曾经走过的西藏墨脱很相似，脚下潺潺的溪流、路旁肥美的芭蕉、远方缭绕飘逸的雾气，唤醒了我无比美好的回忆。

但伊戈尔希望缩短这几天的路程，每天在索卢的低海拔地区多走一点路，当我们到达昆布的高海拔地区时，就可以多花一些时间来适应 4000 米以上的险途。我知道他的经验和建议是完全正确的，但我也发现了结伴走的拘束和不自由。我很想说让他一个人先走，我们会慢慢跟上来的，但我知道按照我那“三天打鱼两天晒网”的拖沓速度，我们肯定是就此分道扬镳了，而我说不定真要像西天取经一样，走出个猴年马月才能到达大本营。

为了不让我们刚组建的“僧团”泡汤，也为了显示我还是有团队精神的国际主义战士，更主要的是不想轻易放弃一个暴帅的鼓手在身旁当红颜骑士，我只好咬着牙，忍了，站起身将相机包一并交给了帕桑，拿起手杖继续走。

前面的路，则是令人崩溃的下降，太阳落坡时我们下到了海拔 1490 米的里库河（Likhu Khola），走过河上的吊桥后，又是沿着河谷向前攀升。天蒙蒙黑时，我跌了两跤，河谷的小路既湿滑而我已脚趴手软，手脚不听使唤。

伊戈尔停下来把手伸给了我，我发现他身背 12 公斤的背包，全身已经湿透，像在洗土耳其桑拿浴，灰头土脸的情形比我更惨。要知道我是空手行，已在安纳普尔纳山区摸爬滚打了2个月，而他是负重12公斤前行的第一天，背包随着体力的下降只会越背越沉，码在背上像一块巨大的秤砣，一具圣主耶稣曾背负的苦刑的十字架。当我们沿河到达美丽的小村肯加（Kinja，1570米）时，已是晚上7点30分，在村口的检查站登记护照和入山证后，帕桑带我们住到了佛陀客栈（Buddha Lodge）。

肯加是一个小型的物资集散地，人来人往的，货物从湿瓦拉雅背到这里，又从这里四散到周边更小的村落去。客栈的门口摆着一排用玻璃罐子来腌制的红红泡椒，那是山区过冬的储备，我不管三七二十一地要了两个来配晚餐的达尔巴，让自己痛快、劲爆了一把。

肯加是通往拉居那山口的起点，那是索卢地区的最高点。第一天为了和帅哥保持步调，我拼着命走了15公里，一想到明天会有更多的上升爬坡，要走到对面那些黑乎乎、雾气缭绕的山头去，我顿时又倍添了一种要泪崩的感觉。

雪山守护的村庄珍贝斯

Junbesi , the village guarded by snow mountains

因为今天要翻吉里和南池集市之间的最高点，海拔3530米的拉居那山口（Lamjura），少年帕桑很负责地让我们清晨6点就起床出发了。

我泡了一大壶正山小种红茶，还加了一大勺蜂蜜在里面，在红茶里放很浓的蜂蜜和一片柠檬，是上次在佐姆森高海拔徒步时袋鼠兄弟教给我的秘方，这样可以非常快地在行进过程中补充水分、糖分和维生素等能量。据说当年英国茶商将产自印度大吉岭的红茶献给维多利亚女王时，女王对那份带着琥珀色光泽，有着醇厚甘甜的东方口味的“桂圆汤”赞不绝口，就赐名红茶为“东方美人茶”。我帮伊戈尔装在他保温水壶里的时候，他一副受宠若惊的神情。

我问今天要不要把他那笨重的猫喵睡袋（Cat’s Meow）拿出来，请帕桑帮他背上，他的背包无疑像孙悟空的紧箍咒一样，让人费力又难受，但他坚决地摇头拒绝了，而这一路上他也不让个子比他矮了一大截的帕桑帮他背任何东西。或许这就是一个独立登山者的意志和品质吧，一切全靠自己，最大限度地磨砺和考验自己。我没欧洲人的体格和体力，像小人国的人一样也比伊戈尔整整矮了 30 厘米，我得仰仗着帕桑翻山越岭，不过我发现我越走忍耐力也越强了。

刚开始上山时，路非常陡峭，随后经过了色提（Sete，2575 米），它是一座废弃的寺庙。从这里开始，沿途的村庄几乎全部居住着夏尔巴人，每个村庄都有了尼泊尔语和夏尔巴语两个名字。色提位于山腰的歇脚点，小贩将肩挑背扛上来的小商品在路边随意铺开，就成了一个临时商店。

从这里通往拉居那山口的山路虽然漫长但不陡峭，而且沿途景色颇佳，前方不时出现高大的杜鹃树林，粗大的树根盘根错节，漂亮地裸露在地表上，不仅没有阳光的暴晒，而且树根形成的天然台阶像防滑的梯步一样，让踩在上面的脚多出来了一点浪漫与想象。

中途经过郭优（Goyom，3300 米）时，坐在客栈的门口就能望见遥远的都昆达雪山（Dukunda），这里是吃午餐的好地方，在海拔 3000 多米的高地上入厕也别有一番风味。凉风透过隔板的缝隙侵袭着光滑的屁屁，抬头还能见到雪山，我正在想这一路怎么如此平静，也没发生点什么乌龙或意外时，我突然就遭遇了一只“男”蚂蟥的骚扰，左边的性感屁屁顿时血流如注，害得我也顾不了羞怯只好向帕桑求救，让他翻出我背包里的碘酒药膏狂涂一阵。

尼泊尔将水状的碘酒做成了小管软膏，便于携带，也特别管用，我还没尖叫完，一只美丽的“女”蚂蟥也跳上了伊戈尔俊美的肌肉腿。人只要一停下来就会被不良蚂蟥袭击，这些肉眼看不见的小坏蛋无处不在。我们赶紧吃完炒面后就继续往上爬。

拉居那山口耸立着一座洁白的佛塔，在午后阳光的映射下特别耀眼，站在山口眺望着绵延的云海和若隐若现的雪山，顿时觉得这样的灵魂壮游真美。

山口的风很大，雾气飞舞着通过山口直往下降，便给山的另一侧带来了充足的降水。我们像去赶集的仙人一样，追逐着雾气从顶点下山来到山腰的翠度步（Thaktobhug，2860 米），便到了冷杉、杜鹃树的混合林地和厚厚草场的过渡地带，这里森林和草甸的交接线像美国乡野派画家怀斯（Andrew Wyeth）的油画一样清晰、流畅，大锹甲爬行在松软的落叶层上很是肉感，我让伊戈尔抓一只来像《荒野生存》中的贝爷那样饱餐一顿，他却用一块石头打了几个松果，捡了一个比手雷还大的冷杉球果送给了我。

难道我是松鼠？锦鸡？狗熊？我想他肯定觉得是在送一朵玫瑰花给我吧，而我们全然不知道还会有惊喜在山道的转角处等我们……

那个惊喜就是珍贝斯（Junbesi，2675 米），一座由都昆达（Dukunda）、努贝（Number）和喜马拉（Himal）三座雪山守护着的村庄。在我们已爬上爬下十几个小时，筋疲力尽时，有什么比在山路一倒弯就突然出现的一座梦幻般的村子更让我们感动的呢？！

一条石板小路在眼前泛着青光，天蓝色的、粉色的屋顶，片石砌成的古老高墙，木质的窗棂也被油漆成了鲜艳的黄色或红色，宽大的廊台上是一排排诱人的桌椅，从寺院红墙中飘出的晚祷诵经声在山谷间回荡，它让我感觉好像回到了中国稻城香格里拉的亚丁，一处仙境般放置心灵的家园。

没人会再想离开这舒适和安逸之乡了，珍贝斯宁静得也见不到其他的催客，我们就伴着凉风和秋天的落日，一人来了一份烫得嘴发泡的苹果派和一大杯琼浆般的苹果酒。

此时正是夏尔巴人收获苹果的季节，他们在院子里唱着歌把苹果捣碎放到桶里发酵就成了苹果酒，再把苹果切成片晾晒在木板上就成了苹果干。伊戈尔坐在木桌的对面用手指轻轻扣击着台面，卸下了背包的身形比山猫还轻巧。他眼含幽凉的夜风，和着夏尔巴人劳作的节奏敲起了《你是如此的美》(*You Are Beautiful*)——“我的人生缤纷灿烂，我的爱如此纯真，因为我见过天使……”

曾经无数次地听过上尉诗人詹姆斯·布朗特（James Blunt）的这首曲子，在都市人群拥挤的地铁里，在异乡孤独忧伤的小酒馆里，但在一个与世无争的小村里，乍然再听到伊戈尔那如丝缎般的吟唱时，我才知道大山里的深秋一样有着它丰满的身躯，每一座不起眼的房子都透着它的秘密和优美，而我们在路途中的每一次邂逅与停留，都会在内心里迸发出刹那的美丽与感动。

夜宿牛奶河岸卡里科那

Stopping at night on the river bank of Kharikhola

小花顶着清晨的露水盛放着，才 7 点我们就步入了弥漫着晨雾的森林中，除了前行的脚步声，周围静得让人心醉。从珍贝斯沿着一条海拔较低的小路可以到达费皮鲁（Phaplu）的医院和小型机场，而沿着林中小路向上攀登便来到了库塘（Khurtang），它位于一道海拔 2980 米的山脊上，在这里视线一下开阔起来，珠峰也首次映入了眼帘。

“快了！两天后就能到南池了。”望着远方虚无缥缈的圣母峰，伊戈尔像一个巨人一样，站在旁边鼓励着我，而我的身形只能达到他肩膀以下的位置。

随后我们便到达烟雨凄迷的沙朗（Salung，2980米），从沙朗下山渡过润莫科那（Ringmo Khola），随后再上山就到了生长着苹果和其他水果的润莫（Ringmo，2570米）。润莫是个只有200多人的小村子，在村口有一座白色的苯教寺庙，也叫润莫，村民甚至在种植的莲花白菜地里也插着一个守护的牛头头骨，好像卡通片里的植物在大战僵尸一样。

我问伊戈尔知道苯教吗？他睁大他塘鹅般迷茫的瓦蓝眼睛，摇头说看不出来与藏传佛教有何区别？我就让他跟着我反向绕了一圈寺院，以祈求一段好运，这里的夏尔巴村民经年朝神殿的右边走，并以逆时针的方向旋转转经筒，恰好与佛教徒向神殿的左边走并以顺时针的方向旋转转经筒相反。

事实上苯教是西藏的原始宗教，信奉万物有灵论，所崇拜的对象囊括天、地、日、月、星辰、雷电、冰雹、山川、草木、禽兽、牛羊等诸多自然物，以跳神舞、祭祀、占卜、念咒、驱魔为主要仪轨，因此又被称为灵气萨满教。在7世纪初叶，佛教进入藏区后，苯教这个曾经一度掌握过西藏政教大权的原始本土宗教，就不得不让位于佛教，而到边远偏僻的地方隐藏起来，以保存自己的势力。在西藏丁青的霍尔措三十九族，其意为蒙古人的三十九个部落，大部分信仰的就是苯教，而尼泊尔一些偏远地区的苯教也受到西藏传统苯教的影响，巫师会身穿装饰着彩条的黑色长袍、头戴孔雀羽毛、手握扁平双面的羊皮鼓跳大神，祈请风调雨顺，并伴随着好几个小时的神话吟诵，以显示其惊人的记忆力与讲故事的天赋。

苯教的寺院主白色，与藏传佛教宁玛派主红色的寺院不同，我们快到崔圣度要塞（Trakshindu La，3071米）时，看见了一组组高大的塔林，塔身布满了苔藓，周围经年累月地堆放着精美的嘛呢石刻和小山样的牛羊头骨，在阳光下发出震撼人心的力量，让人心生敬畏，好像随时随地都在警示着人们要对大自然有所畏惧、有所敬重，而崔圣度要塞便是索卢（Solu）和昆布（Khumbu）两区的交界处，山岗上的视野很宽阔，从几家茶屋里传来了苯教徒们充满暖意的笑声。

至此，我们的行程进入了新的地界，下山经过一座同名寺庙，渡过台布科那（Taibu khola）的索桥后，我们继续前往努塔拉（Nunthala，2250 米）吃午餐，我想是太阳的暴晒让我已头晕脑涨了吧，连我最喜欢的金黄扁豆汤喝在嘴里都是一种苦味，看来是身体里的电解质失调了。

下午 2 点从努塔拉一路下山后便到了著名的大德河岸（Dudh Kosi，1480 米），这条河被尼泊尔人亲切地称为“白色的牛奶河”，冰河中融化的水如乳汁般的轻柔，它的发源地就是珠峰大本营。

这一路上道路的状况已很差了，塌方的碎石堆积在吊桥上。我们战战兢兢地渡过大德河后，沿着河的东岸前进，向上攀登到了局宾（Jubing，1680 米）。

局宾是这条路上除色提外唯一一座非夏尔巴人的村子，这里的居民为拉伊族（Rai），在早期夏尔巴人翻越喜马拉雅山脉进入索卢昆布峡谷时，他们曾驱走早期来到这里的拉伊人，两族之间曾一度发生过战争与冲突，不过现在两个种族的关系已经融为一体。拉伊人通常居住在海拔 1000 ~ 2000 米的山谷地带，他们的房屋用茅草覆顶，女孩子的左肩上挎一个竹制口琴，佩戴着红玻璃珠和印度硬币制作的项圈，喜欢欢快地边走边唱；男人们则以直率、易怒的性格著称，因此拉伊人要么是你要好的朋友，要么是你可怕的对头。他们信奉万物有灵的萨满教，在房子和桥上经常装饰着花环和万寿菊，或许是海拔下降的缘故，他们的房前屋后也都种满了各色鲜花。

尼泊尔人把大的河流叫作“柯西（Kosi）”，小的溪流或支流叫作

“科那（Khola）”，河流的不断冲刷切断了山脉，形成了一个个幽深陡峭的山谷，而我们前往的昆布高地，就是不断地在山谷中上上下下，过一个个的索桥，像切糕一样吃掉一层一层的山头，走过这重山就进入那重山，一重一重层层叠叠，在傍晚到达卡里科那（Khari Khola，2070米）时，我已经是强弩之末了。客栈，还有什么比它更亲切的呢？

卡里科那的主街上有许多店铺，大量不同档次的旅店，出售着各种生活必需品，这里是一个重要的物资集散地，同样也有检查站。贡巴里的几个小僧侣在溪流引下来的简易水龙头旁沐浴着晚霞净身，伊戈尔也去酣畅淋漓了一把，他裸露着的上身已变成了古铜色，脸上的皮肤完全爆裂，胡须也很长了，和我第一次在“和平花园”咖啡吧里见到的那个英俊的海滨青年判若两人。

我笑他也成了野人鲁滨孙，不过更性感了，我发现村民们都在偷偷看他。而我则径直朝我向往的热水澡标志走去，那些被大丽花和绿叶点缀着的漂亮窗户太诱惑人了，要知道明天到了高海拔地区后怕感冒和高反，就不敢丢心大胆地洗澡了。

卡里科那依山傍水，泥墙上还残留着“毛派”的镰刀标志和标语。我让帕桑将我带的红烧肉罐头加在了我们点的野菌汤里，哇，那鲜，那爽，那热，滚烫滚烫的。伊戈尔第一次向我讲起了他的国家，我这时才知道在当今欧洲的和平中也有过怎样的悲壮与惨烈。

记得我们小时候都看过南斯拉夫那些著名的片子《瓦尔特保卫萨拉热窝》《桥》，尤其是《桥》中游击队员唱的那首歌《啊，朋友再见》，曾经红遍了当时中国的街头巷尾，其流行的程度相当于现在的汪峰在唱《怒放的生命》，那种自由穿行在无边的旷野，拥有着挣脱一切力量的感觉，那种与众不同的英雄主义也曾让幼小的我们心驰神往。

“二战”期间，克罗地亚人铁托（Josip Broz Tito）领导的南斯拉夫游击战争曾是欧洲最大的敌后战场，但在1990年南斯拉夫解体，克罗地亚、斯洛文尼亚、塞尔维亚等宣布独立为6个国家，随即在1991～1995年爆发了克罗地亚战争、波黑战争。曾在圣·马克教堂的彩色广场上喂鸽子的少年们，坐在萨瓦河西岸那鹅卵石路边的咖啡馆里度过悠闲时光的老人们，前一天还在摆满新鲜蔬菜、水果的多拉克莱市场上，共享着镇上最好吃的奶酪、面包，成群采集当地花农用鲜花提炼出的“拉万达”香水的姑娘们，在同一个酒吧里欣赏同一个乐队奏出爱情旋律的男人们，在托米西瓦街上乘坐同一辆老式铁缆车上下老城与新城的观光客，曾经生活得浪漫、精致而富有尊严的克罗地亚族、塞尔维亚族和穆斯林族，突然之间就成了互相杀戮的敌人。一切都像多米诺骨牌一样在瞬间崩塌，一个欧洲人最喜欢的夏季避暑胜地，一个城市的冬景被印在圣诞贺卡上的安宁之地，成了“二战”之后在欧洲爆发的规模最大的一次局部战争的战场。

伊戈尔说战争爆发时他才10岁，克罗地亚的首都萨格勒布（Zagreb）原意为“战壕”，是建在两座毗邻山岗上的有着900多年历史的城市，而那座有着中世纪彩色屋顶的古老城市顷刻间也成了真正的“战壕”。13岁时他开始看着录像带学打鼓，14岁开始在学校表演，而很多时候他们都不得不躲避在地下室里练习打鼓。

克罗地亚的人口仅有429万，战争结束后的克罗地亚实行义务兵役制，伊戈尔从萨格勒布大学毕业后，参军接受了严格的训练，成为特种部队中的一员，26岁退役后开始他继续打鼓的生涯。和伊戈尔相处的4天，一直觉得他很低调、沉静，带着斯拉夫人独有的忧郁气质。谁能想到，这样一个酷哥是在炮火中开始他那艰辛的音乐之路的呢？

生活在和平世界里的人，是无法体会那段战乱岁月有多么的让人悲伤，就像我们也很难想象在尼泊尔这片净土上也曾有过的不同种族间的争斗，还有“尼共”在山区发动的持续了10年的反政府游击战争，直到2006年尼泊尔才趋于宁静。世界上有“三大游击战之王”，前南斯拉夫的铁托、中国的毛泽东和古巴的切·格瓦拉，克罗地亚的历史与文化也曾孕育了伟大的探险家马可·波罗、德高望重的政治家铁托以及现代的钢琴王子马克西姆，当节奏大师马克西姆在伦敦现场弹响《克罗地亚狂想曲》时，那无疑是一朵在战火摧残后的废墟上开出的美丽小白花。

我想，无论是遗忘还是铭记，在历经苦难土地上的人们对和平与安宁的生活都会有着更深切的向往，此时的喜马拉雅如同一个穿越时空的静宁隧道，它将来自亚得里亚海的伊戈尔与来自古老东方的我连接在了一起，它让我伸出了双手，与伊戈尔的十指紧紧相扣在幽蓝的溪流边。

世间两个人的相遇，其实是久别重逢，我笑着对伊戈尔说，我小时候就听过你国家的歌，明天我们俩要一起唱着游击队员之歌出发。

“啊如果我在，战斗中牺牲，请把我埋在，高高的山岗，再插上一朵美丽的花……”多么宽广而优美的胸怀呀！

法克定的第一次生理极限

The first physical limit in Phakding

一个人，一面鼓，一个时代；一座山，一条路，别样人生。从此我就把伊戈尔称为“我的战友”，和一个格拉斯《铁皮鼓》中的鼓手、一个飞鹰中队的特种兵一起前行，我还怕到不了珠峰大本营吗？！

卡里科那是EBC整条路上的一个转折点，从这里我们结束了连日的东行，开始转向北去，溯清亮的大德河而上，奔往卢卡拉的怀抱。

我们的“僧团”继续背包踏上这艰难的旅程，向上通往布沙

（Bupsa，2300 米）的山路非常陡峭，我们花了很长的时间才到达山腰，那里有几家客栈，从布沙逐渐向上攀登，沿途能够俯瞰流经谷底的大德河。大德河发源于终年积雪的喜马拉雅山脉，水质异常的干净、清澈，但由于水流湍急再加上白色的河床，使得河水看起来像牛奶一样，故而夏尔巴人叫它“奶河”。

小路往上继续攀升到了卡里山口（Khari La，2840 米），尼泊尔把山中的要塞、隘口、山口都叫着“拉（La）”，感觉翻过一座山头，就被痛苦并幸福地“拉了一下”，站在此“拉”，即可俯瞰大德河流域的另一个峡谷普岩（Puiyan，2730 米）。在我们下山前往普岩的途中，有几个地方非常狭窄，好像一不小心就会坠身谷底喂鱼。随后我们又“拉上”2805 米的派亚山口（Paiya La），又向下至苏克（Surkhe,2290 米），距离苏克不远，有一个通往卢卡拉（Lukla）的岔道，诸多蜻蜓样的小飞机接二连三地从头顶飞过，降落在对面山头的半山腰上，那就是冠有“世界屋脊上的跑道”称号的最危险机场卢卡拉。

伊戈尔看地图时说这段路相对高度只有 800 米，而实际上 1200 米都不止。昆布地区的山路都开在山腰上，和我们平时爬山“走脊不走腰”的习惯完全不同。帕桑说小山要走脊，大山就会走腰，这是喜马拉雅山道的特点。山太高了，走山脊梁的话会累得吐血。

我看他们走路时走的都是“之”字步，腿不累，心不跳，步步舒缓，不会像走“一”字步那样直接地冲来撞去的，他们好像训练有素的宇航员在太空非常优雅地行走一样。再看看我们脚下的那些山路，全是让我两眼昏黑的“之”字。或许夏尔巴人从他们的西藏祖先那里认识的第一个汉字就是“之”字，而我走的简直是没有章法的“螃蟹步”，一会儿左一会儿右地乱窜、晃悠，越往上胸口就像火烧似的喘不过气来了。

午后，我们喝完红茶又继续向上攀登，穿过木瑟（Mushe）、川雷卡卡（Chaurikharka）就到达切普伦（Cheplung，2660 米），我们和从卢卡拉而来的众多徒步者汇成了一道，往神圣的南池爬去。

通往南池的路一直沿着陡峭的杜哈考斯峡谷上升，蜿蜒的小路穿过一片片美丽的蓝松、冷杉、杜松、杜鹃花、橡树和白桦树林，狭长的台阶上种植着土豆、大麦、菠菜、萝卜和洋葱，色彩明快的村庄夹杂在金色的田地里，林间小鸟啁啾，这和西藏一侧珠峰周边百公里皆 4000 米以上的贫瘠苍凉景色完全不同，一南一北，宛如两个世界。我坐在切普伦路边几块石头垒成的简易石凳上，背靠着几根木栏杆，等帕桑去检查站登记，顺便翻出两个拳头大的小苹果来，用瑞士军刀切成了八小块，递给了伊戈尔和帕桑分享。

我看见那些从卢卡拉刚下飞机而来的新鲜人脸上，无一不挂着欣喜和兴奋的神色，而我有的，除了满脸的晒斑、邋遢疲惫外，感觉自己的精气神已全部耗尽，我坐在石头上说我不能走了，想从这里返回卢卡拉，乘小飞机回加德满都去，两个护卫一听就吓呆住了。

骡马叮叮当当地把物资源源不断地运入南池，从我身边的小道上哼哧哼哧地走过；那些少年背夫，有的才十四五岁，也从我坐着的石台边踢踢踏踏地走过，他们肩上的背包对他们瘦小的身型来说都很沉重，一起身时还要龇一下牙。一个 13 岁的少年，穿着橘红色的 T 恤，上面印着花体的英文字母“Quick”，我们紧挨在一起歇气，他摆放在身旁的背篓，装满了从卢卡拉空运而来的各种物资。与安纳普尔纳山区的背夫们略为不同的是，这里背夫们的背篓更为高大、笨重，他们在下窄上宽的背篓里，绑上了两根长长的木棍，木棍就像一架小梯子那样，上面绑满了一箱箱背负的东西，从罐装饮料、品客薯片、方便面到卫生纸、煤油桶，背一天的工钱大约是 2 美元。

这个少年的脖子上挂着一块小小的绿松石，在木棍的顶端挂着他的棒球帽，上面有D&G的LOGO，我想可能是哪个徒步者送给他的，他连饮用水都没带，我就把切开的苹果，递了两小块给他。他道谢起身离开时，反手抓住肩膀上的木棍，运了两口气才站立起来，那些背篓里的货物，整整高出了背篓两倍，真的就像一座小山。

青壮年背夫都去为登山队、露营队运送装备去了，他们体力好、载得重、挣的工钱高，而很多催客在机场外雇的背夫，无疑都是体弱的小孩子，感觉像非法雇用的童工一样，真是穷人的孩子早当家呀。我们走路是旅行，是锻炼，艰苦几天而已；他们走路却是生活，一辈子都要这么上上下下。

我想是人都一定会有惰性、贪图舒适的习惯，只要看见有可以坐车、坐飞机的便捷方式，就不会再想拼着老命去走路，费力出力了，何况这还是在海拔3000米的地方。当时我一定是到了生理的第一次极限，脑袋被拍花了，极度缺氧，而头顶上嗡嗡飞的小飞机在试验着我的极限和突破。看着帕桑那一脸汗津津的笑容，我那根被抽掉的筋又接上了，想撤回加德满都的念头就此打住。

伊戈尔安慰我说，听说南池还有个世界上海拔最高的酒吧乐队，他一定会打一场鼓给我听的，我又泪水滴滴地跟着他上路了。

天快黑尽时，我们到达了热闹的法克定（Phakding，2800米），它坐落在临河山坡的平地上，夜晚寒风刺骨，这里集中有30多家客栈，长长的嘛呢墙上插着白色的经幡旗，刻着六字真言的嘛呢轮旁边，用英文写着：Please I turn this mane to purify your soul. 夏尔巴人信奉每个走在路上的人，每转动一次嘛呢轮，都是一次净化灵魂的过程，他们的一生，要转动数百万次的经轮，经历数百万次的磨砺与蜕变。我伸出汗迹斑斑的手，轻轻拂动着经轮，就像在抚慰这一路走来的疲惫与挣扎，也有了一次内心的激荡与修炼。

今天伊戈尔选的客栈在大德河边，盥洗间小巧得只容得下一个人，脚下就是咆哮而过的冰凉的雪水，四处风呼呼的，凉快得很。眼睛抓色、腿脚勤快的帕桑去帮我点了份咖喱羊排，说姐姐吃了羊骨头后力气就跑回来了，一大丛能活血化瘀的药草植物八宝景天，顶着一把把小雨伞一样的粉紫色花冠在庭院里开得欢天喜地，而他哪里知道，此时的珍珠姐姐已如同一堆羊杂碎，骨髓、胳膊、腿等零件已散落一地。

迷人的南池港湾

Fascinating Namche Bazaar

清晨的天空瓦蓝瓦蓝的，空气像水晶一样透明，杜鹃花卵形的叶子上闪着白霜。今天是伊戈尔来敲的门，他快活地哼着涅槃乐队的曲子，“背上猎枪，与好友一起出发，不怕失败，一笑置之（load up on guns and bring your friends，it's fun to lose and to pretend）”。或许是今天即将到达南池，他一副神清气爽、喜上眉梢的神态。

昨天被他坑蒙拐骗着走了17公里，把我走得神经错乱、直透骨髓，我坚决地说今天要按照我的节奏来走了。

乍然出现的昆布地区的美是惊心的，它使徒步者不得不慢下脚步来细细品味。成片的白桦树、刺柏，茂盛的山杜鹃，潺潺的溪流，雷鸣的瀑布，迷人的石头荒原，头顶的天际线上耸立着那些我们儿时在地理书上读到的山峰。一出法克定，要从一座摇摆的长桥过河，沿着河边一直攀爬来到本卡（Benkar，2700米），那里的瀑布从头顶下狂泻而下，水花四溅，让人走得惊心动魄。从距离本卡不远处的一处浮桥横跨过大德河，又回到东岸，继续向上攀登到初莫阿（Chumoa），在中午日头晃花了眼时，我们到达了蒙炯（Monjo，2880米）。

喜马拉雅山区河流上那些惊险、飘逸的吊桥，大多由各个国家援建，像英国援建的湿瓦拉雅索桥，瑞士人修建的法克定吊桥等，而我们这一路已感觉像是走在一条朝圣的大道上了，不是道路，而是人流。道路上会聚了世界各地的徒步者、观光客，中国人、韩国人、日本人、德国人、英国人、美国人，感觉自己是在联合国里爬山。

遇见最多的就是日韩人士，成群结队、浩浩荡荡的。日本人大多是中老年“夕阳红”团，其规模效应也十分抢眼，无论走到哪里，队伍的秩序丝毫不变，步调一致、紧密相随，很有力量；韩国人则以青少年为主，甚至还相遇一队韩国“童子军”，跑到这么高的海拔来过“冬令营”倒也真够厉害的了。还有一些欧洲人，让背夫用竹篁背着年幼的三四岁孩子，真是虎爸辣妈呀！

一些团队的装备高度专业，牦牛队载着全套的露营行头，一些也极度业余，一身运动服、一双运动鞋就行了。不同的团队，还有不同的放松方法，一个向导坐在路边的曲榻拉上，浪漫地吹起了悠长的尼泊尔长笛。这一路夏尔巴背夫更是络绎不绝，近百斤的货物受力全在头部，用羊毛编织的彩色头带紧紧勒在他们的额头上。我们还见到用头背着海尔洗衣机、1.8 米长席梦思床垫的，那是一个新家的奢侈品，不由得常替他们“头痛”、胆战心惊。

不过幸福就是你喜欢的男人愿意为你背着嫁妆翻越喜马拉雅山呀。

在蒙炯有许多住宿的好地方，这里就是萨迦玛塔国家公园的入口，需要出示 TIMS 卡和门票，珠峰的门票是 3000 卢比，约 210 元人民币，上面写着这些钱的用途，主要用于野生动物保护与各种人为垃圾的清理等，我想在这种票价面前，任何人如有逃票的念头就会很不人道了。

昆布的所有地区都属于萨迦玛塔国家公园（Sagarmatha National Park，又称珠峰国家公园），公园由新西兰政府、希拉里爵士创立的喜马拉雅基金会（Himalayan Trust）共同帮助建立，其北部与西藏珠穆朗玛峰自然保护区接壤。1979 年，昆布被评选为世界自然遗产，其海拔在 2800 ~ 5400 米高差的 150 公里徒步线路也成了世界上最刺激、难度最大的高海拔徒步线路。

在这一路上，每一站都有军方检查站（Amay Post），建在森林边一个简易的木屋子里，有时甚至是一个简易的木棚子，只有几根竹子做成的遮雨处。一看见有棕色面庞的年轻军人从空空的窗户探出头来，我就特别开心。一来表示我离珠峰大本营越来越近了，二来我也可以趁机休整一下，喝口茶，和这些长年守在大山里的年轻男孩子们闲聊几句，他们还会把巡山时偶遇小熊猫（Red Panda）、雪豹（Snow Leopard）、麝香鹿（Musk Deer）、九色鸟（Impeyan Pheasant）的故事，讲得玄乎其玄，让人倍添神秘之感。凡猎杀、贸易这四类珍稀野生动物的人，会被处以 15 年以上的牢狱之灾和 10 万卢比以上的罚款，而喜马拉雅这个积雪和岩石的高山，是它们赖以生存的最后家园。

当然，每一处军方检查站的功能已不仅是检查徒步者，而是登记姓名、护照、人数、进出时间等，以便徒步者万一失去联系后好追踪、查询。一位叫托马斯（Tomas）的失踪者的通告贴在木板上，他是来自斯洛文尼亚的徒步者，照片上正含着笑背着大背包，他在定波切（Dingboche）已失踪半年，只有 25 岁，布告上说凡发现他的人，会有 5 万卢比的赏金，但至今没人找到他。

沿途的村子，也有了商店、娱乐室和酒吧，绵长的音乐在窄窄的街巷上唱响，尼泊尔的、西藏的，滚石的、U2 的、涅槃的，还有一家画着鲍勃・马利头像的雷鬼酒吧（Reggae Bar），写有蒙炯第一家和最老的一家酒吧字样。在这里，一种蜂拥而至的旅游集市的感觉油然而生，和之前在索卢低海拔地区那种清幽、寂寥的静谧形成了鲜明的对比。

伊戈尔说“平生如不识涅槃，觅遍摇滚也枉然”，我觉得好多人此时都像是在踩着涅槃乐队“不插电”的鼓点，兴高采烈地去珠峰寻找一种莫名的放纵般逃离的感觉。记得科特·柯本最初在西雅图的中央酒馆唱歌时，其上座率的指针停在零，一开始也只有桌椅、板凳认为涅槃很棒。声名远播后的涅槃如同举世无双的珠峰一样，或许它已不是指荣光、指高度、指天堂，而是指一种超脱了痛苦和消除了欲望的境界，一种迷惘之火被吹灭后的平和寂静的世界。

显然我的这种感觉很真实!

下午从蒙炯下山渡过大德河后，慢腾腾地爬到了久沙乐（Jorsale，2810 米），然后再通过高高的浮桥回到河的东岸，过了久沙乐后就是上升 600 米的长上坡，沿途没有住的地方，很容易让人崩溃。

长时间在超过 3000 米的高地爬坡，感觉空气也越来越稀薄，我们也首次到达了可能引发急性高山病（AMS）的海拔高度，小道边不时出现黄色的“慢行”警告牌，走得快了说不定突然就倒地而亡，每年至少有 3 位徒步者在昆布高海拔地区死于 AMS。我觉得地球的引力突然变得特别大了，每一步如同灌了铅般的沉重，一直拖在队伍的最后，几乎每上一个坡，都要停下十几分钟来调整一下呼吸。前往南池的人很多，我又怕晚了没有客栈住宿，就让伊戈尔按照他自己的呼吸和节奏前行，帮我们订一处安静的房间，帕桑则陪着气喘吁吁的我在后面慢慢走。

傍晚时，霞光旖旎着从壮丽到柔美到暗淡，虽已可望见雪山，但我距离它还是很遥远，看着远方依然山叠着山，一眼看不到边，想到要翻越这百万大山，痛苦不由得涌上心来……

当你气喘吁吁，再也不想低头爬，只想抬起头来看星星时，你发现，你已到了南池。山腰上一弯半月形的灯火在布满星星的夜空里不真实地闪耀，百余间屋舍散落在岩石丛生的山坡上，迷宫一样的小路将它们串联在了一起，众多的客栈传出了欢歌笑语声，那是 6 天来我见到的最璀璨的灯火。

我听到对面的石板小路上传来了一声清脆的口哨，“Pearl！”伊戈尔在喊！我看见了他那运动员般瘦削的身形。

哈，哈，旅馆是夜色里最迷人的港湾，还有什么能比得上一个战友的静候、一个温暖的火塘更吸引人的呢？！

希拉里学校盛开的生命

Lives in bloom at the Hillary School

在海拔 3480 米高的南池，美丽的白色雪烟朝着蓝天飞起，推开窗，即看到莹光闪烁的 3 座雪山。

南池集市（Namche Bazaar）是座生机勃勃的小镇，在东边的大德河和西边的波特河（Bhote Kosi）形成的一个 V 字形汇流的地方。南池坐落在圣山阿玛达布朗峰（Ama Dablam，6856 米）的山麓，大约有 100 户人家，石壁白墙的房子，像长屋一样密集在马蹄型的山腰。坐在这座面朝西的 U 形山谷里，可以远眺北面的昆比拉峰（Khumbila，5761 米）、东面的泰瑟尔库雪峰（Thamserku，6608 米）和西面的科瓦德里雪峰（Kongde Ri，6187 米），这里是珠峰山群所在的昆布地区的经济中心和枢纽，世界上海拔最高的一个大型集市，也是攀登珠峰的主要补给站。

镇子里各种石子铺成的小径将各种小店串联了起来，超市、ATM 取款机、银行、网吧、邮局、警察站、餐馆、面包房、带热水淋浴的旅店、游泳池、酒吧、摇滚乐队、按摩服务，连全球通手机都能拨通。河流让南池和周围村庄都有着充足的水利发电资源，不仅可用于照明、做饭、烤火，还可以经营酒吧、台球室、录像厅，徒步者视这里为自己的大本营，世俗生活的最后一站，它犹如潘多拉魔盒充满着幸福、忧伤、友情、灾祸、爱情，还有着隐藏在盒底的无穷的希望和雄心。看着窗外 3 座雪山下的城池在遗世而独立地闪闪发亮，它让我想起宫崎骏（Miyazaki Hayao）《天空之城》中的虚幻与梦境，但南池的美却是真实的！

在夏尔巴人的村庄中，南池集市有着特殊的地位，它原本只是一个村庄，后来在南池建立了每周六一次的热闹集市，场面壮观到如同在拍一部喜马拉雅的大片。当地人把集市叫作哈特巴哈尔（Haat Bajaar），体现的是传统的尼藏贸易的特色。

索卢昆布同西藏的贸易只限于两个季节，一个是初夏的 5 ~ 6 月，那时冰雪融化，穿越囊巴山口（Nangpa La）的道路已可通行，而季风期不稳定的雨季尚未开始；另一个就是秋季的 10 ~ 11 月，那时天气晴朗和干燥，囊巴山口尚未被冬季的冰雪所封锁。在贸易季时，夏尔巴人向西藏出口的物品有粮食、染料茜草、净化的酥油、土豆干、粗糖、香粗纸、水牛皮和棉布，从西藏进口的物品除盐和羊毛外，还有茶叶、烟草、羊皮、兽毛、干肉、毛织料、地毯、衣服、帽子、靴子、丝绸、银器装饰品、瓷杯、木刻书本及各种宗教用品。

除了这些贸易外，牦牛的总进口额相当可观。来自西藏的高原之舟牦牛一直是尼藏贸易的主要运输工具，夏尔巴人还用它在主村和夏季牧场之间驮载货物，同时还大量用牦牛为各个登山队运送通往营地的辎重装备。一头牦牛有效用的时间是 18 ~ 20 年，公、母牦牛均可用来载运货物，牦牛很容易驾驭，只要两个人就可以带领 10 ~ 12 头的牦牛队完成一次穿越囊巴山口的长途跋涉。

事实上，昆布的夏尔巴人垄断了从南池穿越囊巴山口，经由西藏的第一个边村加布拉直到定日的货物运输。在这条持续了 500 多年历史的传统的牦牛贸易道路上，只有具有超人体能，生活在海拔 3000 米以上的夏尔巴人才能背负重载沿着巨大无边的冰川小路，穿越高达5500米的囊巴山口，连那些居住在山腰地带的拉伊人也无法承担这一重任。由于经营同西藏的贸易，夏尔巴人有机会获得值钱的珠宝和服饰，各种家庭用具和来自西藏的宗教物品，他们一次次到西藏旅行，也使他们能在艺术和知识领域与中国保持经常联系。

在周六集市的一大清早，来自周围村落的夏尔巴人、拉伊人、西藏定日的藏族人、搬运工、牦牛队全都涌入了南池，交易结束后人们又涌进当地的茶室和青稞酒吧交换着每周的八卦新闻、趣事。

南池夏尔巴人的住房一般都是两层或三层的楼房，既可是居住的民居又可以拿来当旅店的房间。房屋是用木料和石头扎扎实实盖起来的，先用木柱搭成架子，然后用石块垒墙，石块之间的缝隙由泥沙和牛粪混合而成的厚浆填塞，粗糙的石墙上涂抹石灰刷白，其木匠的工艺水平也相当高，盖房时从来不用钉子，使用榫子使木结构永不脱散。在房屋的正面，毫不例外地都有3个熊猫眼睛样的窗户，窗子打开后阳光和光线就漫射了进来，以前的人们常用羊皮纸钉在窗格上以挡风寒，而现在都装上了明晃晃的大玻璃。

夏尔巴人让每幢房子在内设上都有一个固定不变的特点，即在起坐间的前墙放一排长长的靠窗坐垫，坐垫前面放一张画着吉祥八宝图案的桌子，上面放着暖暖的酥油茶壶和永不熄灭的酥油灯烛。一家之主坐在离火塘最近的位置上，留宿的客人则非常腐败地坐在映射着阳光的靠垫上喝茶、发呆。多数人的家里还设有佛堂，供奉着佛像，墙上挂着五彩缤纷的唐卡（Thang-ga）。哪怕是再简朴的人家，也要花巨资请画家来家里给他们手绘一幅丝绢上的唐卡。

所有到达南池的旅人都会在此休息一天适应环境，因为随后每天的最高点都要超过4000～5000米，得AMS的人往往都是那些自认为适应性最强且最健康的人，因他们不注意调整，使身体负担过重，最终导致患病或报销。大多数的催客会坐在有大玻璃窗的起居室里喝茶晒太阳，或爬到对面近百米高的冰渍坡上进行适应性训练，俯瞰村庄里斑驳的嘛呢石塔和藏红色的贡巴安静地庇佑着昆布冰川。

伊戈尔是个军士，如同主神宙斯的儿子赫尔墨斯有双长有飞翼的长脚，越战越勇，他像行路者的传令兵一样，让我和他一起去昆均村（Khumjung）拜访希拉里学校（Hillary School），下午再回到南池休息，而我全身散了架般地无力，只想赖在轻柔的始祖鸟（Arcteryx）睡袋里，羽翼藏锋，睡个昏天黑地。

在阿尔卑斯客栈（Alpine Lodge）喝完清晨的第一碗酥油茶后，我的精气神仿佛又回来了，能走，能爬，脸也不肿，也没高反了。我让帕桑去他村子里的亲戚朋友们处串门，放假一天，我和伊戈尔则沿着村子外长满蕨类和苔藓的嘛呢石墙，经过扎罗克村（Zarok），朝正北方向的昆均村爬去。

大约 2 小时后，我们看见了一个房屋色调与风格都很一致的村落，好像一座绿色的世外桃源一样。山腰上有牦牛群在打架，孩子们叫喊着在引开牛群。那幢两层楼的绿白屋体围绕着一块不大的开阔平地，那样青翠的绿色屋顶在蓝天白云下显得特别的幽静和安宁，直觉告诉我那就是希拉里学校。

曾 9 次登上珠峰的希拉里爵士虽然对尼泊尔的文化及人民有着深深的认同感，但这种认同和欣赏并没有使他忽略尼泊尔这个贫穷小国所面对的社会问题——这里的人们缺医少药，孩子们缺少受教育的机会，不知道如何计划自己的将来。

1960 年，希拉里成立了喜马拉雅基金会，1 年后他重返尼泊尔，用筹来的资金在 3780 米的昆均村建立了当地第一所只有 3 间房子的学校，然后又在紧邻昆均的昆德村（Khunde）盖了一所医院。1972 年，他在卢卡拉村建造了一座小型机场，目的是把各种材料和器材运进来，帮助昆布地区建立更多的学校和诊所。

有了这座机场，今天的登山队和徒步者只花几十分钟时间，就可从加德满都飞到卢卡拉村，并在一周后到达海拔5300米高的登山大本营。但尼泊尔这个希拉里的福地，却在1975年带给了他这一生中最大的伤痛。那一年，他妻子路易丝带着小女儿贝琳达去找正在帮助夏尔巴人建造医院的希拉里，她们乘坐的小飞机不幸坠毁。希拉里一下失去了生命中的两个最爱，夏尔巴人为路易丝和贝琳达在昆均村建立了祭坛，但希拉里几乎不能直视这两座白塔，无数个傍晚，当他一个人漫步在昆均的山岗时，面对着喜马拉雅，泪水常常不知不觉地就爬上了脸颊。

希拉里也曾消沉过，但他明白，对妻女最好的纪念就是留在尼泊尔，用他的一生来回报曾经帮助过他的夏尔巴人，他所热爱的喜马拉雅山。在希拉里首次登顶后的55年里，他在尼泊尔建成了27所学校、2所医院和13间诊所，来自新西兰、加拿大、美国及荷兰等地的教师、医生们成了高山上的忠实义工。2008年，希拉里永远离开了他熟悉的河流和山脉，而古老、幽冥的山河已让他的灵魂变得像圣母峰一样深沉。夏尔巴人再次为他建起了一座祭坛，以表夏尔巴民族对他们一家的尊敬和感恩，这次3座圣洁的白塔在雪山下永远地依偎在了一起。

现在希拉里学校可以容纳350个孩子在这里接受小学至初中的教育，夏天来临时孩子们在操场的长条木桌上做作业，学习尼泊尔语、夏尔巴语和英语，春天时则在山岗上种上新的树种。1951年希拉里第一次到昆均时，那里到处都是葱茏的树木，在海拔四五千米的地方都长满了参天古木和大片大片的杜鹃，山上还有大量的供冥想和修行的洞窟。

但随着旅游者的增加，珠峰已快变成一个大垃圾场了，希拉里意识到无遏制的登山活动对环境所造成的破坏，他开始越来越多地投入到环保及重新造林的活动中，他和孩子们在那里种下了许多的小树，让昆均和昆德成了两座绿色的双子村庄，希拉里梦想着二三十年后昆均地区的森林就可以恢复到 50 年前他第一次深情凝视时的景致了。

我们从学校一路爬上昆均村的最高点 4100 米的山顶时，远远地就看见了那 3 座白塔在正午的阳光下闪耀，看着白塔下大片大片的野菊花和用石头垒砌的嘛呢堆，我想起一位已故的探险家道格拉斯（Douglas）喜爱的一句话："以这曾经盛开的生命，记念心中的苦难。"

我想在我们一路走来的整个旅途中，我们的身心已不仅仅是在纪念苦难，更多的时候还是在改变和见证，改变自己，改变隔膜，改变消极，改变不美好；见证成长，见证变化，见证生命的旺盛、卑微的顽强和绽放的快乐。

和伊戈尔携手站立在雪山下时，我许了一个愿，我想有一天，我们也能成为喜马拉雅无国界志愿者中的一员，在这里教书、上课，与孩子们一起娱乐。白雪覆盖了冬天，到了春天时就会融化，溪流汇入的是蓝色的大海，或许也正因为有了你我，所以喜马拉雅的天空永远是蓝色的。

高海拔：他的爱

High Altitude: His Love

起步，就有天空的高度。

在尼泊尔语中，萨迦玛塔峰（Mt.Sagarmatha）有多种解释，"天空女神”“从海洋到天空”“高达天庭的山峰”和“世界之巅”。在南池，这个名字就代表你将从开满鲜花的村庄和山路穿越 4000 米以上的寂地走向冰雪覆盖的世界之最。

EBC 徒步线上的美景就是那些世界级的雪山，地质构造冲撞的震碎力量形成了尼泊尔喜马拉雅山脉，由此诞生了世界上 10 座最高山脉中的 8 座，这些巨大的山体从西边的道拉吉里峰向东延伸，形成了尼泊尔与邻国的自然边界。萨迦玛塔峰（珠峰）和卓奥友峰与中国西藏接壤，而干城章嘉峰的多重峰顶与锡金共有，逐渐增多的登山队攀登这些令人敬畏的 8000 米山峰的历史也反映了运动成功的重要性，那是人类能够生存的最高极限。从 1921 年第一次挑战珠峰到 1953 年成功登顶，其间经历了第二次世界大战，珠峰在不断增高，它的名声也与日俱增，作为衡量国家及个人成就与战胜逆境的同义语，尼泊尔的山峰已成为登山运动精英们的最终运动场。

外国人要徒步、登山，就离不开夏尔巴人。在尼泊尔开始旅游业时，夏尔巴这一名字几乎成了登山和徒步游的同义词，夏尔巴人一向以精诚团结和没有派性著称，协助登山也成了他们一项重要的经济活动和收入来源。说起夏尔巴人为什么是最高海拔的王者，这在那些喜欢透过浪漫面纱看他们的外国人眼中无疑是一个谜？！

原来居住在海拔 3000 米以上的夏尔巴人，在生理上已适应了高海拔带来的严寒，由于空气稀薄，他们的肺活量都大得惊人但血压却很低，血液中血红蛋白的浓度却高于常人，这保证了他们大脑的供血充足，抗缺氧能力强，肌肉伸缩有力，最适于爬山。同时夏尔巴人还有一双神奇的腿脚，在“曲榻拉”小憩时，我看见帕桑伸出来的双脚，脚掌宽大，短小敦实，像有肉蹼的猫科动物一样，走起路来大步流星，又快又稳，不知疲乏，和我们纤巧、骨感的脚掌真的不一样，我想那是长期山区生活让腿脚进化成这个样子的原因。

他们爬山时，腿的伸曲也特别灵活，就像网上爬行的蜘蛛，不会被满山凸起的石头绊倒而受伤，他们的小腿和大腿自幼就因肌肉的过度牵伸而变成了弹簧样的弧形。

对体格健壮、贫穷而富有冒险精神的夏尔巴青年来说，给登山队、徒步者当向导和背夫是他们最好的出路。在传统上，拥有牦牛的多少是一个夏尔巴人获得声望的来源和社会地位高低的标志，不少夏尔巴人冒险在高纬度上奔走，就是为了多挣一些钱，以备将来购买牦牛之用。拥有一群牦牛是那些想在社会上抛头露面的人梦寐以求的事情，一些较为富有的夏尔巴人往往不屑去拿镰刀和锄头，不屑在田间耕作，但只要能带上自己的牛群去高山牧场放牧，游荡在白云草甸之间，心里便会感到特别踏实，认为那是最适合男子做的尊贵职业。

我身旁的“星期五”帕桑曾期盼地对我说，等徒步旺季结束后他就会有足够的现款来买第一头牦牛了。他们会穿越国界，翻过 5500 米的囊巴山口直到西藏的定日，他最想买的是藏牦牛，那无疑是一个 18 岁的夏尔巴男孩儿最珍贵的成人礼。

有登山运动必有风险，当灾难来袭时，夏尔巴人也是处于队伍最前列的，当外国登山探险队员在他们的帐篷里等待下一次冲顶时，夏尔巴人则在冰峰上来来回回地分程运送着装备，他们时刻都处于危险之中，好多人死于雪崩、裂缝及滑坠。有旅行专家担心长途远足者会给夏尔巴人的生活方式带来破坏和消极影响，让某种纯净、独特并具有野性的东西终结。如今的夏尔巴人也穿西装、听摇滚、上网冲浪、玩手机游戏、用微信、在脸书上交友，但与他们一起走过路的徒步者都知道，他们的天性和本质，与早期给西方登山家留下深刻印象的祖先们的天性和本质是一样的，一个今天将领队向岛峰（Island Peak）进军的法国人费希尔笑着说："夏尔巴人勇敢、快乐、爽快，没有自卑感，依然保持着他们热情、好客的本性，他们很容易开怀大笑，为你讲的笑话及他们自己讲的笑话而发笑，把你苦哈哈爬山的痛苦情绪一扫而光，但他们酗起酒来也很厉害的呀。"

我想着夏尔巴人一边喝着拉克西（Rakshi）烧酒，一边听着身旁的雪崩冰裂，那是何等的胆色与侠气呀。

做上帝钟爱的人

Being beloved by God

在"阿尔卑斯"客栈的早餐和饮茶中，我与伊戈尔、帕桑敲定了我们随后多日的高海拔路段的行程。昆布地区有3条徒步线路，那些世界级雪山的最佳观景点都分散在东、北、西三条线上的三个村子，分别是东线初空（Chhukung，4730米），最高点为初空山（Chhukung Ri，5546米），站在那里你会看到世界第四高峰洛子峰（Lhotse，8516米）就在你的头顶，第五高峰马卡鲁峰（Makalu，8463米）也伸手可及；中线即北线哥拉雪（Gorak Shep，5160米），最高点为卡拉帕塔山（Kala Pattar，5545米），那里是看世界第一高峰的最佳位置，金字塔般的珠峰（8848米）和尖利的努子峰（Nuptse，7861米）异常耀眼，其终点是珠峰登山大本营（EBC，5340米）；西线郭克优（Gokyo，4750米），最高点郭克优山（Gokyo Ri,5360米）是看世界第六高峰卓奥友峰（Cho Oyu，8201米）的最佳位置。

当然这3条线路都是紧密相连的，总行程约130公里，不过大多数的催客只走中线，直奔EBC，或完成EBC的徒步后从中线翻越卓拉山口（Cho La，5420米）转西线，由东向西比较好走。

我和伊戈尔在地图上画箭头时，不约而同地选择了从西线向东线走，我笑我们怎么像苯教徒一样反着走，事实上经验十足的催客都知道这样不仅可以避开蜂拥去 EBC 的人流和团队，而且还可以静享那些巨大的雪山带来的变幻无尽的姿态。我曾一直认为男人来自火星，女人来自金星，俗世生活中的男女如同来自两个星球的两只刺猬，常常会因认知上的巨大差异而使彼此离得很近，但也伤得很深。我没想到的是在去珠峰的路途上，我与伊戈尔竟是如此的默契。

我说 130 公里的高山徒步听起来还真是很恐怖呀，我有可能半途而废，就地阵亡。伊戈尔笑着说：“Pearl，如要看你是不是一个为上帝所钟爱的人，你就必须要到那里去。只要有信念，你就能把事情做成。”

这或许也就是我们为什么要去登山的原因吧！为搜寻那沉睡在自己内心底层的隐秘矿藏，为释放那像野兽样沉睡在自己身体深处的隐秘力量。当年，当希拉里站在世界最高峰时，他说我们征服的不是山，而是我们自己。或许也正是那个只有靠自己的双腿和意志力去实现的每一步，才能使我们的身体与内心在不断地对话，才能让我们生命的能量在一点一点地积聚与完美。

与伊戈尔在清晨 7 点转经南池贡巴一圈后，我们就从那里，在一片绵延起伏的诵经声中起步，走入了那片美丽而激情的雪烟当中，那个超越了人类视线的众神的领域。

帕桑的牦牛秘密

Yak's secrets revealed by Pasang

伊戈尔照常背着他那瑞士猛犸象（Mammut）超级闷骚的 50 升银灰色背包，外挂着他的双登山杖和水袋。7 天来他一直未剃胡须，看起来像一个饱经风霜的中年大叔，山让他迅速成熟了10岁都不止，他说他要走完全程回到加德满都时再“剃度”焕然一新，我看他时好像在看一个从白走到黑的苦行僧巴巴，好在一路上他也用不着用一张俊脸去亲吻谁，他喜欢用他那脏乱差的胡须去亲吻汤汤水水的达尔巴，亲吻石头与经幡。帕桑呢，磨合了多日，他已变得比较活跃，至少我知道了他心里的秘密。

我们还是按照“僧团”的队形前行，帕桑负重打前站，伊戈尔背他自己12公斤的背包，不紧不慢走在中间，我背自己的相机背包尾随着伊戈尔的身影。爬上屋后的山坡，沿着刻满经文的嘛呢堆向右走，十几分钟后就出了如同高山度假圣地的南池镇子。此时眼前的景色与7天前完全不一样了，白雪覆盖的珠峰和洛子峰迎面进入了眼帘，“山”字形的阿玛达布朗峰（Ama Dablam，6856米）俏立在山路的前方，看上去比珠峰还雄伟壮观。夏尔巴人尊崇阿玛达布朗峰为他们的神山，在尼泊尔语中它是“母亲的项链”之意，而这座山就是进入珠峰大门的门柱。

按照HRA医生的建议，在海拔超过3500米之后，每天攀登上升的速率最好为500米，故我们打算在高海拔行走的第一天，走到4000米以上的第一个宿营地都乐（Dole，4090米）度过第一夜。

闹嚷嚷的桑纳萨（Sanasa，3600米）是东西线的岔路口，夏尔巴的女人们把她们手工编织的羊毛围巾、袜子，还有带有两条长辫子的羊毛帽子，摆了一地，上面用纸片写着：100% Yak Wool。我在一个有两团高原红脸庞的小女孩的摊子前停了下来，花了400卢比买了一条军绿色的围巾送给伊戈尔，围巾刚好可以在他的脖子上绕两圈，又挡风又保暖，他看起来既干练又英气勃勃；我则花了300卢比买了一顶粉色和灰色毛线编织的辫子帽，帽子的前面用褐色毛线绣着简笔画的珠峰，写着“EBC 5340m”，那是我此行要抵达的目的地，我天天都梦想着能够亲临的珠峰大本营。

有徒步者买这些在山里实用的羊毛制品，其实也是对住家操持家务的夏尔巴女人们的资助，她们可以用这些散碎银子，给孩子们添置一些学习用具，那个脸上有冻伤的小女孩看见我一下买了两样东西，咧着缺牙的嘴，笑得灿烂极了。我一把把她举了起来，我竟然能在 3600 米的高度上，可以开心地抱起来一个孩子了，我觉得 7 天来的锻炼，也让我的力气变得大起来，不再像一个宅女、一个娇小姐了。

我们在这里与清晨出发的大部分人群分流，追溯着右下方流淌的大德河的波光，缓慢地爬上了昆比拉山（Khumbila，5761 米）的第一个山垭口蒙拉（Mong La，3975 米）。

蒙拉有 3 间茶屋，金鹰在光秃秃的山丘上盘旋，寒风猛烈，但神奇的是这个小村庄竟是西藏绒布寺（Rongbuk）第五世转世活佛桑吉多杰（Sange Dorje）的出生地，据说他用一种超自然的力量飞越了喜马拉雅山，在 16 世纪将藏传佛教传入了昆布地区。

中午时我们才下到大德河岸边的佛子天加（Phortse Thenga，3680 米），这里有多家临水而建的红色屋顶的客栈，我们简单地吃了一盘炒面，添加了热水后又继续沿着山谷往通巴（Tongba，3950 米）攀爬。

过桥、爬坡，又过桥、又爬坡，道路蜿蜒穿过一片杜鹃花林和白桦树林，光滑的白桦树皮脱落在小径上，如同一封封薄薄的光阴书简，固执地保持着活着的姿态，灌木布满山谷，瀑布四处飞泻，帕桑说这一路是麝香鹿常出没的地带，在长满青苔的大石头上，昆均学校的孩子们，用石灰粉画了一只墨绿色的麝香鹿，上面写着“Save the Musk Deer”。

生性胆小、警觉、独居的麝香鹿，又叫白腹麝、喜马拉雅麝，它们的皮毛上有可爱的斑点，有一对直立的大耳朵，尾巴短短的且没有鹿角，但有一对很大的、军刀状的牙齿，像孩子们画的那样，像个外星球的超萌小宝宝。帕桑轻声说道，麝香鹿白天都静卧在灌丛下或岩石山地的僻静阴暗处，在拂晓或黄昏后才出来活动，寻找松树上的嫩枝叶，悬崖峭壁上的地衣、苔藓，或喜爱的叶杉树上的松萝。位于公鹿下腹部及生殖器之间的麝腺，能产生浓烈但令人愉悦的气味，不管是雌性麝香鹿还是香水制造商对这种气味都同样难以抗拒，故麝香成了珍贵的中药材和优质定香剂，成了人类争相取得之物，它好似金银一样成为盗猎者随时可以脱手兑换现金的商品，成为世界上最昂贵的动物制品之一。

我们轻手轻脚地走出了疏林灌木丛地带，生怕惊扰了这些受到喜马拉雅山神庇护的小宝宝。在海拔较低的地方还看见了喜马拉雅塔尔羊（Tahr）的身影，它们披散着金棕色的长毛，凝望着远处狭窄的山脊，两边暖湿空气滋润的山峦也是塔尔羊能够生活的最后一片舒适之地。

伊戈尔始终把钴蓝色的防风衣穿在身上，而我则不断要根据高差和天气的变化随时在增减着登山服，生怕因出汗太多打湿了内衣引发感冒，光这一点我就很佩服伊戈尔的体质与体能，他一直像士兵一样踩着鼓点在匀速行走，不紧不慢，不增不减，不喜不悲，身体几乎已能像夏尔巴人帕桑那样自我调节着冷热、高差，像动物麝香鹿一样动静有度，适者生存。在路旁有一指示牌说从南池 7 小时可到达郭克优，但要知道那是指职业登山人的速率，一旦你挡不住雪线的诱惑走得太快，不期而至的 AMS 就会让你早早地打道回府。

下午 3 点，我们状态良好地到了掩映在一片茂密林地中的都乐，都乐在普勒科那（Phule Khola）的入口处，村子被两条清澈见底的小溪分隔开来。这里有 6 家客栈，团队喜欢住在溪流北边的雪人客栈，我们则选了溪流南边僻静的那摩斯德客栈（Namaste Lodge），这是徒步 8 天来我们到达得最早的一天，两座 5700 米以上的雪山昆比拉与塔波切（Taboche）一南一北地环绕着这座河流村庄，一群卸下重物的牦牛在吃草休憩，它们眼睛旁的毛色黑白分明，好像超萌的硕大水滴。

头上包着羊毛花头巾的客栈女主人为我们现打了一热水瓶的酥油茶，我和伊戈尔坐在客栈的门廊前舒服地晒着太阳，也邀请帕桑一起来喝碗酥油茶补充能量。帕桑说牦牛才是真正的高山之王，最高可爬到 6000 多米的地方去栖息，它们的胸部发育得特别壮硕，气管又很粗短，几乎和狗的气管差不多，所以它们能适应频速呼吸，能适应海拔高、气压低、含氧量少的高山冰原。

我知道帕桑的秘密就是有朝一日能够成为一群牦牛队的主人，在高山上放牧，能够用牦牛来运送物资，往返在冰峰雪原之间，儿孙满堂，成为一个有声望、有社会地位的夏尔巴男人。我就捧着一杯热热的牦牛奶，对着一头有着黑缎子般长发的“高富帅”牦牛大喊了几声：“Yak！”结果竟招来了两头正在吃奶的小牦牛瞪着两对牛眼，很不屑地看着我，觉得我惊扰了它们喝“下午茶”和吃“甜点”的时间。

这一喊，也喊出了我的力量。让我感到开心的是，一路上我并没有之前一直担心的高反，或许我也长出了像牦牛一样短粗的气管吧。那一夜，我枕着雪水融化的潺潺声，睡得很踏实，竟然还甜蜜地做了一个美滋滋的春梦。

沉醉在郭克优的臂弯

Lost in the arms of Gokyo

清晨 7 点，迎着让人头脑清醒的冰风，我们精神焕发地走出了都乐河滩，沿途的景色开始大变，我们进入了夏尔巴人的高山放牧地。

夏尔巴人的居住区有两种不同的形态，即固定居住区（主村）和夏季居住区（棚屋），主村常年住人，建有主宅，存放着大部分家产和所有珍贵财物，也是欢庆宗教节日的聚集地；棚屋则多位于森林线以上的高山牧场，那里的房屋面积小，家具陈设简陋，主要用于夏季放牧时使用，那些小村落的棚屋都是季节性的，一旦冰雪封山时他们就会带着牛羊群返回主村。帕桑提醒我说，都乐以上的小村落都是他们的夏屋，常常只有几户人家，兼做供徒步者留宿的客栈，出发时得把水壶的茶水灌满，免得到时很难加到热水。

我们一直沿着陡峭又贫瘠的山丘爬坡，矮小的灌木丛星罗棋布地生长在冻土原地带上，在这条人迹罕至的高山大峰、高寒荒漠之地上，我们相遇得最多的除了无边的寂静和孤独，就是有着硕大体格、从容不迫风度的褐黑色牦牛，那些长着紫色、红色浆果的刺柏、针茅、苔草、莎草等高寒植物无疑都是牦牛们的主要饭菜，而善走陡坡险路、雪山沼泽，能游渡江河激流的牦牛却全身都是宝，夏尔巴人喝牦牛奶、吃牦牛肉、烧牦牛粪、披牦牛衣、住牦牛帐篷，牦牛如老马一样还有识途的本领，总能避开陷阱择路而行，故“高原之舟”常常也是徒步者的前导。

在马切莫（Machhermo，4330 米）村落小憩时，我们看见一排石砌的围墙里仅有 5 家夏尔巴人用松木盖的木屋，还有一家国际背夫组织的救助站（Rescue Post）。那家迷你的救助站很管用，主要为患 AMS 的徒步者和背夫提供紧急治疗。帕桑在这里给我们讲了雪人的传说，1974 年的时候一个雪人在这里杀死了 3 头牦牛，还袭击了一个夏尔巴牧羊女，让我上厕所时一定要睁大眼睛，雪人喜欢在幽暗的光线下突然闪现。

我觉得在这个世界上所有神秘的动物中，最让人着迷神往的就是传说中的喜马拉雅山雪人，当你对雪人产生质疑的时候，一定不要忘记那些严肃的支持者。1951 年，埃里克·希普顿（Eric Shipton）在蒙朗子冰河拍下了一张雪人足迹的照片；1986 年，第一个征服了世界上 14 座顶峰的莱因霍尔德·梅斯纳尔（Reinhold Messner）声称在中国西藏看见了一个雪人，他描述它像一只具有人类能力的西藏棕熊，并以此写了

《我的探寻雪人之路》一书。夏尔巴人甚至把雪人称为“夜帝（Yeti）”，意思是居住在岩石上的怪物。他们总是那么信誓旦旦、那么深信不疑，这更让我对来无踪去无影的雪怪充满了一种无比神奇的想象。

继续爬了 2 个多小时后我们到了山脊上的庞卡（Pangka，4390 米），世界第六高的卓奥友峰（Cho Oyu，8201 米）第一次映入了我们的眼帘。卓奥友峰位于珠峰以西的 32 公里处，被夏尔巴人称为“绿松石女神”。1954 年奥地利人蒂奇（Tichy）在 6 名夏尔巴人的协助下，第一次不使用人工氧气而完成了人类在 8000 米以上山峰的首次登顶。登顶后的蒂奇喜不自禁，他说那是一种以前我们从来都不知道的完美和谐的感觉，一种几乎不属于尘世间的喜悦感觉，即使是冻伤了几根手指头也值得。由此，卓奥友峰又被称为“喜悦之峰”，它那像一把打开的孔雀扇羽的优美姿态，吸引了无数登山家沿着它华美的皱褶不断地攀登、驻足。

小巧的庞卡就镶嵌在波状的郭宗巴冰川（Ngozumpa Glacier）的末端，郭宗巴冰川从北边的卓奥友峰流泻而下，一直绵延了 20 公里，成为喜马拉雅山脉最长的一条大陆性冰川。1995 年一个徒步团队在庞卡避风扎营时，一场突发的雪崩让全部人员遇难。我们沿着郭宗巴冰川的右侧喘息着走了 3 个多小时，在日落时才到达冰湖边的郭克优村（Gokyo，4750 米），我第一次感到呼吸异常的困难，身体完全透支了，一头倒在卓奥友风景客栈（Cho Oyu View Lodge）的小床上就不想再动了。

郭克优村的 7 家季节性客栈都背靠坚硬的郭宗巴冰碛层，面朝晶莹的雪山，紧临湛蓝的大湖而建，食宿条件好风景又优美。作为一个漫游者，从低海拔的溽热河谷上升到清冷寂静的冰山荒原，在感觉到地理阶梯上升的同时，也能感觉到某种内心境界的提升与净化，而复杂多变的地理从来就是与多姿多态的文化相关的，它往往演绎着别样的人生与别样的生活方式。

客栈的主人一边照顾徒步者一边照看着牦牛，黄昏时那些毛发蓬松的“巨人”就踩踏着湖边狭窄的石子小路归家了。男女主人们一遍一遍地重复着相同的曲调，把背筐里搜集回来的牦牛粪便碾成粉，再揉捏成桃酥样的粪饼，拍打在木屋的墙上晾晒，那就成了供我们这些寒冷的徒步者取暖、用餐的燃料。在冬天来临时，他们又驱赶着牦牛驮着一袋一袋的粪饼回到主村，那些天然的粪饼又成了施放在土豆地、青稞田里最好的肥料。

我们在客栈遇到一对法国情侣已在郭克优村住了 1 天，他们邀请我们明早一起去爬郭克优山拍日出。事实上珠峰大本营的过度拥挤、商业化与床位紧张，让资深的催客和摄影家们更愿意选择位于珠峰臂弯里的郭克优西线来徒步和摄影。西线的特点就是湖泊多，郭克优在 2003 年成为了国际湿地公约（Ramsar Site）中的一员，我最初以为那如海洋般深不见底的湖水是咸的，没想到我竟然来到了世界上海拔最高的淡水湖系。郭克优村坐落在第三湖大德博卡里（Dudh Pokhari）湖边，与湖水紧紧相拥，仅在郭克优村前后就有 5 个湖泊，一个个的高山冰湖蜿蜒在蓝天下的冰渍雪山之间，美得让人感到已不太像地球上的景色。

落日的余晖洒满喜马拉雅山的南坡时，大德博卡里湖便泛起了一片奇异的蓝光，轻柔的水汽慢慢升起，布满湖泊的冰石渐渐淡出，云雾填满了郭宗巴冰川槽，无忧无虑地在水天之间转悠、漫溢、腾起、消散，那纯净的湖水，仿佛精灵王子般安静地守护着村子，白雪在山上闪烁，与世隔绝的国土上一个脚印都没有，一切又恢复了创世纪初始时暖融融的原貌。

伊戈尔看着那片幽深的大湖说这就是他寻找的香格里拉，与心爱的人在纯净的天空下牧马饮风，一起听湖水轻拍水岸的声音，在寂静的夜色里做爱欢喜，生儿育女，任由月光洒满全身。他说这里的景致和他在欧洲爬过的山峰都大不一样，荒远、原始，没有人烟，不用修饰，如同人类初始时期亚当与夏娃生活的无忧园。我安静地坐在他的身旁，望着远处的冰山，幻想着在春暖花开、冰雪融化的日子，在那些巨大的冰川石下的蔚蓝海子边，用稀有的喜马拉雅香榧木雕刻布满菠萝纹的佛陀像，在厚实的雪松木雕版上拓印风马经幡，再去到来日的山垭口上随风播撒……

那是我们在这个尘世间显得过分美丽的一种想象，但只要你热爱这片寂地并置身在它的怀抱，你就会忘记时间的存在，就会自然而然地产生出这种没有俗世烟火的想象。

穿越郭宗巴雪线

Thrilling travel across Ngozumpa Glacier

没有想象与直觉就没有超越与璀璨。

才清晨 5 点，我们就系好风帽、扎好护膝向黎明中的郭克优山顶（Gokyo Ri，5360 米）进军，那里有我们期盼了 10 天的 4 座世界级雪山的日出。

从郭克优村出发要往北爬高 610 米的乱石小路才能到达山顶，我们顶着割面的冰风混在各国徒步者当中，向头顶上那个秃子样黑乎乎的山巅慢慢蠕动。

尽管在尼泊尔行走了两个多月，但我是第一次在这种高度的海拔上爬山，黎明时的空气稀薄，呼吸急促得难受，每走十几步就要停下来缓一口气，像一条被冻僵的小蛇一样步频很慢，步幅也很小，小到每步只有十几厘米，像在月球漫步一样。

或许是缺氧的原因，我好像进入了一个飘浮的零重力空间内，大脑一片空白，心里一片澄明，脸上始终挂着微笑，感到有一种说不出的美妙，眼前不时飘来宠物小斑、母亲、哥哥的身影，我想升天入定、进入涅槃的三摩地境界一定就是这样，那些消失已久的温馨回忆一个个都随风涌了进来。

爬了 90 分钟快到山顶时，天空一下就被霞光点燃了，刚才还是幽暗的山体，刹那间就像出炉的钢花样金光灿灿、云蒸霞蔚，我被那超乎想象力的景色震得目瞪口呆，就地靠在那对法国情侣脚边的一块石头上停住了，多数从中线过来的催客也都是静静地看着，那一刻好像时光就此凝住，从无止境的过去延伸向永无止境的未来。

在郭克优山顶上看珠峰，甚至比在 EBC 看得更完美，4 座 8000 米级的雪山，马卡鲁峰（Makalu，8463 米），洛子峰（Lhotse，8516 米），珠峰（Everest，8848 米），卓奥友峰（Cho Oyu，8201 米），紫气东来般地从东向西气势磅礴地一字排开，郭宗巴冰川则像一滴晶莹的泪珠横卧在巨大的雪峰之间，我们脚下的大德博卡里湖如同一面波光粼粼的魔镜映射着远处的法拉波切（Pharilapche，6017 米）和塔波切（Taboche，5700 米）雪山。这里好像一部美丽的最具现实感的天空电影，我仿佛听到了雪的呼吸声，闻到了雪的气味，感觉身体洁净得像一片轻飞的羽毛……

那时再好的相机也无法拍出那样的场景与感受，就像一首歌里唱到的“没有什么可与你相比（Nothing Compares To You）”，只有你真正地站在那里，才会明白天地万物均有灵性，自然大美而都不言。

帕桑人很好，看完日出下山时执意背着我的相机包，轻装的伊戈尔则如脚踏风火轮的哪吒轻盈如飞，他的身形像山魂那样健美，有一种流动的韵律和节奏，拖在后面的我不禁很文艺地琢磨，这个家伙先前干吗非要自讨苦吃地背着个闷骚的大背包呢?！身体轻盈才能让心灵飘逸呀。

我们融进了初升的温暖阳光里，从郭克优村往北再走 7 公里，3 个多小时的路程，经第四湖、第五湖，即可到达卓奥友峰的登山大本营。在每年 8 月的月圆之时，印度教再生族的每一个成年男子要庆祝他们的圣线节（Janai Purnima），他们会前往圣湖或圣河中进行圣浴，更换佩戴在脖子上或手腕上的红色圣线，那时居住在低地的印度教徒也会成群结队地跋涉多日，来到郭克优的 5 个圣湖朝圣，这里是蛇神纳嘉（Nag Devata）的栖居地，珍稀鸟类赤麻鸭、针尾松鸡、红头潜鸭的庇护所。圣徒们会吹响优美的牛角号角，用冰冷的雪水洗沐着自己的身心。

由于卓奥友峰的登山大本营仅对登山队开放，故大多数的催客就此会从郭克优村折返，我们也开始重新整装出发，要横穿 4 公里宽的郭宗巴冰川，从西线转向中线。

从郭克优村往下走约 1 个小时便到达了第二湖塔波切（Taboche Tsho，4710 米），一大群稀有的赤麻鸭常年栖息在甘冽的水边，鲜艳的金粉色让人感到特别愉悦。穿过湖边的一段碎石堆路后，我们开始体验最刺激的徒步时刻——雪地穿越。

这是一条荒僻的中转小路，冰雪常年覆盖在郭宗巴冰川之上，冰川上的小径每年都会随着季节的变化、连同融化冰雪的移动而有所变化，不仅牦牛驮队无法通过，徒步者也面临着滑坠的危险，而在这条危险之路上的唯一路标就是那些石冢和前面走过的人留下的脚印。

那对法国情侣就此和我们分手，女孩已有轻微的高反，他们会沿着原路一直下到庞卡（Pangka，4390 米），从那里穿越努阿（Nha，4400 米）的两个高山牧场，再沿着大德河下行到佛子（Phortse，3810 米），从佛子转向中线的庞波切（Pangboche，3860 米），这样走海拔相对低一些，身体的反应也会好一点，不过这得绕行一大圈，多出 2 天的徒步时间来。我想在徒步中对同伴的信任相当重要，一次意外的失足、一块摇晃的岩石、一个自私的举动、一个不明就里的人，都会带来严重的后果。当时如果没有伊戈尔在身旁像座靠山一样，给予我边城警长才有的那种爆发力量和可信赖感，我是断然不会走这条让人不寒而栗的捷径的。

每天通过雪地的催客只有寥寥10余人，气温也降到了“亚零度”，我们的脚踩在冰层上时不时发出嘎吱嘎吱声，那感觉就好像在与白雪谈一次惊心动魄的恋爱，雪花也在隐约地呻吟，我们一步一步走得十分的小心翼翼，很像几只微小的昆虫在冰河的内部爬行。

我问伊戈尔看过《冰河世纪》(*Ice Age*)吗？我说我们现在走在2万年前就覆盖在地球上的冰川之上，而在冰河中行走就如同一种赌博，赌注便是自己的性命。没想到伊戈尔竟露齿一笑说：“那你就是快嘴的树獭希德，我是喜怒无常的长毛象曼菲德，不过我可是心甘情愿地跟你走在一起的。”

我们走着走着突然发现一个徒步者一下就滑到了十几米以外去，吓得我的心脏都快停止了跳动。严寒的天气让人的手脚已经完全麻木，身体也变得僵硬不灵活，而冰是睡着的水，又快又滑，那些暗藏的冰穴就是最可怕的陷阱，任何一个不小心的滑坠都会让人直接被冻在冰窟里，这里有的是将一切都变成冰的能力。

那个小团队的向导打算用登山绳把那人拉回来，还好终于拉回来了，有惊无险，没什么损伤。他们看到我们站在旁边等，就让我们先走。伊戈尔叮咛道：“Pearl，一定要抓紧我哟。”我就一直死死地抓住他，像抓住一只上帝之手。

我一直没来得及问伊戈尔在当特种兵时干过些什么，但我想起我刚学英语时看《冰河世纪》，搞不懂那3个怪异动物英雄们说的话，听力老师就让我们反复听，说是考点难点。“我不希望我们因为‘不得不’而在一起，我希望我们是因为想在一起而在一起（I don’t want us to be together because we have to, I want us to be together because we want to)。”

此时我灵光闪现地想起这句话，是因为有一些频率刚好与你产生共振，而某些话语很容易就走进了你的心里。我想到我第一次在加德满都相遇伊戈尔时，他像德国队的穆勒那样上演了一次奇妙的帽子戏法，我们甚至根本没有注意到那家咖啡吧的名字叫“Ever”，或许咖啡吧的主人想到的是咖啡能够赐予咖啡客的就是一种叫“曾经、这以前、究竟、到底、永远”的感觉吧。

人们相遇，情爱产生。情爱就是一种不期而至的时光，一段可歌可泣的旅程，是审美、是想象、是两情相悦，真爱不一定非要恋人，兄妹之间、朋友之间、人与动物之间，也是真爱。好比迪士尼的动画片《冰雪奇缘》(*Frozen*)，它颠覆了我们对男女“真爱”的惯有思维，小雪人奥拉夫为心脏结冰的安娜不那么快被冻死点燃了壁炉，它并不知道自己靠近火就会融化，它开始融了，但它呻吟着说：“有些人是值得我融化的。”

性爱与真爱的区别也在于，性爱有时会像花儿一样，轰轰烈烈地盛开一场，很容易就凋谢了，而真爱却会像握在手中的咖啡、暖炉一样，让人长久地不会松手。

没在 4700 米高度上的雪地里走过的人，是很难想象穿越冰川有多惊险。在大约走了 1 小时后，我们欣喜地看见了从中线过来的两个冒险家，那种相遇的欢欣鼓舞如同见到了亲人，这说明雪路是安全且畅通无阻的。

我们花了 3 小时横跨了郭宗巴冰川，饥寒交迫，看见冰川旁的第一个村子塘那(Tagnag，4700 米)时，我的眼泪都出来了。

塘那只有 3 家客栈，床位不多，相当于从西线转中线或从中线转西线的一个半路客栈。这里很荒凉，散发出一种美丽的、孤独的味道，难得一见的宽阔草场镶嵌在冰河边，山坡上铺满了地毯似的小草，叮咚的雪水滋养了枯黄草地上的成群牛羊，那情景颇像一部美国的西部片《与狼共舞》。

我们住在扎西友谊客栈（Tashi Friendship Lodge），住下后我赶紧要了3碗扁豆汤，我们3人一人捧着一碗汤暖着已冻僵了的双手。客栈主人给了我们几小块奶酪，这是夏尔巴人补充能量的“巧克力”，他们将搅拌出黄油后剩下的油奶煮干，再分成小块在席子上晒干后就成了高热量的奶酪。米白色的奶酪几乎可以永久保存，夏尔巴人外出放牧时常常只带几块奶酪就上路了。伊戈尔和帕桑把奶酪放在嘴里嚼得很带劲，他说在克罗地亚有50多种不同的奶酪和美食，最极品的是篝火烤肉、达尔马提亚熏火腿、羊奶酪和奶酪咸糕，他砸巴着嘴说着那些美食时，我那低血糖的头一下就出现了一阵眩晕，口水也快流出来了。

事实上在徒步中让催客们感到最难受的往往不是高反，而是体能消耗得非常大，人们时常都处于饥饿当中，日复一日能吃的就只有豆子汤、咸菜、土豆这样的达尔巴食物，新鲜蔬菜、水果、鲜肉、鲜鱼、甜点这些一说起来就让人的舌尖发颤的美味，已经成了遥不可及的奢侈品和梦中“情人”。

这一晚我们3人挤在一个多人间里，加一个自带的羽绒睡袋，感觉也没想象的那样寒冷了。半夜气温已降到了-8～-7℃，我被生生冻醒了，估计睡一觉得消耗掉好多脂肪吧，只能权当减肥了。

房间里烧着取暖的牛粪散发出呛人的烟味，让人呼吸感到愈发困难。即使是在理想条件下牛粪也不可能充分燃烧，更何况在这个海拔4700米，氧气明显不足的小屋里。伊戈尔从睡袋里探出头来，和我换了床位，让我移到窗边去睡，这样离门外的新鲜空气更近一些。荒原里呜咽而过的风，让我想起《与狼共舞》中独守在边境偏僻哨所的邓巴中尉，他想寻找一种新的生活方式，于是骑着马来到了西部印第安人的营地。与他同样孤独的还有一匹狼，那匹狼孤独到每天看着他做什么，有时还跟着他一起跳舞。

不过长久的孤独，也给了邓巴大量的时间来写日记，深深吸引住他目光的是荒原的壮美和那个叫“挥拳而立”的印第安女人。

我呼吸困难、无法入睡，如此漫无边际遐想时，突然觉得夏尔巴人就好像这个现世世界里唯一仅存的“印第安人”一样，他们在遥远的喜马拉雅边界上独自过着平静而单调的生活，与世无争，而我和举手投足如同边城警长的伊戈尔长途跋涉来到这里，漫长而又疲倦，但我们却听见了来自山谷和心间的回声，我们用光阴的镰刀收割着寂寞的灵魂，我们渴望的，或许就是身旁这无边无垠的苍天、原野所能赐予我们的寂静天堂。

飞越卓拉山口到龙波切

Crossing Cho La Pass to Lobuche

早上一觉醒来的时候，窗棂上飞贴着美丽的六棱冰花，挂在绳子上的毛巾已被冻成了一块冰片，我们睡觉时脱下的靴子已经冻得坚硬，敲起来梆梆有声。客栈主人让帕桑多加了些蜂蜜在我们泡的红茶里，又多备了 3 个西藏面包（Tibet Bread）让我们带在路上。

今天我们要翻喜马拉雅徒步线上海拔第二高的山口，那也是世界上海拔最高的徒步山口之一，5420 米，夏尔巴人叫它“卓拉山口（Cho La）”，意即“飞天仙女”，而飞越仙女之境的 6 公里长的荒山小道上，是没有任何人烟的。

一出塘那，我们就进入了一个采石场般的巨大乱石堆山谷，四处堆积着的烟褐色崩石如同核爆炸后的灾难现场，走在其间很难看见道路，如果没有背夫帕桑在身边老马识途地带路，没有那些像小人样头顶碎石的嘛呢堆的指引，走着走着就会走错了路，恐怕我们就要被困死在这石头迷宫里了。

这段山路异常崎岖难行，加上海拔已逐渐拔高到5000米，背着背包走在前面的帕桑已显得非常吃力。背夫也是人，在极高海拔上负重，他们也会出现高反和体力衰竭，更不用说伊戈尔和我了。宽阔的峡谷里静寂无声，再也听不见下面冰河水的咆哮声、牦牛群低缓的哞哞声和高原上三角杨树叶发出的鼓掌般的啪啪声，一切的声音都在这深渊般的空间里被吞噬了，剩下的只有我们那粗细不均匀的喘息声和拖沓的脚步声。

我们卸下背包躺在一块崩石上回望这个山谷时，伊戈尔掏出了他的iPhone拍了几十秒的视频。我第一次听见他在用他的母语克罗地亚语，边喘息边激动地咕哝了几句话，我听不懂他在说什么，他回头对我说那是《圣经》中的一句话："你是奇妙和力量的创造。"

走在路上时，伊戈尔曾这样给我说起过自己的国家：上帝分配土地时，最后发现遗漏了克罗地亚人，只好把留给自己的那块地方给了克罗地亚。伊戈尔说他们的自然资源和历史文化都来自上帝的恩赐，他们不仅享受着山川海洋间的绝美风景，还把这一切均当作上帝的赐予，充满了感激与珍爱之情。看着身旁躺着的这个有着东欧人的奔放和南欧人的细腻的男子，我觉得我已被他的那句惊叹成功圈粉，我忘了身体的痛苦，呼吸的困难，彻底被眼前的景致迷住了！

事实上这个核爆似的云堆山谷异常美丽，看起来就像美国宇航局"好奇号"拍摄到的火星上有疑似"蜥蜴"生存的场景。荷兰的火星1号曾面向全球招募去火星上的永久居民，据说由于技术手段还不能将志愿者从火星送回地球，因此前往火星的志愿者买的都只是一张有去无回的单程票。我内心没底，很怕走不出这个类似火星的核爆山谷，就强作欢笑地问伊戈尔，他在特种兵时都干过些什么？救人还是杀人？救灾、反恐还是打仗？

伊戈尔揉着冻僵的高鼻子，笑着很老实地回答说，只是各种极限训练，奔跑、攀岩、潜水、搏击，打咏春拳，应急救援，在人的体能和精神快崩溃时拼力一搏，在残酷考验时保持微笑，镇静自若。我说那我们俩就不需要跑去400光秒远的火星移民了嘛，我们就在此做两只萌翻了的“史前动物”，闲庭信步。

当我们走过核爆山谷后，就是一道陡直上升400米的长坡，那里一直通到让人头晕目眩的卓拉山口，400米的海拔高差虽然听起来并没有多高，但实际上这段路是我走过的最让我伤心、最让我崩溃的，想退都没有退路，我有些后悔没有跟着那对法国情侣走低海拔线，而是跟着并不是情侣的伊戈尔走了高海拔线，怎能这样不自量力呢？我还是很容易被山峰，还有像山峰一样的高个子男子迷惑住的吧！那可是玩命的极限。

在5343米到5420米这最后的70多米高差中，常年的冰雪覆盖着山口两侧的山径，我的头爆炸似的疼痛，感觉心跳加速得如同鹿撞，身体已经不是自己的了，每走一步都在打滑、挣扎。帕桑接过了我手中的登山杖，试图帮我减轻一点负担，伊戈尔则在后面手脚并用、半推半拉着对我说，“Pearl，咬着牙走，用牙咬着雪走，用眼睛来走。”他的力量激荡在空气里深入到地下，那时无从选择、无法回头，回头还是同样的大山大壑，而咬在我们齿间的就只有一种东西，它搅动着我们身体内部的所有能量，只有通过折磨自己的肉体才能得到支撑，那种东西就叫意志。

寒风雪坡的顶端就是经幡飞舞着的仙女——卓拉山口，我们从7点出发，整整爬了3个半小时才到达那里。在刀锋一样的山顶上拍照的人挤在一起，我像一条被从海里拽出来的八爪鱼一样，全身瘫软，一屁股跌坐在旁边的石头上，禁不住喜极而泣。“超人”伊戈尔比我更惨，他铁砣样的背包如影相随，根本没有任何人可以帮忙、解困，他和我瘫坐在一起，但却爱怜地拍了拍我肿胀的脸颊，我看到他手上的集思宝（Vista）高度表上显示出一连串我们走过的数字，5343 米、5400 米，5420 米！上帝呀，你赋予了我们一种怎样的力量呢，我们把我们的肝脑、我们的炙热、我们的喘息、我们的痛苦、我们的爱意全都赤裸着献给了你！

在卓拉山口，我们极目眺望着东南方的卓拉子山（Cholatse，6443 米）、阿玛达布朗峰（Ama Dablam，6856 米）和西边的郭克优冰川、法拉波切峰（Pharilapche，6017 米）、卡久峰（Kyajo Ri，6186 米），它们以那魅力超凡的空间和令人眩晕的视野，绘就了一出极端狂放又令人折服的壮阔之景，我们的思维化为了结晶如一阵冰风，我们的身体随着四周的冰片盘旋而上。在自然面前，我们感到人是如此的渺小，却又如此的坚韧与顽强，登顶并不是为了征服，而是为了超越，超越我们那与生俱来的懦弱，突破我们身体里那深层次的潜能。

从卓拉山口下山时，还有很长一段雪坡要走，雪坡对膝盖的磨损会很大，伊戈尔帮我调整了一下佩戴的护膝。我一直不知道他的背包里除了带有 GPS、睡袋，还装有什么神奇的东西。这时他拿出来使用的那对简易冰爪就起了绝佳的固滑、省力的作用。其实从亚得里亚海岸边出发时，他就装备好了登山行头，打定了主意要一人走完 EBC 的所有徒步线的，我想即使没有遇到我，顺带捎上我，他也会把自己扔进一种全新的挑战中，而这样的高度也远远超过了欧洲大陆第一高峰——勃朗峰（4810 米）的高度。

我们花了 2 个多小时，下到了卓拉山脚的宗拉村（Dzonglha，4830

米），其实翻越卓拉山口的两侧，无论是上山还是下山都是很累的。宗拉仅有两家客栈，床位也不多，条件极其简陋，与塘那一样是中线转西线的半路客栈。我们要了 3 杯浓浓的奶茶就着藏式面包和我带的四川榨菜吃了个简餐后，决定再走 2 个多小时去到被称为避暑山庄的龙波切（Lobuche，4930 米），那里以前曾是夏尔巴牧羊人的夏季棚屋，现在是上下通过珠峰大本营的一个商业化的宿营地，条件相对要舒适些，许多催客都会在那里休息。

随后的山路我都处于小高反状态，极度的疲累与失氧让我有如腾云驾雾一般，深一脚浅一脚的。一呼吸就可见到清晰的雾气，气温至少也有零度吧，最后是人是仙，连我自己都搞不清楚了。

热闹的龙波切在松散的龙波切冰川（Lobuche Glacier）旁边，有八九家大型的木屋客栈，各国徒步者在此云集，成群的牦牛也把这里塞得满满的，泥地上到处是踩得稀烂的牦牛粪，运送物资的竹筐散落了一地，周围的环境又冷又乱糟糟的，帕桑带我们去了村落最顶端的一家又小又温馨的生态客栈（Eco Lodge），其他客栈都是用木材建造的，只有"生态"依然保持了夏尔巴人传统的石屋结构，房间里铺着藏式地毯，起居室的火塘里烧着暖烘烘的牛粪，抬头即看见两座刀锋样尖利的雪山努子峰（Nuptse，7861 米）和洛子峰（Lhotse，8516 米）就在窗外的头顶上闪耀，我突然发现我们身上穿的 TNF 羽绒服，就是用眼前的白色努子峰"Nuptse"做的 Logo，它的创始人就是两位狂热的徒步者，而珠峰则像天后、圣母一般，颇具大家风范地在隐现在两山之间，温婉地伫立着，几乎没有一点风头正健的感觉。

从中线直接上来的催客，大多要在龙波切休整 1 天，有人兴奋地去东边的昆布冰川做海拔高度的适应性练习，有人激动地在火塘边的留言墙上挂了一条很好玩的横幅，上面用中文红底白字地写着："妹子哥爱你！”这让那些穿越了EBC或正准备穿越EBC的姑娘们看到一定会很感动的。

印第安人取名字时会与他们当时经历的生活情景有关，比如智者叫“踢鸟”，酋长叫“十熊”，女人叫“黑披肩”，小孩儿叫“很多微笑”，猛男叫“风中散发”，寡妇叫“握拳而立”，那匹狼叫“两只白袜”，每一个称谓都带有它独特的含义，我问少年帕桑知道条幅上的意思吗？他呵呵笑着点了一下头。这家伙早就情窦初开了，他随村里的壮男们翻越过中尼边境上的雪山，他当然知道藏语里或者汉语里，那些至关重要的性感词汇了。

在龙波切可以喝到珠峰牌啤酒和夏尔巴人用米制作的米酒“唱（Chhang）”了。帕桑悄悄告诉我，一个夏尔巴男子如果看上了一个姑娘，就要请媒人拎着一瓶“唱”米酒去姑娘家说亲。如果姑娘家不同意，就会拒绝接受“唱”。当然要是同意，就会一起喝下这瓶“唱”。我问帕桑是否给哪个姑娘家送过酒，他不好意思地说，这次徒步完他就会让媒人去送酒了。

我哈哈大笑起来，为这个浪漫的习俗而鼓起了掌，尽管HRA的医生警告催客们不要因为高兴而在如此高的海拔上饮酒，但我还是胆大妄为地为身边的两个骑士开心地点了一小杯“唱”。要知道我们三人可是穿越了雪线，从冰山雪峰上爬过来的呀。

雪山上的每一道凹槽、每一条冰舌，甚至每一片花岗岩，都是时间叠加在一起的，都是经得起时间考验的，别人都不曾费心走那么远，去到与世隔绝的郭克优湖，别人都觉得在一座如同火星样的核爆山谷，寻找出路太过麻烦，所以很少有人到过那里，很少有人发现过它的美丽，而此时阳光如同水晶般穿透了我狂野的心灵，我心里最美丽的地方正被它的光芒照得通亮。

在哥拉雪，时间失去意义

Time loses meaning in Gorak Shep

我想大多数的人在海拔快 5000 米的地方是很难睡得踏实的。清晨 7 点我们出发时，我觉得整个人像踏在棉花上一样头重脚轻，步履如同刚会走路的孩子一样踉踉跄跄，今天我们则要向 EBC 冲刺了。

从龙波切到哥拉雪（Gorak Shep，5160 米）的距离并不长，往北面走约 6 公里远的路程，但一路沿着昆布冰川（Khumbu Glacier）和山壁之间的狭窄沟壑上行，有很长一段，路特别难走，上下起伏很大。帕桑说夏尔巴人有句谚语："4000 米以上不长树，5000 米以上不长草。"沿途的地表上已经没有了植被，到处都是裸露的岩石和干涸的沙土，脚踩在上面时很容易打滑，又很伤脚，这不仅增加了在高海拔上步行的难度，同时，没有植被导致空气中的含氧量减少，使得徒步更加吃力、艰难。

我们一路蛇行了 30 分钟后，往路左边的一条小径拐进去几分钟，去拜访了"意大利金字塔"（Italian Pyramid），这座由意大利著名登山家奥古斯蒂罗（Agostino）和地质学家阿蒂托（Ardito）于 1990 年建立的研究站，最初是用于测量珠峰与 K2 的精确高度的，奥古斯蒂罗于 1954 年首次登上了世界第二高峰乔戈里峰（K2），现在这里则主要用于珠峰环境保护、大气变化、登山技术及海拔高度对人体的影响等研究。科学家们住在金字塔旁的 8000 米客栈（8000m Inn）里，几只守卫的藏犬会对过路者咆哮一通。研究站在白天对徒步者开放，不过可别指望碰到哪个古怪的科学家或有哪个太空高人来指引你参观。

那座引人注目的玻璃金字塔像来自外层空间的神器一样，耸立在空气稀薄处，让我遐想着那里或许就是人类灾难来临时，逃生的卓明飞船前往太空的起飞点，或者是《地心引力》的女主驾驶神舟飞行器再入大气层的降落地。

回到主路上后我们继续在乱石堆里爬升、下降，再爬升、再下降，一个个的坡顶在视线的尽头等着我们，珠峰被洛子峰挡住了也看不到，哥拉雪好像遥遥无期。

哥拉雪是中线上最后一个宿营点，所有的物资皆靠牦牛队运送来此。在 4 ~ 5 月繁忙的登山季节，从珠峰南坡登山的探险队都要在哥拉雪进行最后的补给。1952 年瑞士登山队曾将登珠峰的大本营建在此地，但遗憾的是以登顶失败而告终。

帕桑说哥拉雪只有 6 家客栈，一直以床位紧张、物资稀缺著称。3 个小时后我们到达群峰环抱的哥拉雪时，先行一步到达的帕桑已在“夜帝”客栈（Yeti Resort）为我们订了一个“薄如纸板”的房间，房间的木板墙缝隙很大，不仅透光还透风，但能“抢到”房间已算很幸运了，下午晚到的催客们就只能裹着睡袋睡在餐厅的坐垫上或起居室的地板上了，不过不管睡在哪儿，每个人心中期待已久的高度就要来临了。

通常催客们会选择中午轻装去珠峰大本营（EBC），往返 4 个多小时，傍晚回到哥拉雪休息，第二天一早再爬 1.5 小时的山，去到卡拉帕塔（Kala Pattar，5545 米）看珠峰的日出。

我们放下背包，只带了水和巧克力就沿着昆布冰川侧碛松动的碎石小路向 EBC 慢慢前行，途中相遇了一队来自英国的“夕阳红”，老人们银发冉冉，步态舒缓，有个人的背包旁还插着一把黑色的英国绅士伞，从卢卡拉机场走了 10 多天才到这里，不得不心生佩服，暗想我如果到了他们这把年纪，可能早就没有穿越 EBC 的“熊心豹胆”了。

事实上，一个身体健康、事先已适应了高海拔的徒步者，是可以在四五天内走完从卢卡拉到 EBC 的全程的。我见一个背夫还为他们背着一口亮闪闪的镁铝制小箱子，就很好奇里面装的是什么法宝，制氧机、急救袋、电影机、滑翔伞?

EBC 位于昆布冰川的最北端，一条白色的冰带与视线尽头的珠峰相连，尽管一路轻装，但进入 EBC 的路相当难走，大部分的冰面被碳色的灰土、粗糙的砾石和花岗石覆盖着，偶尔会有一两块半透明的、泛着羊脂玉光泽的冰面裸露出来，冰面下就是一个一个融化有雪水的冰窟窿。很多时候我们都是不断在冰川堆石区穿行，个大体肥的藏雪鸡、鼠兔偶尔也会蹦跳出来，用很萌很天真的眼神看我们一眼，然后闪隐在迷乱的堆石区中。起初以为自己还走在碎石路上，直到看到碎石下的冰层，才恍然大悟，原来不知不觉间我们已向东拐走在了昆布冰川之上。

据我们刚经过的“意大利金字塔”的报告，大约 95% 的喜马拉雅冰川都在不断融化，昆布冰川则是衡量喜马拉雅冰川变化的主要指标之一，从 1953 年至今，这条冰川已经后退了近 5 公里，而全球变暖则是主要的肇因。在珠峰南坡一共发生的近百起攀登事故中，有三成为昆布冰川的事故。雪崩、冰崩，滑入冰体缝隙，随时都可能带走登山者的生命，而冰川的消融以及冰川随着季节的移动，也让昆布冰川变得更加危险莫测，徒步者从那里通过时，这些东西依然在移动、在崩落，甚至在头顶的远方，还能隐约地听见冰雪层松动的声音。一旦雪崩，人们只有大约 10 秒钟的避险时间。

快到达 EBC 的最后一段，我们又经历了一次雪线，融化的雪水沿着无数地面上的和地底下的河道在流泻，这一路我已喘得很厉害了，再也没有力气去拍照，帕桑紧握着我的手，大声鼓励着我继续向前，越接近大本营越觉得孤单，有一种被遗弃在某个荒芜的外星球的幻觉。

EBC 的几顶尼龙圆顶帐篷终于出现在眼前，我差点瘫趴在了地上难以站起，眼泪奔涌而出，伊戈尔腕上的天梭登山表高度计显示的是 5340

米，我没想到我是以哭的方式抵达此行终点的，眨眼间飘出的泪珠在空气中迅速冻结。

事实上 EBC 只是离珠峰最近的一小块平地，再往前走就是从珠峰山壁流泻而下的冰塔林、冰舌了。与我去过的珠峰北坡大本营不同的是，EBC 是完全建立在昆布冰川的末端的，昆布冰川绵延 19 公里，10 年前劳拉垭口（Lho La）的冰瀑和珠峰的冰瀑是连成一片的，几乎看不到岩壁，而随着昆布冰川的严重退化，EBC 也在运动着往后移动，且每年的位置都有所不同，春天和秋天也有不同，但总的趋势是越来越高了。最让我感到纳闷的是，这个地方也太小、太不显眼了，如果没有那块刻着标识的巨石，谁都不知道这是哪里。

很难想象在登山旺季时几十支队伍在此云集，各国登山队的旗帜与嘛呢堆上飘扬着的五色经幡一起迎风飞舞，各国队员们在此玩扑克、赌博、弹吉他、读书、吃美食、晒日光浴，一边消磨着漫长的等待光阴，一边静候着天气变好的通行指令。在 1953 年 4 月，英国登山队在登山家约翰·亨特的带领下，吸取了瑞士登山队在哥拉雪扎营的经验，选择了昆布冰川这条路线，一共携带了13吨物资，雇用了数百名夏尔巴搬运工，上百头牦牛，将物资运到了此处作为登山大本营。

从大本营往上，1 号营地、2 号营地……一步步拔营，建了 9 个“Z”形沿着冰壁渐进的营地，5 月 29 日 11 点 30 分登山队员希拉里和丹增从南坳登上珠峰。希拉里把队长亨特交给他的十字架埋在了峰顶，而丹增则把几块糖埋起来作为送给天神的礼物。他们站在世界之巅，系着保护绳拥抱在了一起。希拉里说：“站在那里，我感觉好极了。”丹增说：“我想到了神明和神的创造。”两个勇士仅在峰顶停留了 15 分钟，之后便动身下山。

在大本营，你每一次呼吸的含氧量只是海平面的一半，在珠峰顶氧气量则缩减到了海平面的 1/3。对于徒步者来说，这个海拔 5340 米的大本营就是最顶端了，但对以珠峰顶为目标的登山者来说，这个大本营只是起点。从遗传学来说，人类是在海平面进化发展的，然而适应这样高度的潜力本来就存在于我们的体内，如果用直升机将你运送到珠峰顶，没有先期的徒步适应和人造氧气，你身体内的氧气会迅速从肺中渗透出去，在几十秒的时间内消耗殆尽，几分钟你就会失去意识并在几小时内死亡，不过你的身体将会保存得十分完好，像马洛里那样，76 年过去依然目光深蓝。

但是，一个经过攀登逐渐适应的人，可以在那样的高度上生存并正常地活动，这本身就是一个基因的奇迹，珠峰顶很可能是人类在没有额外氧气时也可以继续生存的极限。换句话说，地球上的最高点也是人类可以生存的最高点，而这一发现更增加了人们前往大本营的动力，并不断尝试着登顶的无限奇迹。

我们与每一个来到大本营的人一样，都是一身的喘息加一身的兴奋，事实上在大本营是看不到珠峰的，因它本身就是珠峰的一部分了，反而会因身在山中而看不到峰顶。但大家还是前仆后继地在那块大石头前拍照，一个催客用海盗头巾写了名字和感言系在了飘飞的经幡上，很幻觉很美。但他刚走，一个向导就把头巾摘了下来用石头压在了一旁，我们都笑了，是呀，怎么能把神圣的经幡当留言板呢。

矜持的英国人来到珠峰也不矜持了，珠峰是英国人的荣耀，虽然希拉里爵士是新西兰人，但他参加的可是英国登山队。那队“夕阳红”打开了小箱子，没想到除了英国国旗，还整齐地叠放着一套圣诞老人的红色服装，这真叫老天使歌唱在冰雪高天，这是他们献给天空女神最深情的一首赞美诗呀。

还有几个催客爬到了拐弯处的昆布冰瀑（Khumbu Icefall，5800 米）

上去，要切身感受喜马拉雅的寒意。冰塔林是只在大陆性冰川上才可能出现的一种罕见的珍稀景致，并且还要在像喜马拉雅这样的中低纬度地区的冰川上才能形成。那些一二十米高的晶莹剔透的冰体，是大自然的时光慢慢精雕细刻的作品，它们像在冰雪中伸出的巨大的、锋利的鲨鱼牙齿，在强烈阳光的照射下向四周散发出不同层次的幽蓝色光芒，那里如同幻影般世界的尽头一样，至纯至美。

凡登珠峰的登山队员都知道，珠峰的天气有个规律，一过中午就变天，午后常常由小风变大风，再过两三小时甚至会出现暴风雪。因此，夏尔巴领队会对每一个冲顶的队员反复强调“关门时间”，在变天之前最好已经安全下撤。驮运装备到大本营的牦牛也要在当天下山，因大本营没有任何可供牦牛吃的草料，如果当天不折返下山的话，牦牛就会变得没有力气。

下午 4 点，我们顶着强劲的风力，步履艰难地回到了卡拉帕塔山脚下的哥拉雪，哥拉雪如同一只沉默、单调的平底沙碗，客栈里已经人满为患，在哥拉雪和在 EBC 一样，是没法看见珠峰的，此时大多数的催客开始动身前往卡拉帕塔山顶观看珠峰的日落。

卡拉帕塔（Kala Pattar）意为“黑石”，那里距离近、视角宽、清晰度高，是中线尽览珠峰和洛子峰的最佳观景点。其实大部分徒步者都不到大本营，而是直接到卡拉帕塔山顶，那里的海拔比大本营高出了 205 米，而且风景非常漂亮，在攀爬的每一分钟、每一步中，珠峰都会把它最美的景色回报给催客，包括那个独特的黑色三角峰。可我只觉得无比的萎顿，只好举手投降放弃了，伊戈尔幽默地说他的使命就是 007，在天幕落下时去把照片帮我拍回来，然后轻拍了一下我的肩，让帕桑照顾好我，一人独自离开了。

哥拉雪的黄昏时刻异常肃静，炊烟袅袅升起在寂静的空中，就近的山坡上伫立着数座山难者纪念碑。在 1996 年的 5 月 10 日，攀登珠峰的 4 支登山队在下午的“关门时间”遭遇了突如其来的飓风和暴风雪，致使 12 人遇难，其中最有名的就是新西兰登山家罗布·霍尔（Rob Hall），他在 1990 年的 5 月首次登上珠峰顶，并制订了轰动登山界的“7 个月 7 座山峰”的疯狂计划，并在同年 12 月完成了 7 个月 7 大洲 7 座最高峰的攀登。

随后，他成立了“冒险顾问公司探险队（Adventure Consultants）”，进行了珠峰的商业化登顶活动，在 1990 ~ 1995 年共将 39 名登山者送上了珠峰峰顶，这比希拉里爵士首次登顶珠峰后的头 20 年间的所有登顶者还要多出 3 人。然而这或许也就是高海拔登山的严酷现实，没人能够永远站在世界之巅。

太阳落山后气温降到了冰点以下，我们就待在起居室里围着铁皮火炉烤火，耐心地等待着伊戈尔的归来。铁皮火炉的旁边围着一圈催客们烘烤的脏鞋子、臭袜子，我把 Jeep 折叠不锈钢小水杯放在火炉的盖子上，让那杯红茶始终为伊戈尔暖着，冒着热气。那些没订上房间的晚到的催客也和向导、背夫一起，挤睡在暖烘烘的藏式靠垫上，莫名地兴奋着如大家庭在过年一般。客栈主人对帕桑说，下午有两个法国人登卡拉帕塔时因高反严重，被美洲驼直升机救走了，我想下午要是我再去爬卡拉帕塔的话，可能也是这样被救援的下场。

在海拔超过 5000 米的地方，因得 AMS 而一下死掉也不是什么稀奇事。在这些高度上，身体不能适应，思维变得迟钝而且神经功能受到损害，你会不可避免地要损失体重、脂肪和肌肉，在高海拔干燥的空气中急促地喘气，犹如在火炉旁不停拉动呼呼扇火的风箱，这会使你的身体丧失大量的液体，并且随之而来的是失去力气和意识，故从某种意义上来说，那些遇难的人都是“消失”在了稀薄的空气里。

当客栈的厨师用加压煤油炉为我们蒸煮好馍馍后，我一边艰难地将带有煤油味的馍馍蘸着一点辣酱吞下，一边开始担心起伊戈尔来，也不知道他的体力状况可好？是否能安好地回来？我只能想象夕阳的圣火在珠峰上从燃放到熄灭的整个过程，缕缕金线般的霞光正映射在伊戈尔那仰望着萨迦玛塔的脸庞上，他湛蓝的眼眸满含金光。珠峰再往上，就什么也没有了，没有冰檐，没有冰塔，就只有众神逡巡的天空，那是被称为大气层的世界的最上层，地上世界的终点，上面就是繁星满天的宇宙。

晚上大约 7 点 30 分的时候，透过玻璃窗我突然发现远处的山脚下有个亮光，我不管不顾地大叫了一声："Egor！"我终于看见伊戈尔戴着 LED 照明灯，和另两个徒步者一起跌跌撞撞地钻出了大风中的夜色，回到了我们这间弥满着刺鼻煤油味但却闪着温暖灯火的客栈。

那一夜我头痛欲裂，像电影里被人用塑料袋蒙了头一样感到窒息，像有了身孕般天旋地转剧烈地呕吐，把煤油味的馍馍喷射了一地。伊戈尔扶我坐起身子，靠在木板墙上喘气，帕桑则尽量让我多喝一点蜂蜜水。在这里买一小瓶开水是 800 卢比，比住一晚的房钱 600 卢比还贵，帕桑将热水倒在小盆里，让我暖一下手脚，但只要身体一移动，就会难受地再次呕吐。两年前在珠峰北坡 5100 米的绒布寺时，我也曾如此强烈地高反过，那时是哥哥用矿泉水和简易制氧机为我制了 3 次氧，我吮吸着那些冒着细微泡泡的救命气体，面对着第三女神的荣光和圣颜硬生生坐了一夜。

在我缺氧难受、渐渐陷入意志力短缺的状态时，哥哥那温暖的幻象再次出现在了我眼前，他让我振作起来，我想再艰难的时刻，只要有爱你的人在脑海里一起同甘共苦，再大的苦难都能熬得过去了。

看来高山病的发病状况真的会因人而异，身体状况不同，劳累程度不同，发病的高度也会不同。白天当人睁着眼睛行走时，人会有意识地加快呼吸，让血液中的血红蛋白摄取更多的氧气，这就能保证身体的健康与调适性，即使是在 5420 米的卓拉山口，人在那样的高度上停留的时间也是非常短暂的，仅有几分钟；而当晚上睡觉时，呼吸的速度会减缓，血红蛋白摄取的氧气量就会减少，此时人长时间停留在一个高度上，就会感觉缺氧得很厉害，就会变得加倍地痛苦，那可是分分秒秒都滞留在 5160 米的哥拉雪呀，而我至今没有问帕桑，哥拉雪在夏尔巴语中是什么意思的原因，是我想根本不用解释，它一定就是最高处、极限、停息的意思。

那一夜我不断醒来、噩梦连连，也不知自己在《盗梦空间》的第几层，隔壁一个高反的女孩不断传来揪心的咳嗽声，我们此起彼伏地合奏了一夜的高反二重唱。伊戈尔时不时会惊醒，在夜色里陪护我一会儿，为了分散我的注意力让我好过一点，他和我谈起了他曾经有过的两个女朋友，一个女朋友是做室内设计的，另一个女朋友也曾做过一段时间的乐队歌手，他想打鼓、想登山、不想早早成家的原因。然后又按摩我的额头、我的手，轻哼上几句安抚的曲子，“在至高之处荣耀归于上帝，在地上平安归于他所喜悦的人。”我想那样的和声与爱抚如同天使的吟诵，一定具有非同一般的安魂妙用，把我从痛苦失氧的深渊拯救了出来。

到黎明时，窗外如刀刮般的风声减弱了，我那锥刺般的疼痛感逐渐减缓，呼吸也趋于了平静。那时我才感觉到在珠峰的脚下，时间已失去了它存在的意义，只有圣女峰才能证明那永恒真实的存在，才可以同时承受那灿烂夺目的辉煌与极度漫长的孤寂。

海拔最高的救助站佩里切

Pheriche, the highest rescue post

凌晨 5 点 30 分，客栈里响起了一阵踢踢踏踏的脚步声，催客们陆陆续续前往卡拉帕塔看日出了，帕桑进房间来问我还去不去，我犹豫地点了点头。天空转瞬间已变成了柔和的轻粉色，我端着一盆冰水和一点热水冲兑的温水去洗脸，想让自己清醒一下，突然看见脸盆里的水也变成了天空一样的轻粉色，高度对大脑的影响不亚于对身体的影响，我的脑袋还没反应过来是怎么回事，帕桑发现我已在滴滴答答地流鼻血了。

穿上所有保暖的衣裤后，我的鼻子里塞着一大团棉纸，像一个红萝卜头，再在我买的粉色辫子帽外面，包裹了一条大大的粉色羊毛围巾，只露出了两只眼睛。我觉得我的头和身体，像极了一个巨大的粽子，中国人在端午节时喜欢吃绵软的粽子，而一个糯米做的粽子，能爬到 5545 米的卡拉帕塔吗？

时间不等人，我也没有了思维能力，机械地跟着伊戈尔和帕桑走出了客栈的大门，我发现身旁好多黑乎乎的影子，一个一个僵硬的粽子，正在一步一步慢慢走过覆盖着砂石的昆布冰川，向客栈背后的一座黑色小山头爬去。

但是我这次却如蚁行，每抬腿一步都觉得重如千斤，头爆炸式的疼痛，粗气重重，全身很快就冻麻木了。“珠穆朗玛未嫁的女儿”普莫里雪峰（Pumori，7165 米），是离卡拉帕塔最近的一座雪山，它巨大的旗云悬浮在峰顶上，好像顶着一道神圣的光的花环，它吸引着我大约爬了 150 米的距离，我觉得我的手都快摸到它的雪肌了，但就是怎么也走不到近前。我想背靠一块结着冰霜的大石头休息一会儿，结果却一屁股坐在了残雪的地上，神情极度萎顿，再也没能爬起来。

一个肩头上耷拉着一只棕色泰迪熊的男催客，慢腾腾地走过了我们的身旁，他的女友昨晚在客栈里高反了一夜，痛不欲生，他们是带着这只玩具熊从西雅图出发，一起走到了珠峰脚下的。女友让他带着泰迪熊去看一次珠峰的日出，就像带着她的身体、她的心意去了一样。他喘着气对伊戈尔说：“快带你女友下山吧，小熊仔也会代替她去看一次日出的。”他抹了一把双眼旁的汗气、冰冷的水汽、笑着转头，继续往前慢爬。我无力地笑了笑，点了一下头，算是催客间的一种默契，心领神会了。

再次放弃卡拉帕塔让我感到无比的沮丧，回到客栈打包好后，伊戈尔坚决要求我尽快下到佩里切（Pheriche，4240 米）去做治疗，他说让他独自一人前往东线的初空村（Chhukung，4730 米），他会帮我把线路图和照片拍回来，那是一个士兵的使命。如我无大碍，第二天傍晚在定波切（Dingboche，4360 米）碰面，再一起返回南池；如果我感觉不好，就和帕桑直接回到南池等他。

离别是黯然神伤的，此时哥拉雪右侧的努子峰已成洒金色，在它背后的珠峰正如同一朵巨大的莲花在盛放。珠峰是一座高出冰斗底部达 3000 米的金字塔形大角峰，在它存在的那个纬度上，北纬 28 度，每天最后一缕暮光以及清晨第一缕晨光，都会在它的峰顶消散开再飞升起，我回头再望了一眼珠峰的方向，空中传来了隆隆隆的声响，那是花 140 美元乘小型喷气飞机来观珠峰日出的游客，好多人追寻的生命的原点和起点都会在那里重叠，并且辉煌。而我却选择了亲身行走在其中的每一个时刻，为梦想的高度而一步一个脚印，哪怕翻越十万大山，脸淌鼻血，肺部炸裂，也只为那仰望萨迦玛塔的一瞬。

有来亦有回，回程时看风景的角度不同了，也没有了无休止的痛苦爬升，海拔每降低 1 米，感觉呼吸顺畅了好多，头痛也在逐渐减轻。与那些清晨朝着 EBC 前进的催客们擦肩而过时，相互打个“Hello”，均会发出简单的会心一笑，此时下行的人如同一阵轻风，我忍不住就去给那些杵着登山杖、痛苦万分的催客们鼓劲了，“keep going，up，up（继续，坚持呀）！”我想他们看见我这种垫底的人，脸庞青紫，面流鼻血，竟然都可以去登高一呼，一定会备受激励和鼓舞的。而最不可思议的是，在登山旺季时，EBC 的山谷里会出现数百人排成一队徒步的壮观场景，那些穿得像乞丐、像粽子、像圣诞老人的各路大神，要赴的是一生一次的雪山盛宴。

伊戈尔说在EBC还有一个更让人不可思议的事情，全世界海拔最高的马拉松赛，由英国一家叫“蟾蜍冒险（Bufo Ventures）”的徒步公司每两年举办一次，目的在于为昆布地区的发展做募捐，最厉害的参赛者能在4小时内跑完中线从哥拉雪到南池的42公里全程，不过参赛者事先必须有两周的徒步训练经历。一家叫“皇家企鹅（Royal Penguin）”的公司，从2014年开始，每年举行一次西线的环马拉松赛，从3440米的南池往上跑到4200米的都乐（Dole）、4700米的郭克优（Gokyo），翻过5340米的热炯山口（Renjo Pass），向下跑过4260米的马伦（Marlung）、3800米的塔米（Thame），最后回到南池，42公里的上下山路，有的跑者在8小时就能“飞回”。

经过伊戈尔这样一番励志，我的心情更放松了，那些无畏者可是要在5000米的高度上像风一样往下冲呀，我们已走了13天的路程，说不定我们也能像羚羊一样沿着岩壁飞着跑了。对于勇敢者来说，山峰的高度就是他们所追寻的生命的高度。

在明媚的阳光中沿着昆布冰川西侧的U形山谷下行到龙波切后，我们在此要与伊戈尔分手了。他要横穿昆布冰川，再翻越整个徒步线中最高的空玛山口（Kongma La，5535米），步行一天到达东线的终点初空村。

初空位于3座冰川——努子冰川（Nuptse Glacier）、洛子纳普冰川（Lhotse Nup Glacier）和阿玛达布朗冰川（Ama Dablam Glacier）的怀抱中，那是一座真正的与世隔绝的寂静村庄，其360度环绕的雪山中最有名的就是洛子峰（Lhotse，8516米）、马卡鲁峰（Makalu，8463米）和岛峰（Island Peak，6189米），其中的岛峰是尼泊尔最流行的“远足山峰”，在挑战珠峰前，登山队通常要先征服当地的大量高山，其中最漂亮的就是岛峰。

由于从龙波切到初空的沿途10公里没有任何村庄作为补给点，海拔又最高，故很少有催客去挑战东线的，我想那将是伊戈尔一次真正意义上的生命的独享之旅。

看着他背着背包的深蓝背影在冰川的雪坡里逐渐消失，我觉得我体内的一团火焰正在被他轻轻地点燃，我开始喜欢一个男人孜孜不倦地去追求某一样东西，比如玄奘西天取经、马可·波罗远东之旅、哥伦布发现新大陆的艰苦航行。初空山的景色与中线的卡拉帕塔、西线的郭克优山截然不同。我想起有一种能翻越喜马拉雅山的蓑羽鹤，每年的11月大约有16万只蓑羽鹤会从中亚及中国东北、西北的高原、草原、沼泽、荒漠地带出发，飞经珠穆朗玛峰顶，去到喜马拉雅山脉南麓的印度地域过冬。那是世界上体积最小的一种鹤类，纤细的身长只有六七十厘米，那也是地球上最艰难、最震撼的一次迁徙，在那些姿态俊美的“闺秀鹤”的体内如同聚集着巨大的能量，它们彼此靠得很紧，互相呼唤着，有的在途中跌落，有的被金雕抓住，但它们没有回头，不能援救，一次次利用上升的暖气流帮助自己升高，直到最后飞过了喜马拉雅的天然屏障。

蓑羽鹤不知道那是世界上最高的山峰，一次次地飞越只是为了生存，为了生命的呼唤和追寻，那不仅是鹤的伟大，更是生命本身的一种伟大。人生就做一次蓑羽鹤又何妨呢，我想我一定会在定波切与爬完初空山的伊戈尔会合的。

从龙波切一直往下，是EBC中线的正路，走完昆布冰川尾端那被挤压得一塌糊涂的石丘后，就到了海拔4800米的突格拉（Duglha）山口，在这个昆布冰川运动推下来的高高石坡上，伫立着20多座传统风格的石制死难者纪念碑。群峰环抱下的楚皮拉拉纪念区（Chukpilhara），纪念着那些永远消失在山中的无畏登山者，他们当中绝大多数是夏尔巴人，其中一个就是登山者顶礼膜拜的巴布·基鲁·夏尔巴（Babu Chiru Sherpa）的纪念碑。

从1922年至今，已有超过200位登山者在登珠峰中遇难，其中超过六成的遇难者为尼泊尔高山协作人员。他们在没有任何装备的情况下，冒着生命危险，将绳端用冰锥固定进千年岩冰，架设全长达7000～8000米的安全绳，为登山队起到后勤运送、导路、辅助攀爬和保障队员安全的作用，他们在成就全世界登山者梦想的同时，也付出了沉重的代价。帕桑说每一个嘛呢堆的背后都有一个夏尔巴人与喜马拉雅山的故事，也埋藏着长眠在珠峰的登山者的灵魂。迄今为止，全世界约有2000位登山者登上了珠峰，同样也有约1500位夏尔巴人站在了珠峰顶，如果没有夏尔巴兄弟的帮助，他们当中很少有人能独自攀登上珠峰。

在夏尔巴人当中也涌现出了众多的登山奇才，出生于1965年的巴布13岁时开始登山，创造和保持了登山最快的世界记录，一般西方登山家需要三四天才能登上珠峰，他仅用了16小时56分钟，且不使用氧气瓶。1995年，30岁的他创造了在两周内两次登顶的纪录；1999年，巴布为给夏尔巴儿童筹集教育经费，在珠峰顶生活了21个小时。不幸的是2001年4月，年仅36岁的他在第11次登顶珠峰后下撤，在帐篷外拍摄落日余晖在雪山下形成的奇幻美景时，不慎坠下冰裂缝死亡。这位伟大的登山家就此离山峰而去，但他也是无可质疑的登山之神。

帕桑每走过山口的一座石碑，或者一块大石头时，都会绕石一圈，然后把额头轻触在石头上，双手合十，向山神致意，向心中的每一位登山者致意。他闭目低下头祈祷时，猎猎作响的五色经幡就在他头顶上飞舞，一条条凌空拉起的经幡划破了蓝色的天空，天空更远处的尖峰努子峰，直至最远处的珠峰顶。那个很小的敬拜仪式，让我特别感动，让我重新看待沉默寡言的帕桑，重新看待身边走过的每一位不起眼的背夫，让我仿佛看到了他们那不折不挠的内心，山峰就是他们的生活，就是他们的归宿。

我与帕桑一起，捡起了一块小石头，低声诵念着“唵嘛呢叭咪吽”，把它轻放在了嘛呢堆上，我想我也成了众多石头中的一块，成了山峰中的一部分。

尽管这是一个永远的悲伤之地，但也是在 EBC 途中最让我崇敬难忘的一个地方，细看那些墓碑上的一个个铭文，有意大利人、保加利亚人、日本人、韩国人，镌刻着的都是“致我们所深爱所铭记的朋友”，我似乎见到了那些在冰隙岩石间来去自由的坚毅背影，他们的双眸依然直视着远处高耸入云的山峰。在人生最精彩的时刻归于山神，死在人间的最高处、最漂亮的地方，世间再也没有任何辉煌可以像这般永恒不朽，一阵风来，我的双眼润湿，一起攀登吧，登山的勇者，只为了觐见群山之上更高的天空。

两眼迷蒙地转身继续下行，就到了昆布冰河岸边的小村突格拉（Dughla，4620 米）。2007 年的一场山洪水，冲走了半个村庄，现在这里只有两家条件简陋的客栈，一个国际救援组织捐赠的圆形太阳能灶放置在岸边的空地上，灶中间的铁环上放着一个冒着热气的烧水壶，灶的背后用夏尔巴语与英语写着：面包和能量供给这个地球上所有的人（Bread and energy for all people of this earth）。太阳能灶真的就像一个大肚罗汉那样，聚集着稀薄空气里的太阳的光量，它银色的金属板上，反射着雪山、天空、棚屋、牦牛、厨房、食物的光影，还有我们的身影，我觉得我的能量又重新被激活了，身体不再沉重，头痛、气喘的感觉也在减缓，我竟然还有力气去关心别人了。

我看见一个中国男孩儿穿着厚厚的羽绒服，戴着雪帽、雪镜，瘫坐在空地上的一把塑料椅子上，耷拉着脑袋，死一般地静寂。我知道他肯定在经受高反的折磨，我们每个人都会经历一番这种折磨的。我走了过去，递了两粒散列痛给他。中国人都知道这种药管用，可以舒缓神经、肌肉的疼痛，他握住药片，向我点了一下头。我看不见他的眼神，他戴着一个蛤蟆一样大的很酷的雪镜，雪镜上映射着和太阳能灶一样的光影，我知道，再过几小时，一天，他熬过这一波的极限后，就又可以继续往上，走入他向往的另一种高度了。

和帕桑在寂静的突格拉吃简餐时，回望着距珠峰西北 15 公里处的“珠穆朗玛未嫁的女儿”普莫里雪峰，它总是冒着一股美丽的雪烟，久久不会消散。我不禁开始怀念起与伊戈尔走过的每一道山口，怀念他的活力、利落与诙谐，怀念他远眺山峰时的眼眸，湛蓝得如同亚得里亚海长年清澈见底的海水。不知他是否已翻过了没有任何给养的 5535 米的空玛山口。他孤身一人，是否也会想念我这只笨重、难看的粽子。有次他很幽默地说了句英国登山家奥戴尔（Odile）的话，“我觉得人死的时候，到底是在什么样的途中才是最重要的。”当时我的心弦一下就被拨动了，五脏六腑都有所触动，从没那样深地进入到他内在的灵魂。

一个走在路上的知己就好像一面镜子，反射的是我们天性中最真实、最优美的部分。我想如果没有一起经历徒步艰辛的人，是永远不会理解雪山诠释的悲情与壮美的，也永远无法体会喜马拉雅是怎样见证着行走与生命的深刻。

继续下行，跨过山谷间淌着雪水的溪流，进入了夏尔巴人的一个夏季小村落普拉吉卡拉（Phulaji Kala，4343 米），不断上行的催客、背夫、牦牛，把泥泞的小路踩踏得滑溜容易摔跤。下午 4 点我们到达了昆布河谷底宽阔、平坦的佩里切（Pheriche），我感觉像回到了能够自由呼吸的天堂一样，头痛、干咳的症状已消失无踪。

海拔 4240 米的佩里切有 10 多家客栈，我们住的“白牦牛”木屋（White Yak Mountain Hut）不仅有 24 小时热水、抽水马桶，还有斯诺克台球和卫星电话。我一抬头看见起居室里挂着一幅希拉里爵士的照片，黑框上垂挂着一条奶油色的哈达，一下就被他的目光震住了，那是我第一次见到希拉里的大尺幅像。照片上他正肩挎一卷登山绳，站在我们刚经过的突格拉山口，身后努子峰的冰风，把他额前栗色的卷发吹得乱舞，他瘦长的双手紧握着登山杖，清癯的面孔上是一脸坚定的神色，英气逼人地注视着远方，好像一座山一样立在那里，谁也不能把他移走。

我想我们刚才走过的小道，每一块石头，每一座山峰，都是他在年轻时走过的，50 多年的岁月里爬过的。有好多经过佩里切的催客，把他们身上的 T 恤脱下来，用马克笔写下他们的名字、国籍、日期，在希拉里目光的注视下，紧挨着他的照片，挂了满满一墙，直至天花板上。

怀抱！在希拉里目光的怀抱里，在无数座雪山的怀抱里，我觉得满足极了，此时，还要加上四个字，幸福之至！

在佩里切，有一个由喜马拉雅救援协会（Himalayan Rescue Association，HRA）资助的救助站，那里还是一个演绎传奇、浪漫、爱恋、奉献的地方。救助站（Aid Post）有 4 个房间、6 位医生，在救助站的工作是无偿的，还必须自行负担往返尼泊尔的费用，但这一光荣、特殊的岗位一直吸引着来自世界各地的年轻人。1973 年，一个日本旅行团队的 4 名成员由于高山反应在附近死亡，这个救助站便被迅速地筹建了起来。救助站主要致力于治疗高山反应所引起的疾病，有伽莫夫包（Gamow Bag，简携式高压舱）和吸氧室，可在紧迫环境下，暂时缓解症状，犹如快速将病人降落了数公里一样，同时救助站还为当地的夏尔巴人提供免费医疗，向徒步者普及攀登过快、过猛所潜伏的危险知识。

在救助站建起来之前，在穿越佩里切的徒步者中每 500 人就有一两个人死于高山病，这个惊人的死亡率还不包括在山上发生意外事故的人群，而受害者大多是那些循规蹈矩的普通催客，而现在这一死亡率已降至每 3 万名徒步者中不到 1 人，就像刚才那个中国男孩，救助站医生检查了他血液中的含氧量不足，建议他每天只能上升 300 ~ 400 米的高度，每走两天一定要休整一天。他听从了医生的建议，停留在突格拉适应即将到来的 5000 米以上的高度，徒步者每一次成功的攀升和超越，都得益于志愿者医生们所提供的普及宣传和紧急救护。

1990 年，30 岁的罗布·霍尔首次攀登珠峰，他上山路经佩里切时，邂逅了救助站的主持医生简·阿诺德（Jan Arnold），自信、出色的简一下吸引住了这位年轻的新西兰登山家的目光，他离开佩里切向上冲锋时，对简说了句掏心窝的话："等我从珠峰下来后，你能否和我一道出去呢？"这算是一个世界级的登山家最朴实的求婚语了，没有一点修饰和花巧。简点着头，对这个刚见面的男子说："好吧，我会一直在这里等你，你要平安下来。"她心里的挂念与喜悦，如同从山石里开出来的一朵花。

霍尔不仅与希拉里爵士之子彼得一同登顶，而且还在峰顶面向世界做了无线电现场直播。有着一头桀骜不驯、浓密棕发的霍尔在回程时从救助站带走了简，他们的第一次约会是去阿拉斯加共同攀登了北美第一高峰麦金利山（6194 米），并在 1993 年他们结婚时一同登上了珠峰；然而 1995 年 5 月，又一个疯狂诱人的登山季节来临，身怀六甲的简却再也没有能够等回那个曾出现在佩里切小道上的英俊而粗犷的身影。

伫立在大风中的佩里切，是全世界海拔最高的一个季节性救助站，在那些暖烘烘的客栈的起居室里，或许还留有国际登山队吃剩下的菜肴，他们的帽子衫和笑声。傍晚我独自一人沿着碎石路步行到救助站去拜访时，在门口看见了一座 2003 年人类登顶珠峰 50 周年时竖立的不锈钢纪念碑，象征珠峰的圆锥形碑身被从中间分成了两半，断面里刻满了那些将生命留在了“天空女神”环抱中的攀登者的名字。每年会有 6 位来自世界各地的医生以志愿者身份在此轮换工作，我弯腰将我写的一本书放在了纪念碑下。

风会翻阅这些文字的，雪会亲吻这些图像的，那是我对每一个走在山岗上的攀登者和志愿者的敬意。

喘着气站起身来，我步履缓缓地进到了救助站温暖的房间里，救助站映射着落日余晖的墙上，挂着一排印着雪山与红十字 Logo 的 T 恤、抓绒卫衣。上下佩里切的徒步者、登山者，可以根据自己的喜好，花 800 卢比买一件 T 恤，或者花 1500 卢比买一件抓绒卫衣，作为一种对非营利救助站的支持和捐赠。我从口袋里掏出了一卷卢比，悄悄放进了纸做的捐赠盒里，我为伊戈尔挑了一件保暖的钴蓝色卫衣。

一个名叫利奇的美国猛男因囫囵吞枣、走得太快，已出现了肺水肿症状，他痛苦地斜倚在救助站的担架上，而那个叫“高山病”的坏蛋，依然是萦绕在昆布地区的头号“杀手”。一位叫珍妮弗的女医生在照顾着猛男，她来自有着“光之山脉”的内华达州，已在佩里切做了 3 个月的志愿者，她是这座大山里唯一的一位女医生。她说如果天气允许，明天会有一架直升机在日出时分将利奇送到加德满都的医院，但要从这里步行到最近的有公路的地方的话，还有约 100 公里。我知道那是我和伊戈尔起步的地方湿瓦拉雅，我在心里暗自祈祷着猛男能吉星高照，渡过今夜的生命难关。

在我的头顶上 2616 米处，阿玛达布朗峰巨大的峰尖正闪烁着幽蓝的光芒俯视着整个山谷，悬挂在山体上的冰舌犹如夏尔巴妇女佩戴的象征着美丽爱情的花环。在 EBC 的路上，6856 米的阿玛达布朗峰海拔虽不算高，看似不起眼，却是夏尔巴人心中永恒的神山。它是进出珠峰的门户，接下来不管是徒步者还是登山者将要踏足的地方，都属于众神居住的上天的领地了。我想在这里，每一座山与每一个攀登过它的人一样，都是有灵魂的，这与它的高矮、难易、大小无关。珠峰的傲、洛子峰的锐、马卡鲁峰的奇、卓奥友峰的广，对于那些不甘心原地驻足的攀登者来说，他们的信仰就是生——死——无悔，而他们对山峰的爱也像无边无际的天空一样，永远纯净蔚蓝。

一定有美好的东西在被寻找的过程中愈加美好，行走者总会在下一个美好的时刻再乍然相遇。我相信我的人生在更远处，生命在更高处，我像 20 世纪的女医生简一样，满心向往着与一个山峰一样的男人再次相遇……

定波切如篝火的心

Dingboch as brilliant as a bonfire

同一座山，阿玛达布朗峰，在昼夜交错间、曙光乍现时会展示出不同的美——深夜时坚韧，黎明时璀璨。

清晨的天空晴朗无云，风很小，黄色的救援直升机飞旋着嗡嗡嗡的巨大声鸣抵达了佩里切，降落在了河滩上一块用黄黑色小石头圈起的沙土地上，石头圈中间那个醒目的“H”，就是救助（Help），就是希望（Hope）。我们在山腰上驻足远望，为美国猛男利奇和飞行员的平安祈祷。

由于高空的空气十分稀薄，无法为直升机的螺旋桨提供足够的着陆和起飞的支撑力，加上还要穿越山谷、乱流和云雾，操纵直升机也需要十分高超的驾驶技术，故直升机在给徒步者、登山者带来生的希望的同时，也带来了新的致命的危险，自 1990 年以来尼泊尔已发生了 40 多起高空直升机事故，导致更多的人死亡，高山救援也无异于一场为了挽救生命而触摸死神的游戏。前几天我们在 EBC 所经历的时日，也好像是搭乘直升机通过了乌云和乱流一样，如今直升机往上爬升进入了晴朗无边的天空，大多数的偕客已经启程，向上攀爬前往心中的高度，我们也带着身心的安宁，不慌不忙地离开了佩里切，穿过昆布河上的小桥，前往阿玛达布朗山脊上的定波切（Dingboche，4360 米）。

从佩里切到定波切我们只花了 3 个多小时的时间，阿玛达布朗峰是一路上陪伴着徒步者时间最长的一座雪山，它那直指天际的奇特山形独领风骚，在不同的位置、不同的角度、不同的光线下，呈现出各不相同的色彩和姿态。有偕客干脆叫它“阿妈打不烂”，这座在这段行程中最常见的巨无霸，像一堵银白色纹理的雪墙直插天际线，怎么拍都好看。

定波切是中线与东线的会合点，路上相遇的形形色色的偕客也越来越多，一个瑞典女孩儿劳拉与我们同行了一小段，她穿着一件便宜的羽绒服，用一只袖珍紫外线杀菌灯来处理溪水，直接从映佳河（Imja Khola）里取净化了的冰水来喝，让我佩服得不得了。她没有请背夫，背着一个 30 升的小背囊要只身一人从东线慢慢走到 EBC 去，一个向导对她说：“不要想 EBC，只需要想明天（Don’t think about Everest Base Camp，but think about tomorrow）。”看来这句话对所有刚上路的偕客都很受用，她就这样一步一步地走着，每天先将大约的行进路线规划好，到哪个地方可以休息，哪个地方可以喝茶都先知道个大概，很注意把重点放在明天该怎么走，体力该怎么分配上，而不是一味只想着怎样尽快走到大本营去。

每天面对这世界级的山景和步道是多么地令人心动呀，我们并不追求什么的身体，会如蝴蝶一般轻盈，自由自在，看着她单人双杖穿行于岩石间，举手投足间都充满了一种自信、坚韧与阳光灿烂，我也加入到这种慢行的风景中，尽情地享受着旷野的寂静。风呼呼吹着我的身体，吹着每一个转弯处的经幡，天很蓝，我把头伸入蓝天中，头已属于天，肩膀属于天，整个身体都属于了天，我只想待在心之所属的地方，与风与天、与光线同在，Let it go（随心而行），被周围的美所环绕。

上午11点左右，我们轻松地到达了定波切，我一下就喜欢上了这个高海拔上安静的夏尔巴村子。无论是上行还是下行，大多数的催客都喜欢待在旅游设施更为齐备、行人更为拥挤的佩里切或天波切，事实上定波切又舒适又干净，自有一种远离喧嚣的遗世而独立的美。这里有太阳能发电器，每天日照的时间比其他峡谷里的村庄都长，轻风和煦，还有一个网速超快的咖啡网吧（Internet Cafe）。有没有搞错，海拔4360米的地方还有网咖。我还发现了一个四周全是玻璃窗的法国面包店（French Bakery），坐在这个挂着碎花窗幔的超级阳光房里，喝一杯热巧克力，吃一块苹果派或者胡萝卜蛋糕，真是腐败极了。

红、蓝、绿、黄、白，五色的祈祷经幡挂满了山坡，一串串在风中摇摆；古老的佛塔是喇嘛的神冢，那是存放得道高僧骨灰的地方，刻着精美经文的嘛呢石像哨兵一样在最高的山口上伫立。我在有阳光味道的暖房里洗了高海拔徒步7天来的第一个热水澡，哈里路亚（Praise the Lord），赞美您我的主呀，然后坐在一圈圈由石头垒成的牦牛圈旁，眼前是6000米的雪山，连连相接到天边，我的手指轻击着鼠标，点击着来自另外一个世界的邮件，静静感受着心脏强有力的撞击声，任由阳光洒满全身，忘记时间的存在，忘记尘世的存在。那感觉真好像自己是一个天外的来客ET，而坐在这里喝杯人间的咖啡如果要价1000元人民币，催客们会不会为如此的景致买单呢？！

阳光灿烂的中午时，我们在“雪狮客栈（Snow Lion Lodge）”吃了徒步两周来的第一次正点的正餐。夏尔巴人吃馍馍（MoMo，饺子）是没有醋的，端上来的味碟里倒的是西红柿酱或咖喱汁，还加了碗羊杂蒜头汤（Entrails garlic soup），这汤喝起来味道浓烈，帕桑说在高山上喝对身体有好处，我没想到我们喝着暖胃的膏汤时，还破天荒地在院子里亲历了一场“呼呼”有声的取血仪式。

夏尔巴人从不杀牲，但他们食用意外死亡或由他人屠宰的动物的肉，职业的屠宰工多来自于其他地区，而他们最奇特的一种习俗就是食用从活牦牛身上取的血。夏尔巴人认为抽牦牛的血并不是为了专门食用，而是为了促进牦牛的健康或医治它们的不育症。他们将牲口的腿捆住，角绑在院落的树干上，用一根绳索紧紧扎住它的脖子，手术者用一个锐利的锥子插入牲口的血管，血便顺着锥子流到了盆里，抽取的血一般为“一品脱”，约 568 毫升，只要将锥子抽出，伤口便会自动封闭，牲口看起来并没有遭受痛苦的样子。随后他们在抽取的血中加点盐和水，放在露天冰冻凝固成小块，即可煮食或煎食了。

“一品脱一磅，世界就是这样”，整个抽血的过程看似比较简单，其实需要相当的技巧，伴随着僧人挥动衣袖和诵经念咒的声音，犹如在上演一出惊心动魄的“还魂记”大戏，把我们这些坐在餐桌后吃惯了超市食品的城市人看得目瞪口呆。

作为女性主义者，我曾非常好奇夏尔巴人的婚姻制度，不知是否还像我们的摩梭人那样依然是女人当家的“女儿国”。过去夏尔巴人为了防止财产的分散和促进兄弟间的团结，普遍执行一妻多夫制，而现在人们将注意力从传统的牦牛贸易商业转移到了赚取现金的旅游业，那些在传统上保持家族的地产和牛群的努力已变得逐渐衰微，这种变化也直接影响到夏尔巴人的婚姻制度。事实上现在的夏尔巴男子依靠登山当向导、背夫，或开设客栈、经营旅游业等已能养活妻子儿女，那种传统上维持家产完整性的做法就显得不那么重要了，这也使兄弟共妻的传统失去了经济基础。雪狮客栈的主人说在昆布地区，一妻多夫的现象在 1970 年左右就已消失，不过在一些偏僻、保守的地区，比如西部的波尔策村，这种现象依然还延续着。

大多数去登岛峰（Island Peak，6189 米）的登山团队会以定波切为宿营基地，每年前往岛峰从事滑雪、感受式登山的爱好者、户外摄影者众多，这座山峰是业余探险者们能够攀登的难度较低的一个，只需一定的攀冰技巧与向导辅助即可抵达，因此也成了最受欢迎的一座远足山峰。它位于洛子冰川与洛子夏尔冰川之间，面向初空山谷。1952年艾瑞克·希普顿（Eric Shipton）带领的探险队最先到达了那里，他们把这座浮在冰海之上的绝美的山称为“在冰海中的一座岛屿”，在定波切，可以清楚地看到由冰雪和岩石组成的岛峰巍然耸立在头顶的不远处，美不胜收。

下午，一个登岛峰的露营团一到达，随行的高山协作人员就开始在草地上麻利地搭设帐篷和厨房。帕桑告诉我说这样的团队 10 余天的吃住、食物、燃料、装备都得从山下背来，要雇用大量的向导、厨师、背夫和牦牛，别以为搭帐篷会比住客栈里便宜，实际上恰好相反，在昆布，睡帐篷的都是有钱人，每人每天的费用至少是 100 美元以上，而穷人都有房子住，我们住的客栈才 500 卢比，约 6 美元。那些登山团队会就近去登浪卡桑山（Nangkartshang，5090 米），作为登岛峰前的身体适应性练习。我不由开始想清晨登上东线最高点初空山（Chhukung Ri）的伊戈尔应该在前往定波切的路上了吧。

在定波切村后的小山上有一座浪卡桑贡巴（Nangkartshang Gompa，4760 米），那是昆布地区海拔最高的一座寺院，也是远眺第五高峰马卡鲁峰（Makalu，8463 米）和岛峰、近望阿玛达布朗峰的最佳位置。喇嘛庙里的僧人在日暮时开始焚香，浑厚的诵经声和击鼓打镲声在清冷的空气中传得很远，看着撒向空中的青稞粉很快在风中被吹散，只剩下弥漫着杜松香味的湛蓝的天空，“神”这个词语不由在我心中反复出现了好多次，白雪覆盖的山峰依然冷峻清醒着，而我们从海平面的地上踏足到的就是空中雪山之神的世界。

和一些催客坐在喇嘛庙外的岩石上看高山和冰河，讨论以后有机会要不要来这里学一下雪攀时，我看见了伊戈尔和另两个徒步者背着背包、慢慢走近村庄的身影，他们的那种节奏、那种步履都不紧不慢的，黄昏的温暖光芒正透过云层洒落在客栈冒着烟的屋檐上，远方的雪山壮阔到爆墙的地步，而我的心也蹦跳到快撞墙的程度。伊戈尔脸上的皮肤已被晒得爆裂，下巴的胡须形同乱草，整个神情如同一个坐怪兽列车去了拉斯维加斯的赌徒。当他惊喜地发现我在村子里等他时，他快步冲上来给了我一个大大的熊抱，像一床温柔的毛毯一样把我紧紧地包裹了起来。

我们和那两个一同来住店的法国催客一起上楼吃晚餐时，伊戈尔从背包里拿出了一个用尼泊尔报纸包裹着的鹦鹉螺化石送给我，那是一块拳头大的很沉的黑石，他们在穿越洛子纳普冰川的岩床上时捡拾到的，洛子峰在珠峰以南3公里处，紧靠着珠峰，以前被误解为“珠峰的南峰”，其实它在夏尔巴语里另外还有个美丽的名字，叫“青色美貌的仙女”。

伊戈尔说早上的登山非常过瘾，那一路的徒步者甚少，5条冰川像雪山之神的飞翅般向下俯冲，即使从初空村出发，也要直上700米高差，绝对是登山的强度，努子冰川和洛子纳普冰川分列东西，缠绕在山峰两侧，到达5546米高的初空山山顶时只有他们三个人，好像天赐的一次灵魂独享的盛宴。日出时3座巍峨的雪山洛子峰、马卡鲁峰和岛峰环视在周围，绽放出令人震撼的圣洁的光芒，辽远无垠的天空映衬着积雪的巍巍群峰，纯净得完美无瑕，那些曾经攀登过它们的人们都在他的眼前变得真实而鲜活起来。

伊戈尔搅动着他面前的羊杂蒜头汤对我说，Pearl，每一刻的你所看到的、所经历的，都不会再重复了，但他或许会改变自己的职业，成为一个高山向导，明年再来登 6189 米的岛峰，以后是 7861 米的努子峰、8516 米的洛子峰……

我问他不打鼓了吗？他说当然要打，半年打鼓，半年登山，英国的上尉诗人詹姆斯·布朗特就是把吉他绑在坦克上边打仗边写歌的，白天詹姆斯是科索沃带领 3 万维和士兵的军官，夜晚他就在坦克车里写下了征服全英百万人心的乐曲《篝火的心》。我一听一下就笑开了花，我理想的生活状态就是一半时间在路上游历，一半时间在书房写作，我说那好，我们每年约着去爬一座大山吧，从湿瓦拉雅起步开走时，我就知道你已是个了不起的高山向导了。

我想从踏上 EBC 的第一天起，登山就对我们这些催客的身体和灵魂发出了召唤，它赋予了我们原本毫无目标的生活以更深的意义，我们心中的杂念也随着海拔的增加在一点点地消失，不仅心灵，好像身体也被风漂白过了，连自己的内脏也被染成了天空的颜色，我们已被喜马拉雅的光芒和魅力所折服。

我摘下了手套，用手指触摸着鹦鹉螺上旋转着的漂亮横纹，那一刻我感受到了伊戈尔捡它回来送给我的情谊和分量。在我们现在所待的这个地球上最高的地方，它曾经就是海洋——新特提斯洋，海洋有许多古生物，当然也包括我手中的这只鹦鹉螺。到底是什么样的力量把海底推向了天空成了喜马拉雅山呢？到底又是什么样的意志和能量将一个生命搬运到这么高的地方来呢。费勇在《行走指南》中说："化石与星空一样，意味着一个无限广大的秘密所在。一个在我们脚下，一个在我们头顶。"我想在这个超越了人的生活高度的地方，只有稀薄的空气、洁净的雪与冰，没有城市的喧嚣和嘈杂，没有电影、没有酒吧、没有微信、没有圈子，这里有的只是像一块化石一样，一心一意朝着天空的方向移动，有的只是一种不带社会色彩的单纯人生。

在我的手指被冻僵之前，我满心欢喜地将化石放进了背包，它引燃了我心中如篝火般的火花。当我和伊戈尔下楼穿过庭院回房间时，猛一抬头竟看见银河正从“阿妈打不烂”雪峰的后方贯穿穹顶，清冷得出奇的天空中，有无数的星星在密集地闪烁，稳稳地发出耀眼的光芒，仿佛在指引我们航渡离别与相思的欲海。我们好像已不是站在地球上，而是一下子被推到了宇宙当中，那是一首真正的宇宙之爱的史诗。借着水晶样的星群和雪光，我们甚至能看清岩石的花纹和冰峰的裂痕。我想《地心引力》中的男女每天从太空舱的窗口往外看到的一定就是这样的景象。那两个幸存的恋人彼此信赖，靠着信心和洞见找到了飞回蔚蓝地球的方向，并拼尽全力朝向有地心吸引力的故土前进……

我的心中荡漾着闪烁的星光，我回头问伊戈尔，宇宙有边疆吗？他低头看着我眼中的星光说，我们所见到的星云其实离地球至少有 80 亿光年，那是人类已知的宇宙最远的地方。

此时，我觉得我们就隶属于这些星云，我们以一束光每秒穿越地球 30 万公里的速度来相会，我们对雪峰的爱如同战士般忠诚，对星空的痴迷也如同化石般坚韧。远方的山峰总是使我们着迷，让我们对它魂牵梦绕，让我们心高志远，而我和伊戈尔就在这个世界上最高地方的尖峰雪岭上，和宇宙的星空完美地对接在了一起，我们的身体拥抱在了一起。

南池星空下的音乐与胴体

Music and bodies under the starlit sky in Namche Bazaar

每一个的你，在 EBC 的徒步过程中，都会遇见独一无二的惊喜。当你满身细胞被激活、酣畅淋漓地爬上某个山口、某座雪峰时，也许眼前就会是这样一幅几乎让你忘掉呼吸的美景。

映佳河如同蓝色的缎带在清晨的波光山色里渐渐苏醒，一睁开眼睛，只需打开雪狮客栈的小窗，远处宛若仙境的雪山便扑入眼帘，荒凉而光滑的冰川闪耀着美丽的光芒，尽显着这个白色世界的宁静与安详之美。山腰间始终缠绕不去的淡云如同天地间的分界线，仿佛有意将天堂与凡间分隔开来，给我们的清晨带来了仙气，带来了动感，带来了韵味。一群野鸽子翩然地掠过了山脊上伫立着的白色贡巴，飘舞着的白色经旗，它们的每一片羽翼上都沾满了露珠和自由的光辉。

每每看到飞在空中的鸟，我就忍不住要举起相机去拍，这让我想起鸟的骨头是空心的、飞累了就在风里面睡觉的飞鸟传说。或许因为不了解飞鸟，才向往它们的自由自在飞翔，而这种新出现的自由意向，也启发和鼓舞了我们，身体也因为一夜足够的休息而调整到最佳状态，我和伊戈尔如同在遥远的路途上找寻到的志同道合的伙伴，一起背包、往下，进入原始、奇丽的山道，目标是回到南池，再度当上幸福的“山贼王”。

我没想到我们从定波切一出发，就进入了一大坡长满了各种奇花异草的草甸，晶莹透亮的冰霜覆盖在一丛丛花朵的小小脸庞上，让花朵格外增添上了一股超凡脱俗的美，好似误入了一个神仙隐居的地带。我起初并不知道小道上开满的这些仙人样的花朵就是高山上的珍稀药草植物，就是我背包里的各种药丸。那一丛丛如宝石般深邃的蓝玉簪龙胆，生机勃勃的大红红景天，密披着灰色短柔毛的芙蓉菊，还有顶生着清新淡蓝色的喉毛花，每一种植物，每一朵小花，都是治疗高原反应、激活细胞能量的藏医密药，它们几乎是密集地紧挨在一起、簇拥在一起，互相喜爱着，浪漫地盛开在4000米的雪线上，很神奇地护卫着我们走了好几公里长的小道。

第一次，我看见了真实生长在冰山雪原上的植物和花朵，开得如此顽强和美丽，它让我更珍爱身旁这个小别重逢的“僧团”，帕桑别了一朵蓝色的龙胆花在我的帽檐上，我又递了一片粗厚的红景天叶片在伊戈尔的手心里，我们的“僧团”越往下走越和谐，越走越有力量。

沿着映佳河穿越峡谷，经过数座华丽的嘛呢堆就来到了庞波切（Pangboche，3860 米），这里有昆布最古老的贡巴，里面陈列着传说中的雪人的头骨和手骨。这一路上总有白色的佛塔相伴，其中一处巨石上还保留着将藏传佛教传入昆布的桑吉多杰（Sange Dorje）仁波切的足印。但我发现这一路上佛塔上的佛眼，它的颜色与尼泊尔其他地方的佛眼完全不同。

无论是加德满都博大哈的“佛眼”，还是斯瓦扬布纳特的“四眼天神庙”，它们高耸在人来人往的唱诵声里，想来应该是看尽了不少人间的繁华与沧桑吧，故显得过度的庄严、雍容，含蓄不语，而喜马拉雅山的佛眼几乎都是天蓝色，自带有一点各色卡通人物的俏皮与天真烂漫，在村庄的入口处、山道的拐弯处、山脊的最高处，一抬头几乎见到的都是那亲切、纯真、无畏的天蓝色的眼眸，带着四季的变化、冰雪的消融，仿佛世间万物，人间百年不过就是小道上的一眨眼、一落叶、一开花、一水滴、一相逢，好像在告诉我们，要找到旅途上那个对你非常重要的人，要感谢你想感谢的人，并告诉他，对你来说他很重要！

所有的美德，所有的爱意，都是靠逆境激发而外显的。我没想到高海拔上那一双双充满纯真感情的佛眼再搭上湛蓝的天空，竟蕴含着如此多的风景和感动，它让我和伊戈尔一路上的脚步不再孤单，也不再寂寞。

中午时分，我们穿过了有绿尾虹雉和麝香鹿出没的德维切（Debuche）森林，路过了一处掩映在古木参天的树林中的尼姑寺院，下山来到了林木环绕的昆布地区的灵魂所在地天波切（Tengboche，

3870 米）。

夏尔巴人信奉藏传佛教的宁玛派，在整个索卢昆布地区共有 30 多个贡巴，其中天波切是最为有名也是最重要、最迷人的一个贡巴，这里的仁波切（Rinpoche）是全尼泊尔喇嘛的首领，在藏语里没有“活佛”这一说，而是将活佛称呼为珠古、喇嘛、仁波切等，意思是“人中之宝”“最珍贵的一个”，其中仁波切是唯一普遍使用的一种称呼。

在每年春天的登山旺季来临时，身穿葡萄酒色长袍的仁波切会将洁白的哈达挂在登山队员的脖子上，为他们赐祝、赐福。1953 年，遭遇困难的面容瘦削的新西兰登山家希拉里在天波切村与正在赶牦牛的健壮小伙子丹增相遇，登山队在这里逗留了 3 周，以适应当地的气候和环境。在作为向导随登山队出发前，丹增与母亲金佐姆（Kinzom）拍下了一张珍贵的照片，希望能够获得仁波切与母亲的祝福。在确定儿子的身体状况允许攀登珠峰之后，金佐姆才放心回家。随后希拉里与丹增共同登上了地球的最高峰珠穆朗玛，改写了珠峰顶没有人类足迹的记录。

显然，世居在索卢昆布地区的夏尔巴，是一个特别自豪而有自信心的民族，他们不辞辛劳、勇敢可靠而富有机智，在喜马拉雅的登山运动和徒步旅游业中建立了独特和不可替代的地位，成为在尼泊尔的外国旅行者中最受欢迎的人。正是这种事业上的成功，使他们避免像有些部落民族那样，陷入依附或从属于其他人口较多或政治力量较强的种姓或民族的地位。

在索卢昆布地区，除了登山赐福，贡巴还是一切文化与宗教活动的中心，村子里的各种仪式都是按照传统在这里进行的。夏尔巴族一年中有两个最重要的节日，一个是“洛萨尔（Losar）”，即新年，相当于我们的春节，在公历的 2 月底，出门在外的夏尔巴人都要赶回家团聚；另一个是“驱鬼节（Dumje）”，在公历的 7 月底，历时 6 天，以庆祝印度高僧莲花生大士（Padmasambhava）在 8 世纪把佛教密宗传入西藏，建立了藏传佛教的基础，人们尊奉他为藏密的开基祖，宁玛派的传承祖师。这个节日来临时，农活已完毕，登山的旺季也结束，人们即将驱赶各种牲畜到高山牧场去放牧。过节时大家都聚集到各自地区的贡巴前，听喇嘛念诵经文，驱赶鬼魂，向神祈祷，然后聚餐、喝酒、唱歌、跳舞，人们相信这可为全村乃至整个索卢昆布地区的人带来繁衍、健康和幸福。

我们沿着陡峭的山路向上攀登进入了天波切贡巴，这座临飞在万壑之上、鸟瞰着整个河谷和数条河流的著名寺院曾毁于 1989 年的一场大火，经重建后显得更加宏伟、气派。它的身后高耸着阿玛达布朗峰、珠峰、努子峰、洛子峰以及其他山峰，一大坡野生的杜鹃花林环绕在四周，成群的牦牛悠闲地在山坡上吃草，有的不紧不慢、旁若无人地在寺院里漫游。这个世界没有几个地方的寺院，可以把两座 8000 米以上的山峰同时收入眼底的，还可以让牦牛像主人般在白墙金顶的寺院里转经。此处还有一个繁忙的露营区和众多客栈，在 10 月或 11 月的满月期间，夏尔巴人还要在这里欢庆 3 天的跳舞节（Mani Rimdu），届时贡巴里会有奏乐诵经、面具舞表演，佛教徒会穿戴着彩画面具和丝制服装，跳着祭祀舞蹈。帕桑说夏尔巴人和大量的外国徒步者会涌入天波切，周围的数十家客栈也会家家爆满，一房难求、找不到住宿时，就只能在露营区去和牦牛兄弟一起数星星了。

很幸运，我们在背靠阿玛达布朗峰的天波切客栈吃上了刚烘烤出来的藏式面包，喝上了一壶暖暖的酥油茶。贡巴的经堂里保存着数千卷藏文丹珠尔与甘珠尔佛经，墙上挂满了自 16 世纪以来的佛画唐卡，佛陀安详地坐在菩提树下，天空在他的四周升起。我们带着一身的暖意巡游在贡巴里，佛陀修行的一生里，雪山的光影透过八吉祥旋纹的窗棂映射在经墙上，我和伊戈尔在一尊 1.5 米高的欢喜佛像前停住，欢喜佛是以愤怒的表情、呈二体交合之姿态出现的，那一刻我觉得我的呼吸几乎停息，我想那是人的一瞬间和神的一瞬间在交融。

欢喜佛（Mandkesvara），又叫双身佛（Yab-Yum）、父母相、父母佛、欢喜天，唯有藏传佛教寺院中才有供奉，是一尊双佛，即明王与明妃面对面抱在一起，合二为一。在一般人看来，欢喜佛就是两个人在做爱，是男女面对面性交的佛像。

伊戈尔问我，欢喜佛抱着的女人是谁？是观音吗？是观音用身体来点化面带凶相的恶人吗？

我不由笑了，我想那不仅仅是一个西方人的思维，大多数人在第一眼看见时都会有这样的感觉和想象。

其实欢喜佛的形相只是一种代表某种意义的象征性的表相而已，欢喜佛中的明王站立或结跏趺坐，明妃则手持法器或环抱男颈，单腿或双腿环绕到明王腰后，四臂相拥，胸脯紧紧相贴，赤身裸体做交媾状。密教崇尚“即身成佛”，即用自己身体的修行可以成佛。在修行者看来，他们的身性仿佛是渡河的舟楫或桥梁。这里的男身代表阳性、金刚界、慈悲等方便法，女身则代表阴性、胎藏界、智慧等法。男女拥抱，表示的是一个人要法与智慧相结合，是一个人内心中潜藏的两种性质的统一，而欢喜佛中的“欢喜”二字，也并非仅仅指享受男女性爱之乐，它是一种立体的佛教寓言，以想象的阴阳交媾和真实的男女交欢的瑜伽方式，御风飞行，化光为剑，亲证一场身与灵融为一体的极乐涅槃境界，给人的是一种感官和精神上的双重震撼。

在夏尔巴人、古荣人、玛嘉人家里的壁龛上也经常挂有一幅欢喜佛唐卡，那个欢喜同样是“性神”信仰的一面，那是来源于天与地、阴与阳、男与女、身与心、上与下、左与右、水与土、风与云的交融与愉悦。

在天波切与欢喜佛相调的时候，我们所有近 200 公里的徒步旅程也即将结束，我以为一个受基督教文化浸染的人是无法真正理解我们眼中的“性神”的，这一路上的性灵之爱的，但没想到的是，伊戈尔把头和目光转向了贡巴外的山峰，他迎着光指给我看远处的群山，他说：“上帝一直与我们同在，我们是为他而被创造出来的，他会赐予我们一切，因为他永远爱着我们。”此时我看见他墨绿色的太阳镜片上，正映射着雪山的尖棱与湛蓝的天空完美地对吻在一起的身影，在山峰与天空之间那两颗共振的灵魂，就是彼此的天堂。

或许这就是喜马拉雅要告诉我们的宗教和哲学，也是我们要体验与亲历的玫瑰人生，那原色的诸神、原色的诸佛，活生生地流着血汗与香泪的诸神和诸佛，正和人、动物、花朵、岩石、小道、寺庙、山峰、天空在一起，在尘世间生活着，在天地间游历着，让我们的身体、心意和灵魂都充满了一种与生俱来的愉悦与欢喜。

离开天波切后，我们沿着小路来到映佳河边一长串独特的水动转经筒旁，下山的路上我一直都走得精神饱满、欢天喜地的，像个没心没肺的傻妞。帕桑问我为什么开心，不再喊苦喊累，我说早到南池早享受呀，泡个热水澡，喝热乎乎的“唱”米酒，吃冒着热气的辛辣的咖喱羊肉。伊戈尔则一脸的苍茫、无语，淡蓝的眼神里隐含着离别的忧伤。我知道，到了南池，也就意味着我们的徒步之旅要结束了，剩下的两天就是往回走了。

在高海拔转了 8 天的神山回到南池，南池依然热闹、繁华，催客来来往往，店里卖着登山用具和美味食物，空气里弥漫着新出炉的德国烤面包、瑞士巧克力、法国馅饼、俄罗斯沙丁鱼和意大利香肠的浓香。出租登山用防滑鞋、各种登山靴和睡袋的小店照常人头拥挤，卖氧气袋、二手旅行书、轻便小说书和藏族首饰的大小店铺种类齐全，应有尽有。打电话给卢卡拉的航空办事处确认了后天返回加德满都的机位后，晚上我们去了紧靠珠峰面包房旁的“伊甸园酒吧（Club Paradise）”，那是南池夜色里最热闹、最活力四射的夜店。我们在那里彼此拥抱、喝啤酒、打台球、大声唱歌，一群人围着舞池开着火车跳着舞以庆贺徒步成功。

伊戈尔生怕那些快乐的“疯子”把我撞翻了，一把将我抱了起来，让我站在他的两只大脚上跳舞，那一刻我闻到他身上的气息，一种非常好闻的雪山的气息。一趟走下来，他已瘦了 4 公斤。当我踩着他的登山鞋摇摆时，我才发现他在我的眼里已不再像巨人那般高了，他柔和，他轻盈，他像少年般纯真。一个本地乐队跑过来把他抓到了破旧的架子鼓前，他挥动着木质的鼓棒激情四射地击打起了涅槃的《做回你自己》（*Come as you are*），还有我最喜欢的上尉诗人的《篝火的心》（*Bonfire heart*）。

我知道那是他的承诺，那是他打给我听的，打给大山听的，打给在座的每一个攀登者听的。我没想到一个把山爬得那么高的人，也可以把鼓打得那么好。我的眼前出现了一个 13 岁的少年在克罗地亚炮火连天的地下室里打鼓的情形，出现了一个 31 岁的青年迎着阳光、迎着风雨从亚得里亚海出发的身影，一切就像科特·柯本在歌词中吟诵的：“保持你一惯的风格，就像我想要你做的，像个老朋友，像个死对头，抓紧时间，快步飞奔，选择在你，朝夕必争，歇歇脚吧，像个老朋友，像古老的回忆……”他控制着音色、控制着力度、控制着速度，还像我们在爬山时一样控制住了我的喘息和呼吸，控制住了我那如篝火般燃烧的心跳。

在南池的夜空下，那样的音乐，如同来自月光和胴体，如同萨朗波的眼光同马托的眼光相遇后的雷击，如同两块同样的石块碰到了一起，如同美人鱼对水手的极端诱惑，充盈在了我们纯然的心。我们那深陷风霜雨雪的感动，挣扎在蓝藻般天空里的心跳和头痛，两个人像昆虫般穿越雪线，一个人独自去到初空，无尽的孤独、浪漫与思念，寻找登山者的故事与足迹，对着天空瞄准的双唇，久久仰望的繁星，相互依靠的肩膀，温暖相拥的火光，紧紧握住的双手，一路走来一路盛开的信念和爱恋，都如丰肌清骨的雪山与回忆贯穿在了我们的指尖和足尖。

只有音乐能够穿越时空和心灵，只有音乐会让时间停止，就让我们活在喜马拉雅雄性的鼓声里吧，永远不要睁开眼睛，永远不要离别。

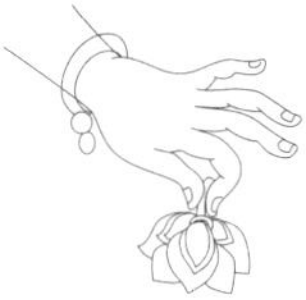

回家：做回自己

Being at home: Come as You Are

“我唯一的法则就是大自然，在恐惧中认识世界。”1970 年，26 岁的他首次登上了世界第九高峰南迦帕尔巴特峰（Nanga Parbat，8125 米）。16 年后，他成为世界上第一个征服了 14 座高峰的“登山皇帝”。他说：“我就是希腊神话中的西西弗斯，永不停歇地将那块巨石推向山顶就是我的命运。”他就是意大利登山家莱因霍尔德·梅斯纳尔（Reinhold Messner）。

每一天行走在这个与山为伍、探险终身的“山峰先生（Mr. Mountain）”曾经走过的山径上，我们的身体都会因山峰而热血沸腾。前面是雪山，后面是雪山，拐个弯又是雪山，山中有山，山超越山，搞得我们的心脏都受不了啦，而每一次的抬头，眼里都会有敬畏与虔诚生出来，徒步就像一场绚烂而冒险的旅程，我们要做的就是坚定地推动着生命里那块神秘的大滚石向前。

从南池往回走时，路途漫长，但大多是下坡，有大半的路程是9天前走过的，沿途风景依旧，心境却今非昔比，身体有了一种脱胎换骨、桶底脱落、转世为人的轻盈。伊戈尔说他穿的Nike鞋底藏有一层气垫，那个记步器会记录下每天我们要走的15公里路程中，一共会走动约2万步，我们颅骨里的大脑因此也会经受同样次数的冲击，受刺激的大脑中分泌出的脑内啡物质类似于吗啡，可以使人上瘾，产生愉悦的心情，这就是为什么徒步、跑步、登山、游泳、越野滑雪、长距离划船、骑单车、有氧运动舞或球类等运动过后，身体就会感觉很舒服、很快乐的原因。

当然，伊戈尔接着说，“性”也总是吸引人的，原因是跟性有关的活动总是能激发大量的脑内啡分泌，所以，“性”总是人们津津乐道的话题。瑜伽、打坐、冥想、吃辣椒、旅游、听音乐、娱乐时，大脑内的脑内啡浓度也在增加，一切能激发人兴趣的事物都能刺激脑内啡的分泌。他边走边说，边不时回头看我两眼，满脸徒步者的愉悦感，Trekker's high！

16天来，伊戈尔身背他的猛犸象闷骚背包，从未离身半刻，即使在翻越最艰难的卓拉山口时，也没让帕桑帮他背过一次包。下山时我的脚程也锻炼出来了，比15天前快了许多，可以紧紧跟在伊戈尔的身后不掉队。那个紧贴在他身上、晃在我眼前的银灰色背包，看起来简直就是他的脑内啡、他的小宇宙。我笑着回应伊戈尔说，嗨，高个子、超人、蜘蛛侠，你比先前计划的15天的徒步行程晚了两天，会不会因为一个小女子呢？她不会是你的脑内啡吧。

有男，有女，有长距离的跋涉，近300公里的路程，徒步也会像吗啡一样上瘾的，我们为身体里每一个细胞的快乐而哈哈大笑起来。自人类学会直立行走，就有了徒步旅行。在这个属于工业、车轮、发动机、电脑和卫星的时代，人们依然选择徒步，是因为行走中自有不可抵挡的魅力。

我看见今天的伊戈尔穿着速干短裤，背包的插袋里放着 *You are beautiful* 的音乐，走得兴起时，他把鞋子、袜子都脱了，直接赤裸着双脚在石板小道上行走。我想我们的身体是需要恣意地充电的，让泥土的味道在我们的脚尖上爆发，而我们在山径上每行走 1 小时，就超过了一般美国人一整天走的路。

在比尔·布莱森（Bill Bryson）的《偏跟山过不去》（*A Walk in the Woods*）书中，说到现代美国人外出时所有路中的 93%，不管距离远近都是开车去的，剩下的走着去的路，统共加起来每周才 6.6 公里，“一天仅走 350 码而已，这实在太荒唐了。”比尔惊奇地感叹道。而当我们在山路上背驮着所需的一切，不是坐在车上以每小时 120 公里的速度呼啸而过时，事实上我们的思维，我们的脑内啡会比车子还敏捷，还飞得快，我们的身体在蒙受着宇宙赐予的爱的恩典的同时，我们那与生俱来的能量也真的超乎了我们的想象。

转身背对着阳光

Turn your back against the sun

在南池的山门口，有一个进出的检查站，我们在那里领到了一张黄绿色的徒步证书，上面写着 6 个地标的海拔高度：郭克优山 5360 米，卓拉山口 5420 米，EBC 5340 米，卡拉帕塔 5545 米，空玛山口 5535 米，初空山 5546 米。

毫无疑问，军士加鼓手的伊戈尔领到的徒步证是在每一个 5000 米以上的地标上都打了一个“√”的。我不敢相信，我这个宅女、娇小姐、跟屁虫，边走边耍赖的癞皮狗，边走边哭的鼻涕虫，脑袋痛得要爆炸的可怜鬼，流鼻血的恐怖分子，竟然跟着他，也可以连着打了三下“√”。

帅哥打趣我说，嗨，Pearl，你的名字得改了，不再是珠宝、小贝壳、小宝贝、小甜心，你已是5000米山峰上的一块大石头。

为什么不给我一个更漂亮一点的名字呢，比如滚石、女神、步道女王？

离开南池向下走的路越来越轻松，我有了一大把的力气，去和这个酷哥斗嘴。

去卢卡拉的路经由法克定在切普伦（Cheplung）分道，往右绕行，徒步3～4天可以到湿瓦拉雅，我们之前的“僧团”就是这样吭哧吭哧一路走过来的；往左直插入大德峡谷，仅一天的工夫就可以走到卢卡拉，坐上小飞机回家。

这片神奇的土地依然风景如画，壮观的水槽状冰峰直插云霄，垂直高度达3000多米，松树林漫溢着芬芳，在500年前这里就已不是蛮荒之地了，狭长的台阶式的土地上种满了各种作物，土豆和牦牛是他们生活的依赖。在低海拔的索卢地区，夏尔巴人种植的土豆、小麦和玉米除了自给外，还有余粮供应其他地区的居民，但在高海拔的昆布地区，只能生长荞麦、萝卜和土豆。这里原本不生长土豆，是探险的欧洲人带来的。在海拔超过3000米的贫瘠土地上，这种小土豆饱受阳光与冰雪的浸润，它的里面是亮黄色的，撒一点岩盐混在土豆里面，口感像栗子一样，是我们每日徒步中吃到的味道最浓厚、最香纯的食物。收割土豆一般在9月和10月进行，挖掘土豆是一项繁重的劳动，夏尔巴男人是不屑去干这种田地里的活儿的，参加收割的妇女们则情绪高昂，她们一边劳动一边唱歌，欢快的歌声萦绕在山谷里。

在通往南池的路上，我们不断相遇无数背着从低海拔地区砍伐下来的木材赶路的背夫，每根2米长的木材至少有40公斤重，看着他们运用自如地走在悬崖峭壁间，好像在做翘翘板表演一样，我的心也跟着悬到了嗓子眼儿，而背夫用自己的血汗换取的仅仅是每天 2 美元的报酬。在小路上还上上下下着形形色色的徒步者、牦牛群、驮帮、穿红袍的僧侣和被煤油桶、饮料箱子压弯了腰的赤足的夏尔巴人。山峰先生梅斯纳尔曾感慨说南池已像一条高速公路了，游客多得简直能让你想起伦敦堵车时的街道。

事实上无论好坏，昆布地区的经济和文化不可避免地依附于每年随季节涌入的约 1.8 万名徒步者和登山者，为了满足日益增长的外国登山者和徒步者的需求，各种新建的客栈、茶屋、餐吧如雨后春笋，整个山谷的树木被砍伐做成了作为柴火使用的燃料，或修成了多层房屋，徒步登山线路经过的山域，树木的数量也在急剧减少。曾到过昆布的环保专家、人文专家无不为日益增加的旅游热和西方登山者给这片人间天堂、世外桃源所带来的变化感到忧虑。这个国家的旅游就是森林和山峰，也就是独一无二的自然资源，但随着游客越来越多，因生活需要砍伐、破坏掉的自然资源就会越来越多，尼泊尔正面临着国家贫穷而引起的恶性循环，而山地探险旅游给当地带来的环境影响除了自然方面的，当然还有人文方面的。

在尼泊尔的国家公园制度——即不得砍伐树木作为能源和建筑材料颁布之前，当地大部分的树林就已被砍伐光了，而在如此高的纬度上要重新长出这些树来需要漫长的 60 年时间。现在所有进山的团队都被要求自带燃料，如煤油、柴油、液化炉，严禁沿途的客栈使用木材燃料而改用了煤油，小型的发电站和太阳能站也越来越常见，但这主要用来照明而不是煮饭，昆布的夏尔巴人从旅游的兴起中收益颇丰，但和外国人尤其是西方人越来越多的接触无疑也加速了当地文化的蜕变，这种转变即使在最深处的小村落里都有所体现。聚集在南池台球室、沙狐球室里的年轻人大多穿着美国牛仔裤、芝加哥公牛队与 AC 米兰队的 T 恤而不是传统的精美藏袍，录像厅里放映的是印度歌舞片和好莱坞最新动作大片，生活在这片高山之上的人们，并不想与现代社会或人类进程割裂，智慧、勇敢的夏尔巴人最不愿意的就是像玛雅人或印第安人那样成为人类学博物馆里的标本。

“说起尼泊尔，我要说的一点就是尼泊尔是山的国度。绵延千里的山峦，高高屹立在那里，直插云霄数千英里！

正是这些山峦灌溉了南亚和东南亚的辽阔土地，同时也给环绕它们存在的土地一种边界感。生活在这些大山里就会懂得神灵，以及神灵给人类抛出的种种挑战！

行走在这些大山里，会让人知道我们人类的局限。尼泊尔承受了许许多多这样的人类的困境局限，然而这些山峦仍然继续给我们带来启迪。现在它们在告诉我们气候变化的危机，以及如果我们不好好爱护我们的环境，又会发生什么！”

在高山度假山庄一样的南池，我意外地收到了远在法国的作家保拉（Paula）发来的邮件，她曾在尼泊尔、中国做过文化使节，我们因文学在中国结缘，虽然她未能亲身前往 EBC 徒步，但她仍为生活过的尼泊尔和我们正在走过的这片土地送上了最真挚的祝福！

我头上飘动的云朵，在秋日的光线中转动，冷风将远处山丘上乍然出现的彩虹下的最后一滴雨吹走，我们的“僧团”背对着阳光一步步穿越了正在恢复的昆布森林，10 小时后来到了飞临在大德河谷之上的卢卡拉村庄（Lukla）。

卢卡拉是只有一条街道的繁华小镇，坐落在 2866 米的山腰上，30 多家客栈、餐吧、咖啡馆、酒吧沿着“L”形的飞机跑道而建，从标志性的吉祥拱门一直到类似乡村公共汽车站的飞机场。一看见铁丝网里画着的白色 24 标识的飞停斑马线，在落日的余晖里泛着金光，我 16 天来顶着的一口气立马就泄了下来。呼吸着裹挟着充足氧离子味的轻风，享受着低海拔行走自如的快乐，其实挺好，我在内心里叫道，真舒服呀！

伊戈尔问我走够了吗？我说就这样完了呀？他说那我俩再重走一遍吧，我一下感动得泪崩！

明天一早，我们要搭乘不同航空公司的航班飞离卢卡拉回国，我的心里翻涌着离别的忧伤，此时我的眼里看见的只有落日如爱神维纳斯那头柔软的金发一样，正从一望无际的蓝色天空上投射下最后一缕温暖的光芒。

在世界最危险的机场分离

Parting at one of the world's most dangerous airports

飞机要是玩命了，想想都害怕。在全球十大玩命机场中，卢卡拉机场（Lukla Airport）排在疯狂第一位。

卢卡拉机场位于半山腰的一个悬崖上，跑道下面是 700 米高的深渊大德河谷，跑道的尽头则是千仞绝壁，通常一个国际机场跑道的标准长度为 5500 米，而卢卡拉机场的 L 形跑道仅 475 米长、20 米宽，不到常规的 1/10，跑道呈 12° 的斜坡有助于飞机降落时减速和在起飞时加速。由于飞机要下降约 2760 米才能着陆在跑道上，只要有一两米的误差都会导致飞机冲破防护栏撞到山体，而一旦下降后就必须着陆，没有停止下降的选择，也不能进行第二次尝试；起飞时如果到达跑道尽头飞机速度还没提起来，就会直接冲进下面的万丈深渊。因此，它不仅是世界上坡度最大的飞机跑道之一、世界上跑道最短的机场，而且也被认为是世界上最危险的机场。

飞卢卡拉的主力机型是 19 座的“双水獭”和多尼尔 228 型涡桨支线

客机，从20世纪70年代希拉里建立这个机场以来，由于复杂的地形与气候造成的空难事故不少，但对于那些想要徒步喜马拉雅、攀登世界之巅的人来说，这段35分钟的飞行带来的无疑是终身难忘的体验，而卢卡拉机场仅是众多挑战勇气的探险活动的开始。

42年前，寂静的卢卡拉正如它的藏语名字一样是个隐藏在山谷中的“害羞的地方”，而今这里已变成昆布地区最繁忙的村落，旺季时每天超过10架班次在这里降落和起飞，小飞机源源不断地带来了大量的旅行者、向导和各种货物，在每个星期五，数以百计光着脚的小商贩和背夫来到卢卡拉，沿着狭窄的道路排成一排，他们各自装运着货物，队伍从山这边一直延伸到遥远的南池去，他们像辛劳的蚂蚁一样得为星期六南池的集市运送各种货物。而在每天的清晨，紧邻机场的餐吧、咖啡馆里则坐满了像伊戈尔和我这样等待着早班飞机的催客，当地善变的风向经常导致航班的延误甚至取消。

在这里飞行没有想象中那样浪漫，蓝色天空也没有梦中那么美好，云层之上更没有宫殿和天堂，危险伴随着身旁的每一个人，我们所能做的就是喝着咖啡、吃着肉桂卷，静静地等着风静下来，等着天高云淡。一旦一架小飞机俯冲着超现场感地平安降落在擦起火花的跑道上，银色的机舱内外都会同时响起猛烈的掌声和欢呼声。机舱内的乘客祝贺飞机安全降落，那疯狂刺激的0.1秒自由落体让一颗悬着的心终于放下，机舱外的催客则庆贺等来了可以带他们飞走回家的航班，当地的夏尔巴人则又等来了新的顾客。

当阳光在冻雪的山体结晶上透射出钻石般的光芒时，我乘坐的“塔拉（Tara Air）”航班也顺利降落了。我与帕桑拥别，泣不成声，出发时他是我的背夫，挣着微薄的收入，结束时他已是我的兄弟。一路上他任劳任怨，总是微笑，我听他讲奇闻逸事，听他唱好听的小调“飞滴滴”，听他说要让媒人拎着酒瓶去找姑娘，尝他蘸辣椒酱的美味小土豆，跟他喝当地醉人的“唱”米酒，和他在破烂的酒吧动作怪异地跳“驱鬼”舞，眼望着他把 10 公斤重的背包背过一个个 5000 米以上的山口，眼望着他着急地用粗糙的手指压住我流血的鼻孔。没有他，我这一路将走得死去活来、寸步难行，而我所能给予的，仅仅是他那牦牛梦的 1/10。

我背着包心乱如麻，走到人声嘈杂、人头攒动的安检口时已不知该怎样和伊戈尔道别。卢卡拉机场就一个狭窄的铁门，落地的旅客和出发的旅客都要在这道门中挤进挤出，我的神情就像在进入一道生离死别的地狱之门一样。伊戈尔将我的双手一下捧在了他温暖的大手里，他说：“Pearl，我一定会来中国找你，那是我的使命。”我的心一下碎了。只有传教士、军士、登山者、特工 007、骑士、鼓手和志愿者才会用“Mission（使命）”这种词，它意味着的是一颗永远追寻在路上的忠诚而又不折不挠的心。

飞机起飞了，我看见帕桑在跑道外双手合十，做了一个标准而正式的尼式祝福“Namaste（吉祥如意）”，虽然几秒后我再也看不见他和伊戈尔了，但那样一个虔诚的心意和“礼”，却深深地印在了我的脑海里。

保持活着的固有姿态

Maintain your way of life

两天后，我回到了我的城市重庆，我收到的第一封邮件是伊戈尔发自他的 iPhone 的，他说他已平安着陆，回到他的首都萨格勒布（Zagreb）。我问我们住的两个城市的距离是多远？时差是多少？他回复说 6900 公里，6 小时，中间隔着一座大洋——印度洋。

半年来我们用古老的方式交流，每半个月写一封电子邮件，见字如面，没留电话，不群发短信，不批发问候，不用微信，不用脸书

（Facebook），也不用推特（Twitter）。其间我陪着我的母亲，走完了她人生的最后旅程。1月14日的上午，我收到了出版社快递来的10本《越野越新疆》的样书，我将那本浸透着血泪的厚书捧献在了母亲的床头。

我说母亲，这本书是献给你的，她虚弱地笑了，像个初生的婴儿，像个纯真的孩童。她说她要买5本送给她最喜欢的5个学生，我说母亲你不用买，这本书就是献给你、献给那些陪护你的学生的。那天的半夜，一个风雨飘摇的寒冷凌晨，她对守护她的哥哥说："哥哥你去睡吧，我也要睡了。"然后她就平静地睡去了，自动地结束了她在这一世的生命。母亲与癌症痛苦地搏斗了一年后离开了人世，但她却勇敢无畏地把她的遗体捐献给了重庆医科大学做医学实验，让我们把骨灰撒向蔚蓝深邃的大海。

我为母亲穿好了她最喜爱的白色风衣，围上了枚红色的围巾，帮她戴上了茶色的眼镜，泪水像小河一样滴在了母亲的身体上，无声地等着重庆医科大学的接收人员来把母亲接走。我们没有能为母亲举行任何告别仪式，捐献的遗体必须马上接走，我只能跪在母亲的身体前，抚摸着她带有最后一点余温的脸庞说："妈妈，我也会像您一样，以后把遗体捐献出来，帮助更多需要帮助的人。"

接收人员使用的担架非常简陋，就是一块黑色的陈旧木板，在那一刻我非常不想让他们把母亲接走！要知道母亲一生画画，画花鸟、画山水、画佛像、写佛经，她的内心是多么的洁净、素雅，多么的爱美、爱生活、爱惜他人，我从没想到医科大学接收遗体的木板竟是那样的单薄、生硬，甚至上面连一朵素净的小花都没有。

我就那么痛苦而又无法抉择地站在母亲的遗体前犹豫了一瞬间，我看见我母亲临摹的《献花供佛》中的佛，正在向我走来，那是一个不足20厘米的尺幅世界，7世纪时的云童子正准备献鲜花给游化行走中的燃灯佛，云童子怕路上的泥土弄脏佛足，便散开自己的长发铺在泥泞的路上，让佛陀和众人践踏而过。后来，燃灯佛授记这个敬虔的云童子在历尽无数劫难后，来世将成为佛，云童子就是释迦牟尼佛的前生。

那一刻深受撼动的我在想，虽然1400年的光阴已在时间的河流中流走了，但永远不要失去对善良和真诚的信心，不管你是否有宗教信仰，不管你是否信佛或不信佛，不管那个环境有多脏、有多烂，要坚信善的力量、爱的温暖将永远是安放我们疲惫灵魂的最终极的信仰。我想母亲的胸怀和境界是博大和无私的，她又怎么会在乎这种细小的粗陋、惨淡呢？

在狭小的电梯上，我握住母亲冰冷的手，对抬担架的人员说："我母亲画画，她喜欢安静，拜托对她轻点、轻点。"白色的救护车在雨水里开走了，我以为车会在前面的转弯处掉头，哥哥搀扶着我一路小跑到了马路的对面站着，想看她最后一眼，但车子没有掉头回来，在雨夜里永远地消失了……

我一直不敢说我的母亲去了哪儿，因为我的心会痛。在母亲节的时候，我母亲的骨灰还没有送回，我只能在那本小小的红色捐赠书前，为她插了一束五月盛开的百合，只能在阳光的缝隙和尘埃里纪念着我的母亲。医学界曾流传这样一个真实的故事：一对美国夫妇带着他们的孩子在意大利旅行时，他们的儿子不幸被枪杀了。这位母亲捐献了儿子的遗体，医生利用遗体上的有用器官，共拯救了7个人的生命。在美国人的驾照上即有"donor（器官捐赠人）"和一颗红心的字样，美国每年约有1万个遗体捐赠者，但依然有10万名患者在排队等待着接受捐献的器官，中国约有500万人因角膜病而失明，对于那些有幸得到器官移植的人来说，虽然他们不可能知道恩人的姓名、来自何方、哪个国家，但他们会从心底感谢那些无名的好心人的。

在重庆3000万的人口里，我母亲是第903位遗体捐献者，他们是每一个家庭中最普通的人，他们或许是一位母亲、一位父亲、一位儿子、一位女儿……他们或许是一位癌症患者、一位白血病患者、一位心脏病患者，但他们对医学的捐献，一定会帮助到芸芸众生中更多的普通人的。

每次看西班牙鬼才导演阿莫多瓦的片子《关于我母亲的一切》，我都会泪流满面。母亲，如果有来生，我们仍然做母女，但那时我们要调换一下角色，由我来做母亲，你来做女儿，让我生育你、照顾你、呵护你、疼爱你、帮助你、支持你、拥抱你，为你遮风挡雨、疗痛止伤……母亲，感谢你赋予了我才华横溢的天赋，慈悲为怀、拥抱世界的品质，那将是我终生受之不尽的财富。我们在一起时，就像一滴水融入了另一滴水，一束光簇拥着另一束光……

母亲像她每日写的佛经和画的佛画一样涅槃了、融化了，母亲不在了，这个世界上最爱我的人走了，一切都不一样了，我曾经悲痛无比。伊戈尔则一直坚持写信给我，告诉我在我们再次相遇的“和平花园”，他以为他已在人海里失去了我，但仁慈的上帝却给予了他一种隐秘的力量，让他在纷乱的世界里重新发现了我。

他说那个阳光闪烁的下午，是他这辈子心跳得最快的下午，每分钟180跳，比他登上欧洲最高峰时的心跳都还快。而有翅膀的马，就能听见神的声音，就能找到灵性的源泉，就是不死的马。他说他一直将我在南池夜空下送给他的那尊香榧木白度母（White Tara）放在鼓架上，那颗超凡脱俗的“佛头”在过海关时还被认为是文物拿上拿下地查了好多次，而白度母乌发挽髻，双目轻合，身色洁白，始终温静地对着他微笑，如月光般清净无垢，如一朵白色的八瓣莲花。

夏尔巴人爱用生长于海拔3000～4000米高山之巅上独一无二的香榧木手刻度母佛像，他们用手无比温柔地梳理着榧木色泽金黄的纹理，让它的气味能够芳香怡人地飘散在每一缕袅绕的梵音之中。当我知道伊戈尔重新组建了一个乐队，我就毫不犹豫地给他的乐队取名叫“Shiva”，印度教中的毁灭与拯救之神“湿婆”，性与力与爱的象征。我幽默他说，在美国有个 Lady Gaga（嘎嘎小姐），在中文里，湿婆的“婆”不是老婆，不是婆婆妈妈的嘎嘎小姐，它是曼妙的、娑婆的大千世界之意，是我们置身的“此岸”“红尘”“尘世”之意。而我想听音乐时就会去 YouTube 上找他乐队的音乐，因为音乐是没有国界、不需要语言的。

在我们这种微信、圈子几乎成了生活主流、成了主宰一切情感交流的快捷时代，我更喜欢有人一直用古老的方式在我的心间停留。快只有迅速遗忘，而慢才能形成记忆！我能想象伊戈尔翻过十万大山，走 1000 公里的路程，去牵我手时的情景。翻山越岭去看爱人、看岁月、看星云是何等的浪漫，就像我们行走在路上时，他让我知道了这个世界还有另外一种生活方式的存在。要做一个勇敢和纯洁的人，要听从自己内心的召唤，要有不受外界环境影响的信念，要保持活着的惯有姿态和风格，要做一个真我。生活得最有意义的人，一定是那些对生活最有感悟、最有奉献精神的人。

我又重归入了滚滚的人流中，平凡又琐屑的生活中。即便我不登山，在城市当中，匆忙在人潮如拥、蝴蝶轻拍翅羽的地铁里，或突然感到悲伤时，我都会抬头，寻找青色的山峰，将目光越过钢筋水泥的天空，一路追望山顶的方向，这意味着从那种高楼林立的地方离开，服从内心的渴望，一层一层靠近喜马拉雅，再次飞临风韵之境。

在那个冰雪的世界里，有一座我们共同的花园，有两张清俊的面孔停止在年轻的模样上，像冰峰上的石头一样，何止一千年一万年。即便是隔着浩瀚的印度洋，这样的仰望也能让人感觉得到。

而有的人注定是属于荒野和山峰的！

尾声
Postscript

相逢

We Live to Meet Each Other

我一直认为旅行的意义有两层：一是它像年轻时必须受的教育一样，是不能少的过程；二是它作为精神财富会让我们一生都认同优美、宽容、悲悯、坚韧、博雅、勇气等品质。

喜马拉雅之旅的写作整整持续了5年，在这之前，我曾经三次重返尼泊尔，也经历了我母亲的伤痛与离世。是山地的背夫、向导，是身旁的亲人、爱侣，偶遇的陌生人、红颜旅伴，他们拉着我的手让我走到了世界的巅峰，让我遇见自己，遇见爱，遇见人间的情话，遇见世间的开悟。

我们的人生在世便是相逢，而相逢便是离别之始。

当你手捧这本小书时，我想你的内心也如我一样癫狂，正自由自在地乘着月色，踩着冰雪，目光追随着喜马拉雅的山峰，而我想你的身体终究有一天也会抵达那里。世间万物有生有灭，相爱的人也会有来有往，但一切均如佛陀涅槃时所说，这世界是美好的，人的生命是甜美的。

在这里，我要感谢英籍华人作家虹影、评论家老枪、废衣、五瓣花撰写的书评；英文翻译陈兵；手绘：苏南、胡虹、龙圣杰、王晶；感谢刘雨、格子的朗读，唐麒、孟承旭制作的视频。

在我生命里，还有一个人，他给予我的爱与善，是无法用言语来表达的，他就是我的丈夫胡虹。他是一位油画家，我在 16 岁进大学时认识他，那时他 20 岁，我一直称呼他为“哥哥”。我们一直相依相伴，他是我的爱人、兄长、朋友、知己、伙伴、骑士、心理治疗师、精神导师，他亦是我旅行、生活与写作的最大支持者，他给予了我一生的爱，他就是上帝派来照顾我的那个人。

2015 年 4 月，距马洛里出发去珠峰的 92 年后，尼泊尔发生 8.1 级大地震，2 万多人遇难、受伤，12 座世界文化遗迹遭毁灭。在那个佛祖的故乡，每年曾有约 100 万个外国旅行者去到尼泊尔徒步、登山、旅行，它是全世界自然风景最美、世界文化遗迹与宗教氛围最浓郁的国家之一，但它也是全世界最贫穷的国家之一。当地的向导和背夫为众多的旅行者背负着行囊，让旅行者们完成了他们一生中伟大的喜马拉雅之旅。如果没有尼泊尔，没有善良友爱的尼泊尔人，就没人能走到喜马拉雅，没人能爬上世界的一座座雪山……

地震之后的我既是那个看着地图无法远行的伤心人，也是那个看着镜子准备回家，回尼泊尔这个第二故乡的痴心人，在尼泊尔这面镜子里我看到这个世界，也看到自己。我相信世界的改变不因少数人的很大努力，而因大多数人的一点点。

2016 年，我终于能够再度带着远行的地图，穿越 1/10 的地球，第四次重返尼泊尔。灾后的小山国，充满着破碎与心酸，也充满着新生与机遇。我与向导毗湿奴一起，徒步 10 天走完上木斯塘禁区，回来后在博卡拉做了 50 天的国际志愿者，帮助当地人学中文，还去汉语角“坐台”，尽一己之力帮助这个靠旅游业生存的小国能尽快从重创中恢复。

去尼泊尔已不仅仅是享受它独一无二的美景和独特的宗教文化了，同时我们还应看到它的落后，它的苦难，它教育的匮乏。有的旅行是物质享受的旅行，而我的义工旅行则是一次精神享受之旅。这是一种有担当、有责任感的旅行，是一种心灵的召唤和感恩，这时的旅行就像是另一场教育，亲身经历后，我的生活乃至人生方向都发生了改变。

最后，我还要感谢编辑们历经波折去寻找翻译经费的资助，最后获得中国当代文学精品译介工程的翻译资助。在翻译本书之前，我于2018年9月，第五次回到尼泊尔徒步半个月，随后花了4个月的时间，对中文书稿进行了全面修改，增添了新的内容，让徒步喜马拉雅的故事最终以中文版《珠峰鼓手》、英文版 *Himalayan Quest* 和德文版 *Mein Weg im Himalaya* 的形式与读者见面。

我一直都在行走，书稿的修订是我在精神上的又一次自我超越。我们每个人都需要通过很多次的行走，来了解自己、了解这个世界、了解周围的一切。

11年的时间里，我曾5次去到尼泊尔。当我一次次置身于尼泊尔这块土地，就像步入了《一千零一夜》的故事里，回到了月光和星光织成的时空穿梭机中。Himalaya，这8个高低错落的字母组合在一起，就如同8座8000米以上山峰那绝美天际线与雪线的极佳剪影。

无论世事、风云如何震荡着尼泊尔这座喜马拉雅山谷里的佛国，赭红色寺院里氤氲缭绕的梵音总会使我沉浸于它安详、静谧的氛围里。

那是尼泊尔式的生活智慧，也是喜马拉雅这片乐土无与伦比的宁静。

那是神灵在尘世凡间的寓所，也是凡人的理想与梦想之地。

轻轻一扫
看大咖书评

责任编辑：王佳慧
责任印制：冯冬青
封面设计：中文天地
封面插图：王　晶
内文摄影：红　尘

图书在版编目（CIP）数据

珠峰鼓手 / 红尘著 . -- 北京：中国旅游出版社，2020.1

ISBN 978-7-5032-6416-0

Ⅰ. ①珠…　Ⅱ. ①红…　Ⅲ. ①游记—作品集—中国—当代　Ⅳ. ① I267.4

中国版本图书馆 CIP 数据核字（2019）第 280634 号

书　　名：珠峰鼓手

作　　者：红　尘　著
出版发行：中国旅游出版社
（北京建国门内大街甲 9 号　邮编：100005）
http://www.cttp.net.cn　E-mail:cttp@mct.gov.cn
营销中心电话：010-85166536
排　　版：北京中文天地文化艺术有限公司
印　　刷：北京金吉士印刷有限责任公司
版　　次：2020 年 1 月第 1 版　2020 年 1 月第 1 次印刷
开　　本：889 毫米 × 1194 毫米　1/32
印　　张：11.5
字　　数：389 千
定　　价：56.00 元
I S B N　978-7-5032-6416-0